万语千言：忆考堂

万一恋　著

线 装 書 局

图书在版编目（ＣＩＰ）数据

万语千言：忆考堂 / 万一恋著. -- 北京：线装书局，2022.12
ISBN 978-7-5120-5300-7

Ⅰ．①万… Ⅱ．①万… Ⅲ．①中篇小说－小说集－中国－当代②短篇小说－小说集－中国－当代 Ⅳ．①I247.7

中国版本图书馆 CIP 数据核字(2022)第 229887 号

万语千言：忆考堂
WANYU QIANYAN：YIKAOTANG

著　　者：万一恋
责任编辑：崔　巍
出版发行：线裝書局
　　　　　地　　址：北京市丰台区方庄日月天地大厦 B 座 17 层（100078）
　　　　　电　　话：010-58077126（发行部）010-58076938（总编室）
　　　　　网　　址：www.zgxzsj.com
经　　销：新华书店
印　　制：涿州军迪印刷有限公司
开　　本：787mm×1092mm　1/16
印　　张：21.5
字　　数：340 千字
版　　次：2022 年 12 月第 1 版第 1 次印刷
定　　价：88.00 元

线装书局官方微信

作者简介

作者：万一恋。

本名：万宪凤，笔名：颜默、雨锁、万一恋，曾用名：万小林。

万一恋，本名万宪凤，女，1962 年 3 月出生于湖北省仙桃市郭河镇（原沔阳县郭河公社光辉二队）。湖北省教育学院毕业，大学学历。

1977 年 9 月—1979 年 7 月就读于郭河中学，1981 年 7 月潜江师范毕业后走上讲台至 2017 年 4 月退休。退休前为湖北省荆州市实验中学数学高级教师，退休后开始学习诗词歌赋，并尝试文学创作。

内容简介

生活处处是考场，生命时时遇考题。

不同的人在不同的时代遇到不同的考题，会有不同的答案；相同的人在相同的时代遇到相同的考题，也会有不同的答案。

《万语千言：忆考堂》收录的中短篇小说就是"我"所经历的或者遇见的各种考场，看到的各样考题及呈现出来的各种不同的答案。

目 录

第一篇 忆梦

　　这一天的我和平常一样，早晨起床，不慌不忙地收拾家里的地面、床铺和衣被。衣物洗涤完毕，把衣服晾在内阳台，准备把洗好的床单晾晒到大门前的外阳台，发现大门打不开。

　　我反复拧转门把手，大门像没被碰到一样纹丝不动。我仔细一看，整个锁连同门把手已经脱落大门，只是按原样放在锁孔里，我把锁拿下来，门打开了。

　　这不是进小偷了吗？这个小偷把我的门锁都掏出来了，也太狠了！这样想着，我那床淡蓝色的毛巾毯怎么也晾不好，就那么耷拉在门前角落横扯的一根挂衣架的铁丝上。

　　我回屋站在家里的大门口准备报警，拨了好几次总是拨不通，好像是拿不准报警电话究竟是多少，这么拨不行，那么拨也不行。我改拨学校管安全的刘主任的电话，明明是接通了，可他老是跟别人讲电话不接我的话茬，"这手机打电话还能串线？"我这样想着，挂了又拨过去。刘主任仍然不接听，好像是刘主任结束了与别人的通话后准备开车。我好像看到他走向车子，打开车门坐进了驾驶室。

　　我只好又挂断电话，准备给学校管后勤的文校长打电话。正在手机里翻文校长的号码，从大门进来一个人。我以为是学校的哪个领导，心想：电话都打不通，怎么瞬间就"飞"来了？抬头一看却是我的一个毕业好久的学生何F。

　　我告诉何F说我家里被盗了，并感慨道："你看这锁都抠出来了，你说这小偷厉害不厉害！"他像听我讲逛街奇遇一样，保持着进门时的笑容笑着，并没有说话。我继续低头找文校长的号码，嘴里还在说："我还是要报警。"

不见何 F 搭腔，我再次抬头，不见何 F 人影了。我把大门打开一条缝，看见何 F 在大门外给我糊纸堵锁洞，大门的里面已经包了一层白纸，屋里面已经挡住了锁孔，外面再一糊纸，锁孔就被完全遮盖看不到了。

我在心里想：这个何 F 动作怎么这么麻溜，我低头的工夫他就糊好了大门的一整面，像事先做好了一切准备工作一样，不会他就是小偷吧，看他的样子也不像啊。这么想着，再一抬头，他已经弄好大门来到卧室，在修补衣柜上方的墙壁上，一个大约边长为八九厘米的正方形小洞。衣柜顶上放着两个箱子，都是我工作之前家里人送给我的。一个咖啡色的皮箱是我表兄送给我二姐的，一个橄榄色的藤篾箱子是我小舅送给我母亲的，她们都转送给了我，所以我一直没舍得扔掉，结婚了也带在身边，里面都装着我的一些"古董"宝贝。有一次，我在清点我的"宝贝"时发现了老公藏在里面的私房钱，我有点儿生气，但没有声张也没有动他的私藏。现在，这只皮箱的盖子翻开着，上面还压着那只同样是被掀开盖子的藤篾箱。我对何 F 说："你看这小偷是不是太厉害了，他还在这里也掏了一个洞。我这箱子里值钱的东西肯定都拿走了，我老公的一千五百块私房钱肯定也被他偷走了。晓得有这事我当初应该把钱拿了的，我老公在里面藏的私房钱好久了，我不想拿他的，哪个晓得被这个小偷惦记上了呢！哎哟，真后悔。"

何 F 还是没有开口讲话，还是保持着原来的笑脸，好像觉得我这个老师太没生活经验了，遇到这种太平常不过的小偷还这么大惊小怪。何 F 满脸的泰然自若，一点儿也没觉得反常而惊讶或者紧张。

何 F 和屋外探出的脑袋商量着补这个墙壁孔的方法。我看到墙壁的洞口处的小帅哥，知道那是何 F 喊来的同伴，知道了他为什么做事那么迅速了。何 F 不是一个人在做事，是一帮人都在帮他做事。

我又想，老公旅游回来看到家里被弄成这样，发现个人的私房钱被盗会做何感想？老公会后悔自己刻薄家人存私房钱好示①小偷吗？

回到这边的书房，好像网线也是坏的了。什么时候弄坏的，电话拨不通畅是这个线坏了的缘故吗？

我怎么睡得那么沉，小偷在我家弄了这么多事我都不知道？我怎么这么粗心大意，早晨忙了半天也没发现家里来过小偷？

正思索着，醒了，闹钟在响，早晨 6:00——我在做梦！

这是梦吗？这么清晰的画面，这么真实的人物，这么熟悉的场景！

这不是梦吗？皮箱确实还留存在，但藤箧箱早已无踪影了；何 F 确实是那个形象，但他与我不住同一个城市；学校的领导确实是那几位，但我几年前就退休离开学校居住在外地。

有人说，日有所思夜有所梦，可我这几天在赶稿子压根没考虑这些事；也有人说，梦是人的未来祸福的预兆，那么，我这个梦是预示着将来的什么事物，是什么情况的预兆呢？

难解啊！为人不做亏心事，善恶入梦都能呈祥化吉！

伸个大大的懒腰，点开手机。一边听着孙晓磊演唱的《最贵是健康（新版）》，一边穿衣起床，做早餐去咯！

注释

①好示：沔阳方言，表示好处被（他人）得到。比如小明勤劳肯干，不怕好示人，就是表示小明做事既积极又勤奋，很愿意自己的付出让他人得到好处的意思。

第二篇　相亲

从我记事起，隔壁左右的婶娘、大妈们常常和我说："你乖一点儿啊，我明日给你介绍个好婆家。你要是不乖，我就把你说给一个恶婆婆。"每次，我都知道她们只是逗我玩，从未想过婆家的真实含义。

稍微大一些，看着哥哥、姐姐的"娃娃亲"来我家上门走亲，我也没有结婚、嫁人的具体概念。到十七八岁了，还是没有"找对象"和"谈朋友"的意识。当我接到师范的录取通知书，邻家姐姐告诉我要"好点学习，将来找个好女婿"时，我都觉得这些都是与我了不相干的事情。

我在师范学习期间，遇到一个特别愿意相处的同桌，C同学。他父亲是右派，下放到乡下后被批斗致死，他因父亲的问题在初中失学。失学的日子里，他遇到了一位善良的老师，这位老师珍惜他的才华，私自把他接到了自己的学校。后来遇上恢复高考，这位C同学以他所在高中学校第一名的成绩进入师范。

他在师范与我同桌期间，常给我讲他的家人和他之前的经历，也讲班上的同学和他的朋友。其中讲到他最要好的知己也在我们师范，是我们同一届的同学，因琐事着急，出现精神分裂症的前期症状，同学们都畏而远之，只有C同学对朋友不离不弃，每天课后陪着患病的好友聊天、散心。C同学不懈努力地陪伴和开解，他的这位朋友终于走出了心理误区。

C同学每次讲这些事，我都被他的讲话吸引，心里就会生出无限的崇拜和莫名的愉悦。我觉得C同学是一个有德有才又重情的人，将来肯定很有出息。

有一次，C同学给我一道几何题让我解答，我解答后给他，他说："你蛮聪明。"他的这些行为也让我觉得他是个很务实的人。

C同学在我的眼里，任何的言行举止我都觉得恰到好处，怡人悦心；他的身材肤色以及五官神态我都觉得恰如其分，怡人爽目。他在我心里就是至高无上的男神，无论谁对他好，都是理所应当；无论谁对他不好，都要遭天打雷劈。

毕业的日子里，我在毕业考试结束的第三天，在同学们都等待参加学校毕业典礼的时候，我和部分同学先离开了学校。

那天早上，学校操场上停着两辆大客车。我走上其中的一辆，在中部靠窗的位置坐下。刚落座，听到C同学在客车的窗下叫我："一恋！"

我赶紧站起身伸出头去，C同学举着一本《汉语词典》对我说："拿着，送给你的。"我接过来，发现里面有两张便笺。C同学见我抽出便笺，很焦虑的样子对我说："别看，现在别看！"

我已经打开了其中的一张，快速地浏览了一遍："萍水一相逢，匆匆两离别。应知稚弟心，缱绻情不绝。"我知道了C同学不让我现在就看的原因，也估计到了另一张信笺上的内容。我立马合上词典，看着C同学，我想对他说："我也很舍不得离开你，我会回来的。如果你不嫌弃我，我会永远和你在一起的。"但我羞于出口，只是嘴唇不自觉地嚅动着。

正在我情不自已，嗫嚅欲言却无声的时候，我的同学兼密友小A大声呼喊我："一恋，快下来，我找你有事。"

小A是我们隔壁班的同学，她和我是老乡，我们俩关系很好。她和他们班上的刘永同学确定了恋爱关系，她准备毕业后和刘永到刘永的老家去工作。

我又看了C同学一眼，放下词典，走向客车门。刚落脚到车下，小A一把将我拽到一旁，给我一张纸条，同时对我说："我们班的Y同学让我来找你，他要我给你介绍一下。他人蛮好，和刘永是最好的朋友。你认识他吧？"

"我不认识。"回答小A的同时，我把那张纸条还给她。

小A没有接纸条，推着我的手说："你怎么不认识他？上次我还给你讲过的，他是我们班的生活委员，他性格蛮好。他老早就叫我跟你介绍，我还跟你提过的。今天他又找我，要我跟你说。刚才，刘永看到你伸出车窗外的头对我说：'你看看她的眼神。算了，你别去介绍了。'我说'我还是跟她介绍一下，她接受不接受是她的事。'我是看 Y 同学真的是蛮好的一个人，做事也沉稳，性格又好。"

我赶紧把纸条塞回进小 A 的手里说："我真的不认识他。我要上车了。"说完我就跑进了客车，走向自己的座位。我是想去告诉 C 同学："除了你，我不想去关注任何别的男生。"

可是，等我再回到座位，将头看向车窗外时，C 同学已经不在窗户下面了，他在远一点的走廊里来回踱步。望着他心情忐忑的样子，纵有千言万语我也不可能再次下车去给他说上一言半语了。我直直地望着他，一直这么注视着，直到他的身影随着车子的启动离我越来越远，最后从我视野里消失。

我之所以提前回家是因为我毕业考试结束的那一天接到家里的电话，说我大姐去世，母亲中风了。

我回到家里，只有大姐夫在我家。大姐夫一见到我就哭号起来："幺妹呀，你终于回来了，你苦命的大姐走了啊！我的老姊妹呀，我遭业（方言，这里指人生坎坷不幸福）的老姊妹呀，你怎么就这么走了啊，怎么狠心丢下我走了啊？你最疼爱的小妹回来看你来了，你怎么不来见她啊！"

姐夫一边哭一边拿眼偷瞄我。我知道他的悲伤不是悲痛的释放，而是礼节性的悲鸣，我没有同感，所以我没有附和他哭泣。姐夫见我一滴泪都没有，立马止住哭号，问我道："你吃饭没有？"

我说："没有。怎么只有你一个人在家？"

"爸爸送你哥哥去沙市红卫医院还没有回来。你二姐落月（方言，坐月子）了，生了个儿子还在医院。妈妈也在医院。那天你大姐被医生一针把人打走了，妈妈当场中风，幸好是在医院，治疗及时，现在没有大问题了。"

我二姐是前年底结婚的，婆家就是我们同村，与我家相隔大约两三百米。二姐去年损了一胎，这一胎是她的第一个孩子。大姐比我大十几岁，婆家在东荆河旁边，离我家一二十里路。大姐夫平常不在家，他的工作单位在荆州南门外。我问大姐夫："你什么时候回来的？"

"我是前天回来的，送走你大姐，昨天把家里收拾了一下，今天就来这里了。"

"那我们去医院吧。"

"好的。你二姐还不知道大姐走了，她坐月子不能哭的。"临出门，姐夫告诫我。

我回道："那我们不去看二姐，只看妈妈。"

我妈的情况还好，只是小中风，又正好在医院发作，治疗及时，现在已经看不出大问题了。我们给母亲办理了出院，把妈妈接回家了。

母亲已经恢复正常了，她要去看我哥哥。我们准备了一下，我陪她去了一趟沙市红卫医院。

我从医生那里知道，这个病很难治愈，容易复发。如果治好了，两年之内不复发，以后复发的可能性不大；如果出院了，在两年之内又复发过，以后再治愈的可能性就非常非常小了。

这时候，我想起C同学的好友，觉得我哥要是有个人早期发现，及早开解该多好啊。母亲说："早前有人发现他经常一个人在田间走路，做操，可能那时候就有问题了，我们不知道。直到有一天，他说我做菜太慢，把一碗粥泼到我炒菜的锅里我才晓得他有问题了。以前，别人看见他有一些出格行为都没有告诉我们。"

从沙市回家的第二天，我收到C同学的来信。看到信就想起我离校时他在走廊来回走步的样子，我全身的力气立马被莫名的忧虑卸掉大半。我走向竹椅，躺在竹椅上，撕开信封，熟悉的笔迹展现眼前，我读懂了他的心意。

我在心里盘算着：我哥的这种病不是伤风咳嗽之类的身体上的病，他是精神上的，很难治愈。我哥的病不能痊愈，我父母就不会有安逸的生活，我父母不安逸，我不可能不管不问。我应该负担父母的生活，我应该守在父母身边。可是，我不能让C同学离开他的家乡，离开他的父母来将就我啊，他是男生，他更应该留在他父母身边啊。

我整天想着"我该怎么办？我毕业后的去向是哪里。"

我整天吃不好，睡不好，力气一天天消减。

我整天躺在竹椅上，头晕，低烧，没力气做任何事。

C 同学又给我第二封信，第三封信，第四封信，我终于下定决心：回老家工作，终身不嫁。

在办理调动手续时，有一次，我在我父亲的表妹，我的表姨家住宿。表姨住在沔阳一中，表叔是沔阳一中的物理老师。晚上，表姨和我睡在一张床上，说给我介绍一个男朋友。县城的，就住他们楼下。

表姨说："你先看看人，看有没有缘分。像我年轻的时候，看到相亲的人就恶心，没有一个有好感的。就是你表叔，我看到后不恶心，也没有好感，就只是不恶心。但人总是要结婚的，你表叔总比那些恶心的人强一点，我就跟他结婚了。"

"县城的不行。我就是要回老家陪父母，我不找县城的人。再说，我年龄还小，现在不想考虑这些事。"

这第一次相亲被我一口回绝了。

第二次相亲是我姨奶奶的亲孙子，我喊他表哥。这个表哥是恢复高考后第一批考出去的师范毕业生，成为了广华中学的老师。表哥从小与我堂姐定了娃娃亲，十六岁开始，每年春节到我伯母家走亲，也到我们家做客。表哥1977 年参加高考中榜后，他就没再到伯母家走亲，两家人心照不宣地取消了这门婚约。

表哥师范毕业后被分配到江汉油田的广华中学任教。油田的生活条件很好，油田的教师工资比一般老师多十二元的野外补贴款；他教学水平很高，人缘也好，可不知道为什么一直没有再找女朋友。他委托他妈妈找我母亲，说要我和他结婚，结婚后，他把我调到油田。还说我一到油田，工资就可以增加十二元钱。他还告诉我母亲说，油田的生活条件非常好，照明是用电灯；做饭不是用柴火，是用天然气；出门都是公交车。

我说："婚姻法规定，近亲不能结婚。而且，他和四姐退婚了又来找我，这说得过去吗？"

母亲很为难的样子说："我是说了，他不听我的，他说他直接找你说。他说星期天去你学校找你的。"

"哪个星期天？"

"三月份的。三月底，说是三月二十八号。"

三月二十八号这一天，我吃过早餐不声不响地出门了。之前，我每次出学校都跟校长打招呼，告诉校长往返时间。这一次，我什么都没讲就独自出门去了一个同学家，在同学家里玩了一整天。

晚上回到学校，看见表哥和我们学校的两位年轻男老师在操场上打篮球。

他们说："你怎么这个时候才回来？你去哪里了？"

我"哼"了一声，做了个微笑没有说话，没有与表哥打招呼，也没有进寝室，而是直接去了学校厨房。

表哥回去了。两位陪同的男老师和表哥道别后对我说："我们中午陪他吃午饭，下午陪他打了半天篮球。"我也没有答话。

厨房师傅说："你怎么不留他吃晚饭？他是你男朋友啊？"

"谁说的？"听到男朋友三个字，我立马反问。

"他说的。他说他是你男朋友，特意来看你的。要不，我们怎么会招待他吃饭呢？"厨房师傅继续说着。

"不是。他是我表哥。"

"呵呵呵，一表连千里啦！"厨房师傅笑着说道。

"他真是我表哥。他的奶奶是我外婆的亲妹妹。"

"那还是有蛮亲，可以算表哥。"校长也参与进来评论着。

老师们对我"是表哥"这个称呼的认可让我结束了这次相亲。

第三次相亲是我姑奶奶的侄孙子。姑奶奶告诉我母亲说，他父亲是高中老师，他也在教书，家庭条件好得很。待他来到我家，我正在堂屋的八仙桌旁做一道几何题，抬头一看，这不是我高中的同学吗？他父亲是我们高中部的语文老师，他现在和我一样在教初二数学。我与他都在郭河镇不同的乡中学教书，前两天还在一起听公开课。

我心里想：本来就是同学，现在又是同事，还要我姑奶奶出面，一看就不诚心。再说，我也没打算结婚，我怎么能和他说这件事呢。我抬头和他目光相接时，冲口一句话说："你看这道题怎么做？你做一做。我去我二姐家有点儿事。如果我不马上回来，你就先回去吧。"

我在二姐家玩了两个多小时后回到家，母亲告诉我说："我让他回去了。我看你那么长时间不回来，知道你的心思，就对他说：'你回去吧。她二姐家就在那头一点点远，她去了这么长时间都不回来，你就别等她了。你看你家庭条件那么好，你肯定能找到更好的姑娘。你再找别的姑娘去吧。'他就回去了。"

我只"哦"了一声，结束了这次相亲。

第四次相亲是我们同村张妈的儿子媳妇的同事。张妈告诉我母亲说：这男孩是华中师范毕业的，在沔阳二中教高中。就是老家不是我们这儿的，其他条件都蛮好。

母亲给我说这件事时，我想对母亲说"您别操心了，我不会结婚的"。但我不忍心，我只是随口说了一句："外地人不行吧。"

母亲坚持让我见一面再说。

那一天，张妈的媳妇带着他们同事来到我家。他们和我母亲聊了几句，他们走后我对母亲说："太矮了。不行。"

其实，那老师也不是很矮，只是我只看了一眼他的身高，只感觉到他比较矮而已。

第五次相亲是我叔叔的同事。我们镇中学高中部的 J 老师。叔叔说："他人长得好，书教得好，还会画画。就是家庭条件不是很好，父母在农村，年龄很大了，但他有才华，有长相。你和他结婚了，将来孩子都优秀些，都长得漂亮些。更重要的是，他人蛮有担当，如果你和他结婚了，他愿意照顾你爸妈。到时候你和我并排在你哥的房子前面修建两栋房子，我们三家住一起多好啊。你先去看一下，看这个人你看不看得上，先看了人再说。"

我由叔叔指点远远地望了一眼，我其实并没有看清是哪一个老师，只是附和着叔叔说："行行行，可以。您就带他去见一见我爸爸妈妈吧。"

叔叔却坚持说："我还是让他先见你。"

第二天，J 老师来到我学校，他在我寝室里坐了几十分钟。这位 J 老师坐着讲话的样子让我想起 C 同学，他们说话的语调，行为举止的风格很像。我挑不出他的毛病。

下午，J老师由我叔叔陪同去我家见了我父母亲。之后，母亲征询父亲的意见，父亲说："这，一表人才，气宇轩昂！这长相，我们家在不上啊！"父亲的意思是：对象对象，要对上相，就是夫妻要相貌般配才行。J老师貌比潘安，而我貌丑如无盐，我与J老师不相配。

我母亲在听我叔叔说到要和我在我家门前修房子的打算时很生气，她在心里觉得：叔叔这是卖了侄女给自己修房子用。现在又听父亲说到不般配，母亲就坚决不同意了。母亲去和叔叔说，推掉了这个J老师。

晚上，正在读高中的表妹来到我家，她笑嘻嘻地对我说："你昨天去我们学校啦，我看见你了。你是不是准备和我们的J老师谈朋友？我们这个J老师谈了个女朋友的。是他的学生，我们都知道。那女生的家里不同意，他们分手的时候，两个人你送我，我送你，送了一夜！"

我长长地舒了一口气，一个字都没有说。因为我又想到了我师范的C同学。J老师的女朋友因为家人反对，她还可以和J老师做个道别，而我面对C同学的"缱绻"表白却无半点"回报"，他该是怎样的失落啊？

第三天，叔叔找到我说："你不能只听你妈的，你自己好好想一想，拿出你自己的意见来。"我一句话也答不上来。

我照常骑着自行车去学校上班，在路口遇到J老师。他推着一辆自行车，站在路口，看到我来，J老师说："我送你去上班吧？"

我摇了摇头，没有开腔。J老师又说："你昨天答应了的，今天为什么又不愿意了？"

"我没答应。"我回答得很迅速。这是我自相亲以来说出的第一句心里话，也是唯一一次自己想说的心里话。

J老师还是轻言细语又语气果敢地说："你昨天点头了的！"

我缓缓地点了点头，又摇了摇头。

J老师说："我还是送你去吧。"

我又一次慢慢地摇了摇头。

J老师仍然是平和的语调对我说："那我就不送了。"然后，掉转车头回他自己学校去了。

J老师走后，我的眼泪立马涌出来，我想到了C同学，他会遇到欣赏他的人吗？他会找到愿意陪伴他，永远照顾他的人吗？

接下来的一个星期，我不停地流眼泪。家人都误会我了，母亲和二姐换班对我讲："你是不是舍不得那个J老师？如果你实在喜欢J老师已经无法离开他的话，我们再去找叔叔，让叔叔再去说和？"

我不能告诉他们我伤心不是舍不得J老师，而是想到我师范的C同学而心痛难耐的，但我能、我应该告诉他们我不是不能离开J老师。我斩钉截铁地对她们说："我和J老师没任何关系。不去找叔叔。"

第六次相亲应该是单口相亲会，他也是教初二数学的，在离我的学校六七里地的片中学教书。他是在一次数学教研活动中认识我的，在他认识我后的第二个星期，他来到我寝室，东拉西扯地聊天，坐了一两个小时。

第三个星期，他又来我寝室，又和我聊天。正在他侃侃而谈时，和我搭班的语文老师来把他喊走了。约半个小时后，他从我寝室门前经过，又进来我寝室对我说："我回去的。我以后不来了。我不能来你这里了，有老师找我谈话了，要我以后不到你这里来。"

我丈二的和尚摸不着头脑，笑了笑，没有答话。他说完那句话就走了，以后真没再来我寝室了。

后来知道这老师是一个师专毕业的，自恃才高能量大。他在外面吹牛说："这街上的女娃，我想和谁谈朋友都可以。那个万一恋都和我谈朋友了的，是他们学校的老师给我下跪，要我让出来，我才没和她谈了。"这话传到我耳朵里时，我才知道他的姓名。但我一直不知道他为什么说我和他谈过朋友了，就算是与我有关的一次单口相亲吧。

第七次相亲是我表姐的小叔子，也是我中学同学，他也在江汉油田工作。我表姐对我母亲说："油田工资高，福利好。他们又是同学，我们又是亲戚，多好啊。而且，他愿意做上门女婿，大家互相照应，蛮好的。"

我不知道是他主动找他嫂子说的，还是我表姐主动找他说的。我觉得无论是谁主动，都不能说明他对我有特别的感情。他愿意做上门女婿，希望大家能互相照应，可能是出于对我的同情吧。一条街坊住着，又同学几年，应该是出于同情加乡情吧。

　　我这人最怕别人同情我，最不愿意自己的家庭重负拖累其他不相干的人，特别是我的另一半。我爱的人，不舍得让他受累；爱我的人，不忍心让他受累；本来无关系的人，没有义务为我受累。所以，我一口回绝了。

　　我对母亲说："我们住同一条街上这么久，平常都没来往，说明我们根本就没那个缘分。这话以后就不说了。"

　　"他说要回来休假几天的，你还是和他见个面吧？"

　　"不需要。又不是不认识的人。"

　　几天后的一个下午，我从学校回家，骑着自行车遇到一个上坡，踩得很费力，我便从自行车上下来。抬起右腿，将右腿越过自行车的三脚架放到地面的一刹那，我看到车子后面一个人，好像是他。我两脚站定时正好与他目光相遇。我心想，他什么时候出现在我自行车后面的？

　　他手上提着个袋子还是什么物件我没看清楚。他应该也没想到那么巧地遇上我吧，脸一红，把头压低了继续走着。我也当没看见的，推着自行车走了。

　　又过了几天，我接到同一条街上另一个男同学的来信，感觉是他想让这个男同学帮忙撮合撮合吧。我回信说："我们虽然住在同一条街上，但从未来往，甚至从来没有讲过话，说明还是城乡有别吧！我是农村人，一直觉得你们街上的人和我们不是同一个层次的。"

　　我的意思是我不需要附加了同学情的这种情感被拉扯进婚姻。他们的理解是：我瞧不上他们这些"纨绔子弟"。他们一直怪罪我，认为我势利、不讲情义，我从没有辩解过。

　　我觉得被认为"势利"总比被认为"可怜"有自尊。

　　第八次相亲也是当老师的，他还是我哥哥的同学。他父亲作为工作组的驻队干部，当年在我们村驻点时就住在我们家里，他与他父亲对我们家都很熟悉。

　　他有过一门娃娃亲。在他高考中榜后，他以为这门婚约能自动解除的，可他的这个娃娃亲不愿解除婚约，并在他求学期间经常到他家来帮忙做农活。他母亲觉得这个女娃虽然不识字，但人灵活乖巧，蛮喜欢这个准媳妇，要他就与这个娃娃亲结婚，但他死活不同意。

他来我们家和我讲到这些时，我说："之前，你不是对她很满意的吗？现在怎么就不满意了呢？仅仅因为你的身份地位变了？不是说'无论贫富贵贱、健康与否都互相照顾不离不弃吗？'"

他忽地站起来说："唱高调，唱高调。我看你唱高调到什么时候？"

我笑了一下，再没和他说这些话了。

他的身材，外形与师范的 C 同学有一些像，但表情、神态、言行举止的风度与 C 同学完全是 180 度的夹角。

他说他母亲希望他和娃娃亲结婚，他父亲希望他和我结婚。在我婉转拒绝他后，他对我的态度的转变印证了我之前对他的判断，他和 C 同学不是同一类人。

第九次相亲又是我同学。从小学到高中的同班同学，两小无猜的那种，我们中学的一位老师也是我们的老街坊做媒。媒人对我母亲说："他愿意结婚后做上门女婿，照顾你们一家人。"

"算了，一条街上的都不说。都是同学，以后还要见面的，一不同意都不同意。"这是我对母亲的说辞。

在我心里，我再次感觉到这个同学也是出于老同学的友情，对我的家庭状况生出的一种同情而已。因为，在我们家乡，男生是最不愿意做上门女婿的。

这个男同学与我小学同学期间，每天上学放学都走同一条路。他常逗我取乐，但我知道，那只是玩耍，并不是真欺负我。

小学五年级时，我们是同一个互助学习小组的。晚上，我们同一个学习小组的人会聚在一起学习，一般都是到他家或另外一个男生的家里。

他家条件比较好，姐姐妹妹长得很漂亮。我们在他家里学习过几个晚上，感觉他妈妈很贤惠，很善良；他父母感情很好，特别恩爱的那种。

初中阶段，我也去过他们家。那是我读初中时，与我同村的一个女同学约我去的。去了两三次，我感觉这个女同学很喜欢他。所以，母亲一说到他，我就想：这不是乱点鸳鸯谱吗？

我不能当母亲说"谁谁谁喜欢他，我不可能和他谈这件事的。"我只对母亲说："不找同一条街上的同学。"

不知道我的回绝是否转述到他的耳朵里。隔天，他和我另一位当老师的Z同学去了我所在的学校。他们俩从我寝室门前过，我没有请他们进寝室。

大约十几分钟后，他们转回来再经过我寝室门前时主动进我寝室坐了约半小时。他一直没开腔，只是Z同学在讲自己和我们学校的T老师教同一门课程，常在一起参加教学活动。Z同学说："刚才，我们俩遇到了T老师，就在T老师的房间里坐了一会儿。E老师也在这里教书，说和你一个班？"

我只简短地回了一句："嗯。"

Z同学嘴里讲的E老师是我们三人，Z同学、我、他初中阶段共同的语文老师。E老师一直教语文，我与E老师共事时正好带同一个班，E老师带语文课，我带数学课。E老师与T老师的寝室相邻。

接着的一个周末，我在大门口洗衣服，看见他从我家门前过，一边走一边不时地望向我，我仍然没有和他打招呼。我估计他是去找与我同村的那个女生去的，但他很快又回转来，仍然是一边走一边望几眼我。我就当没看见，没认出他来，没有与他打招呼。

就这样，我们俩像陌路人一般没有一句交流地见了几面，之后再没有任何联系。但在我心里，我是感谢他的：无论出于什么动机，他能做出到我家做上门女婿的决定，并勇敢地多次走到我面前，说明他是认真的。无论是他真心喜欢我，还是因为同学友情，我都佩服他的担当，但我不想拖累任何人，当然包括他。

我只能用这种看似无情的方式，否则，怎么能拒绝得干干净净！

第十次相亲就是前面Z同学提到的，我的同事T老师，由我学生时代的E老师做媒。

E老师让我去他家里，然后对我说："你想找个什么样的男朋友？"

"就一条，身心健康。"我笑着说。

"你看我们学校的T老师，每天五点多钟起床，生活规律得很……"

听到E老师一番介绍，我无可奈何地对E老师说："E老师，您就别给我介绍了。T老师这个人您以后千万别再说了，您也别问我为什么。"

我的意思是，我有不能言说的苦衷：我是有男朋友的，只是我不能与他结婚，我也不想与其他人结婚，为此，我已经得罪很多人了。您千万不要给我介绍某某老师，不能让我又得罪人啊！

我以为这事就算过去了，谁知道这只是我第十次相亲的序幕。接下来的日子里我经历了第十次相亲的各个场面。

画面一：

我走向寝室，T老师站在我寝室门口的墙边低着头在自己的口袋里找东西。我进寝室经过他身旁时他递给我一张纸条。他没有开口说话，也没有挪动脚步，继续着找东西的动作站在原地。

我走进寝室，站在办公桌前打开折纸，看到32开大小的作业本上扯下来的一张纸上面有一段话，大约一两百个字。第一句话就是："E老师说的事，"我快速地浏览了一遍，发现了四个错别字。我重新折叠好纸条扔进了垃圾桶。

我也没有说一个字，也没有看他一眼。感觉他等了一会儿，见我没反应就离开我寝室走了。

他走了以后，我就想：这人是师范毕业？一两百个字的文段错别字就有三四个；一封短信既无称呼也无落款；给一封信，像在搞秘密情报，全身上下怕丢人现眼的样子；开头就是"E老师说的事"。是E老师找你说的事，还是你委托E老师找我说的事？这个E老师也是的，给我介绍这样的一个人？！

过了三四天，E老师又找我说："你家里父母还好吧？"

"好啊。"

"最近没什么麻烦事吧？"

"没有啊？"

"我怎么听T老师说你不高兴啊？他说给你一封信，你音都没回，嗯都没嗯一声啊？"

我这才又想起"那封信"，对E老师说："我给您说过的，以后别提T老师的事呀。您以后千万再不要提这个T老师了。您也不要问我缘由，以后再不要说这件事就行了。"

画面二:

学校的老师们都在学校的蔬菜地里种红薯秧子。我和 E 老师在同一垄,E 老师用锹挖开一道口子,我把红薯秧子插进开口的泥土里,然后培好土,另外一个人浇水。快结束时,T 老师跑到我们这一垄田里来,和我交替跟随 E 老师插红薯秧。

我手上的红薯秧用完了,T 老师把他自己手上的红薯秧递给了我。我接过来,继续把手里的红薯秧子栽种完毕,站起身,发现老师们都已经从田里走出去,他们都站在田边看着我。T 老师就站在我身后,我们这一垄田里没有人浇水了。

T 老师把红薯苗给我后也没有去浇水,也没有走出田垄,就站在那里。全程也没有对我讲一个字。

这之后的一个星期天,我的几个同学到我们学校里来玩,她们在厨房里吃饭时对我说:"E 老师在这个学校吧? E 老师给你介绍了一个男朋友?"

"没有啊。谁说的? E 老师只是说了一下,我没答应。"

"看看,你把他喊来看看。"

"哎呀,这怎么好啊!"

"这怕什么,就是看一下么。你去喊,你就说叫他帮我们把这后面的窗户打开。"

我拗不过她们,真跑到 T 老师寝室门口对他说:"我的几个同学在厨房里吃饭,那后面的窗户好像打不开,你帮我去把那窗户打开吧?"

T 老师跟着我进学校厨房,直接去把厨房后面的窗户打开了,然后就趴在窗台上看外面。他既没有和我的同学打招呼,也没有和我交流一句半句。

这个 T 老师在窗边一声不吭地坐了一会儿就不声不响地回他寝室了。而且自从 E 老师对我说这件事开始到他此时离开学校厨房,任何场合他都没有对我讲一个字。

我觉得这个 T 老师的交际能力就是八九岁孩子的水平。而我那些同学还说:"多好。这个 T 老师多好。"我笑一下,没有接腔。

我的那些同学走后,E 老师的爱人找我说:"你的那些同学说 T 老师这个人怎么样? E 老师特意叫我问你的,他说他是男老师不好问,让我问你。"

"我不是对 E 老师说过,以后不提 T 老师的事吗?"

估计我说这句话时的表情是相当的凝重，E老师的爱人红着脸很不自然地笑着说："不说了，不说了。我以后再也不说了。我以为是你特意叫她们来看看T老师，好帮你参谋参谋的。"

"不是。"我再次拒绝了谈论T老师。

画面三：

学校放暑假了，我每天在家里无事找事做。这天，我用家里的竹片和铁丝自制衣架，T老师来了。

T老师把自行车放在我家门前，走向我家。

"你有一封信，我给你带来了。"T老师一边说一边拿着信走进我家门。我说："我手上很脏，你给我妈吧。"

我妈正好在房间收拾床铺，房门是开着的。他拿着信直接走进开着门的房间，把信交给我妈。

估计我妈误解了，她和T老师聊了好几句。T老师从我妈房间出来时对我说："你还有一封挂号信在学校，是你现在去拿，还是我明天帮你送过来？"

我抬头正好看到他走出房门的样子，很熟悉亲切的感觉，就随口说："我明天去拿。"

第二天，他又骑着自行车到我家，对我说："我现在去学校的。你昨天说要拿信的，你现在和我一起去吧，免得你去拿信碰不到人。"

我推出自己的自行车，和他一道去了学校。碰巧学校没有其他人，我直接去了他的寝室。他的寝室收拾得很整洁，墙上挂着小提琴和二胡。我立马想起师范的C同学，因为他也喜欢拉二胡和小提琴。

在我若有所思之时，他说："先在这里休息一下吧，现在外面很热。待会儿说不定E老师要来的，你还有一封信在E老师那里。"

我坐到他床上，他端了板凳在门口坐着，无话，我只好看信。刚看完信，把信收好，他的几个同学来找他玩儿。

我赶紧说："我回家了。"

他没有开口，他的几个同学说："你别走，我们就坐一下了走的。如果你要走，我们就不在这里坐了，立马回去。你就在这里等一下，我们玩一下就走。"我只好坐下来陪着，直到他的几个同学离开。

第三天，他又骑着自行车来我家了，说："E 老师今天肯定要来的，去学校拿你的信吧。"我又跟着他去了学校，但 E 老师并没有在学校。他说："我们去 E 老师家吧。E 老师的家就在往仙桃走的路上，就那头不是很远，我们去吧，骑自行车蛮快的。"

我心里想，我在家也没什么特别的事，就和他骑车去了 E 老师家。E 老师也不在家，我们继续骑车到了仙桃。因为天热，仙桃街上基本没人。我们把车存放在路边，他和我并排走着准备去路尽头的商场。

有三个小青年从岔路口走向我们，走近我们时其中一个小青年大声说："哟呵，还会泡妞啦！"T 老师立马三步并作两步一个人往前走了。

我当什么都没听到的一样保持着原来的速度继续往前走。T 老师走到离开我三四十米远的地方才回头看了我们一眼。他看到我漫不经心地往前走着，三个小青年并没有找我的麻烦，他才逐渐放慢速度，直到我与他的距离缩小到两三米的状态时他才保持匀速在我前面走着。又是无话。

我当时在想：如果这三个小青年伤害我，他会折回身子保护我吗？

不会。从他回头顾盼的那一眼表情，我能断定，如果这三个小青年撩惹我，无论我受到怎样的侵犯，他都不会转身回来保护我的，甚至去求救的勇气都没有。

这时候我又想到了我师范的 C 同学，如果 C 同学也像 T 老师这样利益自我、护卫自我的话，我就不会总担心他的处境安危了。

晚上，母亲和我闲聊时问我："你这两天怎么一出去就是大半天啦，你一直和 T 老师在一起呀？"

"呃。昨天碰巧遇到他的几个同学，今天是去了一趟仙桃。"

"他是哪里人？他的家在仙桃？"

"不是。我也不知道他的家在哪里，好像就在沔城那头。"

画面四：

T 老师又来我家了，很早。我说："你怎么这么早啊？"

"唉，我今天早晨起早床去学校，因为太早，路上看不清楚，就和一个人相撞了。那个人气汹汹地说：'搞什么？'他想打我。我把自行车往旁边一放，说：'怎么？大路朝天，各走半边！你撞上我了还有理？想打人呀！来呀，你打我试一试'，结果他骑上自行车走了。"

我一听，知道他是特意为昨天的事在掰面子，就说："好打架的狗子没一张好皮。再说，秀才遇着兵有理说不清，碰到不讲理的人，能回避就回避，打架总不是好事。"

T老师说这话时是笑着的，我看着他，无语了。

我心里又想到，他是不是把昨天的事讲给他家里人听了，他家里的谁给他壮胆打气了？要不，不可能他今天说话这么麻溜，表情就如演戏一般。想到这儿，想起我母亲昨天问我的话，我说："你家在哪里？我去你家看看吧？"

"我家就在那头，去沔城的方向。明天吧，明天我带你去我们家。"

"明天？那你不能跟你家里人讲的。我明天就去你家看一眼就走，你不要告诉你家任何人。"我叮嘱他道。

他爽快地答应了。我们又去学校拿那封信。

返回的路上，碰到我的刚初中毕业的两个学生，也是骑自行车与我们同方向。他们从我们俩的后面追上来对我们俩说："哟，二人双双把家还啊！"

我笑了一下没说话。估计T老师不认识他们，我感觉T老师很紧张，想起昨天在仙桃的尴尬，就对T老师说："踩快点，快点走。"

学生立马对我说："干吗要快呢，怕我们找您要喜糖吃？万老师，您要给我们吃糖哦！"

"好啊。吃糖么，没问题。"

与那两个学生分开后，一直不吭声的T老师对我说："你还是蛮行。你这样直接回答他，他还不好撩惹你；你要是怕他，他越说越带劲。"

"没事情做了专门去惹是非的人毕竟是少数。"我这样回答他。

我们各自回家后，我还没有吃晚饭，T老师又来我家了。

T老师这时候特意来我家告诉我说："后天去我家吧，我明天去我哥哥家有点儿事。"

"也可以。"我没有问他缘由，也没说别的话。

画面五：

T老师来我家对我说："走吧，去我家吧。"

我让他等一下，然后，我自己进房间换了一件我姐不要了的绿色衬衫，又拿了一顶家里闲置的草帽戴上，跟着他的自行车到他家去。

路上，我和他再次约定：当他家人说是我们有事路过他家，坐一下就走。

我们骑着自行车沿着从仙桃到监利的公路走了两三千米，左拐在村道上走了三四百米，来到村子前的横道上。路边一串村居，排列在高高的土台上。在村子前走了几十米的样子，他在一户门前停下来，对我说："这就是我家。"

我顺着乡下特有的那种高高的土台阶向上望过去，是两间泥瓦房。这样的房子我是第一次见到，我的亲戚朋友所住的房子都没有这么高的土台基。

进到家里，他母亲从房间里出来，和我母亲年龄差不多，很和蔼亲切的那种。堂屋中间一张八仙桌，四条长板凳。家里的地面特别干净，一尘不染的地上就像是铺设的一层铁灰色的橡皮泥。家里的内墙是土壁子，杂树柱子，没有一块砖石，典型的乡下穷家住户。

他母亲招呼我坐下，就吩咐他说："去把你堂哥喊来，让他来陪一下。"我说："不用。我们坐一下就走的。"

他母亲仍然热情地说："就在这里玩，就在这里吃饭。他堂哥也是放假在家里休息，又没什么事，让他来陪你，就在这里坐一下，就在这里玩。"

他母亲与我说着的时候，他堂哥已经踏进了他家门。他堂哥和我坐在不同的长板凳上，他却走向大门，又开双腿站在门槛上。他堂哥喊他进来坐，喊了好几声，他像没听到一样，站了一会儿，就走出门不知去哪里了。

我当时对他的感觉就是：这个人怎么这么不懂礼仪，这么不出彩啊！他那拘束扭怩、手足无措的样子，就像我是来提亲的女婿他是待嫁的大姑娘。

我和他堂兄有一句没一句地聊着，等他再回屋时，他母亲已经做好了饭。

我对他说："我们要走了，走吧。"他不搭腔，他母亲说："就在这里吃饭，饭都做好了，也没买菜，就随菜便饭吃一口。"

我望了他一眼，他不表态，也没有走出门的意向。我又望了他堂哥一眼，他堂哥说："吃了饭再走吧。"我答应了，和他们弟兄俩围着八仙桌坐下来。他母亲从堂屋的西南角挂着的吊篮里取出三碗菜，咸菜、青菜和炸胡椒，又从厨房端出一碗炸胡椒炒鸡蛋。

我看四个小菜都只有大半盘，又是冷的，就想：这是真正的随菜便饭，应该不是为迎客准备的"大菜"。他还算守信用，真没告诉他家人说我要来的。

画面六：

他来找我，说他两个哥哥回老家，要我同他们一起去玩一下。我估计是他哥哥想看看我这个人怎么样，就答应了。

他说："不骑自行车。我三哥开车来的。"

"你三哥开车？"

"我三哥在'企办的'（镇企业办公委员会）开车，今天休息就回家一趟，顺便喊我大哥和我一起回去。我大哥和我三哥住在一起。"

"你三哥怎么到'企办的'去开车的？"

"他是当兵转业了去的。我大哥是老三届，他读卫校后在大队当赤脚医生，后来调到医院里的。"

"哦，难怪的。那你二哥呢？"

"他没读书。他读书成绩也蛮好，就是家里没钱就让他回来了。他在我们队当会计。我有时候带到学校去玩的那个侄儿子就是我二哥的小孩。他蛮好玩，他说你是个烧火（厨房师傅）的。"

"他说我是烧火的？"

"你上次去我家，我妈就问他，他就说你是个烧火的。"

"他为什么说我是个烧火的？"

"我也不知道。可能看你戴个草帽吧。"

"我去你家没遇到他呀？"

"我也不知道，我就是觉得很好笑。"

"哦，我想起来了。有一回星期天下大雨，厨房师傅没到学校做晚饭。我看几个住读生又冷又饿，厨房里又没饭吃又没热水，我就帮他们烧水煮饭。我煮饭的时候，你抱着你侄儿子到厨房去烤火，说他鞋子打湿了，帮他把鞋子烤干。他肯定记得那一次。但他怎么知道是我去了你家呢？上次我去你家时，你家除了你妈，其他人都不在家啊？"

"我也不晓得，是我妈问的。"

我和他正讲着，他三哥和他大哥来了，车停在我的校门口。我和他们一起坐上他三哥的军绿色吉普车去他家。这次，是他父母亲在家。

我们吃饭的时候，门前来了一位中年妇女，一边沿着他家的土台阶往上走，一边笑呵呵地望着屋子里的我们说："追强盗来了。"

待她走到大门口，在大门的东侧门框旁站定后又接着自己的话说，"哎呀，我今天说去田里把谷蔸子扯回去，跑到田里一看，谷蔸子不见了。我到处找到处问，人家说是后面湾的那个老头和他婆婆子弄走了。我一直找一直找，才找到您这里来。这谷蔸子您要还给我的，这是我准备嫁姑娘的时候做柴火烧的。"

我看了一眼坐在上席的他父母，他父亲像没听到一样，他母亲涨红了脸，恨不得找个地缝钻进去。我又看了坐在我对面的他大哥一眼，他大哥也像没听到一样，我转头看了背对着大门坐着的他三哥一眼，他三哥起身走到门口对中年妇女说："你说是你的，你就挑回去吧。"

"那不行的咧。您帮我送回去。我从您这里挑回去人家还以为我是个强盗。恁那们从我田里弄来的再送到我田里去。"

"送回去是不可能的。你说是你的，你要，你就自己挑回去；你不挑回去，我们也没得哪个跟你送回去，随便你。"他三哥说完就回到座位继续吃饭了。

"我一个单头人（方言，指没有老人和配偶帮忙做家务的人），硬是没时间把谷蔸子扯回去，我就想让它多晒几天了好扯些，挑也轻省些。哪个晓得，晒了几天就晒得没有了。我姑娘马上出嫁，我用什么柴火烧呢？恁那们一定要给我送回去，恁那们从哪里弄的就送到哪里去。"中年妇女不松口地说着。

他们三弟兄都不接话了，他父母红着脸不开腔。

我端着饭碗起身下桌子，一边吃一边走向中年妇女对她说："你把谷蔸子扯起来了，放在田里晒啊？"

"没有。就是没扯起来呢。"

"你插了个牌子，说那是你的？"

"没有。"

"你又没扯起来，又没插牌子，谁知道那是你特意留着的？大片大片的田里多的是谷蔸子，哪个在要啊？他们扯起来，弄得干干净净的，搬回来晒好了你就说是你的。是你的你挑回去呀，你还要人家送回去，亏你说得出来啊？"

"哪里呀，我是个单头人，闹不来。我屋里嫁姑娘要请酒的，就特意把谷蔸子留得蛮深，准备扯回去办酒席的时候当柴烧的。哪个晓得被恁那们弄来了，我还说被谁偷了呢！还是人家告诉我的，我才找来。是恁那们把我的谷蔸子弄来的当然要恁那们送回去呀！"

"你的谷蔸子长在田里面，他们把它扯起来弄干净，晒好了，你要他们再帮你送回去，你给不给工钱呢？还'谁偷了？'你看这两老，像偷东西的人吗？还要他们'送回去'，他们又不是从你家门口捡来的，他们是从田里扯起来的啦。他们这么大年龄的两个人，你要他们送回去，你怎么说得出来啊？"

"唉，我，这这，啧！"中年妇女话没说完整，转身走了。

我们吃完饭，又待了一会儿就准备回学校。他妈妈拿出一段深蓝色哔叽呢的布料送给我，说是给我的打发。

我不要。他妈妈说："这是特意买给你的，拿回去做件衣服穿，算是我们的一点心意。"我想起那个中年妇女在门前时，他妈妈恨不得钻地缝的难堪，就从他妈妈手里接过了这段布料。

画面七：

我在房间看书，我母亲在大门口洗衣服。母亲突然疾呼："幺姑，幺姑，"我出来一看，母亲的身子正往右下方倾斜。我紧跑一步，扶住她，她已经不会说话。我想抱她到竹床上，但抱不动。我把她顺势放地上，去隔壁左右喊人。大家跑到我家来把她抬到竹椅上，她已经不省人事了。我去医院找医生，医生来看了一下说："去住院。"大家又把我母亲抬到医院。

我一个人实在为难，便骑了自行车到 T 老师家，告诉他："我妈脑溢血在医院住院。"他没有表态，看着他母亲，他母亲说："呵呵呵，我说怎么他前脚进屋你后脚就来了，妈妈病了，那你同她去吧。"

他和我一同到我家，放好自行车就去医院。接下来的几日，他一直陪在医院，既没有帮我做一顿饭也没有帮我办一个手续，但还是每天都来。早上来，晚上回去。

我妈入院的第三天，他大哥来探望我妈，我安置他大哥吃午饭做了个煎鱼。送走他大哥后，他告诉我说："那个煎鱼的头没有煮熟，是生的。但我还是把它吃了。"我嘴上回复他："难怪你哥不吃那鱼的。"心里在想：这人的情商究竟是太高还是太低啊？

第四天，他母亲来探望我妈，坐在病房里时碰到一位乡邻。乡邻与他妈打招呼说："您怎么在这里？"

"我来看望她妈妈。我儿子的女朋友。"说着向我努了努嘴。乡邻看了我一眼笑着对他妈说："这好，这好，您有儿子媳妇养老了。"他妈笑呵呵地说："是啊，是啊。我以后有福享了。"听他妈妈这样讲，我看了他一眼，没想到他冲他妈妈吼一句："没得这事，哪个养你哦。"

我听得目瞪口呆，世界上还有与自己的妈妈这样讲话的人？不仅你前他后，而且态度忤逆不孝。我又看了他妈一眼，他妈涨红了脸，尴尬地笑着说："这个死杂种哦。"

下午，他送走了他妈妈回到病房来。他一进病房就把我衣服拉了一下，示意我，让我同他出去。在病房外的绿化带旁边，他无头无脑地冲我说："你没打算和我结婚！你对别人说你瞧不起我，你不会和我结婚的，那你为什么跟我谈朋友？"

突然听他这么说，我也来不及思考直接回怼他道："谁说我在和你谈朋友？我没有和哪个谈朋友，我也没跟任何人讲过结婚谈朋友的事。我打算和谁结婚，你听谁说的问谁去。"

他还嘟囔一句："那她为什么这么说呢？"

这之后的第二天，他和我聊天时又问我："你说这人是听父母的话还是听老婆，嗯，也不是，就是朋友，像你和我，听哪个的话？"

"你是不是说，遇到事情，是听从父母的意见还是听从配偶的意见或者女朋友的意见？"

"对对对。就是有事（遇事）的时候该听谁的话？"

我一听，觉得这人太搞笑了，比"妈宝男"还幼稚。想起先一天他妈妈的尴尬和他的无礼无知，我很诚恳地对他说："当然是听从父母的意见。父母永远和你立场一致，配偶和你虽然在大多数情况下立场是一致的，但有一些时候，配偶与你的立场是相对的。人肯定要听父母的。"

他不讲话了，我想起他昨天送走他妈回来把我拉出病房说的话，知道了那是他妈妈看他在我面前说错话了而耳提面命的补救。佩服他妈妈的心思细腻，遇事不急不躁，处理事情圆润周到。同时，我也难以相信，他会幼稚到如此地步？

画面八：

一个星期天，他来找我，说他在仙桃看到一件衣服很好看，很适合我穿，要我和他一起去看看。我们骑自行车到仙桃，他把我带到那个商店，在商店柜台里的墙上，看到那件挂着的衣服。枣红色的针织面料，袖子和胸前共有四块黑色皮质的镶嵌，西服领，反面有衬里，确实式样新颖又厚实保暖，价格：18 元。

我试穿了一下，感觉蛮好。他望着我说："可以。"然后，他走到柜台的另一头，离我远远地站着，不动也不说话了。我知道，他的意思是：我觉得可以，你想买就自己掏钱，我只帮忙看一下，不出钱。

我觉得 18 元是有点多，半个月的工资就只能买这一件衣服，不能要他掏钱。我自己掏钱买下了这件衣服。然后，他带我去吃午饭。在饭馆，他仅仅买了两碗面条。

我觉得这人太小气了。但想到他的家庭条件，觉得他还是蛮实在的一个人，不打肿脸充胖子。

吃面条的时候他给我讲："我们家原来有十几口人都住在一起，只有两间小屋。后来慢慢挣，在新台给我大哥和二哥一人起了两间小屋，又把我们老台上的两间小屋修好了，相当于一连修了三栋房子共六间屋，一分钱都没找别人借。我接到通知书后，我爸就对我讲：'你有十几岁了，我们也老了，管不了你了。以后，你自己管自己。从我进师范起，我爸就没给我一分钱。我一毕业，我大哥就给我买了一块手表和一辆自行车，我拿了工资就开始还钱，慢慢地还，现在都还清了。"

我心里想，难怪那么小气的。

他又接着说："我现在想报个函授班学习，学电器修理。"

"可以呀。周末也没什么事，学点技术蛮好的。"

"我不抽烟，不打牌，不喝酒。没有牌朋友和酒朋友，我觉得我过得还蛮好。我像不需要找牌朋友和酒朋友，就我们家里几弟兄像没什么问题不能解决的。"

"你没出过门？其实我也算没出过门。但，人与人之间还是要有交往的。"

"酒肉朋友，没钱不需要去交朋友的。"他这样来一句。

他说的与我平时听到的或者是与我平时形成的观念完全不一样。又觉得他说的也没什么不对，大概是家庭环境不一样吧。我家人口少，他家人口多；我家祖辈是做小生意的，都读过书，他父亲原来是放鸭子的没读过书。对生活的感悟，我们有很大的差别。

这天，我们从仙桃回来有点儿晚了，他没有去我家。第二天早晨很早，他来我家，一见我就对我说："路边不知是谁写了你的名字，你去看看。"

我一声不吭地跟随他来到他说的那个路边。是我们学校与我家的途中，公路旁的一个大水塘边。由他指点，在一棵树上，白色粉笔写的几个笔画，我看不出来是写的什么。

水塘是紧挨公路的，公路与水塘的交界是一个斜坡，连接公路与水塘的斜坡上有两行树，"我的名字"是写在里边靠近水塘的那一行其中的一棵树上的。

他指着那几个"字"说："你看，'万''一''恋'，这是谁写的你的名字？他不怕掉到水塘里去吗？这字写得这么差，是小孩写的吗？这也不像小孩子写的，这么高，小孩够不着啊。谁写的呢？他哪来的粉笔呢？"他说什么我都不搭腔，准备转身去上班。他追问我："你说究竟是谁写的？"

我只回了一句："不知道。"

我想到了他昨天和我吃面条时讲的他同学的一个笑话——小叶，他的高中同学。

他对我讲："你知道小叶吗？我们是高二的同学，她是我们上一届复读到我们班的。她卫校毕业后也分回来了，别人把我介绍给她，她不同意，瞧不上我，结果她和一中的朱老师结婚了。朱老师年龄大、皮肤黑、个子矮。"

"肯定是有才。"我插了一句话。

"你不晓得，开始是人家把小叶的朋友介绍给朱老师的。小叶的朋友是农村的，读书没有读出来，就在羊毛衫厂上班。有人介绍了朱老师，她朋友就请小叶当参谋，陪同去相亲。小叶见了朱老师就给她朋友打破，说：'这老师好丑啊，又黑又矮，不行不行。'小叶的朋友就让她去帮忙退信。不知怎么回事，她去帮朋友退信的却和朱老师好上了。更有趣的是，小叶开始和朱老师在一起时，要朱老师写保证，保证不对别人讲。朱老师就写了保证书，两人还签字。后来小叶又不和朱老师好了，朱老师就把当初的保证书拿出来，复印了贴到寝室门口的树上。小叶怕坏了自己的名声，就和朱老师结婚了。你说小叶好不好笑，她认为一个农村娃都配不上的人，她又和别人结婚了。"

我接口说："我不相信。要人家写保证书，还签字？小叶应该没有这么傻！"我还想对他说，人要讲仁义道德、礼义廉耻，但我没有讲出来。我看着他讲笑话时的神态，我觉得和他这样的人讲道义德行，那不是对牛弹琴，那是与虎狼谈心。

——"这究竟是谁写的呢？把它擦掉吧？"他站在树下盯着我的脸问我。

我收住思绪，看了他一眼说："随便你。"说完我自顾自地走了，去我学校上班去了。

往学校去上班的路上我在想：我第一眼根本没看出是我的名字，他怎么看出来了？一般走路，没有谁刻意看路边，就是看，也只随意看到路旁视线所及，他怎么看到路旁以外第二排树上去了？这个地方离我家不远，认识我的人都知道我的乳名没几个人知道我的学名。无论认识我还是不认识我的人，把我的名字写在树上起什么作用呢？我没做任何伤天害理或者有伤风化的事情，他把我名字写在那棵树上面对我有什么影响，对他有什么好处呢？

这样想着，我又想起我在汉口车站遇到的一个骗子。

那次，我一个人，也是第一次去汉口车站乘车，背着个大包走着去车站。快到车站门口，一个中年妇女撵上我说："你身材蛮好呢，和我差不多高。我刚才在那边看到一段布料，蛮好看，我和你去买来做裤子吧。两人拼起来做衣服划算一些，单独做一条裤子太费布。"说着拉了拉我的衣服。

我转头望了她一眼，三十几岁的样子，个子确实和我差不多高，我说："我不需要做衣服。"

"那布料蛮好看，我也是没准备做衣服的，逛街逛街看到了，就想买了做一件，两人拼在一起做要不了几个钱，走吧。"

"我不做衣服。"我又回了她一句，继续走着。

她又说："我有一个妹妹和你差不多高，身材很像。我就和她拼起来做，你跟我去裁缝铺帮她做个比子，量一下你的尺寸吧。"

我转过头看着她说："你妹妹和我差不多高？我去帮她做比子？！这个理由不好，你再找个好一点儿的理由来吧！"

那个妇女愣了一下，没回音。然后放慢脚步没有再紧随我唠嗑，撵着我说话了。我再回头看时，她转身往回走，已经离开了我。

想到这里，我觉得好笑，我把树上写我名字的这件事丢到脑后去了。

画面九：

我们俩去学校，走在雪地里，我脚下一滑，差点摔跤。我本能地伸手去抓他，他一甩手说："唉，你不把我拉摔跤了的。"

幸亏我没有摔下去，这人怎么这样子？我反过来想，这样也有他的好处，为了保命他可以对任何人不管不顾。他在任何场合绝不可能因为保护他人受到丁点儿损伤，这不正是我所希望的 C 同学的样子吗？

感情真是个奇怪的东西，如果 C 同学真和他一样只顾自己贪生保命，对旁人不管不顾，我会这样把 C 同学长久地储藏在心里吗？

第二天，我回家看母亲。一进房间，看到他坐在我母亲床尾的椅子上流眼泪。母亲坐在床上，靠着床头在安慰他。

我问："怎么了？"

他继续流泪，不回答我。

母亲对我说："你哥说了他几句。"然后又转向他说："他也没说什么，她哥哥么，你不放心里去。"

“哥说他什么了？”

“他就说‘一个男生老往女生家里跑不成体统！’”母亲回答我一句又转向他说：“他说你么，又不是我们说你。”

母亲在继续给他做思想工作。我看他很伤心的样子就对他说：“那你以后就别来了。”

看他流泪更厉害，我又赶紧补了一句说：“有事就找我一起来，不要一个人来了。”

第三天，他又特意来找我，对我说：“我是看你哥病成那样，你妈又不能动，我才难过才伤心流泪的。”我一听，知道他又把昨天被我哥数落的事告诉他母亲了。感觉他母亲情商特高，可他为什么那么幼稚呢？可能是他经历的事太少，他母亲对他的关照太多吧，他的为人处世的能力应该是可以提高的。

我们一起回家做午饭。在我家厨房，我掌锅、他掌灶。他一下接一下地往灶膛里添柴，烟多火焰小。我来到灶门前，指着灶膛里的一堆黑柴禾对他说：“柴禾加多了，没有烧过心。你看，这烧过的柴禾是黑的，不是银灰色的就是没烧过心，有烟。你慢点儿添柴禾。”

他说：“有没有烟与添柴禾多少没关系。哪个烧柴禾没有烟呢？”我觉得这人不谦虚，就没说了，任由他添柴。

饭还没煮好，他三哥来了。他三哥到灶门口帮他添柴时说：“放这么多柴禾到里面，这怎么烧得好。”一边说，一边拿了两根柴禾棍子出来。

我接口说：“不是说柴禾加多加少一个样吗？”

他三哥说：“一个是完全燃烧，一个是不完全燃烧么，怎么会一样？”

“我是说哟，我说他柴禾加多了，他不承认，他还说加多加少一个样。”

他三哥听我这么讲，看着他笑起来。他也笑着。

然后，他三哥说还有事，就走了。我感觉到他们弟兄之间亲情的浓烈，也觉出他妈妈对他的惦念。

我估计，他妈妈一定是知道他能力弱，又碰上我哥哥行为难以受控制，怕他在我家受到我哥的伤害，特意让他三哥来看看的。我能理解一个母亲对儿子的担心，也考虑到我哥哥的病情确实无法掌控，就想把我妈接到我学校去住。

画面十：

又一天，他照例来找我，我对他说："我们结婚吧。我想寒假前结婚，春节后让我母亲到我学校去住，免得我老要往家里跑。她到学校住，我一下课就可以陪她，照顾起来方便一些。"

"结婚没问题。二姐昨天对我讲过了，结婚没问题。"

"二姐对你讲过了？"

"嗯。"他答应一句又不说下文了。

我想起前一天，我对我母亲说："您搬到我学校去住吧。免得我老要往家里跑。您到我学校住，我一下课就可以陪您，免得像现在我去学校了就没人陪您了。"母亲想了想说："你又没结婚。一个家还分几个位置住？你结婚了我再去你那里住。"我答应了母亲，说："好，我尽快结婚。"

难道我母亲与我二姐说过这事，她们已经商量过了？她们为什么不让我自己处理呢？她们为什么要替我与他讲呢？

我的脑海开始回放我与T老师相亲以来的点点滴滴。我感觉到，我悟出来：整个相亲，我作为一个主要角色，剧本却不是我编排的。

最开始去我学校玩的我的那些同学也都是E老师的学生。其中一个还是他大哥的同事，应该是他大哥和E老师特意安排的，只是没告诉我而已；那些信都是他们特意安放到他和E老师寝室的，哪一天说到哪封信都是预设好了的，只是瞒着我而已；第一次去他家，应该是他事先和他母亲讲了，他们全家人商量、准备了一天后他才带我去的；他走出家门是去喊他二哥了，他二哥和他二哥的小孩在门前看到过我，只是我不知道而已……

他在和我讲话时，经常当时不接下文，第二天又提起来叙说，其实每次都是他回去向他母亲讨教了才来回复我的！

此时，我虽然有受骗的感觉，但我并不伤心，谁的婚事不是举全家之力周旋的呢？虽然他是个"妈宝男"，但我与他妈并无利益冲突，唯一的冲突就是他们都不愿意帮助我的家人，这也是人之常情，我也没打算接受别人的帮助，也从没想过要婆家人来帮助我哥和我父母！

就婚姻而言，我这样的人有我这样的家庭背景，和T老师结婚也蛮合适的。如果我和师范的C同学结婚，他对我付出太多我会自责；他对我付出太少，我会自卑。我们在一起，我会觉得将他拥在怀里怕他热，背在背后怕他冷！如果我和那些愿意侍奉我父母、照顾我哥哥的同学结婚，我会觉得我欠债太多无力偿还。我会一辈子都有受人之恩而无力相报的心理压力，终身不得自在。

T老师这个人，他对我一毛不拔，对我家人更做得出抹脸无情；在我遇到困难时，他对我从未伸出援手，在我家人处于困境他也从没想过帮助分担重负。和他在一起，我完全轻松，就如路途中的同行者，并排或前后都无关痛痒，更无关悲喜；是否互相帮助也无关心情，无关道德；各自随意，走自己的路！

我也不讨厌他的家人。他的母亲虽不是特别聪慧能干但也亲和善良。虽然他母亲的善良很有局限性，但处于她们时代的女性有这样一份善良就是很不错的了，比那些尖酸刻薄、小肚鸡肠、惹是生非的人好相处多了。

他父亲是别人眼里的花花公子。家里贫穷至极，仍然痴迷打麻将；一年四季，每天早晨一个鸡蛋一两糖冲一碗蛋花，每天中午一顿午觉，每天晚上一顿酒。哪怕他们弟兄姊妹饿得没力气玩耍，哪怕割早插晚全村人都起早贪黑忙得吃不上饭。

但他父亲能做到，每次打麻将之前留出全家人的生活费放家里，带出去的钱赢多了才继续，输光了他会回家拿生活费去挣钱，有了多余的生活费才再去打麻将；吃饱喝足休息好了还会极尽耐心地照顾子女，与那些好吃懒做、游手好闲甚至苟且贪生、卖儿卖女的人是有本质区别的。

他家弟兄姊妹个个都是克勤克俭、永不懈怠的那种本分人。虽然与人相处不算周全，但也算得上真诚友好。

他这个人虽然不聪明，但有韧性；特别的利己不利人，但也不损人害人；好像很自私无情，其实本性善良，无毒无狠。并且，他有一个最重要的特点是非常珍惜自己的生命，他是那种对自己的毫发都极力保护的"妈宝男"。这一点对我很适合，因为我的哥哥、我的家庭，我没有精力去爱护其他人，我很担心其他人受到我家庭的拖累甚至是我哥的伤害，他不会。为了保护自己，哪怕我正遭受刀劈斧砍，他也不会伸出援手，他会躲得远远的。

就是他了，和他这样的人组成家庭我不会有任何的负疚感，不会有任何的心理压力。而且，他这样自私自我也是减少了我的后顾之忧。

我和他去拿结婚证了。走出民政局，他第一句话就是："我再不怕你了！"

"怕？"我望着他，彻底无语，心里在对自己说："我此生的'相亲'结束，与人'相亲'的画面再也不会出现在我的生活里！"

有人说，"初恋一般都不成功，结婚了也是会分开的。"有可能。

初恋是纯洁的爱情，结婚是柴米油盐酱醋茶的平凡日子。爱情是灵魂的安抚，婚姻是生活的安置。虽然，没有爱情难以组建和谐的婚姻，但，如果两个人的门户地位、经济背景、家庭文化、观念信仰这些硬件不相配，仅有爱情也不可能组成完美的婚姻。

如果婚姻免不了算计，那么我要让爱情远离。因为爱情是灵魂的生命，婚姻是四肢的养料，人可以没有四肢，但不能失去灵魂。所以，我要尽力保护爱情，哪怕是牺牲婚姻。

人与人之间，相逢后是否相识、相知是缘分，相亲了是否相爱、相守是福分。一切都是个人造化，相信命运的安排是上天给每个人这一生最好的布局。

后记：

"相亲"和"结婚"的关系就如高考前的备考"练笔"与高考时的考场"答题"的关系一样："练笔"时错得一塌糊涂，只要高考"答题"正确就是成功；"相亲"时判断失误，只要"结婚"时处理得当就好。

与高考不同的是，高考题的答卷有标准的答案，而相亲的结果没有标准的评判。虽然，与高考一样，相亲的过程中不由参试者自己选择考题，但，与高考不一样的是，相亲的参与者可以选择自己想要的答案！

很多人认为"相亲"就是"结婚"的前奏，是结婚的引言，它和结婚一样终身只能有一次，否则就是"不幸"的等义词。有了这种想法，有一些自认为条件不够的人就在相亲时做手脚。

比如，身体残疾或面相难看的人找人替代相亲；家境不好或能力不够的人假借他人之力相亲。他们设置虚假形象、虚幻意境，让对方在错觉中建立第一印象，误导对方的思想情感。

有一些被误导的人在发现自己看走眼做出的是错误决定后选择后果自负，让弄虚作假者"阴谋"得逞；也有一些被误导的人在发现自己看走眼做出的决定是错误时选择反悔，推翻曾经允诺的事或某些决定。

没有及时纠错的人大多终身不幸福；能够及时止损的人，如果遇到的是人渣，会被反咬一口，被说成出尔反尔，矛盾由此产生，终身麻烦不断。

借他人之力，作假相亲的人犹如做假账的上市公司一样，黏上谁谁受损。能够及时止损的人，即使不失去终身幸福也会搭上半世烦恼！这就是我们所说的遇人不淑而永无安宁之日。

所以，"相亲"的人要擦亮眼睛，谨慎出行，三思而后做决定。

第三篇　回复

2016 年 6 月 26 号，某市某中学初中三年级的一群老师们从西藏的布达拉宫出来，直奔景点停车场的大客车。那是他们这次旅游团的包车，导游是他们熟悉的王导。

王导说："这是最后一站，我们回酒店收拾一下，准备返程，明天就可以到家了。"

老师们的心还在布达拉宫里，这座为迎娶文成公主而兴建的宫殿，重建后成为历代达赖喇嘛的冬宫居所。整座宫殿起建于山腰，大面积的石壁屹立让建筑与山冈融为一体，气势雄伟，型体设计、殿内装潢更是精美华丽……

王导见大家都不答话，又说："看你们好像一点儿'要回家'的意思都没有，没有玩尽兴？我们做个游戏吧！"

这时候，年轻的政治老师"赵教授"接口说："哎，我想到一个游戏。老师们，我们每个人给自己的另一半发一条短信，统一都是五个字，'你去哪儿了？'

"去'做头发'了呀！"赵教授的邻座抢过话头，说'做头发'的同时扮了个鬼脸。

听到"做头发"三个字大家都笑起来。有男老师开始响应，嘻嘻呵呵地说："发，发，发。"女老师们都不接话，也不拿手机；夫妻双双在车上的老师们积极附和着几个男老师说："可以，可以。收到回复要向我们汇报啊。"

"呵呵呵呵……"车内只有笑声。

赵教授走下座位，挨个看男老师的手机，督促他们给各自的夫人发"你去哪儿了？"

他们的夫人收到短信了吗，是什么反应，及时回复了吗？我们"启动天眼"从赵教授的夫人这里开始吧。

为保护隐私，我们不说谁谁谁的夫人，就随便编号为"一号夫人""二号夫人"等等吧！

"一号夫人"也是老师，教小学的。刚在平行班讲了一节公开课。课堂上孩子们听得很认真，发言很积极，课堂气氛很活跃，她讲得很轻松。下课后，她走到教室的西北角去关电脑，感觉到有一个小孩在背后紧紧地抱住了她。她回过头，一个可爱的小男孩抱着她，傻呵呵地望着她笑，然后松开手跑了。

她还没有转过身来，又一个小女孩跑过来抱着她，也是笑呵呵地把头贴到她背上，一两秒钟后又"呵呵"、"呵呵"地跑掉了。她在心里笑着：这些小孩子这么活泼，这么大胆，还敢来抱我这个新老师！

她回到办公室，问这个平行班的班主任老师说："你们班的学生平常有没有人抱你？我今天在你们班上完课后有两个学生来抱我了。"平行班的班主任老师笑呵呵地说："那是我们班的'欢喜宝宝'，我们班的几个宝宝喜欢哪个，就会去抱哪个。他们抱你说明他们很喜欢你。"

听到平行班的班主任老师这么说，"一号夫人"心里喜滋滋的，正准备给老公发短信讲这件事情时，收到了老公的短信，"你去哪儿了？"

"一号夫人"心里想：上班时间我能去哪儿，他怎么给我发这么个短信？他知道我去别的班了？不会吧。他发现我不在办公室也不在自己班上？也不可能。有点儿奇怪啊！

她想不出老公为什么会发这么一条短信，老公平常的风格不是这样的啊！她想不出来也不去想了，心里想着他明天就要回家了，回家了再细说吧。于是，"一号夫人"就回了一句："在隔壁班上了一节课，刚回办公室。"

"二号夫人"在医院上班，虽说只是个护士，但也和医生一样累得像一条狗，只想回家休息。这几天老公不在家，婆母也没来帮忙带小孩儿，她忙得像转动的陀螺一样，根本没有休息的时间。好不容易下班了，在更衣室看到手机上的短信，她想：我一个人又上班又带孩子，我能去哪儿，他是不是发错对象了？等他回来了好好地审一审他。

"二号夫人"当没看到老公的短信一样，只在手机上看了个时间就把手机放回包里，赶紧到孩子的学校接孩子去了。

"三号夫人"看到老公的短信"你去哪儿了？"这几个字时心头一惊：他提前回来了？他怎么知道我不在家。

"三号夫人"原是镇上印刷厂职工，后来印刷厂倒闭了，她做小生意、开服装店都没有挣到钱，她就去做保险也顺带做微商。几年前，她在一次交易中被人骗走了两千元钱。她正在焦急心痛之时接到老同学的电话，她便告诉老同学自己被骗的遭遇。老同学二话没说给她转账三千块钱，并强调这三千块钱不用还了。

"三号夫人"不敢把这事告诉老公，因为老公是个小肚鸡肠。"三号夫人"的这个老同学已经四十岁了还没结婚。虽然她与这个老同学不在一个城市，但常有联系，而她老公又非常反感她与这个老同学来往。所以，她心里一直觉得欠了老同学一个人情没法还清。

这次，老公不在家，"三号夫人"花了一千多元钱买了一双名牌运动鞋，寄给老同学了。刚出邮局门就收到老公的短信，她的心立马咚咚咚地乱跳。

"三号夫人"的老公平常自己都是买折价衣服、降价处理的鞋袜；对她这个"夫人"是折价衣服、甩摊鞋袜都不舍得买的一个人。

"三号夫人"的老公对她这个"夫人"的关注反映在生活的每一处都是尖酸刻薄到极致，不仅从来不给她一分钱花销，还老查她的经济账。"三号夫人"想：老公要是知道我帮人家买了这么昂贵的鞋子，还不得和我拼命。要是拼掉我这条老命也好，或者吵到我们离婚也可以，问题是他只想控制我的言行，不想和我离婚。

"三号夫人"的老公确实是一天到晚说"三号夫人"一百个不是又绝不愿意离婚的人。她老公心里就是把"三号夫人"当卖身到他家的奴仆一样，只有做牛做马的义务没有任何享受的资格，就是一个免费保姆吧；而"三号夫人"的心里，她老公就是一个又穷又囧又懵懂的铁公鸡，还是一个不能吹不能打的脏豆腐。所以，她一般不与她老公理论，能忍就忍，不能忍时就出去溜达一圈，让记忆清零了再回家。这几天，老公不在家，她觉得特别舒心惬意。现在看到这个短信她立马忘记了快乐，三步并作两步，先回家看看，看老公究竟回家没有。

本来，她老公当她说是后天回来的，但一般时候她老公说的话都与事实有出入，从来没有准确过一次。因此，凡事，"三号夫人"只能自己亲自"视察"，她老公的话顶多是一个参考，当不得认真的。

"三号夫人"回家一看，老公并没有回家。她又在学校操场上转了一圈，确认"初三旅游团"还没有回学校。她掏出手机，准备给老公回一条短信时却犹豫了。她收回手机，回到家里给老公回了一条长信，把自己给老同学买鞋的事及前因后果都告诉老公了，并在最后交代："如果你不能理解我的行为，我们就离婚吧。我已经无法承受你对我的漠不关心，无力面对你对我的尖酸刻薄了。"

"四号夫人"是本校的语文老师，今年教初二。"四号夫人"是长期的优秀班主任，"师德模范"教师。四天前，她班上一个男生上课看手机，她没有直接批评学生，只跟男生的妈妈讲了这件事，并表达了自己的意思：现在是期末复习阶段，马上要期末考试，希望孩子把精力放到学习上。

这个男生的爸爸是生意人，长期在外面，妈妈一个人在家带孩子。孩子的吃喝拉撒睡全是妈妈亲力亲为，但孩子的成绩始终只是个中等样。

孩子的妈妈平常就敦促自己，要尽最大的努力，哪怕牺牲自己的一切"生活"，唯愿孩子努力向上。她期盼着孩子将来能考上一个好大学，为全家争取一个美满的幸福生活的新局面。

孩子进入初中，孩子的妈妈更是全力以赴照顾孩子的饮食起居。尤其是初二这一年，初中阶段的关键时期，她特别细心地照料着孩子。孩子在学校时，她就买菜、做饭，收拾屋子，把家里收拾得井井有条；孩子在家时，她是寸步不离地陪伴孩子，视线永远落在孩子身上。看到孩子虽无冒尖的成绩，也没有甩尾的记录，妈妈虽然日复一日地操劳着，也快乐着。

当妈妈听到班主任老师说自己的孩子在学校上课期间刷手机时肺都气炸了！等放学时，孩子一进门，妈妈就噼里啪啦一顿数落，并收缴了孩子的手机。

孩子没有说一个字，在母亲拿走手机后走向阳台，纵身而下。母亲奔向楼下，孩子已经不省人事。大家把孩子送到医院，四五个小时后，医生宣告不治，孩子走了。

"四号夫人"得知噩耗赶到医院时，孩子妈妈撕心裂肺的哭号，让她这个优秀班主任束手无策，两天两夜无法闭眼。

"四号夫人"找到校长，对校长说："出了这样的事，我很痛心。虽然责任不全在我，但至少是我把这件事没处理好：我没有给孩子全方位细心的教导，没有与孩子母亲进行细致深入的交流，没有发现他们的力不从心！我促就了悲剧的发生，我仅以我个人的名义给孩子家人三万元补偿金，表达我的歉意和愧疚之情。"

校长对"四号夫人"安抚一番，和学校领导共同商量后，出于人道主义考虑，又以学校名义拿了九万元，一行人带着十二万元一同去孩子家，看望孩子父母。孩子祖母说："如果班主任老师不对孩子妈妈说'孩子上课看手机'，就不会出这样的事。现在，孩子没了，一切都是因老师而起，学校应该承担责任，赔偿我们家长。"孩子父亲立马阻止孩子的奶奶说："不关老师的事，是我平时疏于教育，与他交流太少。是他自己做错事了。"孩子母亲也说："是我平常给他压力太大，我自己也过于急躁，没有与他平心静气地交流过，都是我的错。"

即便这样，"四号夫人"仍然无法正常上班。她一进教室就看到那个男生的座位；一闭上眼睛，面前就浮现那个学生躺在医院、孩子母亲在旁边追悔痛哭的凄楚悲伤的画面。

"四号夫人"只要回家，一进家门便只能躺在床上，什么事也做不了。看到老公的短信，想说的话出不了口，一是没心力，二是不方便。学校中考成绩马上出来，也意味着下届招生就要开始，很多家长会来学校打听学校的教学情况，中考成绩排名等。学校老师都是竭尽所能地认真对待教育战线每一学年的播种与秋收，不能让这件事影响老师们的心情。

她只给老公回复："在家里。"

"五号夫人"是在改革开放时期下岗的，这些年在家里办住读托管班。就是招收一些住家离学校较远或家里没人辅导作业的学生。这些学生周一至周六都在老师家吃住，晚上由老师辅导作业。这些学生平常都不回家，只周末或节假日回去。因为这个原因，他们两口子平常哪儿也去不了。

现在，国家政策不允许老师在家办班，他们这一学年结束后，明年就不办班了。今年他们家招收的学生也基本上是初三年级的，所以，中考后，家里的学生走得差不多了，就只有初一的两个学生。他们本想夫妻俩一同出去玩一趟，准备把这两个孩子托付给楼下的老师帮忙照管几天。但家长觉得由他人照管个把星期，时间太长了，又是期末复习阶段。家长不乐意，他们就取消了一同旅游的安排，只有老师一个人出去旅游。

"五号夫人"把自己留在家里专管这两个小孩。这天，她觉得清闲，就去麻将馆打麻将。刚打两圈就收到老公短信，自己觉得理亏，就对牌友说："这圈打了回家去。"

"打四圈吧，这圈打完了再打一圈。"对家接口说道。

听到牌友这么说，"五号夫人"在想：我是现在给老公回复短信呢，还是打牌结束了再回复呢？思想上就这么一瞬间的开小差，冒了一张铳牌。本来自己可以胡牌的，自己没胡牌是小，接下来一把让庄家胡了个清一色的大牌，这么一来里里外外去了一大坨账，把她这几天辛辛苦苦为两个住家学生服务的收费全赔进去了还不够。

她心疼得怪罪老公的短信，迟不来早不来，我要胡牌的时候他来。"烦死了。"她心里这么说了一句，嘴上就冒出话来："继续继续，再打一圈了回去。"

又打了一圈，她也没有把输出去的钱赢回来，愤愤然回家去，给老公回复了一条："哪儿也没去！"

"六号夫人"也是本校的老师，教初一的数学。"六号夫人"原来是教小学的，这两年才调到本校，还不大适应初中生，有一些学生也不买账。今天，就有一名学生Z同学没有交作业，她一查，这孩子根本没写。

"六号夫人"问他缘由，他说了一大堆由头。"六号夫人"听了半天也没听出有价值的理由来，就对这孩子说："今天中午不完成这项作业不能回家。"同时把手中的作业本递给他。Z同学不情不愿地接过本子，站着不动。"六号夫人"转身回办公室了。

"六号夫人"在办公室傻傻地坐着，觉得这孩子明摆着就是不愿意写作业，还找来一大堆理由，自己居然无法说服他心甘情愿地写作业！正在烦闷之时，一个学生跑进办公室说："老师，Z 同学说他肚子疼。"

"六号夫人"立马回到教室，Z 同学还站在原地，根本没回座位，更没有开始写作业。"六号夫人"问 Z 同学："你肚子疼？"

"嗯。"

"怎么回事，什么时候开始疼的？"

"就是你打我之后开始疼的。"

"我打你？我什么时候打你了？"

"你给我作业本的时候，用作业本打到我肚子了。"

"我给你作业本，是递到你手上的呀。"

"我手就放在肚子上。你给我作业本时打到我肚子了，过了一会儿，我肚子就开始疼了。"

"你不吓我，这个本子碰了一下你肚子，肚子就疼了？现在疼的感觉是越来越重还是越来越轻？"

"越来越重。"

"那赶紧去医院吧。"

"六号夫人"带着 Z 同学去医院，刚走到校门口，碰到 Z 同学的爷爷来学校。"六号夫人"有一些惊讶地问 Z 同学的爷爷说："您怎么来了？我正准备找 Z 同学家长的。他昨天没写数学作业，我让他补写了才能回家，他说他肚子疼，还说是我用作业本把他肚子打疼了。"

爷爷说："我是说哟！刚才他给我打电话说'不读书了'，让我来接他。我问了半天他才说是数学老师打了他，把他肚子打伤了，他不读书了。我是在想：数学老师怎么可能打人呢？随便说哪个老师打他我都信，这数学老师不知好好的脾气，怎么可能把他打伤呢？原来是没有写完作业。好好好，您把他交给我，您回家吃饭去。"

"六号夫人"转头问 Z 同学，"你肚子还疼不疼？"

"还疼。"

"那我们还是去医院吧。""六号夫人"这样说了一句就和 Z 同学的爷爷一起带着 Z 同学去医院。

医生检查完后，没说有什么问题，但 Z 同学仍说"肚子还疼"。医生让他坐在病房里观察。

Z同学的爷爷偷偷告诉"六号夫人"说："老师，您不着急，他没事的。他爸爸妈妈在深圳打工，他从小就在我这儿。原来有他妈妈陪他，今年他读初中了，他妈妈就去深圳和他爸爸一起打工，他就不高兴了。他妈妈每次和他视频，他不接。昨天，他爸爸跟他视频，说他对他妈妈不孝，要打他，他就说他'腿疼'，在床上滚来滚去喊'腿疼'。我们明知道他要赖，但都没得办法。"

"昨天找医生看腿没有？"

"没看。他就滚来滚去喊腿疼，我们都没有理他。他爸爸也是干着急，只说要回来打他，人都还没回来他就放骗。他爸爸都不知如何教育他，我们更是说话重不得轻不得。这个娃，怎么办啊？"

"这确实不好办，万一是真生病不能耽搁治疗啊！"

"唉——"爷爷一脸无可奈何的样子。

"六号夫人"也不知这个孩子究竟是真的生病还是要赖，就一直陪着Z同学。

又过了十几分钟，病房里来了一位小伙子，说是Z同学的表哥。他把Z同学喊到一边给他讲了半天，然后来到"六号夫人"面前对"六号夫人"说："老师，对不起，是他错了。"然后转向Z同学说："跟老师道歉！"

这时候，Z同学对"六号夫人"说："老师，对不起，我不该不完成数学作业。我现在肚子不疼了。"

表哥接着又对"六号夫人"说："老师，对不起。我是他表哥，在一中读高二。我刚才跟他讲了，'你们老师这叫打吗？你去我们学校看看，你作业不做试一试！啪啪啪，打到哪里是哪里，那才叫打。你作业不做，你敢狡辩，不把你打骨折？'他太小了，太不懂事，麻烦老师了。这里有我，您放心，您回去吧。我们也去跟医生打个招呼了把他弄回去。"

"六号夫人"这才心里的石头滚下地，回家来。当她吃好，心情平静地再次投入工作的时候突然想到，自己还是被Z同学赖过去了：当着全班同学的面说"不完成作业绝不能回去吃午饭"，结果Z同学一个字没写就离开了学校，还自己亲自把他送回家了。

"六号夫人"越想越气，眼泪装满眼眶。这时候，她看到老公的短信，好像瞬间燃起了斗志。她去教室又把Z同学找出来，对他说："中午吃好了？"

"吃好了。"

"你先把我快吓死，我以为你得了急性阑尾炎呢！差点就做手术了，幸亏你表哥来了，不然，不知道会发生什么事。"

Z同学不好意思地笑了一下，没答话。"六号夫人"又说：

"我曾看到一个故事，一个小孩很喜欢吃零食，但他家长很少给他买零食。有一次他肚子疼，家长在带他看过医生后就买了一点零食给他吃，他觉得很好吃，以后一想吃零食就说肚子疼。而且每次一说肚子疼就俯下身体，两手撑地，把头放到两腿之间，很可怜的样子。每次喊肚子疼都是这样，看了无数次医生也找不到原因。后来，被一个医生发现，他的病是装出来的。第一次装肚子疼，把头放到两腿之间是想看父母的态度。每次这样，次数多了，肚子就真疼了，每次肚子疼人就习惯性地俯下身子，两手撑地。因为人的肌肉是有记忆的，人有很多感觉是和情绪有关的。有一些人身体没病，因为心理原因也会感觉身体这里或者那里不舒服甚至疼痛。

"我还看到一个节目，讲的是一个成年男子老说胳膊疼，他胳膊什么损伤都没有，但他说疼得受不了。医生给他把胳膊疼的那一节截掉了，他还说疼，医生觉得是神经问题，把他相关联的那一小段神经剪掉了，他后来才没有胳膊疼的感觉了。所以，你以后千万不能随意说自己"肚子疼""腿子疼"之类的，真有问题就找医生，没问题不能骗任何人更不能骗医生。以前，医学还没有现在这么高的水平，有一些病不能用仪器检查。有个小孩儿，他做错事了，怕挨打就说自己肚子疼。他父母是医生，所以立马给他动手术，结果，阑尾没问题，白白挨了一刀，多不划算啊。再说，写作业也没那么难受吧，比"肚子疼"还难受？"

"我先是真的肚子疼。"Z同学插了一句。

"也有可能。很多病不一定是身体的原因。像有一些人就是莫名的肚子痛呀腿子疼呀，仔细找原因，一般都是心理因素。人的身心是一个整体，如果我们产生了某种负面情绪，比如焦虑、抑郁、压力等，如果没有合理的疏泄，就会通过我们的身体表达出来。所以，我们要学会识别自己的情绪，坦诚地面对家长和老师，不然，情绪问题很容易表现为各种躯体症状，最后成为难以治愈的疾病。

"你爸爸妈妈是很关心你的，他们没法陪伴你，但他们很关注你的情绪，很愿意倾听、理解你的想法，但你要给他们机会。如果你总是不搭理他们，他们错误地以为你讨厌他们，他们就会远离你，你就真的失去了父母对你的关爱。父母不在身边，你觉得不开心，父母心里更难受，谁不想陪着自己的孩子过衣食无忧的生活？一定是他们遇到了困难，陪着你就没有生活来源，去外打拼又照顾不到你。他们是既辛苦又心疼，如果你不理解他们，他们会更加身心疲惫，你愿意他们体弱心不安地劳累吗？"

看到Z同学心情平静，丝毫不见极端的情绪反应，"六号夫人"才如释重负地又叮嘱了Z同学几句才重新回到办公室。她拿起手机，给老公发了一条回复："你回家了我再给你讲。"

"七号夫人"也是当老师的，她还有一年左右就到退休年龄，但她已经退休约一年时间了。

"七号夫人"提前两年退休，是为了照顾自己的家庭。"七号夫人"是当地人，父亲早逝，母亲一个人拉扯她及她哥哥两兄妹长大。她哥哥在外地工作，她师专毕业后在本地当老师。

去年，"七号夫人"的哥哥在工作岗位上猝死，母亲在哥哥离世后不久脑溢血，躺在床上没人照顾。请过几个保姆，没有一个是特别细心又有耐心的人。

"七号夫人"考虑到自己当老师的职业不像其他职业，下班了就可以身心一同回家。很多的时候，上班之余，老师的人是下班离开工作岗位了，而心却还在学生身上。老师是需要永远身心都伏案工作的一种职业。"七号夫人"有母亲在床上不得动弹，她的心就挂在了母亲身上，她不能全身心地投入到工作中去。从母亲生病卧床后，"七号夫人"工作的时候总是记挂着母亲，根本无法做到一心伏在学生身上，她怕耽误了学生的学习就提前两年退休了。明面上退休工资比正常退休少了几块钱，实际上比两年后正常退休的工资要差一级多，里里外外算下来每月有大几十元的差值，她在没有其他办法的情况下，也就不能计较这些了。她提前退休后包揽了所有家务，包括照顾母亲，只求自己的家事不影响到老公的工作，不给学生带来损失就好。

老公这一学年正好带初三毕业班，"七号夫人"只能自己一个人尽心竭力地忙着一家老小，凡事尽量不让老公插手，免得影响老公的教学工作。这几天，母亲病情恶化她也没告诉老公，自己到医院咨询了医生，医生的答复很不乐观，她正想等老公回来和老公商量下一步的治疗方案，现在收到老公的短信，她只回复："什么时候到家？"

"八号夫人"是学校副校长，分管德育工作。"八号夫人"今天碰到一个很棘手的问题：学校闫老师从教师岗位退休五年，爱人从后勤岗位退休一年，儿子在学校工作十三年。前几天，闫老师的父亲去世，大家都不知道讯息。工会主席知道信息后只对闫老师说了一句："祝老人家一路走好！您节哀顺变！"工会主席没有代表学校送去慰问金。闫老师办完父亲的丧事回到学校后，他找到"八号夫人"谈心："觉得心寒！我虽然退休了，但父亲是我的亲身父亲啊，为什么学校没有丝毫的表达呢？"

"八号夫人"找出学校文件给闫老师看，确实没有说到退休教师的父母过世后的慰问金问题。

×市×中学工会慰问制度

为进一步落实《×省总工会关于加强基层工会收支管理的实施意见》（×工发〔2015〕2号）文件精神，维护学校教职工的权益，保证和促进职工身心健康，建立和完善学校慰问制度，创建和谐校园，参照现有的标准和办法，经学校八届七次教职工代表大会讨论，工会委员会会议表决通过，特制定慰问制度如下。

一、慰问对象及内容

1、教职工结婚

2、女教职工计划内生育

3、在职教职工生病住院

4、退休教职工生病住院

5、教职工退休

6、在职教职工父母去世

7、在职教职工配偶父母去世

8、教职工配偶去世

9、教职工去世

10、其它特殊情况

二、慰问标准

1. 教职工结婚，工会给予祝贺，贺礼标准500元；

2. 女教职工计划内生小孩，工会给予慰问，顺产慰问金1500元，剖腹产慰问金2800元；

3. 在职教职工生病住院，工会给予慰问，慰问金标准300元；

4. 退休教职工生病住院，工会给予慰问，慰问金标准200元，一年限定一次；

5. 教职工退休，工会给予慰问，慰问金标准500元；

6. 在职教职工父母去世，工会给予慰问，慰问金标准500元；

7. 在职教职工配偶父母去世，工会给予慰问，慰问金标准200元；

8、教职工配偶去世，工会给予慰问，慰问金标准500元；

9、教职工去世，工会给予慰问，慰问金标准1000元；

10、其它特殊情况，学校酌情处理。

三、情况说明

1、退休教职工节假日慰问按上级文件要求执行。

2、教职工重大疾病和家庭生活困难，除相关保险政策保障外，依情况申请专项补助。

3、在职教职工生日、在职教职工群体活动、在职教职工观看电影等纳入学校全年工作进行统筹考虑。

本细则自2016年1月1日起执行，本办法由校工会负责解释。

2015-8-29

闫老师也把"慰问制度"读了一遍，说道："你看这里，在职教师配偶的父母过世都有慰问金，退休教师的父母只字不提。退休教师就都没有父母吗？退休教师就不应该有父母健在吗？退休教师的父母就是社会边缘人士吗？"

"八号夫人"又把学校工会制定的这份"慰问制度"认真阅览了一遍：

× 市 × 中学工会慰问制度

为进一步落实《× 省总工会关于加强基层工会收支管理的实施意见》（× 工发〔2015〕2 号）文件精神，维护学校教职工的权益，保证和促进职工身心健康，建立和完善学校慰问制度，创建和谐校园，参照现有的标准和办法，经学校八届七次职工代表大会讨论，工会委员会议表决通过，特制定慰问制度如下。

一、慰问对象及内容

1. 教职工结婚

2. 女教职工计划内生育

3. 在职教职工生病住院

4. 退休教职工生病住院

5. 教职工退休

6. 在职教职工父母去世

7. 在职教职工配偶父母去世

8. 教职工配偶去世

9. 教职工去世

10. 其他特殊情况

二、慰问标准

1. 教职工结婚，工会给予祝贺，贺礼标准 500 元；

2. 女教职工计划内生小孩，工会给予慰问，顺产慰问金 1500 元，剖腹产慰问金 2800 元；

3. 在职教职工生病住院，工会给予慰问，慰问金标准 300 元；

4. 退休教职工生病住院，工会给予慰问，慰问金标准 200 元，一年限定一次；

5. 教职工退休，工会给予慰问，慰问金标准 500 元；

6. 在职教职工父母去世，工会给予慰问，慰问金标准 500 元；

7. 在职教职工配偶父母去世，工会给予慰问，慰问金标准 200 元；

8. 教职工配偶去世，工会给予慰问，慰问金标准 500 元；

9. 教职工去世，工会给予慰问，慰问金标准 1000 元；

10. 其他特殊情况，学校酌情处理；

三、情况说明

1. 退休教职工节假日慰问按上级文件要求执行。

2. 教职工重大疾病和家庭生活困难，除相关保险政策保障外，依情况申请专项补助。

3. 在职教职工生日、在职教职工群体活动、在职教职工观看电影等纳入学校全年工作进行统筹考虑。

本细则自 2016 年 1 月 1 日起执行，本办法由校工会负责解释。

2015-8-29

"八号夫人"也觉得这份"慰问制度"确实忽略了退休人员的父母这一块，确实没有考虑到退休人员也可能还上有高堂的状况。

闫老师还在感叹："人老不值钱啊！退休了就被抛弃了。难道工会定的这个规章制度从没有人发现它有不合理的地方吗？"

闫老师缓了一口气又接着说："退休人员就没有组织了吗？退休了就不值得有人去关心喜怒哀乐了吗？安慰金是次要的，学校这个集体心里还有没有退休老师这一帮人，还是不是在关注关心这帮人才是主要的！退休人员还应该不应该享受或者是感受到曾工作过的这个'大家庭'的温暖，这是人心、人性的体现啊！谁都不差这点钱，谁会争这点钱？心情啊！感情啊！你们可以把这个"慰问制度"给学校所有老师们看一看，我觉得会有很多人感觉到不公平、不人性化、不体现人道的。无论看到的老师退休与否，无论看到的老师自己的父母是否还健在，他都会觉得这份"慰问制度"伤人心啊：人老了，活着就没有意义了，人老了，就没有资格享受人情福利了！退休了，喜怒哀乐也退化了，没必要享受集体的温暖了？！"

"八号夫人"不知如何安抚闫老师。闫老师缓了一口气，又接着说："这是我第一次看到这个校工会的'慰问制度'，真令所有教师心寒啊！在职教师也有退休的一天，谁都希望自己的父母活过百年千年，国家政策都是高寿的人有特定的福利，我们学校怎么对高寿的人反而减少了福利呢？我的儿子就在这里工作，你说我是应该争取多活几年多陪着他多看着他，还是抓紧在他没退休的时候赶紧奔西天呢？你说这个'慰问制度'，这几项条款让人怎么能想得通呢！"

"八号夫人"静静地听闫老师一阵抒怀后对闫老师说："闫老师，您的心情我能理解。这个制度应该是沿袭之前的文件资料少量修改后确定的。可能之前没有遇到过这种情况，工会主席可能也是第一次遇到这种事，也没有设身处地地仔细思考就按文件内容执行了。您不要伤心委屈，您父亲高寿是您及家人的福气，现在，您已尽孝，我们不知道消息，没有去慰问您，我很抱愧，但请您原谅工会主席，他不是特意针对您这么做的。这个"慰问制度"我们再次开工会代表大会时拿出来让大家讨论讨论，议一议，看老师们的意见如何，到时我们一定按照老师们的意见去修改。闫老师，我在这里祝您父亲一路走好，也请您节哀顺变，保重身体，健康长寿！"

闫老师终于心平气和地说："谢谢你。你能耐心倾听我的想法，愿意就有关退休人员的福利问题纳入工作范围，愿意和学校领导一起，带领老师们制定各项合情合理的规章制度，说明你是很有责任感的人。你希望尽自己的能力把学校的工作做好，我也代表所有老师，特别是退休老师谢谢你。"

"八号夫人"送走闫老师，正准备看一下档案柜，查找一下之前的"慰问制度"，收到了老公的短信。她也不能把工作中的这些细节讲给老公听，就只回复一句："就在校内。"

……

发了短信的老师陆陆续续收到老婆的回复，只有"二号老公"一直没有收到老婆的短信，不知道是怎么回事，估计是忙，没看手机。但"赵教授"不相信"二号夫人"忙到没时间回短信。

"赵教授"对"二号老公"说："是不是不能给我们看就说没收到回复啊？我不信。如果你是真没收到短信你敢不敢给她拨电话，我来跟她讲话？"

大家都起哄，"二号老公"真的拨通了"二号老婆"的电话，然后把手机伸到赵教授的嘴边，赵教授说："哎，我们要回家了，你在干什么？怎么不回短信？"

"忙得要死，又是上班又是带娃，你还问我去哪里了，我能去哪里？"

"我没问你呀，你冲我发什么脾气？"

"你没问我？那条短信不是你发的？"

"当然不是。是你老公发的，你怎么说是我发的？"

"啊，我以为是我们家那口子呢，你怎么把他的手机拿在手上？我还以为是他呢！"

"是他，你不把他吃了，他敢跟你打电话吗？"

"哈哈哈""呵呵呵"，大家笑成一团。

"不行不行，不能只跟我老婆打电话，一个一个地打。""二号老公"喊叫着。

赵教授正在兴头上，说："好好好。二号的后面是三号，三号开始。"

"三号老公"正心事重重，因为他收到的老婆的回复是一封长信。虽然老师们没有强求他把信公开，但他自己看信后五味杂陈：自己过日子确实过于谨慎，对家人确实从没有过娇宠放纵；反倒是因为妻子太能干，自己太在乎妻子对自己的看法，常常挑剔妻子，总希望让大家感觉到是自己比妻子更能干；有时甚至仗着妻子对自己的爱，在妻子面前太过骄横。这么多年来，确实没有给过妻子丝毫的温柔以待，他想快点回家对妻子说声："对不起。"

想到这里，"三号老公"也拨通了自己老婆的电话，赵教授早已把头伸过去了，仍然是开口一句："哎，我们要回家了，你在干什么？生意还好吧？"

"赵老师好，他和你在一起呀？"听到"三号夫人"这样的答语，赵教授故意说："是我。你都不知道？还'赵老师好'！"

"人家都喊你'赵老师好'了，你还说人家'不知道'，人家早就知道是你了。"大家在旁边起哄，凑热闹。

"有问题，有问题。千里之隔，她居然能听出是你赵老师。这不正常，这有问题啊！"有人在开玩笑。

声音传到电话那一头，"三号夫人"听到后又说："你们开心玩，我不陪你们了。我做饭去了。"

"'三号夫人'厉害，好精啊，咧你们欺负不了她！"大家都说笑着。

"三号老公"既为老婆没有错认老公而心里甜滋滋的，又为老婆隔着电话都能认出千里之外的别人而心里酸溜溜的。想到老婆的一些过往，心里又有一些生疼的苦痛，他分不出心里的味道是酸多一些？苦多一些？还是甜多一些？他只听到大家还在起哄说："继续继续，赵教授继续。"

他看到"四号老公"也重复了他与"二号老公"的步骤，"赵教授"同样一句："哎，我们要回家了，你在干什么？在家里吗？"

"四号老婆"不知怎么回答好，就说："好像中考成绩出来了。"

"啊！"大家听说中考成绩出来了，都去掏手机，都不关心赵老师的游戏了。

赵老师也和大家一样，用自己的手机去查中考成绩啦。

第四篇　悗婚

二〇一一年的元旦，原张沟变电站站长，古稀之年的施达林又在办结婚宴席。

施达林是沔阳排湖老台人，出生于二十世纪三十年代末。大家说他的第二任妻子病逝还不满一个月时，他就着手和他第二任妻子的妹妹开始筹备自己的婚姻大事了。第二任妻子走了才两个多月他就又娶了这一个老婆——他的第三任妻子。

背地里，大家都议论纷纷，觉得这个施站长太不寻常理，简直是大逆不道、伤风败俗，就在一起八卦施站长的过往。

1

话说二十世纪三十年代末，沔阳排湖边上的老台村施家的二媳妇第三胎生了一对双胞胎，两个男孩。

全家上下不胜欢喜，比二媳妇头胎生男孩的时候还开心。因为施家的大媳妇结婚多年一直没有生育，二媳妇进施家门一踏脚就为施家添了个男丁，第二胎为施家生了个闺女，儿女双全时又怀上第三胎。一家人就想着这第三胎生个男娃多好啊！

全家人巴望着二媳妇生个男娃了可以过继给大媳妇时，还有些担心怕二媳妇不高兴。这一下，二媳妇生了双胞胎，给一个大媳妇不是正好吗？

因为奶水不足，二媳妇同意在孩子满月后把双胞胎中的哥哥施达林送给大媳妇抚养，二媳妇自己抚养弱小的弟弟施木林。这样，施家第二个孙子施达林认大儿子大媳妇为父母亲，认二儿子二媳妇为叔叔婶娘。

半年后，这一年的春节过完时，施家分家了，大儿子大媳妇在祖屋旁边另起了两间房单独住。大儿子大媳妇原来在老屋住过的房间由二儿子二媳妇住。老人的住处没变，和二儿子二媳妇一家同屋住。分家只是大儿大媳带着施达林出去住了。

再之后，大儿子离开老家在郭河街上开榨油坊。后来，大媳妇带着施达林到郭河街上和丈夫一起住榨油坊。至此，大儿子两口子带着施达林，一家三口定居郭河，平常很少回排湖老台。

时间平淡无奇地流逝着，施达林和施木林哥弟俩各自跟着自己的父母生活，逐渐长大。施木林的哥哥姐姐也分别结婚出嫁，离开了老屋。

施达林和施木林哥俩长大后，虽然相貌一样，但因为哥哥家生活条件好一些，一直以来，施达林营养足，面色好，性格开朗活泼。和哥哥施达林相比，弟弟施木林的生长发育稍微差一点儿。

施木林和施达林站在一起时稍微瘦一点儿，面色稍微差一点儿。弟兄俩样貌差别不是很大，他们的最大差别就是施木林性格内向一些。但，如果他俩不站在一起，外人是分不出谁是施达林谁是施木林的。

二十世纪五十年代末，弟兄俩到了结婚年龄，施达林还没有说亲事，施木林有一个娃娃亲。

施木林的娃娃亲叫雷本运，长得很漂亮，而且特别能干。雷本运的母亲是外地人，是她父亲的第二任妻子。雷本运父亲的第一任妻子生下雷本运的哥哥后因病去世。因为家里穷，雷本运的父亲一直没有续弦。雷本运的母亲流浪到雷家台时，好心人把她母亲送到雷本运父亲家里，但她母亲说自己不是本地人，不知道自己从哪里来，反正当地的家务和地里的农活她都不会干。雷本运的父亲没有拒绝，接受了乡亲们的好意，收留了这个不会干活的流浪女。

她母亲到家里后，表面上雷本运父亲的家变成了一个完整的家，实际上，她母亲根本不能算家庭主妇。她母亲不仅不做农活，也不做浆衣洗裳、烧火了灶等家务，就连每天早晨倒尿罐、倒夜壶这样的小事也不干。她母亲在生了雷本运这个女儿后也仍然不做任何家务事，相较于先前生活习惯没有丝毫改变。她母亲平常除了睡觉和吃饭，其他任何事都是一句"我不会"打发掉。她父亲也不烦也不恼，就像第一任妻子走后还没有这个第二任妻子时一样，家里家外事无巨细全都是自己一个人承包。

雷本运稍微大一些，就特看不惯自己母亲。但无论她怎么说，她母亲都是一句"我不会。我一生都没有做过这些事"挡回去。雷本运心疼父亲，所以，她学会了做事，学会了做所有事。

对于雷本运，家里的所有事她都会做，还做得特别好，她母亲就更加心安理得地过着自己快活如神仙般的日子，一天天长胖，体重增加到两三百斤。她母亲如果把胳膊露出来，让胳膊垂下来时，每条胳膊都像一个大白萝卜顶着一个超级大的白萝卜，大臂在胳膊肘处还有一圈肉坠着；她母亲的身子就像个巨型橄榄球，看不到脖子更看不到腰。在那个缺衣少食的年代，大家都身材精干，体型瘦条，而她母亲只吃饭不做事蓄得这满身的肉，在乡亲们眼中就是一奇葩。但她母亲有一个优点也是她母亲唯一的一个优点，那就是不生气。

她母亲永远不生气。哪怕雷本运咬牙切齿地骂她母亲"像头猪"，她母亲也是呵呵呵地笑，不生气。家里家外的人也习惯了，没人说她母亲不是。她母亲也不怎么出门，但远近都知道这个雷家有一个特奇葩的女人和特能干的女儿。

施木林和雷本运结婚时，雷家经济条件变好，又因为雷本运能干，深得父兄喜爱，父兄给了雷本运全副嫁妆。施家条件也不差，虽然施木林不是施家长孙，但他们的婚礼还是热闹得方圆皆知。

洞房花烛夜，雷本运喜颜更俊俏、身心更娇柔，与夫君尽享鱼水之欢。

2

新婚第二天清早，雷本运轻悄悄地起床，准备去给家人煮早茶。她收拾好自己，走出房间，随手带上房门，去厨房料理。然后，她又回到房间，准备喊丈夫起床和她一起去给公公婆婆和婆祖母敬茶。走到床边，看到床上躺了两个人，她不知道是怎么回事儿，觉得自己起床出房门的时候床上只有一个人啊，这第二个人是什么时候进来房间的？

雷本运作为新娘子不敢造次，又不敢惊动公公婆婆，就赶紧去找婆祖母。

　　婆祖母来到新房一看，自己的双胞胎的两个孙子都在床上。施达林在里没穿外衣，施木林在外没脱外衣。婆祖母不用问就知道施达林做糊涂事了，但她不知道施达林是什么时候进到新房的，昨天晚上闹洞房的人是把施木林推到房间里的呀，难道人家弄错了？那施木林夜晚在哪里呢？

　　婆祖母不能问眼前这个还被称为新娘子的孙媳妇，只把两个孙子叫起来，要他们到自己房间去。施达林睁开眼看到面前的三个人，立马下床跪在祖母面前，施木林看哥哥给祖母下跪，他也跟着跪下来。祖母只说一句："你们两个到我房间来。"孙媳妇看他们两个都随祖母出房门了，自己又去厨房收拾去了。

　　弟兄俩来到祖母房间，施达林又双膝跪地，施木林又跟着跪下来。但施木林不知道发生了什么事，只听哥哥对祖母说："我糊涂了，雷本运是我的人了，您再给弟弟娶一房吧。"祖母也没接施达林的话头，只对他们兄弟俩说："把你们的父母亲叫来。轻声点，不要把其他人吵醒了"。

　　等到两个孙子把大儿大媳和二儿二媳带到祖婆婆房间时，祖婆婆吩咐把门关上。施达林赶紧关好房门转身又跪在地上，施木林还是又跟着跪下来。

　　祖母很轻声地对施达林说："你跟你父母说清楚是怎么回事儿。"

　　施达林双膝跪地望着祖母小声说："我也不知道是怎么回事儿，但我知道我喜欢雷本运，她已经是我的人了。我要她做我的老婆，我要和她过一辈子。"

　　祖婆婆又看向施木林，施木林无话。祖母对施木林说："你哥要雷本运做他的老婆，你愿意吗？"施木林仍然没有答话，傻傻地跪着。

　　祖婆婆也弄不清究竟是咋回事儿，也不想弄清楚，她只想快点理出头绪了给孙媳妇一个交代。祖婆婆问施木林："再给你娶一门媳妇进来，雷本运就做你嫂子。你同意吗？"

　　"由祖母决定，我没有意见。"施木林终于明白了自己的处境，说了这么一句话。公公婆婆、伯公公伯婆婆也大致明白了事情的真相，也只能听祖婆婆安排。

　　于是，祖婆婆对施达林说："你回房去吧，暂时不当新娘子说你是达林还是木林，你只是新郎官。早晨，你要和新娘子给家族里的长辈和住家的亲戚敬早茶，你们给长辈们敬过早茶后，你单独再到我房间来。"

3

施达林出去后，祖婆婆又对两个儿子媳妇说："事已至此，当务之急是给木林再找个媳妇。如果有哪家的女儿愿意嫁到我们家来，如果愿意尽快结婚，那是最好的。"

这时候，大媳妇开口了："我娘家有个远房侄女，张有英。她本来是有婆家的，男娃在当兵，当兵几年一直没有给她写信。去年，她自己跑到婆家问婆婆，婆婆说男娃给家里来过信，她就直接对人家婆婆说：'那您为什么不叫他给我们家写信？他是不是变心了，不想成这门亲事了？我们还没有结婚您就把家当全给大嫂子了，那我们的呢？您要给老大也只能给一半呀，您是不是也不想娶我这个媳妇了？'人家那婆婆当场就被她的话气哭了。那个男娃知道后就给她写信说：'现在都凶我妈，结婚了还有我妈的活路？这门亲事我不要了。'前段时间，那男娃回老家直接带了个媳妇回来，说是战友的妹妹，男娃已经和他战友的妹妹结婚了。我这个侄女原先觉得自己只是说了几句实话，又没有对婆婆发脾气，她先还以为男娃只是说说气话，现在人家已经结婚了，她就在家快怄死。本来我是在想要不要把她说给达林，我还把她的生辰报给算命先生算了一下，与达林还蛮合八字。我还没有开口，一是不知达林的想法，二是时间太短。我是想过几天让她心情平复一点了再说的。我这个侄女，人还是满能干，个子和雷本运差不多，就是性格比较泼辣，蛮大大方方的样子。"

祖婆婆说："我觉得可以。只要人能干，其他都好说。"祖婆婆又问二媳妇意见，二媳妇只说："您做主。"

祖婆婆又问两个儿子和施木林的意见，大家都说由祖母做主。祖婆婆就吩咐施木林说："你吃过早饭就和你大妈直接去伯外公家，要做什么事怎么做一切听你大妈的。"

然后，祖婆婆又和两个儿子媳妇商量提亲细节。大家都想到：不能透露真实情况，要找个恰当的理由说明紧急结婚的必要，并尽量争取即刻结婚。

终于商量妥当，最后，祖婆婆又强调了一遍：如果这个张有英在雷本运三天回门的时候进来我们施家是最好的；如果女娃不同意，你们要赶紧回来，我们再另做打算。

随后，大家都各自去做自己该做的事。大媳妇和施木林出门后，祖婆婆又和施达林商量，要他告诉雷本运真相，说他不是施木林。并要施达林征求雷本运的意见：如果施木林这两天能说好亲事，立马结婚，施达林和雷本运是继续住这里，还是去郭河住？

施达林回到新房，找到合适的切入口，告诉新娘子，自己晕晕乎乎地被闹洞房的人推进来，稀里糊涂把自己当成了新郎官，自己很自责。并告诉雷本运三点：第一，自己确实很爱雷本运。第二，除了家里的长辈，弟兄姊妹和其他亲朋及外人都不知道他施达林的这出闹乌龙。第三，爸爸妈妈叔叔婶婶都在想办法给施木林说亲事。

雷本运一听，羞死了。想到昨天晚上，"新郎官"被人推进来后立马要出去，她不知底细还扯了一把"新郎官"的衣服，如果她不扯这一把就不会出这个状况了。想到自己连自己的丈夫都认错，恨不得撞墙。好在施达林把责任全担起来了，父辈祖母都丝毫没有鄙视自己！再想到自己娘家还有个奇葩的妈妈，如果自己认错丈夫的事传出去，自己这张脸往哪儿搁呀？自己娘家的父兄及家人怎么做人呀？

雷本运想了很久后对施达林说："无论施木林当前能不能说好亲事，我们明天回门后直接去郭河。这里的一切我都不要了，以后，我也不再回这里住了。"

孙子施达林把孙媳妇雷本运的意向转达给祖母时，大媳妇的娘家之行也有了回信：一切顺利，女娃家人及女娃本人都同意了这门亲事，并愿意就有关结婚事项听从施家安排。

于是，叔伯公公婆婆与祖婆母五个人一起商量决定：新婚第三天，雷本运照常回门，她带施达林回娘家后，返回时不回老台的施家，直接去郭河。下午，施木林携新妻子张有英到施家，大家一起吃晚餐。张有英与施木林不再举行婚礼，直接住雷本运的新房。雷本运的嫁妆都归张有英所有，施木林与雷本运再无夫妻关系。

4

新婚第三天上午，比一般新娘子回门的时间早一点儿的时候，新娘子——雷本运回门了，她和施达林一起回自己娘家。

稍微晚一些的时候，大儿子大媳妇和小孙子施木林一起出门了，施木林去了张有英家，大儿子大媳妇回了郭河的榨油坊。

一切按祖婆婆的计划办理，很顺利。雷本运的娘家人没有认出新姑爷变成了施达林；施家的乡亲邻里也不知道上午出门回娘家的雷本运带回去的丈夫不是施木林，更不知道晚上回家的施木林带回来的老婆换成了张有英。除了他们一家翁婆儿媳和婆祖母三代共九个人，其他人都不知道施家新娶的孙媳妇雷本运换了丈夫离开老台了。

下午，雷本运和施达林从娘家返回到郭河榨油坊，祖婆婆的大儿子大媳妇，也就是雷本运的公公婆婆已从老台回来，夫妻俩已经为已婚的儿子和媳妇这对小夫妻收拾好了房间。

看着眼前"新公公婆婆"料理好的这一些，雷本运心情轻松了些许，但雷本运考虑到郭河与老台相隔并不远，老台人和雷台人赶集都是来郭河集镇。而且，将来亲戚总会有走动的，虽然她和张有英两个人都在心里决意今后永不回娘家，但娘家人也许会来婆家走动呀。总之，时间长了，肯定会暴露真实情况的。雷本运觉得在郭河长住不是最好的安排，她对施达林说了自己想离开郭河的想法。

他们商量的结果是想去张沟发展。张沟是区政府所在地，比郭河街大一些，而且张沟离仙桃比较近，发展空间更大。施达林的爸爸妈妈赞同他们的想法，并达成一致意见，他们家在张沟修建一处新房。

雷本运和施达林在郭河榨油坊住了一个多月后就去了张沟。他们的新房在张沟街上，就在张河的北面。新建的房子是两间一进的平房，进深 5.8 米，开间 6.2 米，看上去蛮谨饬的小房子。

张河南面也有一排住房，雷本运和施达林定居这里，与张河南北两岸的人一样都吃张河水，过着平凡而殷实的生活。

雷本运与施达林定居张沟后既不回老台的老家也不回雷台的娘家，只是偶尔回郭河的公公婆婆家。

时间按部就班地流淌着，雷本运和施达林一如既往地生活着。

有一天，雷本运的父亲病故，她的妈妈在送走她父亲的当天投了河，随她父亲而去。她送走了父母亲，回到张沟，之后更是深居简出，一心一意相夫教子。不知道是不是雷本运的妈妈太有名了，也许是时间在太长的岁月里没能憋住那张无言的嘴巴，好像有人发现了他们家的特殊情况。

随着时间的继续推移，大家好像全都知道了她雷本运现任的丈夫并不是她的"原配"。大家都没有当面说，都是在背后讲，人们口口传讲的版本是：施达林在堂弟回门的路上拐走了弟媳，施达林的母亲就把自己娘家的侄女赔给了施达林的堂弟。

雷本运和施达林大概是知道人们背后常聊他们的，他们不解释，不辩驳，与人相处极其随和。他们夫妻俩一贯以来的做派就是一心一意地谋生活，不藏私心地与街坊邻居融洽相处。

雷本运勤劳能干，对丈夫温存体贴；施达林脑子活络，精明强干。两口子恩爱和睦，从不吵嘴，红着脸说话的场景都没有。

雷本运一般不出门，主要是围着锅台转；施达林干一行精一行，先后被安排到张沟粮站、农机厂等单位，最后在张沟变电站任站长，直到退休。四个孩子施安兰、施安庆、施安萍和施安全个个孝顺乖巧，勤奋努力，一家人日子过得幸福快乐。

二十世纪九十年代初，雷本运和丈夫施达林把原来的两间小房子进行了第二次翻修。这次翻修是从地下开始的，他们把垫地基时取土而成的水塘变成了游泳池，游泳池边有假山和绿植，游泳池前面三间两层的楼房是卧室和厅堂，游泳池后面的两间平房是厨房和餐厅。

雷本运家里重建后的房子洋派大气，家里还装有热水器等乡下家庭稀有的电器。他们的家门前是张河，出门右拐二十米是一条南北贯通的直道连接张河上的排水闸和张沟医院。直道上来来往往的人一眼就能看到他们家的住房比隔壁左右的房子大一些。所以，张沟街上及周围的人都知道他们家的房子是张沟镇上最高档的民居。

这一年，他们的大女儿施安兰，1977年高考中榜后一直在仙桃工作，工龄近十年；大儿子施安庆，在荆州的沙市当公交车司机；小女儿施安萍，卫校毕业后在张沟医院当护士；幺儿子施安全，考上大学后在武汉读书。

这一天，施安兰的儿子办周岁生日宴，家里的亲戚朋友都去吃酒，施安全特地从武汉回来去姐姐家赴宴。可是，不知道怎么回事，赴宴的路上，就在快到姐姐家门口的路段，大家都下车的时候，施安全被驶过的汽车碾压过去，当场身亡。等大家反应过来时，肇事车已跑得无踪影了。噩耗传到家中，雷本运哭得死去活来，施达林肝肠寸断。白发人送黑发人，这种正常人难以承受的苦痛，雷本运和施达林同样难以承受，双双躺下。

时间无私地安抚着他们，施达林恢复上班，雷本运起床恢复在家走动。这天晚上，雷本运陡然发现施达林还没有回家，也想不起前几天施达林每天晚上是什么时候回家的，她赶紧去施达林在变电站的住处。在楼下看到屋里的灯是亮的，说明里面有人，应该是施达林在里面。雷本运心情稍微放松了一点儿。

这么晚了，还不回家，他一定是一个人独自在伤心！雷本运走上楼去，想劝慰一下丈夫，她进屋，推开房门，丈夫坐在床上。令雷本运没想到的是：丈夫的身旁，张沟卫生院的白医生与丈夫并排坐着，他们俩的身子都靠在床头的床档上。

雷本运脸没变色心在惊讶，她轻声地说："哟，恁那在这里呀！我晓得恁那在这里么，我不来的。"然后，带上房门，出来，直接回家了。

5

雷本运从变电站出来，走在回家的路上，眼前出现新婚的晚上，她和施达林起先也是并排坐在床上……

她又想起自己的母亲，在父亲的葬礼上傻呆呆坐着的样子——

"我不会做事，我真的不会做事。我是真的不会做事了，我不是有意的。"得到父亲去世的丧讯，雷本运回娘家看到的是坐在房间的母亲窝成一团，在那里自言自语。

雷本运在家里陪护母亲的两天两夜，她从母亲支离破碎的自语中明白了母亲不会做事的缘由：母亲曾有过一儿一女两个孩子，儿子特别的活泼乖巧，也很淘气，很喜欢围着母亲转。儿子三四岁的时候，有一次，母亲剁辣椒时，他在旁边玩儿，母亲说辣椒很辣，怕溅到他眼睛里了会伤眼睛的，让他到一边去玩，他不听。母亲很生气，为了吓唬儿子，结果阴差阳错，失手把儿子的手指剁掉了两根。母亲很是心疼，就责怪自己不该发脾气，更不能那样吓唬儿子造成这种伤害。然而，祸不单行，一次错，处处怕，越怕越出错。没过几天，母亲做饭时，儿子在灶膛烤火，不小心头发被烧着了，母亲慌了手脚，拿着水瓢去舀水灭火，结果她把准备伸进水缸里的水瓢伸到了锅里，舀出的不是冷水而是热油。从此，母亲不敢碰菜刀锅铲水瓢之类的用具，甚至不敢进厨房。后来，慢慢演变成不能做任何家务事了，母亲的公公婆婆就把母亲赶出了家门。

母亲不敢回婆家，也没脸回娘家，但她心里还装着自己的两个孩子。母亲就在自家周围讨饭度日，不知不觉中她离开了家乡，她完全不知道家乡的方位和地址了。

雷本运的母亲在雷家这些年，看着雷本运的哥哥，就好像是自己长大的儿子，心情特别的好，整天吃吃喝喝乐呵呵的。虽然她母亲不能为家人做任何家务，但她母亲也从没有虐待过谁，哪怕是一只小动物。这么些年，她母亲没有帮助过任何人，但大家也没有谁嫌弃过她母亲。特别是雷本运的父亲，从来没有嫌弃或轻视过她母亲。这下，父亲走了，哥哥嫂子一直对母亲也不坏，但母亲还是趁上厕所的时候走到水里自尽身亡。

想到母亲的一生，再想一想自己这一生，雷本运觉得她与母亲看似截然相反的人生其实本质是一样的。对母亲这样的女人而言，不能养儿育女了，她就失去了存在的价值。

雷本运再想到自己的儿大女大，丈夫的事业自己插不上手；相夫教子的岗位因幺儿子的离去而被提前取消，她觉得自己已经从家庭主妇的位置上被下岗了。她觉得她现在和母亲一样，在家里已经再没有存在的必要了。

雷本运一路想着，回到偌大的空荡荡的家的时候，她打开了家里所有的灯，把屋子的前前后后，楼上楼下看了一遍。

雷本运回到房间，把自己房间里的几个箱子全打开，拿出里面的细软放到床上，再摆出自己所有的没有开封的衣料、没有动商标的床单、被套之类的所有家当。这些布料衣物都是丈夫当变电站站长后，不同时期、不同场合、不同的单位或个人赠送的。她这辈子是用不完的，现在她也用不上了。给幺儿子留着结婚用的布匹、细软更用不上了。

雷本运把这些统统摆在床上，再一件一件地分类分堆。她把这些物件分成三份，大女儿、小女儿、大儿子各一份，并打包标明。雷本运每拿一件物品，她便沉思、回忆一番，等她把这些都整理分类放好后，天快亮了。

施达林还没有回家，一整夜都没有回来。

丈夫早晨会回家来吗？雷本运说不准，但她还是如这些年的每日清早一样，在丈夫躺在床上的时候，她到厨房弄早餐。

雷本运就当丈夫躺在自己刚刚坐着的那张床上，她走进厨房，照例是弄好三四样早点摆在桌上。

雷本运为丈夫弄早餐，从没有像一般家庭那样只弄一盘炒剩饭。她每天为丈夫弄的早点从没少于三个品种，鸡蛋胡子酒、面窝、发糕、团子或者荷包蛋、面条、糍粑等等，总是用心地换着花样做每一天的早餐，午饭和晚餐更是尽心竭力。

今天是最后一次给丈夫做早餐，当然是更用心。她断定丈夫会回来的，昨晚没回家，今天早晨如果不回来，中午必定是要回来的。所以，她把早餐弄好后习惯性地摆在桌上，一会儿，她又把它们端回灶台，用热水炖在锅里。

雷本运最后瞥了一眼灶台，走出厨房。又在家里的楼上楼下，前前后后看了一遍。再然后，雷本运回到卧室，坐在床沿，吃了整瓶的安眠药，轻轻地上床，躺在床上，闭目休息。

雷本运睡着了，她再没有醒来，她永远地睡着了。

雷本运一个人走了。她那么能干，那么贤惠，伺候了丈夫一辈子，却没有进到丈夫的内心里。她又估计错了，丈夫早晨没回家，白天没回家，晚上才回家。碰巧儿女们这一天也都没有来探望雷本运。

6

晚上，施达林下班回到家来，看厨房里的灯是亮着的，他先走进了厨房。厨房里不见雷本运，桌上不见饭菜。从幺儿子车祸后的这十几天里，他们家厨房很少见到雷本运弄饭菜，施达林似乎已经习惯了，当然没有生疑。但他转身准备出去的时候发现了异常，他回身走近灶台，揭开锅盖，看到了雷本运做的早餐。

晚上了锅里却放着早餐？施达林觉出了蹊跷，到房间一看，床前的沙发上摆着三摞衣物，床上的雷本运睡得很熟。再一看，床前的桌子上放着两个空药瓶，床上的雷本运已经没了气息。

施达林什么也没有动，他只带上门，退出房间。他去了医院，他找到正在当班的白医生说："雷本运走了。"

"去哪儿啦？"

"吃了安眠药。早晨就吃了。"

"你现在才回家？你昨天晚上没回家？"

"没有。你走后我就睡了。今天下班了才回家。"

"她昨天不是好好的吗？还'恁那'前'恁那'后，看不出她有不高兴啊？"

施达林没有再说话，他又回家进到房间，坐在雷本运身旁。

白医生赶紧去找雷本运的小女儿，要她赶紧回家。这时候，医院里有一些人知道雷本运服安眠药自杀了。他们都想也没想就说雷本运受不了老年失子的伤痛而选择了自杀。

有人去了施家，帮忙料理后事。等施安兰和施安庆回来时，大家就都知道了雷本运生前最后的遇见。于是，大家又都一致认为雷本运是因为看到施达林与白医生"偷情"而怄气死的。有人甚至义愤填膺地说："太可恶了。和那个妖精在一起被雷本运抓了个正着还一句解释都没有，还整夜都不回家。谁受得了？！这个雷本运也是脾气太好了，还'恁那'前'恁那'后，换着别人至少掴她两嘴巴。"

"女人进了男人的房，不是家破就是人亡"，人们认为应该被雷本运掌掴打嘴的人当然是白医生，因为她是女人，她主动去了施达林的房间。

白医生是张沟本地人，比施达林小十几岁。白医生的家就在张河南岸，与施达林的家隔河相望。当初，施达林和雷本运他们搬到张沟居住时，房子正好和白医生的家是对岸。当时的白医生还是一个小女孩儿，白医生的父母只有白医生和白医生的妹妹两姐妹，没有男孩。白医生的父母就把白医生当男孩养，让白医生上学读书。白医生成人后，父母替白医生找了一个上门女婿在家里结婚，把白医生的妹妹嫁出去了。

　　白医生从年轻起一直在张沟医院工作。家里不算富有，但过日子还是轻轻松松不愁柴米的。白医生的丈夫是张沟卫生院的厨师，她丈夫除了能做饭菜，别的都不会，特别不会捞钱。而且，白医生的丈夫特老实本分，家里的大事小事基本上都是白医生说了算。

　　白医生长得白白胖胖的，一脸喜庆相。白医生的性格也确实活泼开朗，讨人喜欢，但她所处的人文地域环境里的人们不大能接受，人们的口中会偶尔传出一些关于白医生的绯闻。白医生的女儿长相性格都不出众，和她一点儿也不像，甚至是推不上前搡不退后，很懦弱的样子。

　　白医生的家与施达林的家隔河相望，两家人宅在家里隔条河，走出家门是天天见。白医生是施达林和雷本运看着长大的。

　　施达林所在的变电站离家不远，就在张河南岸，在他们两家的东边。施达林去上班可以走自家西边的闸过河去变电站，也可以走自家东边的桥过河去变电站。施达林一般走西边的闸过河，路程近一点儿，途中有各种做生意的门店。白医生在张沟医院上班，可以从家西边的闸过河，走施达林家旁边的道向北去医院，也可以转变电站那头的桥过河去医院。

　　走变电站那头去医院上班的路程远一些，平常，白医生从不走变电站那一头。施达林一般也不走东边的桥过河，他们俩都是走西边的闸过河。一个向南，一个向北，经常会在家西边的这条道上行走，在闸附近碰头，迎面走近再背面渐远，一个向北去医院，一个向南左拐去变电站或者一个向南回家，一个向北回家。

　　在施达林的幺儿子出车祸后，白医生看到施达林的身体明显垮下来，她开始有意无意地每次上班还是走闸过河的这条道，每次下班回家就是走变电站那头的路过桥回家。

　　那天晚上，白医生下班回家又走那条路从东边的桥过河，经过变电站时，正好碰到施达林在变电站门口站着。两人搭讪讲话，讲着讲着就到了施达林的房间。

　　两人都讲着自己的家庭和过往，正在沉醉各自的过去时，雷本运推开了房门。施达林和白医生也没觉得自己的言行有什么不妥，也没有发现雷本运对他俩并坐闲聊有不待见的想法。反而，施达林觉得雷本运已经知道自己在变电站就不需要自己再回去"报平安"了。他觉得自己很累就在变电站休息了，晚上就没有回家。

平常，偶尔工作忙时，施达林也会有在变电站休息不回家的情况。谁知道这一次会这样，施达林很后悔，但悔之晚矣。

白医生想不通的是，雷本运这么能干亲和、面慈心善的一个人会想不开到自杀，仅仅是因为幺儿子先她而去？不应该啊！如果有一些伤痛是命运注定，那么，人力无法改变命运的时候，我们应该改变自己的心态；如果有一些变故是不幸，那么，我们已经亲历了切肤刺骨的悲伤，就不能让这种悲伤延续。

7

雷本运走后，施达林更憔悴，白医生去变电站的次数更频繁，社会上的闲言碎语更多更汹。在雷本运走后的第三个月，白医生的丈夫和白医生办了离婚手续。

在大家都知道白医生离婚了的时候，施达林叫回自己的三个孩子对他们说："我想和你们的白阿姨结婚。"

大女儿说："我们几姊妹都不能照顾您，您要再婚我们不反对。但，您娶谁都可以，就是不能娶白医生。"

儿子说："我和姐姐的想法一样。"

小女儿说："白阿姨在家里什么都不做。您和她结婚了谁做饭？我不同意您和白阿姨在一起。"

施达林说："白阿姨会做饭。我和白阿姨在一起，我蛮爽快。"

施达林的意思是：我和白医生在一起思想上很放松，没有精神压力、没有负罪感。儿女们理解的意思是：施达林说自己和白医生在一起才兴奋、才有兴味、才感到"性福"。

这是一个父亲对儿女们说的话？这是一个男人在失去了儿子和老婆后和另一个女人在一起的感受？大女儿脸都气白了，说："那我们明天回家吃饭，不在这里，到变电站吃饭。"

施达林答应了。

第二天，白医生和同事调班休假，在施达林变电站的住处弄了一桌子饭菜。饭菜端上桌的时候，三个孩子都到了变电站的住处，施达林还没有下班。儿子在施达林的客厅坐着，大女儿掀翻了满桌的饭菜，砸坏了厨房的锅碗；小女儿摔坏了洗手间的卫生用品，扔掉了房间的梳妆用品。然后，三个孩子气呼呼地离开了变电站。

施达林回变电站住房的时候，家里一片狼藉，白医生坐在床上流泪。施达林安抚白医生说："我们马上结婚。"

施达林又回家叫来三个孩子，对他们说："这个房子你们谁要就给谁，如果你们都不要我就把它卖了。我准备把变电站的房子装修一下，我和白阿姨在变电站结婚。"

儿女们都说不要房子，也不同意施达林和白医生结婚。施达林又是一句："你们不晓得我和她（白医生）在一起有好爽快哟。"

"简直不像长辈！"三个孩子在心里痛骂自己的父亲，嘴上什么都没说，伤心欲绝地离开了这个没有母亲后再无欢愉的家。

施达林把房子卖给了街坊，开价只有三万块钱。大家都说这个施达林生得贱：这房子里的家具电器都值三万块。不说十万二十万，五万块钱好卖啦。就三万块钱，这是有多嫌弃这个房子呀！完全被那个"白狐狸"迷昏头了。

又三个多月后，在施达林和白医生举行婚礼时，大家已经见怪不怪了。这天下午，欢庆的锣鼓从变电站到白医生的家，又从白医生的家到变电站，除了新郎官施达林和新娘子白医生，另外在场的只有婚庆公司的人。

施达林请的是张沟街上最大的婚庆公司，策划的是最高档的婚礼，也是张沟街上有史以来闲杂人等最少的一次婚礼。除了两个主角，没有看客和观众。施达林和白医生各自的子女和亲朋都没有到场，街坊邻居也没有去现场。

当喜庆的锣鼓声传入人们耳朵里的时候大家像春节期间听到鞭炮声一样，只想到"旧年送走了，之前的一切成为过去"。也有喜欢打抱不平的女人在说："几十岁了，半头身子都进土了还搞得蛮有滋味！像施站长这样的人，好端端的老婆不珍惜，一心喜欢狐狸精，他要短寿的。像他这样只喜欢年轻漂亮的女人寿命肯定不会长；像'白狐狸'这样的人，谁有钱就黏上谁，自己的家都不要了，将来也没有好结果的。"

无论别人说什么，施达林和白医生是听不到的。施达林很开心：终于亲历了一场属于自己的结婚典礼，终于品尝到作为新郎，与新娘挽手向前的滋味；白医生很愉快：此生终于享受到被所爱的人迎娶的高贵，获得了被爱情滋润的甜蜜。

他们像所有新婚夫妇一样，男欢女爱，卿卿我我。

8

也许大家说的是对的，施达林就是爱年轻漂亮，因为白医生确实长得漂亮，且远比雷本运年轻；白医生就是爱钱财，因为施达林确实有钱，远比白医生的前夫会挣钱。他们彼此都拥有爱的资本，互相毫无保留地爱着。

十几年过去后，他们的爱走到了尽头，并不是施达林没钱了，也不是白医生不美了，而是白医生得了乳腺癌。施达林很多的钱没有打败癌细胞，白医生美丽的身材和容颜也没有挤走癌细胞。白医生抗癌不成功，扔下施达林独自走了。

白医生临走的时候才明白了雷本运当年的绝世行为：如果你的爱不能成全他人，那么，这样的爱不能被世人接受，这样的情只能藏在自己心里；内心再强大的人也敌不过"绝望"，哪怕有一些"绝望"只是一个瞬间的闪念，它也足以置人于死境。

白医生对自己的妹妹说："施达林是个有责任心、有担当的人，他也是个外表坚毅内心脆弱的人。我走之后，你多关照一下他，有合适的人，给他接个人来照顾他吧。"

白医生走了，孩子们看到白医生这十几年来为施达林做饭洗衣，陪伴照顾不离左右，生病在床还在为施达林的余生操心，也都摒弃前嫌，前来参加白医生的葬礼，送了白医生最后一程。遇见葬礼的人们也都感叹一声，送出一份怜悯："自己没得那个八字，嫁给哪个丈夫都是一样的无福消受。"

但当白医生的妹妹常常往施达林家走动的时候，大家又开始议论："她妹妹跟她一个样，看上施达林家里的钱财就舍不得放手了，老往这里跑。"

施达林大概也是知道人们对这个姨妹子的议论，他在白医生的妹妹再次登门时对姨妹子说："我要回乡下老台去一趟。这段时间你就不要来这儿了，我不在家的。"

施达林真的回老台了。本来就没有长期相处过的左邻右舍更加不熟悉了，唯一熟悉的是他当初住过的新房还是原样。雷本运留下的嫁妆呈色已变，模样却还没有变。施木林前些年病故，张有英身体还好。

施木林和张有英膝下只有一个女儿，早已出嫁，张有英一个人在翻修过的老屋里不住脚手地东屋收拾一下，西屋整理一下。施达林出现在家门口时把张有英吓了一跳，因为他和施木林太像了。

施达林看着张有英，眼前浮现的全是雷本运。施达林在张有英的床上坐了一会儿后对张有英说："跟我去张沟住吧？这里太简陋了。"

张有英没有商量谁自己就答应了。她对施达林说："好是好，就是不知道我做的饭菜你吃得了不？你先在这里住几天试一试，你吃得惯我做菜的口味我就去，吃不惯的话我就留在这里。四十几年了，我一直没有离开过这里，现在我一个人住也蛮自在。我还能动，住哪里都可以，将来不能动了再做打算咧。"

施达林在老屋和张有英住了一个星期，他觉得张有英有一种顽强的精神。施达林看着张有英，不知是爱怜还是欣赏，是同情还是钦佩，总之，他想娶张有英为妻。

施达林不仅想迎娶张有英，他还有一种广而告之的欲望，他想让大家伙都知道："张有英被施达林娶过门啦"。

施达林在老家请了两桌客，差不多把健在的同龄人都宴请到了。大家吃吃喝喝，说说笑笑，讲到了施木林，讲到了施木林的婚礼，讲到施木林的大哥施有林很精明。

施木林的大哥施有林是施家长孙，性格开朗喜欢热闹。施有林结婚时，他父亲没有藏好，被闹洞房的人捉弄了一番，施有林记"恨"在心。平常，乡里乡亲谁家娶新娘子施有林必定到场闹洞房，而且特起劲，就有人给施有林"许福"说："你准备好，不等你儿子结婚，就你弟弟结婚时我们就要好好地整一整你。"

虽然，沔阳排湖这一块闹洞房很文明，就是把新娘子背在背上、和新娘子同时吃一颗糖、和新娘子抬茶盘子等这一类的节目。但，对一些思想保守、比较腼腆的人来说，即使是在"三天无大小"的时候被人当众逗弄也觉得很难为情。而且，闹洞房也是一个斗智抖聪明的游戏，机智灵活的人能既不影响新婚的喜庆气氛又不被亲友整得惨兮兮的。所以，凡是办结婚娶媳妇的大喜事，在新娘子要进门时，公公或者大伯子都会极力躲避，以逃脱这种被人捉弄闹腾的场面。

施木林结婚的那一天，施有林早在迎亲的队伍出发时，混在里面溜到了自己分家出来另外修建的屋子里。施有林不敢躲到同村任何朋友家里，他怕被朋友出卖，他也不敢躲在父母家里，怕万一被找到了不好跑脱。都说最危险的地方最安全，所以他把自己就藏在自家厨房灶门口的柴窖里。他家厨房是有后门的，即使万一被人发现来抓他，他可以逃跑。他家周围的环境和地形他最清楚，晚上在那里无论朝哪个方向跑，别人都不可能追上他。

施木林的洞房开始闹腾时，给施有林"许福"过的"号头鸭子"带着一帮人找了几圈也没找到施有林的踪影。他们把施有林的岳父家都找了两遍，把施有林家房间放杂物的楼板上都找过了，所有能想到的地方都找了，就是找不到施有林。闹洞房都结束了，他们又折回来准备去施达林家再找一找。这时候，新郎施木林迎送最后一拨宾客时顺便去了一趟厕所。从厕所出来，正好被"号头鸭子"这帮人撞见，他们以为是施达林，不由分说地逮住他："哟，找了半天，有个你在这儿呀！走走走，喝茶去。"

"号头鸭子"这帮人把施木林错认成了施达林，心里想，找不到公公，抓不到大伯子，捉个"二伯子"也可以。他们押着"二伯子"闹吼着："今天一定要和新娘子抬一杯茶给我们喝。"施木林以为这些人抓不到大哥就拿他这个新郎官开整，虽然时间很晚了，但给这些兄长敬杯茶也不过分，他没有说什么表示默许了。

此时，施达林躲在施木林之前的卧室里，听到喧闹声，他以为大家抓到了施有林。施达林觉得时间已经很晚了，想出来给大哥解围，就走出来对大家说："这次就放过他吧，这个账记在我头上。"

"号头鸭子"一听，"新郎官"开口了，得给个面子，同时想到被自己捉住的"施达林"虽是新郎官的哥哥却并没有成婚，也不欠他们的"洞房债"，就说："也可以，我们今天就不在你这儿闹腾了，我们另外找地方热闹去。我们不为难他的。"说着就押着施木林往施达林家里走。这时，施达林才看到"号头鸭子"押着的人并不是大哥施有林，而是新郎官施木林。施达林赶紧跑过来拉施木林，并对那帮人说："别别别，"施达林一句话还没说完，就被这帮人推进了新房。这帮人把施达林推进去的同时还对施达林说："抱你的新娘子去！"随即带上房门就押着施木林去了施达林的房间。

一路上他们还在逗弄"二伯子"说："看到新娘子是不是很眼馋啊？今天就让你忍耐一下，陪我们喝茶吧，等我们找到你大哥了自然放开你。"施木林也没有听出来他们是把自己当施达林了。

来到施达林家，他们一帮人分成两班，一班人守着"施达林"，一班人继续寻找施有林。

又找了两圈，他们还是没有找到施有林。他们有一些遗憾，但他们仍然觉得已经闹腾够了；他们感觉"施达林"已经很疲倦了，他们觉得自己也是有兴致而无力气了，他们虽不尽兴但还是自觉地解散回家啦。

"号头鸭子"这帮人回家休息了。他们之中的所有人，参与"绑架施达林"的每一个人都知道今天没有找到施有林，但他们不知道的是——他们把施达林和施木林认错了。

他们把施达林推进新房，推到了新娘子面前，施达林转身要出来，衣服被扯了一下。施达林下意识地回头望了一眼，新娘子正望着他，面若桃花的脸上有半掩的羞涩笑容，比娇艳欲滴的牡丹还妩媚生动，夺目摄魂，施达林被钉住了脚步。

被他们当作施达林监视了几个小时的施木林，在他们走后没有力气缓过神来就回到新房，和衣躺下，脑袋一挨枕头就睡着了。等他醒来的时候，眼前站着他的奶奶。等他在奶奶房间里听施达林几番"申诉"后才知道"号头鸭子"们认错了新郎官。

不过，大家都不知道有这出乌龙，施木林已离世，知道的人只有施达林了。施达林不说，张有英当然不知道这些，她神态自若地说："一切都是命，我这辈子注定是'晃婚'。"施达林纠正说："不。不是晃婚[1]，是愰婚[2]！"

施达林带着张有英回到张沟，又请了十多桌客，差不多把张沟街上熟悉他的人都请到了。施达林向大家介绍他的第三任妻子时他只说了一句话："今天我娶张有英为妻。从今往后，张有英是我唯一的合法妻子。"

大家都不明白他的意思，当人们看见他的第三任妻子是个乡下妇人时，都反而觉得他可能是个重情重义的人。人们没有谁去打听，张有英从哪里来？曾和施达林有什么关系？也没有人议论施达林结过几次婚，和谁谁谁是怎么怎么地了。

婚宴结束，大家心地敞亮地说笑着各自的家长里短，各回各家。之后的岁月里，白医生的孩子和张有英的孩子都和雷本运的三个孩子一样，尊施达林为父亲，张有英为母亲，时有联系。

人是一个纸窗子，极力想遮挡人们的视线，被戳破后，呈现的仍然是日常。也有人说：世事无常。其实，人生的常态就是不断地面对无常。

无论你遭遇到什么，心怀善意，处变不惊，直面现实，终将能找到宁静的港湾。

落叶无论飘飞到哪里，无论飘得多远多久，终究是落土为泥；人无论在哪里打拼，无论成果几何，悲欢几许，最后都是身心融入天地。

【注释】

[1] 晃婚 [huǎng hūn]：算命俗语。这里的"晃"是晃来晃去，很快地闪过。文中的"晃婚"指不确定、不长久的婚姻。

[2] 恍婚 [huàng hūn]：文中人物施达林创造的新词。文中指周围人不能接受，当事人的心里却很明白、很坚定的婚姻。

第五篇　备考

从武汉通往监利、湘西的公路经过仙桃、张沟、郭河、沔城等地，我们郭河人称这条公路为仙监公路。仙监公路在郭河的一段，从建华村开始到林柳村截止的这一部分我们称为郭河大道。

郭河大道北邻通州河，与通州河上的郭河一桥垂直距离为 300 米。通过郭河一桥垂直于郭河大道的这条路，宽阔笔直，是郭河的正街。

郭河正街与郭河大道的交会处有一个圆形花坛。这个圆形花坛是由一座与仙监公路同时诞生，已屹立多年的灯塔改建的。郭河人在这个花坛修建之前不叫它灯塔，在灯塔改建之后也不叫它花坛，从仙监公路修筑起人们一直把这个十字路口叫转盘处。郭河转盘成为郭河的标志性建筑，它为南来北往的人们确立了郭河镇的坐标点。

从郭河转盘出发沿郭河大道向东走 280 米是郭河小学、向西走 800 米是姚北路与窑南路的连接点；沿郭河正街向北走 300 米是郭河一桥，过桥后继续走 30 米是郭河卫生院。

从郭河一桥的北桥头向西，沿着沿河路走 40 米就是我——郭河镇光辉二队万一恋的家。与我家隔河相对的通州河南岸是郭河轴承厂。

从郭河一桥的北桥头向东，沿着沿河路走两百米左右就是别家场的出口。别家场是一条东北——西南走向的民居群。别家场的起点在沿河路上，终点处是光辉小学。我的小学就读于光辉小学，往返学校时，我们不走沿河路，撇开别家场走我屋后的小路，路程大约 300 米。

别家场民居多是坐东朝西，也有坐西朝东的。别家场的头尾两端处还有坐南朝北、坐北朝南的房屋。单从房屋坐向看就能感觉这块地就是名副其实的别家场。隔着通州河，别家场的对岸就是丁字街。之前的别家场出口有一座木桥，这座木制的桥，南接丁字街北连别家场，就是人们口中的郭河老桥。

郭河老桥很老很老！有一次端午节，通州河里照例进行划龙舟比赛。随着看热闹的人们从桥的西边护栏贴到木桥的东边护栏时，有人听到了桥上的木板或者木柱炸裂的声音，大家赶紧从桥上下来，各回各家。这时候，有人主张重新修桥，考虑到桥北的别家场出口小、桥南的丁字街旁边是通州河分流进张河的一个汊口，丁字街也不宽敞，于是，在老桥西边大约 160 米处修建了一座水利桥，就是郭河一桥。

郭河一桥修建多年后，在胡郭公路修建时期，郭河镇政府又在郭河一桥的西边，姚北路与沿河路的交点处修了一座桥，叫郭河二桥。郭河二桥与郭河一桥相距约 800 米。

姚北路是从郭河向北通往姚河村的一条公路。从沿河路出发，沿着姚北路向北可以到姚河，姚河旁边就是排湖风景区；沿着姚北路向南穿过沿河路，通过郭河二桥直至郭河大道，就与窑南路相连。姚北路与窑南路的连接点在郭河大道上，距离郭河转盘 820 米左右。窑南路是郭河大道以南，沿着郭窑河的东岸线走，去窑场的一条简易公路。

郭窑河是通州河分流向窑场、中岭的一条小河；郭河老桥处丁字街旁边的张河是通州河向东南方向去，流经建华的一条河。通州河在丁字街口分流出张河，主流水向蜿蜒至东偏北，与张河的夹角不小于 45 度。

张河从通州河的汊口起，前面四五百米的这一段走向近似于一个"Z"字形。不过，两个转角处的夹角都不是锐角而是大于 90 度的钝角。张河的起点与丁字街的交点处有一个排水闸，旁边是采购站，我们称这个排水闸为采购站的排水闸。张河从排水闸开始向东，大约 200 米的地方拐弯向南，约 60 米后又向东偏南了。郭河中学就在头部呈"Z"形的张河起始约 200 米这一段的中部的北岸；郭河小学就在张河转向的第一个拐角处。郭河中学的大门紧挨张河，郭河小学的后门紧邻张河。

第一章　罄竹难书

1

　　郭河大道与沿河路之间还有两条东西向的街道，一条是通州河南岸线上的一条路，叫郭河老街；还有一条是通州河与郭河大道之间，距离通州河约150米的一条旧公路，这条旧公路所在的街道叫民政街。

　　郭河老街之前的路上都铺着石板，街道两旁面对面有两排民居。从郭河正街到丁字街这一段街道两旁不仅有民居，还有厂房、商店。如郭河服装厂、郭河供销社、郭河百货公司及郭河公社革委会驻地。在郭河供销社和郭河百货公司都搬迁到民政街两旁后，郭河老街就很少有外来行人走动了。

　　沿着郭河老街向东走到丁字街口，继续向东通过采购站的排水闸就是菜园村。菜园村人分居在张河两岸，南岸住户背朝张河，门前是旧公路；北岸住户面朝张河，门前是一条小路。从排水闸沿着这条小路走到文苑路的路口就是郭河中学。

　　文苑路的起点是郭河中学的大门。从大门进去，左手边坐西朝东一栋五六十平方米的两间室；右手边一栋坐南朝北的教工宿舍，这排教工宿舍有十二间，是不带家属的老师的办公室兼休息室。郭河中学除了西南角这两栋住向特别的房子，其余的所有房子都是坐南朝北的。

　　整个郭河中学占地两三公顷，由西向东分为三块。最西边的一块，从南到北四排横向的房子。最南边的第一排是那栋坐南朝北的十二间寝室，康桃媛曾在这一栋宿舍东头的第二间住过两年。其余的三排房子都是坐北朝南，原来都是教室，现在分别为：和老师宿舍面对面的第二排改修成为女生寝室和食堂；第三排是男生寝室和老师办公室；第四排是学校老师的家属及食堂工友的宿舍和体育活动室。这四排房子的西端，那栋坐西朝东的屋子，是校办工厂的镀锌室。这栋纵向的房子与学校西边的院墙连成一体，是郭河中学西、北、东三方院墙的起点。

校园中间的一块主要是操场兼篮球场，操场北边有一排房子也是坐北朝南，和学校最北面的院墙连成一体。这一栋房子分为五间，中间的一大间屋子是校长办公室和学校会议室，东西两头各住了两户老师。康桃媛的姨父张校长就住在会议室旁边的一间寝室里。

校园最东边的一块是 1975 年修建的三排教室。靠南边的最前排房子起先是学校制造化肥即"腐殖酸氨肥料"的"研究室"，后来改修成的两间教室。前排和中间一排教室都是高一年级的，靠北边的最后排是高中二年级的四间教室。这三排教室间的两块空地根据季节的变化种着各种时令蔬菜。

郭河中学只有西、北、东三面院墙。南面是那排坐南朝北，背朝张河的老师宿舍和菜园村坐北朝南面朝张河的村居，这一面没有院墙。老师宿舍和村居间有一个小巷子，也有极少数人偶尔从这个小巷子进郭河中学。校园西面和北面有一条大约一米五宽九十厘米深的人工水渠。这条水渠的主要用途是把从张河抽上来的水引到菜园村的农田去。郭河中学的东面是郭河公社教育组所在地，与郭河中学用一道不封闭的院墙相隔。

郭河中学的大门口是文苑路。文苑路与旧公路相交的拐角处是文苑便利店。从文苑便利店出发向南 150 米就是仙监公路所在的郭河大道；从文苑便利店出发，沿旧公路向东走约 120 米就是郭河小学的后门。郭河小学在郭河大道与旧公路之间，大门朝南面向郭河大道。郭河小学的东边也是张河，沿张河的这一段路走郭河小学的外围，从郭河小学北边的后门转到南边的大门，路程大约是 150 米。如果从郭河小学的后门走旧公路到郭河中学，路程也不超过 150 米。

我的初中、高中都是在郭河中学。我在郭河中学读书期间，每天上学都是从一桥到郭河老街走到丁字街口，经过排水闸，沿着张河北岸线，在菜园村的村民住户门前从村头走向村尾，中途就是郭河中学。总路程不超过 500 米，距离更短。我常常是在家里听到学校的预备铃声时抓起书包快速往学校跑去，好像从来没迟到过。

1975 年的秋季学期，我在郭河中学上初中一年级时看到过康桃媛，她刚大学毕业分到郭河中学教农基课。我读初中二年级时，康桃媛代我们班的农基课，她脾气很好，从没见她批评过我们班同学。两年后，我从郭河中学初中部升级到高中部，康桃媛从郭河中学初中部调到排湖岸边的康家台小学。

2

康桃媛是沔阳县郭河排湖的康家台人。康桃媛的母亲姓庄，是我母亲的本家婶娘；康桃媛就是我母亲的远房堂妹，是我的远房姨妈。我应称呼康桃媛的母亲为叔外祖母，为方便我称呼她为庄奶奶，我称呼康桃媛为"桃媛姨"。

桃媛姨有一个娃娃亲，是康家台李书记的三儿子，李家兴。李书记是我外婆的堂弟，但他对我母亲像亲舅舅一般，李家兴他们兄弟姐妹也和我母亲相处得如亲姊妹一样。他们都称呼我母亲为大姐，我称呼他们几弟兄为叔叔，称呼李书记为舅爷爷，称呼家兴叔的母亲为舅奶奶。为了和桃媛姨的母亲区别开，我平常都称呼家兴叔的母亲为余奶奶。

李书记让家兴叔和桃媛姨从小定了娃娃亲，并在之后把桃媛姨推荐去读大学，把家兴叔放康家台小学教书。桃媛姨毕业后成为郭河中学的公办老师，家兴叔还是康家台小学的民办老师。李书记希望桃媛姨和家兴叔在1977年的年底结婚，他们不想夫妻两地分居，而家兴叔无法调入郭河就只能让桃媛姨调回老家了。我们高中一年级的农基老师就换成了在郭河中学教书多年的向老师，我们班的班主任是我们班的数学老师，彭老师。

1977年10月，一个周一的早晨，天气晴朗。大家按时到校，进教室读书，没什么异样。朝读课结束后是广播体操时间，我便如往常一样，听到下课铃响起，立马收拾好书本就往教室外跑。彭老师走进来，向我摇了摇手，示意我暂时不出去。

冲出座位的我又缩回到座位上，听彭老师对我们全班同学说："今天不做操，今天的早操时间是开会。校长讲话。同学们带好笔和笔记本，所有同学都去。因身体原因不能做操的同学今天不需要请病假，都去操场上开会。"

我们每个同学都拿着一个本子和一支笔，自然成队形，走入操场。操场上，每班四列纵队，从南到北按班次排列。和做早操时的序位一样，我是站在排头的。我拿着个软面抄写本，一支钢笔，听整队老师宣布："下面请张校长讲话。"

我和所有学生一样，背对着早晨的太阳，面向西边。看到张校长走上前来。张校长站在我们面前，迎着温馨的曙光和旭日下队列整齐的学生们，说着一些似乎与我无多大关系的话题。我好像听到了"高考"和"分班"这些生僻词，没有进耳，更没有做笔记。好像大家都没有做笔记，至少我周围没有一个人做笔记。

听着听着，我的眼睛看向了旁边邻位的同学——邹彩秀，她也没做笔记。她手上是一本漂亮的有红色塑料封套的笔记本。这种笔记本的封面比我的抄写本封面硬朗，我很是羡慕。我望着她的笔记本好一会儿才恋恋不舍地收回自己的目光。就在移开视线时，我看到了红色封套上有一只凹纹的鹰，在封面的右上方，两厘米见方的大小。"太美了"！我示意她拿着笔记本不动，我临摹上面的那只鹰。

画得差不多时，邹彩秀很小的声音对我说："很像。画得很好。"我们俩无声地笑了。

下午到校时，我向同学们炫耀我的画作："今天开会怎么那么久啊，我站在那里都画好了一只鹰，校长还没讲完。"

邹彩秀把我拉到一边，附在我耳边小声告诉我："今天开会时间长其实是在搞搜查。听说我们学校有人看黄色书籍，学校老师就搜查了全校同学的书包。从新编的初三班的教室里搜到了黄色书籍。你不对别人讲啊！"说到末尾，她叮嘱我一句。

邹彩秀的叔叔在我们学校教高二数学。我们班的数学老师是班主任，没给我们透露一丝信息，邹彩秀能知道的应该是她叔叔嘴里透露出来的，不会有错。

从邹彩秀的表情看，黄色书籍是不许看的禁书，但黄色书籍是什么样的呢？我在心里想，黄色书籍是指封面是黄色还是其中的页面是黄色的？哪有黄色书籍，印书的纸一般都是白色的。除非是以前的很古旧的书，时间长了才有可能变黄，黄色书籍不能看？想着的时候我脱口而出："黄色书籍？"

我心中一堆疑问却只说出四个字。邹彩秀好像没发现我有疑问，补充说："嗯，'妙之心'。叶小琴她们看过。你千万不对别人说啊！"

邹彩秀又强调了一遍，不让我向外传播信息。她说得我一头雾水，又不好意思追问，只好当没听见，什么都不知道的样子。

大概两个星期后我才从同学们偶尔的窃窃私语中明白了，"妙之心"是一本书的代称，真实书名是《少女之心》。

新编的初三年级只有一个班，是我们这一届初二毕业时不想直接读高中的部分学生和读完初中一年级的学生中成绩比较好的一些同学组成的。叶小琴就是从我们班分到初三班级的。听说这是将两年初中改制为三年初中的过渡班，这个班级里的学生大半是有社会背景的。有公社书记的女儿，教育组长的儿子或某局长的侄女等，康桃媛的弟弟康志武也在这个班。这个班因为学生来源不一，班级管理比较复杂。但，《少女之心》的有关情况都是小道消息，也只是少数几个学生私议了几天就无声无息啦。

3

一两个月后的一个下午，我正在自己的房间里写家庭作业，家兴叔来我们家了。他对着后屋厨房里的母亲说："大姐，我来参加明天的高考的。在你这里住两天。"

母亲正在做晚餐，扬声答应了一句"嗯"，并没有出来和他打照面。

家兴叔一边对我母亲说着，一边走进西边厢房的前房，那是我哥哥的房间。家兴叔把随身的袋子放在我哥的房间后，并没有进厨房和我母亲闲聊，而是直接来到东边厢房的后房，走进我的房间，问我说："你有没有什么书给我看看，我明天要参加高考，第一门考语文。"

我不大懂"高考"，就指着桌上的书说："就这几本，您想看就看吧。"

他扫了一眼我桌上的书，随手翻了翻，抽出一本语文教材拿在手里说："这（考前不看书）不行，我还是拿一本（桌上的书）看看。"

说着，家兴叔拿着我的一本语文书一边翻着，一边进了我哥的房间。

第二天，家兴叔从考场回来。这次一进门，首先是对着我喊："你有成语词典吧？快给我看看，'罄竹难书'是什么意思。"

我找出我的那本成语词典，他翻了翻说："我是有疑问，果然错了。我还以为'罄竹难书'就是罄山上的竹子不好（在上面刻）写字呢。"

"罄竹难书？"我自言自语似的同时把头凑过去。

家兴叔一边看，一边念着："qìng zhú nán shū，罄：尽，完；竹：古时用来写字的竹简。形容罪行多得写不完。哎呀，'罄'是'尽'的意思，我怎么不知道啊！"

"罄竹难书！"我又重复了一遍，记住了这个成语。

家兴叔喋喋不休地说着："唉，我怎么这都不晓得。算了，算了，不管了，我去看数学书去。"说了好几遍，人却在我房间里没有挪动脚步。

我说："一不知道都不知道，您做错了，别人也不一定做对了。算了，反正已经交卷了。"

"那个平冬梅，就是我座位旁边的平冬梅好像也不知道，但其他人是不是不知道我就不晓得了。真不管了，免得影响我考数学。"家兴叔说完这一句真的去我哥房间了。

最后一门考试结束，家兴叔到我家的第一句还是来到我房间，对我说："反正好玩儿，试一试呢！没考好，不做这个指望了。算了算了，哎哟，没希望了。"

母亲听到家兴叔说话，她来到我房间问家兴叔："考得怎么样？"

"不行不行。完全不行。肯定考不上。回去结婚去。"家兴叔一身轻松的样子对母亲说着。

母亲笑着说："考试行不行，结婚总是要结的。考不上回去结婚，考上了还不是要回去结婚！"

家兴叔也笑着说："我对他们说我要参加高考，叫他们今年不准备我们结婚的。"

"结婚跟高考两码事，你还要他们不准备今年结婚？"

"今年结婚算了。"听到母亲的疑问，家兴叔并没有直接回答母亲，只说了这一句话没再说其他的，母亲也没追问了。

4

又是个把月的样子，家兴叔兴冲冲地来到我家，进门就对我母亲说："高考成绩出来了，我去看过分数了。我考了212分，没过起分线。我和桃媛还是准备今年结婚。还是原来的腊月初四，就是元月12号。"

"好好好！初四快了呀，到时候我们去喝喜酒。"

家兴叔虽然没过起分线，但看到自己比高中毕业的平冬梅还多两分，心里还是很满足的。他觉得自己初中毕业，能在高考中"榜上有名"已经很不错了。好多人参加高考了连成绩都不知道，好多人考分少得可怜不敢说出来，还有人连报考的勇气都没有。家兴叔觉得自己对得起自己了。

带着这种心情，家兴叔去了平冬梅家，平冬梅说："我前两天就知道分数了。看我们都没有过起分线，我就没告诉你。"

又过了几天，元月9号，也是个周一。上午，家兴叔上完两节数学课又想起自己的高考成绩，欣慰之余更多的是惋惜，多几分就好了，多考几分自己就可以是国家商品粮户口，就可以走出康家台看到更高更远的天空了。这样想着，他不知不觉地来到了平冬梅的家。

看到平冬梅，他才想起自己已经走出了学校，来到了平冬梅的面前。他正准备告诉平冬梅自己的婚期就是本周四时，平冬梅先开口了。她对李家兴说："我已经填表了，填报的是南京机器制造学校。只等录取通知书了。"

"谁通知你的？怎么没人通知我？"

"我们大队的书记通知的。你的我就不知道了。我还以为你是知道了来问我填写的是什么志愿的呢。"

"我去问一问。"听到平冬梅的回答，家兴叔甩了五个字就立马转身离开了平冬梅的家。

家兴叔不需要问大队书记——他的父亲，就知道康家台大队根本没收到要他去填表的通知。家兴叔直接去了郭河教育组，询问的结果是："我们也不清楚，目前只接到女生降分录取的通知。至于男生还有没有降分的可能我们还不知道。"

家兴叔想，过了这长时间才通知"女生降分"，再过几天兴许有通知让"男生降分"，或许我还是有希望的。

"我不能结婚，我不愿结婚，我不结婚了。"家兴叔在心里对自己这么说着，然后加快了脚步。

家兴叔回到学校，桃媛姨正在办公室收拾办公桌。看到家兴叔来，正准备问他去哪儿了，家兴叔自己开口了，说："桃媛，我不想结婚了。我们不结婚了。"

"什么意思？你今天中午去哪儿了？我看你中午没在学校，就以为你有什么急事要办，我刚才还跟学校校长请假了。我说我本周四结婚，婚假就从明天起，正好休息到期末复习考试。"

"我不结婚了。我刚才知道平冬梅填表了，只等南京机器制造学校的通知了。我也想像平冬梅那样出去学习，见识一些外面的世界。"

桃媛姨一听，明白了家兴叔是真心不想和自己结婚，只说了两个字："好吧。"然后就径直回家。

桃媛姨进自家屋看到自己的母亲正在帮她整理新婚用的棉絮，她对母亲说道："这些都不需要了。"然后进到房间，关门睡觉了。

5

桃媛姨走后，家兴叔这才发现自己还没吃午饭，但他并没有去学校食堂，而是回家找自己的母亲要吃的。

他吃饭的时候，想告诉母亲自己不结婚的决定，但还没有想好怎么说，李书记回家了。

李书记劈头就问家兴叔道："桃媛怎么说不需要结婚用的棉絮了？"

"是我说不结婚了。她答应了。"

"不结婚了？为什么？"

"我与她在一起没那个感觉，我喜欢平冬梅。"

"桃媛有什么不好？"

"不是她不好，是我自己没那个意愿。"

听到家兴叔的说辞，李书记陷入了沉思——

李书记不仅祖籍是康家台，而且原本也是康姓，因其祖上先辈犯事而改姓换名后，一直没有恢复康姓的。父辈们上传下教给李书记讲过，当年的康家台上差不多有一大半都是康姓人家。有一天，家族内有一家的男主人和排湖对岸的男子在湖中为争水域发生冲突，两人讲狠话，说："明天晚上在此，谁打赢对方，这里就是谁的！"

第二天，康家组织精壮劳力，拿着棍棒家什，坐一条船划向约定的地点。还没到达交战地，迎面来了一条船，也是一船人。康家人抄起棍棒家什迎上去，三下两下就把船上的人全打趴下了。

"怎么这么不经打？"仔细一看，打错对象了。这是一条走亲访友的船，船上的人赤手空拳，还有包裹之类的，好像还有老人和孩子。这怎么办？冤有头债有主，一船人无辜丧命，人家肯定会寻上门来要求偿命的。就算这些人只伤没死，人家无辜挨打也不会善罢甘休的。一船人啊，又不是只有三两个人！

家族人经过商议，所有康家人扶老携幼或携儿带女，一家一家地在当夜四散逃离。实在有老小无法挪动身子逃命的就地隐姓埋名。家兴叔的祖辈就是没能逃走的其中一家，因为家兴叔的先祖辈有一位祖母的娘家就是康家台上李姓人家的，他们一家就随女主人改姓"李"了。

好些年过去，没有人找到康家台来兴师问罪。又过了些年，一直没人访查误伤一船人的事。也许那些人只是被打晕了，因为事发突然，又天黑看不清，他们以为遇到"鬼"了！

隐姓埋名的那几家又观望了几年没见到有问罪于康家台来的人，他们就在下一代恢复康姓了，而李书记一家人仍然姓"李"。到李书记这一辈，康姓发展到九家住户，如果加上李书记一大家就有十几户了，但李书记一家一直姓李。当上了大队书记，当然也被人称为"李书记"。

李书记虽然姓李，但对台上的康姓人倍加照顾，并让家兴叔与康家侄女康桃媛定了娃娃亲。

李书记要把康桃媛接到家里做儿媳妇，一是因为有照顾康家的意向，二是他觉得康桃媛这个侄女确实不错。三岁看大，八岁看老，康桃媛从小就比一般孩子机灵乖巧，而且李家兴与康桃媛从小就玩得来。不然，李书记也不会想到这一层。

李家兴和康桃媛长大成人时，正赶上高考实行推荐制。高等学校的招生以"群众推荐、领导批准和学校复审"的方式，从有实践经验的工农兵及下乡知青中招生，大队书记是一线推荐人。李书记想到，不需要参加高考，只要推荐上学了就是国家正规大学生，商品粮户口，包分配工作，就把自己大队的一个推荐指标给了康桃媛。

李书记把上大学的指标直接送给康桃媛，大家都觉得只是因为康桃媛是李书记的准儿媳。但在李书记心里，除了这点儿私心之外他也是出于公心考虑过的。当时提倡培养妇女干部，而康家台整个生产大队进过学堂门的成年女子只有康桃媛和康桃媛的姐姐康志媛。康志媛已经出嫁，不是本村人了，剩下一个康桃媛，结婚了也是本村人，而且，如果培养为干部，康桃媛的能力也是康家台的妇女中最够格的。李书记觉得就单方面从能力上讲，自己的几个儿子没有比康桃媛胜出的，其他年轻人也没有特别出众的。公私兼顾后，李书记才做出了这个决定，让康桃媛去读大学。

为这事李家兴确实有过不高兴。李书记给自己的儿子讲道理："读大学是要推荐德才兼备的人。康桃媛是我们康家台文化程度最高的女青年，你的文化水平在男青年中就不是最高的；康桃媛是你未婚妻，她是商品粮户口了，将来你的孩子就都是商品粮户口。如果换你去读书，首先是大家不服气，再一个就是，你有商品粮户口对家庭作用不大，新出生的孩子都是跟随母亲上户口的。如果你担心她读书了与你文化差距变大，不愿回乡与你成婚，你现在就去教书吧。将来她毕业了也让她回乡教书。再说，桃媛他们一家也是知恩报恩的人，何况我还在（职）位上，她哥哥弟弟也生活在这里。而且，追根溯祖，她也是我们本家人。"

于是，李家兴听从自己父亲的安排，让未婚妻去读书，自己到村里学校教书。李家兴一直教小学数学，后来村里有初中了就教初中数学。康桃媛因为文化水平不高，就读了师范学校的农基专业，毕业后分配到郭河中学教农基课。这半年才调回乡村教小学数学。

李家兴和康桃媛在一个学校教书后，平常两人都是有说有笑，关系很融洽；两家人在一起商定的结婚日期，这个李家兴怎么就不愿意结婚呢？

从选定结婚日期开始，康桃媛家里请了木工做家具，预备置办全副嫁妆；李书记家里也是翻新住所，粉饰墙面，布置新房，一派喜气洋洋，忙忙碌碌办喜事的景象，没见有什么不开心的事儿啊？

李书记还在回想：婚前的准备工作正紧锣密鼓地有序进行时，国家公布了恢复高考的政策。李家兴一听到政策，就立马要求两家暂停结婚事宜。李书记当时是有点疑虑，觉得结婚的准备工作都是两家父母在操办，他们俩并没有投入很多的时间与精力，高考时间与结婚日期也不冲突，李家兴为什么那么决意要停止结婚呢？当时，李书记还以为李家兴是不想分神，想一心一意备考，现在看来，他心里其实是一直有另外的想法的。

李家兴为什么不欢喜这门婚事，为什么他一直没有说出来呢？原因只有李家兴自己知道，他一直放在心里从来没有说出来过。

李家兴的内心，第一，他觉得康桃媛不是很漂亮，而且文化程度不高。虽然康桃媛的大脑比较灵活，但身材太粗壮不秀气，文化程度仅仅是小学三年级的水平。第二，李家兴的心里一直装着他一个哥们儿的妹妹，邻村的平冬梅。平冬梅身材娇小，五官精致，又是高中毕业。第三，李家兴比康桃媛大三岁，他一直知道康桃媛算得上是他自家妹妹，虽然早已经出五服了，但总归是同宗同族，在一起总是没那个感觉。

李家兴没有直接拒绝这门婚事，主要是习惯了听从"父母之命"；再者，平冬梅虽然很合自己心意，但人家不一定瞧得上自己；还有更现实的状况是，如果比做农活，身大力不亏，在农村种地挣工分，平冬梅就没桃媛姨的优势了。

对这桩婚事，李家兴虽然一直不快活，但也说不出个"不"字，就任由父母安排。李家兴没有把心里话说出来，家里人当然不可能知道他的心思了。是恢复高考让李家兴找到了突破口，他以全力备战高考为由，叫停结婚程序。两家人都不知道家兴叔的内心趋向，欣然接受"暂时不考虑结婚"的安排。但准备工作并没有立刻停止，他们的心里都觉得"叫停"只是婚期的再确定而已。

备考期间，家兴叔连一本高中课本都没见过，复习资料都是蹭平冬梅的。他们互相帮助，相互鼓励迎接高考。

巧的是他们俩高考在一个考场，还是邻座。他们俩考试时就把试卷向对方稍微靠近一点，或垂在桌边，双方就能很清楚地看到对方卷面上的答案。所以，他们高考时就和平常备考练习时一样，互相参考着对方的答案。但感觉都不怎么好，有一些题两人都不会做。

从考场下来，李家兴自觉考得很糟糕，考虑到自己年龄又大了，就服从家里安排，准备按原计划结婚。没想到，在婚期迫近时，双方家长已经就绪所有事项，并已告知亲朋，按原定日期宴请亲朋好友来喝喜酒的时候，这个李家兴突然变卦，不肯结婚了。

这怎么办？两家已收受部分亲戚的人情钱了。这个李家兴，想逃婚要早点儿说呀！现在，婚讯已发出，亲朋都在赴宴的路上，怎么对人说明情况？

李书记想来想去不知道怎么办。他想去听听康桃媛的意见。

6

李书记来到康桃媛家，只有康桃媛的母亲在堂屋。李书记问："庄婶，这是怎么回事儿？桃媛呢？"

"我就是不知道咧！她回来就说了那一句就关着房门了。我也不好问，也不知道她在房里做什么。早上出门是开开心心的，下午回家就满脸不高兴了。她不说那句话我都不会在意。她说'不需要'，我看她又关上房门了才去找您，问您的。"

李书记只好直话直说："家兴这混小子，也不知道是吃错了什么药，他不肯结婚了。他说桃媛已经答应他不结婚了。这怎么办？"

"唉！难怪的！难怪她进房间就一直不出来的。这怎么好？"

康桃媛的母亲坐了一小会儿就起身走到康桃媛的房门口，轻声地喊道："桃媛，你开门。李书记来了，想问一问你。"

几分钟后，康桃媛打开了房门，但她坐在桌前看书，一句话都不说。李书记开口说："李家兴当你说什么了？"

"他只说不结婚了。他不想和我结婚。"

"为什么？"

"不知道。"

"你怎么想？"

"我只说'好吧'。"

李书记无话可说了。原来，李书记总担心康桃媛大学毕业了瞧不上李家兴，不愿回乡与自己的儿子结婚，现在却是自己的儿子不愿和康桃媛结婚。怎么对康桃媛解释呢？父母再好的心愿，儿女不接受也是无法实现啊！

康桃媛更是找不出合适的词句表达自己此刻的想法和此时的心情。本来自己对李家兴也没有特别的好感，只是父母之命、媒妁之言不敢违抗。而且，李书记又那么看重自己，把自己送进大学，自己的工作和身份都是李书记赐予，本想用自己的一生作为回报，没曾想被人嫌弃，遭遇退婚！郭河中学的同事，康家台的乡邻，还有两家的亲朋都知道我回来是奔李家兴结婚来的，要办酒宴了被取消婚约，我用什么脸见人？怎么对人说明我不结婚的缘由啊？

康桃媛的母亲更是五味杂陈，不好开口。

他们三人都无话。李书记长叹一声说："桃媛，是我对不住你。我不知道李家兴心里在想什么，不知道他是不是因为高考受刺激了，不知道他大脑是不是清楚的。我回去再慢慢细问，看究竟是什么情况。你不着急，无论事情闹成什么样，都是李家兴的错。我不是看他还是一个教书的老师，我硬要打他几嘴巴，把他打醒悟。"

李书记走后，康桃媛又躺回床上，她满腹的屈辱无处申诉。接下来的几天，康桃媛就一直躺在床上，食之无欲，寝之无眠。李书记厚着老脸又来过两次，给康桃媛赔不是，康桃媛的父母也不住地安慰她，这些都不能让桃媛姨有丝毫的轻松。

7

退婚后的李家兴并不自在，而李书记、康桃媛和康桃媛的父母更觉得无颜面对一众亲友。二十年的规划怎么就比不过一次高考带来的变化呢？！

最觉得左右为难的还是桃媛姨的父母。他们心疼自己的女儿，又无法怪罪任何人。李书记对他们一家是有恩的，李家兴这个事虽然确实处理不当，但他只是说明了自己真实的想法而已。他们觉得李家兴的做法让他们太丢人丢脸面，他们担心女儿无法去面对周围的一众亲友。

康桃媛的父母最怕的是女儿想不开，就想着法子劝桃媛姨：姻缘天注定！是你的跑不掉，不是你的抢不来。

在家人和至亲好友的安抚中，康桃媛慢慢放下了家兴叔，准备重启人生之婚恋大事。其实，康桃媛是属于蛮讨人喜欢的一类人。读师范时，就有好几个追求者，其中不乏比李家兴优秀的。只是康桃媛自知自己的一切都是李家兴的父亲所赐，也就从没有除去李家兴之外的杂念。现在，她觉得自己是自由的，可以放飞自我了，从心里反倒感谢李家兴，心中已没有了怪罪李家兴的怨恨之情。

在康桃媛逐渐地心情宽松，逐渐地心情愉悦的同时，李家兴的心情朝着相反的方向迈进。因为他的分数摆在那里，却迟迟没人通知他填写志愿。当他得知男生太多，女生太少，女生的起分线才降低十分时，大呼不公平，逢人便说："平冬梅都是抄的我的答案，她能上，我却不能上。太不公正了。"这话传到平冬梅的耳朵里，她自然不高兴，由此，平冬梅也懒得理睬李家兴了。

李家兴还是抱着万分之一的希望耐心地等待着。直到平冬梅们都打点好行李准备去上学时，李家兴才确信录取分数线降低到自己考分以下的可能性百分之百没有了，他才死心塌地地重新捡起书本准备再备战高考。

李家兴想到平冬梅手上的备考资料，他再次去到平冬梅家里。平冬梅看他来，表情严肃地说："你来干什么？"

"我想把你的那些复习资料拿回去看看，再复习了明年再考。你都考上了，我也想再复习一年了能考出去。"

平冬梅一听，气不打一处来。什么叫"你都考上了"，当别人面说我抄你的就算了，还当我的面说这样的话？你比我多两分就比我有才学了？我抄你的，你就没抄我的？越想越烦，平冬梅就青头黑脸地对李家兴说："那些资料我都当垃圾扔了。"

李家兴看到平冬梅的态度较之以前差不多是一百八十度的转变，他只"哦"了一声，不再说什么，转身回家了。

李家兴在路上想："果然是瞧不上我的。瞧不上也不至于这样表现呀？抹脸无情，翻脸比翻书还快。我还想明年高考考上了再去找你，这样子看来没那个必要了。"

李家兴走后，平冬梅也在想："这个人真没城府。结个婚像缺巴齿吃面条——拖进拖出。我知道你的意思，你是说我都考上了，你不考上就无法追上我了。但你不该当大家说我是抄的你的答案呀。无论我是否抄你的答案，你当大家的面这样讲就说明你这个人虚荣；你这样子处事，也说明你对我的好感只是出于客观因素，并不是真正的爱情"。

李家兴和平冬梅各自在自己的内心把对方在自己的朋友圈中拉黑，以后再不联系，更不来往。

李家兴回到家里，又从各处谋得一些复习资料，开始专心备考。康桃媛恢复吃饭睡觉，虽然深居简出，当表面看上去就像什么事情都没有发生一样，大家也当没有发生任何变故一样。

可是，李家兴习惯了凡事和康桃媛唠叨，这些天一个人闷在家里搞学习总觉得缺少点儿什么，他逐渐明白：自己其实很黏康桃媛。

李家兴终于明白，自己和康桃媛在一起时其实处得很愉快，只是从小到大的这种感觉一直没有变化就以为自己不爱康桃媛。其实不是不爱，只是没有用新的爱的表达方式。李家兴又去找康桃媛了。

8

康桃媛本来在外读书几年，又在郭河中学工作两年，回到康家台又碰上李家兴备战高考，所以，她内心深处从她走出房门的那一刻起，已经没有婚事变故所带来的伤痛了。再次遇到李家兴，她真像从没有发生过故事的人一样，泰然处之了。但，当李家兴再次说要与康桃媛结婚时，康桃媛生气了。她也没说什么，只是立马闭上嘴巴斜睨了李家兴一眼再不言语了。

春节来临，李家兴照往年一样，腊月二十八就买了烟酒茶去康桃媛家。这次去康桃媛家，境况完全不是从前。虽没有人言语数落、嘲弄挖苦，但康桃媛一家老老少少全体行为一致，没一个人搭理李家兴。曾经的礼遇"请上座"、"上好茶"变成了"不欢迎""不接待"。

当李家兴左手烟酒、右手茶点提到康桃媛家里时，没一个人接应，连打招呼都没有。康桃媛家里的每个人看到李家兴都像是没看见一样，连一个"咿呀"的表情都没有。康桃媛也是一字不说，把李家兴提进去的礼物提起就往外走。李家兴担心康桃媛把礼物扔出大门外，赶紧跟在后面想把礼物拿过来放进堂屋的神柜里面，但是慢了一步。还好，康桃媛并没有扔出礼物，只是把这些礼物提到门外，放到门前的门当旁。李家兴松了一口气，但他跟出来的脚步不知道该往哪儿放。

康桃媛进屋后，李家兴跟进去不是，站在外面也不是，把礼物提回家更不是。李家兴迟疑了一下，索性离开康桃媛的家，他就让那些礼品放门当旁，自己跑到红庙街上去了。

李家兴跑到红庙街上买来了笔墨纸砚，再次回到康桃媛的家。他搬了个条桌出来，在康桃媛的大门口摆开阵势写春联。

第一副是："冬去湖泽奇秀丽 春来桃李共芬芳 新年大吉。"第二副是："人和喜事连连到 家兴财源滚滚来 吉祥康泰。"

李家兴在写春联的时候，有左邻右舍来观看。当大家看到康桃媛家的门当旁放着的几提礼品时，大家都明白了为什么李家兴这次会这么高调地书写春联了。乡亲们心里都知道是怎么回事儿，但都只笑不说话，不发表任何意见。只说李家兴的字写得漂亮。

李家兴便乘着看热闹的人都在，又给自家写了两副春联。分别是："喜居宝地千年旺 福照家门万事兴 喜迎新春"和"园里春花含笑意 门前炮仗响欢声 喜气盈门"。

然后，李家兴把第一副对联贴在了康桃媛家的大门口，第二副对联贴在了康桃媛家西厢房旁边的厨房门口。并顺便把那些礼品都捡进去放到了康桃媛家的神柜里面。

在康桃媛家里贴好对联后，李家兴进屋对康桃媛说："我去我家贴春联去了。"然后和康桃媛的父母兄弟一一打过招呼就回家了。

李家兴打招呼时，虽然没有得到康桃媛家任何一个人的回应，但也没人说他一个"不"字或是摆出一副嫌弃的表情，李家兴心情轻松了许多。李家兴在自家的大门口和厨房门口分别贴上自己写的后两副对联，然后去自己房间看书去了。

腊月二十九、腊月三十，李家兴每天都去康桃媛家一次，给康桃媛的父亲打下手做家里的卫生、给康桃媛的母亲打下手办年货、与康桃媛聊天。虽然没有一个人与他答话，但也绝没有鄙视、厌恶的神情给他。

大年初一，李家兴除了几家烧清香的，他没有去别的家。初一这一天，李家兴没有进去康桃媛的家门，他就在自己家，一个人待在自己预备做婚房的房间里看书。

大年初二，李家兴把自己收拾得整整齐齐，他到康桃媛家里正式给康桃媛的父母拜年。

这一天，康桃媛的大姐康志媛两口子带着孩子们回来，他们给外公外婆拜年来了。康志媛对自己的父母和兄弟姊妹都不与李家兴讲话的这种处理方式不置可否，但她自己还是与李家兴很随意地交谈，她老公也和李家兴一如既往地讲话。从正月初二到正月初五，李家兴在康桃媛的家里只有康志媛夫妇不计前嫌与他照面，其他人全当他是空气。李家兴也不退缩，白天晚上一直赖着不出康桃媛的家门。没有人理他，他照样该干嘛干嘛、该吃啥吃啥、该说什么就说什么、该与谁搭腔就与谁搭腔，不过，大部分时间他还是和康桃媛坐在一起。

这些天，康桃媛一个字也没应答过，李家兴仍然热情洋溢地与康桃媛闲侃。李家兴在康桃媛家里自责自罚，自白自话地折腾着，好话说尽，善事做尽。最后，李家兴对康志媛说："姐，您帮我劝一劝桃媛，要打要骂我都接受。确实是我太糊涂，错过了婚期，我知道错了，以后我会珍惜我与她的这个缘分的。我想把婚期移到三月八号。这个日子我看过了，蛮好。您也帮我给爸爸妈妈做一下思想工作，让爸爸妈妈也劝一劝桃媛。千错万错都是我的错，我认错认罚，只求桃媛能原谅我，答应我的真心求婚。"

"好吧。我帮你劝一劝。"康志媛答应帮李家兴去找父母说一说。

在康志媛给父母做思想工作的时候，李家兴直接进去跪在康桃媛的父母面前说："爸爸妈妈，我知错了。以后，我绝不让桃媛受丁点儿委屈。您二老就答应我，让我和桃媛结婚吧。"

他们三人迟疑了一下，康桃媛的父亲扶起李家兴说："你还是去问桃媛吧。这件事由她自己做主。"李家兴又看看康桃媛的母亲和大姐，看她俩都无异议，李家兴便起身和他们三人招呼一声就又去康桃媛的房间。

这次在康桃媛面前，李家兴双膝跪地，诚恳地说："桃媛，对不起，让你受委屈了。我是一时糊涂，是我错了，你打我骂我，我都接受。我爱你！我保证今后绝不让你有半点儿不愉快。我们结婚吧！"

康桃媛顿了半分钟后对李家兴说："年底或者明年再说吧。"

"我不想等到年底，我想在'三八'结婚。我还想参加一次高考。我们结婚了，我就可以安心复习备考。现在，我们没有结婚，我想复习都无法静下心来。"

"再次参加高考，如果考上了怎么样？考不上又怎么样？"

"考上了，我就可以去读书，毕业后就和你一起去郭河、仙桃或者别的更大的城市去；考不上，就不再想高考这件事了，我就死心塌地地在康家台当一辈子老师了。无论考得上考不上，对我来说只是一个结果，是对高考这一件事做个了结，与结婚无关。我现在只想尽快结婚，所有的计划都是在结婚之后才能确定。桃嫒，相信我，我是真心爱你的。"

"你起来吧。"康桃嫒说出这句话的同时，眼泪涌出了眼眶。

李家兴赶紧起身帮康桃嫒擦干眼泪。

9

1978 年的 3 月 8 日，李家兴和康桃嫒举行了婚礼。

家兴叔和桃嫒姨能续约结婚，最高兴的是我妈妈。因为我妈与我外公姓康，我外婆姓李。当年外逃的康姓人中，估计我母亲一家是离老籍最近的，就在武汉武泰闸那块落脚。母亲的祖辈为了与老籍保持联系，差不多每一代都与郭河、红庙或康家台的人有婚嫁结亲之约。母亲很小的时候，我外婆去世，外公续弦又有三子一女，就是我的三个舅舅和一个姨妈。后来外公也在舅舅们成年之前去世，母亲仍然遵婚约嫁到郭河。我外公去世后，大舅带着自己的母亲和弟弟妹妹到洪湖落籍了，武汉只留下母亲的叔叔和婶婶一家人。后来，我舅舅们虽然住在洪湖，但我姨妈嫁到红庙、大舅妈也是沔阳人。在当年步行或乘船的时代，无论是武汉还是洪湖，与郭河来往终归是路途遥远，所以，母亲和康家台上的老亲戚来往比武汉和洪湖的娘家要密切得多，她是最希望康李两家亲上加亲，永远亲如一家人的。

家兴叔婚后，他又拿起书本复习，桃嫒姨也很支持他的这次高考。

1978 年的夏天，家兴叔再次住在我们家参加高考。这次是考完数学后，一进门就问我："一加一等于几？"

"一加一？等于二呀！"

"唉！我应该写'2'的。我是想高考卷上怎么会出现'一加一'这么简单的题呢？肯定不是等于二。你看夫妻结婚，生几个孩子，那谁知道一加一等于几啊！"

"哈哈哈哈"，我被家兴叔的话逗笑了，说："您以为这是考脑筋的（"考脑筋"是当时当地的口语，现在的说法是"脑筋急转弯"）题？不会吧，应该是基础题吧。我也不知道，就是觉得好笑。"

我想起家兴叔前一次高考时遇到的"罄竹难书"，又想到他和桃嫒姨三番四复的婚礼，笑得更厉害了。我对家兴叔说："您闹的笑话罄竹难书啊！"

看到家兴叔很难为情的样子，我赶紧说："不管考得好不好，反正已经交卷了，耐心等待结果喽！万一没考好，明年再考。"

"这次考不上，明年就没再考的可能了。我年龄大了，看书效率不高，我也答应了你桃媛姨，这次考得上考不上明年都不再参加考试了。"

听家兴叔这么说，我就不知道说什么好了。因为实在估计不出他的第二次高考结果是什么样子的。我只好重复一句："耐心等待结果吧。"

第二章　书不释手

1

李家兴回到康家台自己家里，看到康桃媛正拿着一本书在读，自己也就拿出一本书坐在妻子旁边读起来。

从自己参加高考后，李家兴心里特佩服自己的妻子康桃媛。康桃媛只读过三年小学，却在乡村扫盲期间充当同龄伙伴的老师，教那些没进过学堂门的姐妹们识字认字；康桃媛在被推荐去读大学的农基专业后，她更是利用一切条件读大量的书籍；寒暑假在家，白天做农活是生产队里那些知识青年的"老师"，晚上看书学习是那些邻家姐妹的"老师"；大学毕业走上讲台后，康桃媛已经是书不释手的书耗子了。她的文化程度已经不亚于初中毕业的李家兴了，但仍然孜孜以求，不断进步。李家兴觉得妻子特别沉稳，自己自愧不如。

康桃媛看李家兴不说话，估计他这次考试的自我感觉不好，想到自己娘家兄弟也参加了这次考试，也不知是什么状况，就对家兴叔说："题目很难吗？也不知康志文他们考得怎么样。"

家兴叔说："对我来讲当然是很难的，康志文应该考得可以吧。他们高中毕业生应该不觉得题目很难。"

桃媛姨没有再说话。她是想到家兴叔上次因为高考而滋生出不结婚的念头，不仅让他们俩自己饱受郁闷，也让桃媛姨的家人特别是桃媛姨的哥哥康志忠心生不愉快。这次，她哥哥也不声不响地参加了高考，也不知考得怎么样。

桃媛姨的哥哥是高中毕业，但他在恢复高考的第一年并没有参加高考。他看康家台上的人只有一个李家兴很积极地去高考，没有成效反而变得有些浮躁，他就想去试一试考场。他觉得自己高中毕业后一直没有摸过书，估计肯定不行，所以他是偷偷报考的，只是试探而已，除了桃媛姨没跟其他人讲。

所以，桃媛姨口中的"他们"是指她的弟弟和她的哥哥，而家兴叔耳朵里的"他们"指的是内弟康志文和康志文的学校的同学们。

2

康桃媛的老籍，康家台地处排湖，南面是郭河，北面是胡场，东面是张沟，西面是沔城、通海口。房前屋后是大沟小渠，村落四周是深水浅湖。

之前的康家台人，差不多家家都有船，采莲挖藕摘菱角，网鱼摸虾打野鸭是他们的常事。之后，排湖水域渐渐变小，农田渐渐变多，特别是水稻田亩大片大片地需要人手。周边如郭河光辉人都在排湖分管耕耘农田，但排湖岸边的康家台的人们还是因农田太多而忙得直不起腰来。

康桃媛的哥哥觉得自己家姊妹多，又都在学校读书，自家的生活得益于乡亲们的劳动付出，对康家台上的村民他心存感恩。毕业后，李书记说他是康家台难得的高中毕业生，要他到康家台小学去教书，他回绝了。他说："家兴和桃媛都在学校教书，我就不去了。我还是先做几年农活再说吧。"李书记考虑到城里的学生都下放到农村劳动，他要下地干活也是锻炼自己，也就成全了他。

1977年下半年，国家出台政策，恢复高考。凡是工人、农民、上山下乡和回乡知识青年、复员军人、干部和应届毕业生，符合条件均可报考。康志忠看到他们队有一些知识青年并没有报考，像他一样具有高中文化程度的个别人也没有报考，他也就没报考。直到桃媛姨结婚后，家兴叔又一次报名参加高考，他才闷声不响地花了几角钱去报了个名。

康志忠自知自己这次不可能考得好。他是考虑到康家台现在已经分田到户，不是以前的集体劳动了；自家的地有父母能对付，而且他的二弟也是高中毕业自愿在家种地，他不下田，家里能应付过来。他是再三考虑后决定离开农田，一心备考的。他在心里是预备：一定要考出去，这一次算是热身预考吧。他特意参加"预考"的目的，主要是想考察一下自己究竟是报考文科还是理科。

3

李家兴第一次参加了考试后回去讲："好多人，年龄大的比我还大好几岁，年龄小的只有十几岁。谁能考上，太难说了。"第二次考试后，回去啥都不讲，人家问他，他说："今年比去年的人还多一些，而且像都是应届生，我肯定没指望。"

的确，李家兴第二次参加的 1978 年的高考算得上是恢复高考后的真正意义上的全国高等学校统一招生考试。这一次的高考如家兴叔自己所料，他"失误"至落榜，连个中专也没考取。

那几年的高考都是"一卷两录"。即中考与高考用同一张试卷，按分数高低先录取大学和大专，再录取中专，剩下的有城镇户口的考生由技校招录。当时的技校生必须是商品粮户口。家兴叔不是商品粮户口，大中专不被录取，技校不会选录他；他又不准备再次参加高考，就是真正意义的"落榜"了。

不仅家兴叔落榜，很多人都落榜了。像桃媛姨的哥哥和我哥也是榜上无名。家兴叔每次考试好不好还与我讲一下，我哥考试是个什么状况我都不晓得。只听家兴叔说我哥的考场不在郭河中学，好像是在郭河前面的埠湾中学。我哥报考和参加考试都没和我讲，更没和我父母讲。我们一家人都不知道我哥这两次究竟有没有参加过高考。

这次落榜的人中除了像我哥和家兴叔这样的一些只有初中文化的社会青年，高中毕业的康志忠和郭河中学的很多应届生也都落榜了。我不知道别的地方应届生考得如何，我只知道我们郭河公社的应届生没考好。

郭河公社各个学校的老师、校长都很着急，郭河公社教育组的陶主任更是急得吃不香睡不好。

1978 年的秋季学期开始了。十月份的一天，陶主任把各校校长召集在一起开会，第一句话就是："昨天晚上，我爬到婆婆子（陶主任老婆）那头，本来高高兴兴的，一想起我们公社的高考成绩，又爬转来了。没得心思爽快！"

"噗"，校长们哄然一笑后马上安静下来。因为与会人员都有同感，这次的高考，郭河公社的应届生考得太不理想了。大家心里都清楚，恢复高考的第一年，考生基本上都是各条战线的中青年，几乎没有在校学生，录取比率差不多是二十个人中上一个。而一九七八年的高考就主要由应届生参与了，录取比率也增加了一些，差不多是二十个人中有一个半人考上，而我们公社考上的应届生只有几个个，相当于郭河中学的高中教学出师不利，开旗不顺。大家的心里都难以接受郭河没人才这个事实。

与会人员的情绪都被提上来。大家你一言我一语，分析原因、谋划对策！

"我们都还没有重视高考这件事，还是像应对期末考试一样。各个学校都是自己搞自己的，没有团结起来共同合作。"

"主要是对高考形势不摸底。每个学生都考出去是不可能的，老师要把精力放在有希望的学生身上。辅导学生要有方向，有侧重点。"

"这两年的高考，全公社也只走了那一些人，再次高考，我们公社走三十个人了不得了，不能把网撒大了，精力有限。"

"先要选好苗子，重点辅导。"

"苗子不一定选得准，可以多选一些。老师也要组合，班课老师不能跛腿。"

"可以集中优秀学生，挑选优秀老师辅导。"

……

会议形成统一意见：全公社选拔优秀学生，挑选优秀老师组成高考重点班；郭河中学腾出一个教室，专供这个高考重点班用。

4

10 月中旬的一天，班主任彭老师进班对我们说："今天，这节课我们要考数学。大家把课桌搬到操场上去，我们就在操场上考试。"

同学们都觉得好玩儿，立马抬的抬，搬的搬，一会儿工夫，全班同学都坐在了操场上。我看到其他班级的同学也是搬着桌凳来到了操场上，好像是我们高二年级四个班的同学全在操场上。

操场很大，桌子间的空隙很开。我感觉我前后左右的桌子离我的课桌应该有一米远的样子。

我们坐好后，老师分发试卷。我一看，是几道大题，很难的题目。我想先做简单的题，但没有看到填空之类的小题目，只得硬着头皮一题一题地解答。最难的一道题是这样的：

百鱼百斤黑白青，

黑鱼一条整一斤。

白鱼一条重一两（1 斤 =16 两），

青鱼一条有十斤。

问有多少黑白青？

我看了几遍题目，像狗咬刺猬般无从下手。如果是 1 斤 =10 两，1 条青鱼加 10 条白鱼是 11 条，100–11=89，用 89 条黑鱼凑数到 100 条，正好重量是 100 斤。

2 条青鱼加 20 条白鱼是 22 条，100–22=78，用 78 条黑鱼凑数到 100 条，重量也是正好 100 斤。

......

9 条青鱼加 90 条白鱼是 99 条，100–99=1，用 1 条黑鱼凑数到 100 条，重量 100 斤。

可是，这道题中的 1 斤是 16 两啊！哦，白鱼的条数一定是 16 的倍数。

如果白鱼是 16 条，怎么也找不出几条青鱼来和白鱼凑成斤数与条数相等。

如果白鱼的条数是 16 的两倍，也就是 32 条，还是找不出几条青鱼来和白鱼凑成斤数与条数相等。

如果白鱼的条数是 16 的三倍，即 48 条，当青鱼的数量是 5 条时，白鱼与青鱼的重量就是 3 加 50 等于 53 斤，正好与条数相等。

100–53=47，那就是说 5 条青鱼，48 条白鱼和 47 条黑鱼，正好总数

100 条，重量 100 斤。

怎么写算式？"48"和"5"用什么算式表示出来呢？我不会写答案。

评讲试卷时，彭老师没有教我们用不定方程，也是用我的思路讲到一半卡壳了。我插嘴说："就是要把青鱼和白鱼凑成斤数与条数相等，不足 100 的用黑鱼补足就行了。"

彭老师听后笑着对我说："你敢不敢到这上面来讲？"

我本来就不会列算式，所以我赶紧说："不敢不敢，我不会。"彭老师只好去请学校的教导主任吴老师来讲这道题。

吴老师给我们讲了"不定方程"，也讲了我那样的算术法可以用列表格的形式书写答案。

吴老师讲解的时候，彭老师和我们一样在认真听讲，我们同学都对彭老师这种虚心求实的态度特别敬重。

5

这次考试，我们不仅考了数学，还考了其他几门课。分数出来的时候，彭老师又带我们到操场上集合，张校长给我们讲话。

这次在操场上集合的只有高二年级的学生。张校长告诉我们，不仅是我们学校，郭河公社各个学校的所有高二年级的学生都参与了这次的独立考试。组织这个独立考试的目的，就是为了重新分班。全公社的高二年级学生按这次独立考试的成绩排名，前四十名学生进高二（1）班。高二（1）班的老师是教育组另外请来的老师；高二（1）班的教室是学校原来的体育活动室改装的复读生所在的高二（5）班的教室。我们原郭河中学高二年级的四个新生班的老师不动。

然后，吴主任给我们念全公社进入前四十名的学生名单。我只听到我是第三十七名。

集会结束，老师、学生各回各班的教室，等待分班。

我们班同学回到教室后，彭老师当时没给我们说分班的具体事项。彭老师让我们在教室里自学，他去找张校长了。

彭老师对张校长说："这进入前四十名的差不多全是复读生，女生只有万一恋一个人。这种成绩不能代表学生的真实能力和智力水平。这样分班肯定不行。我们班上有好多成绩好的学生都没有进入前四十名，进入前四十名的那几个学生和一些复读生到一起上课，他们老师是以复习课为主还是以上新课为主呢？不能把好苗子给荒废了。反正我的学生舍不得放出去和那些复读生在一起学。"

学校的张校长觉得彭老师说得在理，与陶主任再次商量，改变了分班计划。他们把全公社参与独立考试的学生分为两块，一块是郭河中学的，一块是下面所有学校的学生。下面所有学校的学生，无论应届生还是复读生就按考试成绩的前二十名进入高二（1）班。郭河中学这一块，考试前九十名剔出来，这九十名中的复读生不够20人的加几个住读的新生凑20人进入高二（1）班。剔除20名复读生后剩下的70人叫高二（2）班，由我们原高二（1）班的科任老师，彭老师他们几位代课。原定高二（1）班的"优秀老师班子"不变。

落实到位后，新组建的高二（1）班40名学生中，就是原郭河中学的前二十名学生中的新生没有进高二（1）班。如我的独立考试成绩在郭河中学排第十六名，就仍然在彭老师班上，没有进新的高二（1）班。郭河中学90名之后的剩余学生重新分成两个班，分别叫高二（3）班和高二（4）班；没有高二（5）班了。

那天，学校公布独立考试的成绩了回到教室后，从我们班跑出教室的除了班主任彭老师，还有我的闺蜜叶金枝。

叶金枝是我小学一年级到高中二年级的同班同学，成绩与我不相上下，但她综合实力比我强。叶金枝属于全面发展的那一类，标准的能文能武。就是跳绳、踢毽子这一类的玩乐项目，叶金枝也是同龄人中的佼佼者。独立考试，她没有考好，排在60名左右吧。虽然属于前90名之列，但没有进入郭河公社的前40名，她在家哭了三天没上学。我和我们班的杨新芝去她家接她上学时，她正和她奶奶在门前的禾场上翻晒铺晾的稻草。她一见到我们，扔下扬叉就躲进房间里去了。

叶金枝的奶奶对我和杨新芝说："她不是对你们有意见，她是自己没考好心里难受。她这几天都不高兴，今天稍微好一点儿，我就喊她出来帮我翻柴禾。你们进去吧，劝一劝她。"

我们俩走进她家，看叶金枝又坐在房间的床上流泪。我说："都考得不好，我只不过是机会好，有一道考题是我以前见过的题目。"

杨新芝也说："我也没考好。我估计我考理科肯定考不上，我就报了文科。学校一个文科生都没有，也没有教文科的老师。张校长说让我自己想听课就听，不想听课就自己看书。我还不是不知道怎么搞，反正就坐在教室里，能听多少听多少。"

缓了一口气，杨新芝又接着说："你有什么难过的？你比我小一岁，家庭条件比我好多了，如果考不上明年再复读。像我要是考不上，还不知道怎么办。"

我也接着说："我们都不知道高考是什么样的，上届学生还不是都没有考上，没必要伤心。走吧，上学去。"

叶金枝说："你们走吧，我今天肯定不去学校。明天再看吧。"

我们只好再劝她几句就回学校向彭老师汇报去。

6

我们离开叶金枝家后的第二天，叶金枝上学了，叶金枝和我、杨新芝一起都在彭老师的高二（2）班。

重新编班后，老师们的积极性被全数调动起来。尤其是我们的班主任彭老师，除了尽心竭力地教我们学数学，还很关注我们其他科目的学习。

有一天，彭老师作为班主任听我们班的物理课，在亲身体验到邹老师的讲课风格后，彭老师觉得这个自称数理化全能的邹老师，教学物理的水平还不如彭老师自己这个数学老师。于是，彭老师请示学校，主动要求彭老师自己带我们班的物理课，让邹老师少带一个班级的物理课程，学校同意了。

我们的班主任彭老师主动承担我们班物理课的教学，我在心里窃喜，我们班的同学也很开心。大家并不是嫌弃邹老师讲课的水平，而是不认同邹老师的处事风格或者说不喜欢邹老师处理事情的方式方法。

我们高中一年级的最初一段时间，邹老师是带我们班的化学课，彭老师既代我们班数学课又代我们班物理课。那时，刚恢复高考，最缺的是书，包括教材。邹老师给我们上第三节化学课时，他抱着一摞书进来。进班就说：

"课本终于来了，但只有十几本书。我们全班有六十几个学生，还有老师要书，大概四个人共一本书。这一本书究竟怎么发下去？学习时间有限，要最大限度地利用这些书，你们说怎么办？"

邹老师说话的同时，把一摞书放在了讲桌上，然后看着大家。大家都不出声，我第一个说："把书拆开，一本书分成四册。每人一册，看完了和另外三个学生交换。"

我是觉得化学知识应该不像数学知识那样，加法没学好无法学乘法，化学应该是可以任意选学某一章内容的。而邹老师认为我是不愿意只有部分同学讨好。

邹老师接着我的话对全班说："这肯定不行。不能怕好示人（方言，表示怕他人讨好）就把书给撕毁掉。我们不能让大部分学生没书看，但也不能平均分给每个人，更不能拆开书。像你这样拆书，哪里还有同学之间的友爱之情啊？书是绝不能拆开的。"

我很想解释一下，说我"拆书并不是撕毁损坏，而是分册装订来扩大书的阅读面。但想到老师怕损坏书的心情可以理解，就没纠结老师对我的否定。"

我当时太幼稚，根本不知老师的心意，继续说："那就看谁作业做得快，就给谁。每节课，第一个做完作业的同学看完这节内容就传给另一个同学。这样，书被合理利用，不至于有书的同学没时间看，有时间看的同学又没得书。"

邹老师就说："那快的同学就是成绩好的，他有书看成绩更好，作业慢的同学又没有书看，成绩不是更差了吗？"

我心里想："这个老师怎么这样啊？作业做完了的同学没书看不是浪费时间吗？书放着不给人看不是浪费资源吗？作业做得快的第一个同学又不是把整本书看完了再传给下一位，只是看完相关的那一节就传给另外的三个人看呀。"

本想开口再说明一下我的这个想法的，邹老师又开口了："这样吧，四个人一小组共一本书，这本书由这个小组的中等生保管。'中等生'既可以学习优等生又可以照顾差等生。两头兼顾，全班同学可以共同进步。中等生只是保管这本书，其他同学想看就找这个保管员借，保管员酌情同意就可以了。"

老师说着的同时，拿起那一摞书，从第一组起，每四个座位发一本书。每发一本书，老师看都不看其他同学，直接放到四人中的其中一个同学的课桌上。并反复说："中等生也只是保管这本书，其他学生可以找这个同学借阅。"

我当时也没多想，看着老师拿着书，一个小组一个小组地发到我们组，从我身旁经过给了我身后的邹彩秀。得到书的同学都很好奇地看着书，爱不释手的样子，只有我们这个小组的邹彩秀拿到书后看也没看直接放进了书包。我知道邹彩秀是邹老师的侄女，其他同学是否知道邹彩秀和邹老师的这层关系我就不晓得了。

当时，我坐四组第一排。那节课，我听讲特别认真，作业很快做完了。我们小组的另外三位同学都还在写作业。我转过身去对邹彩秀说："我作业做完了，你把书先给我看一下，我现在正好有空。"邹彩秀递书给我时，邹老师抬头看到了，他立马对全班说："这节课不能借阅。至少要让保管书的同学先看了以后，其他三位学生才能开始借阅。"听到邹老师这么说，邹彩秀连忙把已经递给我的书又要了回去，放进了书包。

到这时候听到邹老师这样的一句话，我才知道这个老师处事太滑稽。我估计班上其他同学或许还有班主任彭老师并不认可"课本只能发给中等生"的这种做法，但，我也没有听到有哪个人再说过这件事。我只知道从第五周开始，我们班的化学课又换成了一个刚刚调来的新老师。

所以，邹老师被我们班主任"辞退"后，我在心里暗暗佩服彭老师。彭老师一心只为学生，只希望学生在学业上能有更多更有效的收获，不辞辛苦，无私无畏啊！

7

对彭老师的好感不只是我一个人，我们班同学都对彭老师有很好的感觉。记得我们在高中一年级的那一学年，彭老师带我们班的数学和物理两门课。在沔阳县组织的学科竞赛中，我们班参加的数学、物理两科分别获得沔阳县第二名和第一名的成绩。

我们的数学成绩以微小差距屈居第二名完全是平常学习太大意，解答题目习惯了望文生义，不求甚解所致。

那次数学竞赛只有五道题，最后一道题是老师讲过的。那节课，彭老师刚刚把这道题板书出来，就到了下课时间。

题目是一个求极值的问题：

"如下图，A、B 两地相距 500 米，B、C 两地相距 750 米，且 AB 与 BC 垂直。有甲、乙两人分别从 A、B 两地同时出发，甲从 A 点走向 B，乙从 B 点走向 C。已知甲每分钟走 100 米，乙每分钟走 150 米。问甲、乙两人什么时候相距最近？"

看到老师板书在黑板上的题目时，我们都云里雾里，只有一个叶童欣说："应该是甲、乙与 B 点的距离相等时，它们俩距离最短。"

老师可能是想到周长相等的长方形和正方形比较，正方形的对角线最短，就肯定叶童欣的想法"说得有道理"。老师忘了，甲乙两人在运动的过程中，它们与 B 点的距离之和是一个变化值；也可能是老师太相信叶童欣了，又临近下课没时间细讲，这道题没有讲透就这么过去了。碰巧的是这道题出现在竞赛题里面。

考试时，我在草稿上演算，假设 t 分钟后，甲从 A 点走到 E 点，乙从 B 点走到 F 点，它们的距离为 EF 的长度，可以表示为

$$\overline{EF} = \sqrt{(500-100t)^2 + (150t)^2}$$

如下图，t 为多少时 EF 的长度值最小呢？

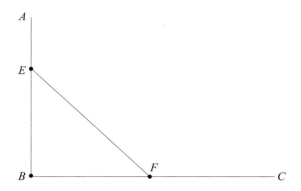

我不会做，这道题我空着没写。

叶童欣按自己的想法解答，得到 $t=2$ 时，甲乙相距约 424.3 米。他认为出发两分钟时甲乙两人相距最近。他把这个答案写在试卷上了。

叶童欣把全部试题做完后再检查时，觉得最后这一题好像解答得不正确。他估计离考试结束还有一二十分钟时间，他想再算算，想用极值方程重做一次。但他没有把握，又找不到空余的地方，草稿纸没了，试卷的空白处也不够重做这道题，他就直接交卷了。

交卷后再重新思考，仔细计算，才知道 $t=20 \div 13$（分钟）≈ 1.54（分钟）的时候，甲乙两人的距离最短，约 416.0 米。

这次数学竞赛，邻近的张沟公社取得了数学竞赛第一名的成绩。虽然他们老师也教错了一道题，但他们班有一个学生把最后这道题做对了，这样他们班以微小优势赢得了第一名。

为此，彭老师在有些许遗憾的同时也觉得很骄傲，他更加喜欢我们这一届学生，对我们这些学生特别尽心尽力。我们也一直觉得彭老师是最求真求实，最值得敬重的老师。

8

彭老师对我们这批学生确实是爱之深，教之切。记得那时候的周末还没有实施双休制，我们周一至周六都要到校上课，还有晚自习。晚自习从七点到九点，老师每次都要来教室里查看情况。每个星期唯一的周日休假时间，彭老师就拿出他以前的数学、物理习题集，选一些题目，用毛笔把选中的习题抄到白纸上贴到教室的墙上，供我们一些有兴趣的同学练习。

我们一些学生也是积极热情。每到周日，大家就自发地背着书包到教室里，三五成排地坐在"墙板"前，选自己觉得该做的题。

我一般只选做数学题。本来，我对数理化是同样的感兴趣，因为邹老师的发书政策让我远离了化学；又因为邹老师教了我们一段时间的物理，让我对物理也减少了兴致；只剩下数学课比较感兴趣。我并不是特聪明的那类学生，所以学习成绩不如从前了！

成绩下滑，人觉得累，整天打瞌睡。有一次，管教学的校长来我们班听课，就坐在我座位旁。我想，这节课是无论如何也不能打瞌睡的。眼睛想眯起来时就找事儿混场子。结果，老师宣布下课的声音惊醒我时，我的手停留在鞋子的款带上；脑袋歪在书上。

我完全不能跟上老师的教学步伐，整天都在想：我怎么有这么多的瞌睡，我怎么能赶跑这些瞌睡？

这样的学习模式也只坚持了两个多月，学校又重新分班了。

这次分班是按最先陶主任组织校长们商量的方案，高二（1）班里从下面所有学校筛选出的前二十名学生留在班级不动，把原郭河中学送进去的二十名复读生退出来。这退回来的 20 名学生回到原郭河中学的高二年级，学校还是按开学初独立考试的成绩排名，把前 20 名学生编进高二（1）班。这个高二（1）班里包括两个文科考生，一个是女生杨新芝，一个是男生康志忠，共 42 人。重新优选剩下的 70 名学生和高二（3）班，高二（4）班的学生一起重新洗牌分为三个班，还是分别编号为高二（2）班、高二（3）班和高二（4）班。各班代课老师不变，只是学生变动了。

这次分班，我的闺蜜叶金枝分到了高二（4）班。彭老师不代高二（4）班的课程，邹老师教他们高二（4）班的物理课。

9

重新组建的高二（1）班里，四十二名学生中只有四个女生。我、杨新芝，还有两个是来自于郭河公社兰州中学的张才秀和王爱珍。杨新芝是文科考生，张才秀和王爱珍是住读生，只有我一个走读的女生进出教室，我很不习惯。

这个班级的代课老师是两个多月前组建的那班优秀老师。对我而言，这些老师都是新面孔，包括班级里绝大多数的男生我都不认识。在这个教室里除了杨新芝与我同桌，张才秀和王爱珍与我的座位并排外，其他男生我基本没对过面。与我同时从高二（2）班编入到现在高二（1）班的叶童欣他们几个男生，也整天埋头于书本，从没与我照面过。我在这个新的高二（1）班里完全不能进入学习状态。

在这个班里，我唯一的收获就是了解到这几位优秀老师，个个都有丰富的经历。我觉得自己太无福，遇到这么优秀的老师却无能力接受其教诲、得益其教导。我整天在想，我要如何才能把这些老师的讲课都听进大脑里去？我心里是觉得这些老师是真正有学问的文化人！

语文老师吴秋文，老籍沔城。武汉大学中文系毕业，字写得非常漂亮；会拉二胡，喜欢画画。后来，吴老师被划为右派，下放到沔阳排湖岸边的姚河村，安排到郭河公社红庙片的姚河小学教数学，再后来调到红庙中学教语文。这次被调到郭河中学，教高二（1）班的语文课，并担任班主任工作。

数学老师张传普，老三届高中生。虽然没有读大学，但中学时期是沔城中学的"三才子"之一，数理化全才。郭河本土人。会烹饪、缝纫及修电器等男工、女工活。家就在郭河中学南面，与郭河中学仅隔一条张河。张老师的家与学校相距几十米，路程不足一百米。张老师一直在郭河中学工作，校办工厂、校办农场都由他负责。恢复高考后，张老师带我们上一届两个毕业班的数学课，这次继续留任高二年级带高二（1）班的数学课。

物理老师陈世立，郭河公社玉带村人，武汉水利学校的肄业生。陈老师特喜欢看书，眼睛高度近视。听说当年的陈老师，家里经济条件差，同父异母的弟妹多，继母没钱供陈老师念大学。陈老师一边读书，一边自己谋学费。挖藕卖、赶脚力等辛苦活都做过，但还是没有坚持到毕业。因学费欠缺而没能坚持读完大学，没拿到大学毕业证，学校发给他一个肄业证。在家乡建立村小时，陈老师就被安排到玉带村的玉带小学教书。语文、数学都教。村小有了初中，陈老师又教初中数学和物理。恢复高考后，陈老师调到埠湾片的埠湾中学教高中物理课，现在被调到郭河中学教高二（1）班的物理课。

化学老师袁承宏，郭河扬州村人，工农兵大学生。在排湖，发现我们学校农场附近有一种黑褐色的泥土可以制成农作物肥料，取名"腐殖酸氨肥"，生产销售都是袁老师负责。我在郭河中学学习四年，两年的初中阶段，隔一段时间就会和同学们一起被派去排湖运"腐殖土"到学校。每个学生用箢箕挑一担黑土，十多里路回来，堆到学校操场旁的空地上，是腐殖酸氨肥的原材料。学校附近的墙壁上到处都是"制造土化肥 气死帝修反"之类的标语。袁老师因此还带薪进修过几个月，专业学习化学知识。恢复高考后，袁老师教郭河中学整个高二年级的化学课。有了特意编排的这个高二（1）班后，现在的袁承宏老师只教高二（1）班这个重点班的化学课。

政治老师王弘武，郭河公社唯一的正牌大学毕业的专业政治老师。王老师是语文吴秋文老师的校友，比语文老师低两届，是推荐去的，属于工农兵大学生。王老师也是从郭河公社的红庙中学调到郭河高中的。他的身材长相和名字一样，像个武将，性格却像个文弱书生。王老师处事很低调；讲课从没有高八度，政治课上从不讲时事，平常更不聊天评论时事，备战高考也不讲时事政治。我们班的政治备考题，关于时事政治这一部分都是班主任吴秋文老师整理、编写的。

王弘武老师还有个特点，就是和数学张传普老师一样，对自己的妻子很好。王老师和张老师的妻子都是一字不识的农村妇女，但他们两位老师都很体贴、很关心自己的老婆。从他们俩平常的言行中，周围的人都可以看出来，他们俩对自己的老婆丝毫没有一般夫妻文化差异大而产生的嫌弃之心。

英语老师蓝天运，也是工农兵大学生，和李先念的女儿是大学校友。蓝老师特地从郭河公社的兰州中学调到我们郭河中学教整个高二年级的英语。为应对高考而突击教学，两个月时间教了广东教材全八册。后来说英语考试不计总分，学校立马停了英语课。

蓝老师教我们的时间很短，但给大家的印象很深刻。特别是我，有一次在英语课上打瞌睡，被蓝老师看到，他对同学们说："你们看万一恋，人家花鼓戏《割麻》里面的人站着睡觉，她坐着睡觉。你们看她坐得端端正正的，睡得好香，你们哪个有她这个本领！"同学们的笑声吵醒了我，我确实闭着双眼端端正正地靠在后排课桌上。我也觉得好笑，也不知道自己为什么那么多瞌睡。但那次后，我唯独英语课上不打瞌睡，其他课上照样赶不走瞌睡。

在吴秋文老师的第一节语文课上，我又坐着睡着了。吴老师一边讲着课文，一边走到我课桌旁，轻轻敲一下我课桌说："睡着了？"

我睁开眼，想到英语课上打瞌睡被老师、同学们笑话的尴尬场面就犟嘴说："我没有睡着。"

吴老师笑着说："我再不说了。哈哈！"之后，我课堂上打瞌睡时就再没人提醒我了。

我完全进入无人管束状态，学习抓不到方向，更谈不上重点了。

10

一个周日的下午，在上晚自习前，我应高二（4）的叶金枝同学之约，和她一起来到学校旁边的芝麻地里。她问我一些题目和政治的背诵内容。

叶金枝的独立考试没有进入前四十名，大概是六十名左右吧。第一次分班，她和我都进入彭老师的高二（2）班学习。

第二次分班，我和杨新芝进了吴秋文老师的高二（1）班，叶金枝被分到高二（4）班。这个高二（4）班的班主任是一个年轻老师，带他们班的语文和政治；邹老师代他们班的物理课。

叶金枝今天特意找我，我毫不迟疑地跟了她出来。听到她找我的本意，我对她说："唉，我现在完全不是学习的状态。我什么都不会，听课听不懂，作业都不知道怎么写。如果不进这个高二（1）班，兴许我还能努力学习，现在想努力也不知从哪里下手。我现在的这个班上，那些同学好像什么都知道，我就不明白他们是什么时候学到的那些知识？"

叶金枝说："你再怎么不会学，起码有个学习的环境。像我现在，上课听讲都没有保障。我们现在的班级，没有哪一位老师像之前的彭老师那样用心教，我们都不满意。特别是那个邹老师的课，每次课上就总有同学找机会捣蛋，老师就用课堂时间整风。我很想学习，但老师很少完完整整地讲一节课。数理化还可以自己看看书，做一下作业，语文和政治，老师不讲，我一个题目都不会做。你把你们班的语文和政治资料给我看看。"

"邹老师的课堂上有人捣蛋？邹老师在教室里没法上课？"我不大相信，

那么狠（方言，做事狠心，下手重）的邹老师会治不了几个学生？

"别人不听，他有什么法？有一次物理课上，邹老师一边讲课一边在教室里来回走动。走到三四组之间的走廊后面转过身来往讲台走时，有人把墨水洒到了老师的后背。先是洒到上衣背面一长条，接着是从头顶到腰更长的一条。落在脖子处的几滴让邹老师感觉到了，用手一摸，知道了是墨水。邹老师当时就很生气，但大家都不承认。邹老师说：'从这个方向来的，就是你们这几个。'有人说：'不是我'；有人说：'不知道'。有四个同学不仅不作声，看都不看邹老师。邹老师就说：'是你们四个人中哪个洒的墨水，是哪个洒的？'无论邹老师怎么说，他们四个就是不作声，像没有听到一样。邹老师就指着最边上的一个学生说：'肯定是你，是不是你？'不等这个学生开腔，另外三个学生立马同时站起来异口同声地说'是我'。邹老师就把他们三个同学带到办公室。这时候，第一个同学就说：'不是他们三个，不能带他们三个去办公室，要带就带我去。'说着就跟去了办公室。在办公室里他们四个要么都承认是自己，要么都说不是自己。邹老师有办法？"

"甩两次？那么大的动作会没人看到？"

"看到又怎么样，没人承认，没人告诉老师。班主任老师去调查，也没有同学告诉老师是谁甩的墨水。最后，班主任老师把他们四个人赶出教室写检讨。邹老师让他们四个人把桌子放到教室后面的窗户底下，要他们一边听讲一边写检讨。他们四个在教室外的窗户底下坐了一节课，就把桌子搬到水渠那边，离教室百把米远的农田里，在农田当中玩成一团。邹老师被气得在寝室里哭，班主任老师也很气，把他们四个交给了学校校长。你说我们班的老师能安心教学吗？"

"邹老师在寝室里哭？哎，我想起来了，有一次邹老师在班上要我们订购资料，你订没？我订了一套"数理化自学丛书"，不知来没有？"

"不知道咧。我没有订。应该没来吧，我像没看见哪个同学用资料。你订的是书？你可以去问一下邹老师呀。"

我真的去邹老师寝室，邹老师正好在寝室里的办公桌前看书。我不知道邹老师看的是什么书，也没去关注，直接对邹老师说："邹老师，我上次订的"数理化自学丛书"来没有？我想看。"

"没有。就只来了一本数学，我先看一看再给你。"邹老师说着，拿起他正在看的一本书，扬起来给我看了一眼封面。淡绿色封面上的黑色字很大，是"数理化自学丛书 数学"。邹老师扬起书对我讲话的同时，头偏向办公桌旁的书柜，扫描一眼书柜里的一排书接着对我说，"没来。物理、化学都没来。就只来了这本《数学》。我还是把这本《数学》给你吧。"邹老师说着，把手上正在看的书合起来递给了我。

我接过这本数学书，说了一句："怎么还不来啊？马上就要高考了。"却忘记了说"谢谢老师"就回高二（1）班的教室了。

11

与叶金枝的这次聊天，不仅让我想起了我的几本交了钱而没有得到的"数理化自学丛书"这套读本；也让我感觉到了重新分班后的这段时间，我在学习上的实际收获比叶金枝的收获还要少。我意识到自己进入高二（1）班这段时间的虚度光阴，准备在剩下的时间里努力听课，认真完成作业。

当天晚上，我一回家就上好闹钟，准备每天早晨五点钟起床。计划让自己每天上学之前先在家里看书、写作业、背政治。

调整闹钟的第一天，我及时起床完成了物理作业，然后吃好早餐去上学。晚上放学后在屋后的菜地背诵政治题，再吃好晚餐去学校上晚自习。感觉效率特别高。

调整闹钟的第二天，我没有听到闹钟响。等我七点多钟醒来时急得大哭，大声质问道："谁把我闹钟关了？"

父母赶紧跑到我房间，听我说明情况后对我说："没有谁动你的闹钟。是你太辛苦了，没有听到闹钟。闹钟闹了的，你没有被闹醒。"

我当时将信将疑，但没时间深究。已经迟到了，也没法做作业了。下午放学要赶物理化学作业，回来吃晚餐的空当也没时间背诵政治了。

调整闹钟的第三天，可能是闹钟响起时父母又发现我没有被闹醒。父亲来到我房间，像喊渡船一样好不容易叫醒我，我衣服还没穿好又迷迷糊糊地躺下了。父亲只好又叫醒我，让我起床。等我起床后，父亲没有回他的房间，他就躺在我床上准备监督我。

我终于穿戴好，坐在桌前开始写作业。

过了一会儿，我听到一种很奇怪的声音，我满屋寻找才发现是父亲的鼾声。父亲随意躺下的睡姿不对，鼾声很奇怪；又因为他是来监督我的，结果自己却睡着了，所以我觉得特别好笑。我这个人笑点特低，笑起来很难刹住，不停地笑着，直到把父亲笑醒了。

"你笑什么？"父亲问我。

"没没没，没笑什么。"

"你明明在笑么，怎么没笑什么？"

"我说出来怕您骂我。"

"你说吧，笑什么？"

"我写作业的时候，听到像有小狗的声音。我到处找，找不到小狗，发现这声音是您在打鼾。"

"你这个憨丫头。"

被父亲骂了一句，我才又开始写作业。写着的时候，父亲又睡着了，又发出鼾声，我又笑起来。

这样的早晨，写作业的效率肯定是不高的。

调整闹钟的第四天，父母觉得我瞌睡太多，起早床学习得不偿失，到清早我再次没有被闹钟叫醒时，父亲就不来叫醒我了。我和以往一样，慢吞吞起床，在听到学校的上课铃声响起时才慌慌忙忙地往学校跑去。

我的"清晨写作业"的行动就这样终止了。

12

在学校，我和邻座张才秀讲到这件事时，她笑着说："你还那么努力学习，我都不想学了，反正不能上大学。"

她旁边的王爱珍也附和着说："老师都不指望我们了，我们还学个啥？"

"什么意思？老师不指望你们？"她们俩说得我云里雾里，追问道。

"你还不知道？前两天，叶童欣他们在老师办公室开小灶时，翻开了老师的备课本，看到上面有'大学'名单和'中专'名单，我们俩是'中专'。'大学'是叶童欣他们几个男生。"

"你们还能考个中专还不满足？我争取明年复读了考上个中专。"

"我们俩是复读生，去年没考好，今年还只能定个中专，万一考砸了不是连中专都上不了？"

"你们应该没问题，我确实不行。我反正今年考不上，不需要学习了，我等明年了再认真学习。"

我看张才秀和王爱珍对高考都没把握，我更是想都不去想高考这件事了。

我高中毕业后才听老师们讲道：高二（1）班刚组建时，他们复读生的成绩稳在前面，高二（1）班重新组建后的下学期，有几个新生成绩往上冲。特别是一个叫缪学才的同学，他和我一样，一天到晚打瞌睡，但他考试还得高分。老师们把缪学才安排到办公室单独考，仍然是考高分。还有像叶童欣他们几个应届生虽然不像缪学才那样神奇，但考试成绩也是像芝麻开花——节节高。老师们就觉得可能高考成绩主要是由学生智力决定的，便把辅导重点逐渐向几个特优的应届生偏移。老师们制定了一个备考的大致计划，其中包括对学生考试成绩的预估，按大学、大专、中专、技校的培训方向因材施教，有目标、有重点地包生到每个老师。拟定考大学的名单中多是成绩优秀的应届生，像张才秀和王爱珍这样成绩的复读生就在中专生之列。我的成绩在这个高二（1）班是甩尾的，又不是商品粮户口，自然不在老师的预录榜上。

直到这个时候，我才知道那个高二（1）班的班级里绝大多数同学都是复读生；而且老师觉得有可能考上的几个同学，备考期间都不住校内，是住在老师或者成绩同等好的离校近的同学家里，每天中午都在各科老师的办公室补课。我也知道了张才秀、王爱珍她们俩也从学校的女生寝室里搬出来，住在教我们数学的张传普老师家里，每天晚上学习到深夜，有问题随时问老师。

这些同学甚至周末都不回家，没米吃了才回去拿米后立马又回学校来。

记得有一个周末，通州河涨水厉害，放学时间，采购站的排水闸被突涨的大水冲坏了闸门。通州河的水汹涌至张河，一会儿张河的水位快平岸了。

张才秀回到家里看到门前的张河水逐渐升高，但她还是坚持要来学校。她奶奶抱着她哭，一直把她送到仙监公路上。她当着她奶奶说"没事，不会有事的。"到达学校时，眼睛却哭肿了。她也很担心张河的水会淹没她的家，但她还是把复习备考放在了首位。

那天放学，我走到闸口看到险情，就一直看别人抢险。我站在丁字街口，那些大叔大哥们先是分别用整袋的泥土、石子、粮食往闸口放，都不管用。一扔下去就被水冲走了，没法堵住闸口。他们又去锯树。就近的两棵大树齐根锯断后，整个地往闸门前扔下去。

第一棵比较小的树也被冲走了，但它是浮在水面上的，又有枝丫，被冲过闸口的速度比较慢；第二棵大树的树干长一些，又有更多的枝丫，横着放下去时终于挡在了闸门口，没被水冲走。大家赶紧往横在闸口的树上丢整袋的石子、泥土，石子、泥土不够用就用整袋的粮食。最后，终于挡住了涌向张河的水流。

我这才放心地回家去。我准备回家时，看到张才秀和王爱珍她们俩已经从家返校了。

张才秀、王爱珍她们是发誓一定要考出去的。她们俩为老师给她们预估的中专不服、不甘而又有些自我安慰，至少老师是寄希望于她们的。

我没被老师寄予任何希望，当时心中没有丝毫的不服气，也没有丝毫的不快乐，甚至幼稚到在心里发誓：今年不学了！明年一定要复读，像她们一样被老师重点辅导。今年的高考就当是我正式参加高考前的预考吧！

估计当时的高二（1）班全体同学中，只有我是混混沌沌合着书本期盼复读的。其他 41 个同学全都是书不释手、埋头苦读，日夜奋战在备考第一线的。

第三章　手足无措

1

1979 年的端午节，家兴叔和桃媛姨带着他们约半岁的女儿李小昀，到郭河卫生院来看医生。然后来到我们家，桃媛姨和母亲拉家常，说家事，家兴叔也在旁边偶尔插几句话。

他们聊了很久，吃午饭的时候，家兴叔对我说："马上要高考了，感觉怎么样？听说你成绩蛮好啊！"

一听到"成绩"两个字，我立马过敏，很难为情地说："不行不行，就是不行哦。"

"还蛮谦虚咧。我听家富说，他们老师讲数学试卷都是用的你的卷子。"

"啊！怎么回事儿，我怎么不知道？"

"就是你们上次的数学竞赛，红庙中学的学生没有参加，他们老师就找你们的老师要了一张试卷。他们老师拿着试卷给他们讲了两节课。课间休息时，家富在讲桌上看见老师用的试卷上写的是你的名字。"

"哦，难怪上次我们老师发试卷时没给试卷我，就说一句：'你卷子被拿走了。'我也没弄明白，也没问老师。反正我考得也不好，就没关心这事。我试卷是被他们老师拿走了！"

"你考得不好，老师怎么会用你的试卷呢？肯定是考得好啦。"

"运气吧。就是里面有一道几何题，要用到弦切角定理。我们没有学过，但是我知道有个'弦切角定理'。"

"弦切角定理？你怎么知道的？"

"弦切角定理就是'弦切角的度数等于它所夹的弧所对的圆心角度数的一半'，也就等于它所夹的弧所对的圆周角的度数。是从一本书上看到的。就是我哥，他不知从哪里谋到一本几何书在看，看到里面有一个例题是弦切角定理的证明。他就对我说：'你看，你看，这个定理好神奇啊。'我拿过书，把他指给我看的半页内容认真看了一遍，知道了弦切角定理。那次考试，正好有一道题目需要用到弦切角定理，我就做对了。好像我们全校两个年级所有班级的学生中，只有我一个人把那一道题做对了，大家就觉得我数学特别厉害。其实，只是碰巧在考前我看到了这个定理。家富怎么知道我的名字？"

"他连你的名字都不知道？你这完全读书读愚了！"家兴叔第一次这样回驳我，但我并没有生气，反倒觉得好笑。

家富是家兴叔的胞弟，比我小一岁，而读书一直和我属于同一个年级。家富的高中是在红庙中学就读的，原来是走读生，临近高考时就在学校住读。家富从没有来过我们家，我也只去过他家一两次，没有与他讲过话。

家富是我的长辈，年龄却比我小，我不好意思喊他叔叔，我好像从没喊过他，他也没正面和我打过招呼，我就以为他不知道我的名字。

"他们红庙中学用我们的试卷？"我又问家兴叔。

"是啊。我们红庙中学的老师都是借用你们的试卷的。"

"您在红庙中学？"

"嗯。就是你们全公社的应届生独立考试，择优编班后，我去的。我们红庙中学高二年级有两个班，成绩好的七个同学和两个老师都到你们郭河中学去了。剩下的同学还是两个班，老师数量就不够了。学校就把高一的老师抽到高二，用初中的老师顶高一，初中又缺老师，我就到红庙中学教初中了。"

"您教初中？"

"是啊。你瞧不上我？我在康家台小学教过两年初中了。虽然还是不行，但红庙中学的老师蛮行，也蛮好，我不会的就问他们。他们也不保守，有问题大家都是互相讨论的。我们学校就是条件没你们学校好，你们学校初中都有物理化学课，我们学校连专职的物理化学老师都没有。"

"我们学校的化学也不行。物理还有几个好老师，化学就一个袁承宏老师，还去进修了几个月，讲课我们都听不懂。我们说：'老师，没听懂'，袁老师说：'都是这样，过一段时间就懂了。我去进修，听课也听不懂，过了一段时间就自己慢慢懂了。'袁老师给我们做实验，从入学到现在就只上过那么一节实验课。是全年级学生一起坐到操场上，做了一个实验，生成氯气。结果做的中途氯气泄漏，绿黄色气体飘向学生，有人咳嗽起来，实验就中止了。从那次到现在再没做过任何实验。袁老师只要我们背元素周期表，再就是背各种物质互相混合的化学反应。变成什么颜色，出现什么结晶啦，根据特征猜液体的名称呀。也不知道考试题究竟是什么样的，反正有机化学这个内容我是门儿都没有。"

2

吃过午饭，家兴叔和桃媛姨离开我们家回康家台去。他们走后，母亲给我讲了桃媛姨来看医生的缘由和正在纠结的一件事。

　　李小昀出生时，桃媛姨的产假只有一个多月。产假结束后，桃媛姨就去村小上班了。

　　学校离家比较近，但也有一两千米的路程，桃媛姨便在学校的寝室里放了摇篮等婴儿必备品。上班期间，李小昀是跟着桃媛姨在学校里的，由家兴叔的外甥女照看。晚上和周末，他们都不在学校，都是住在家里的。

　　有一个周一的上午，李小昀照例来到学校，睡觉的时候，她躺在摇篮里总是睡不安稳，老是哭。桃媛姨就抱起李小昀哄她，看她不哭了，准备把被子再整理一下后，还是放摇篮里睡觉，拉扯被子时，不经意间发现了枕头底下有一只死老鼠。

　　"哎呀呀！"桃媛姨这才知道了孩子不断哭闹的原因。她把孩子放到大床上睡觉，自己强忍着恶心，把被子、枕头全拉出去洗了，摇篮也搬出去晒了一整天。孩子也没再哭闹，但桃媛姨心里总是不舒服，一想到那只老鼠就恶心得不行。

　　刚开始几天，桃媛姨没在意。好几天都这样，桃媛姨就有想法了，桃媛姨心里不舒服时就担心女儿会不会也受到了伤害。孩子太小不会说，万一有伤害，孩子说不出，自己又没有发现孩子的问题呢？有这样的担心，桃媛姨就趁端午节的假日特意带孩子来看医生。

　　来到医院，一番咨询后，医生说孩子没事儿，但桃媛姨有"事儿"，桃媛姨又怀孕了。

　　一般情况下，女人生完孩子六个月左右月经恢复正常，俗称"半年换衣"，也有特殊的"满月洗"。桃媛姨生产后月经还没恢复，就是人们口语中的生了孩子还没"换衣"。孩子也只有半岁左右，桃媛姨也没在意。医生听桃媛姨表述的一些症状，又看她肚子不仅仅是没有恢复到产前的状态，而且有变大的感觉，就怀疑她怀孕了。仔细检查，桃媛姨还真怀孕了。而且孩子比较大了，不能刮宫引产了。

　　桃媛姨不想要这个孩子，对家兴叔说："大的才半岁，又怀上一胎，两胎隔得太近了；国家政策也是提倡计划生育的，有'晚、稀、少'的生育原则。这个孩子不要了吧。"

　　家兴叔拿不出主意，他去问医生。医生看桃媛姨想终止妊娠，就对桃媛姨说："不好操作，月份大了有危险。两三个月都还可以刮宫，这个胎娃明显不止三个月了。"

家兴叔还是没发表意见，就一家三口来我们家征求母亲的意见。母亲的意见是："医生都不敢人工流产，那就顺其自然吧。是有一些人是'满月洗'，年头生一胎，年尾生一胎的情况常常有。做妈妈的连续生娃是蛮辛苦，但他们找到你，要到你这儿托生么，也是好事。"

桃媛姨虽然心里不乐意，但也没再坚持自己的意见。他们回家后，桃媛姨没对其他人说这件事。桃媛姨的内心里还在怀疑医生诊断不准，就不声不响地继续天天到校上班。

3

高考期到了，我毫无应考感觉地走进了考场。我的考场是高二（4）班的教室，周围有认识的同学，也有不认识的同学。

我们的考场并不是单人单桌，座位排布和平常一样。与我同桌参加考试的是我原来的同学林小海。我不知道第二次分班我进高二（1）班时林小海进的是哪个班，也没关心这些，只是觉得与林小海同桌应考总比与一个不认识的人同桌好。林小海看到我更高兴，以为我还是原来那个"班级学霸"，很开心地笑着，用目光迎接我到他旁边我自己的座位上，笑盈盈地对我说了一句："太好了。"我笑一笑，没有说话。

我们考场的监考老师并不像我想象中的那般严厉，一切操作并不是我想象中的那般严苛。考试期间，林小海很安静，基本不打扰我。只是在考化学时，我听他小声对后面的同学说："她也有好几题没做。"

我岂止化学试卷上有题没做，各科都有空题和没把握的题。我很坦然，觉得两个月后，我就可以再去读高二了，那时，我一定能恢复到"班级学霸"的地位！

考试结束，暑假生活开始。我每天跟着我姐去生产队的庄稼地做农活。有一天，收工早，回家时碰到一位青年后生从我家出来，往街道走去。我估计是我父亲的某一位徒弟，但我之前没见过他，觉得是生面孔就没打招呼。就这么与他迎面相撞又擦肩而过，我也没放到心里去。

回家后，母亲指着床前柜子上的一篮水果告诉我说："今天，武永清来看我了。这是他买来的水果。"

"武永清是谁？"

"彭家婶娘的姨侄儿子，排湖那边老台的，你订的娃娃亲。他们村现在不种地了，种果树。村里有个罐头厂，他们村的年轻人都在罐头厂上班。"

"罐头厂？哦，难怪昨天我碰到彭家婶娘，她说：'一恋，高中毕业了到罐头厂上班去啦。'我还说：'好啊。'

"哦——，是他们村开的罐头厂啊！我哪个去呀，我去复读的。我等开学了就再去复读高二。我看我们班上的复读生都成绩好，这次考试都考得好，我也去复读的。"

母亲说："随便你，你想去哪里就去哪里。你考试就一点儿希望都没有？"

"应该没有，我肯定不行。我座位周围的人都不行，很行的人都不在我那个考场。我不会做，周围又没有人比我更会做，哪里会考得好呢？"

又过了几天，一个下午，母亲很谨慎地样子对我说："刚才，听隔壁小文的妈妈说你考了三百多分。是女生里面考得最好的。"

"三百多分？考得最好？弄错了吧。"

听我这么说，母亲很犹豫的样子对我说："难道不是你啊？他妈妈也是听老师说的。说小文的分数还没出来，有几个人的分数出来了，其中有一个女生的分数出来了，很高，三百多分。他妈妈就想到你平常成绩很好，就肯定是你了。明天，我再去问问。"

第二天，母亲告诉我说："他妈妈又去问过老师了，说是一个姓张的女生考得最好。"

"张才秀。肯定是她，她就是复读生。"

母亲没有再说这件事，只是父亲从武汉回家了。父亲要带我到武汉跟着他到工地上做小工。和我一同去武汉的还有我的表姐，姨妈的大女儿，安秀姐。

安秀姐比我大四岁，她没进过学堂门。她一直在生产队做农活，帮姨父姨妈挣工分，父亲想带她去武汉挣点儿活钱贴补家用。

后来我才知道，安秀姐的胞弟，就是我的亲表弟，胡志远和我同时高考，他考上了广州中山大学。家里根本拿不出钱来，连路费都凑不齐，父亲就让安秀姐去武汉父亲的建筑工地干活挣钱，帮表弟凑路费。他们考虑到我，一直都属于"成绩好的学霸"，却输给了平常"名不见经传"的表弟，怕我面子上过不去，就没给我说这些。直到半年后的春节我才知道表弟在广州读大学。

多亏了父母的良苦用心，我自以为然地陶醉在自己的复读梦中，没有丝毫的挫败感。毫无自责自卑，毫无遗憾愧痛，开心愉快地度过了人生中最无忧无虑的一个暑假。

4

和安秀姐一道跟着父亲去武汉，那是我第一次坐长途车。从武昌车站出来，第一次体会到了一望无际地视觉感——车站门前的广场太大了，我讶异地向四下的远方张望着。

父亲对那个广场没有丝毫的新奇感，目不斜视地向前走着，同时催我说："快走，快走。"带我们姐妹俩直奔武泰闸的外公外婆家。父亲挑着一担我们的行李走得很快，我们俩空着手紧赶慢赶才能跟上父亲的速度。

外公外婆的家到了，一堂一厢两厨房。进门的一间正厅是堂屋，大舅妈出来热情地迎接我们。

我走进屋，往里瞧了瞧，看到堂屋后是一个小套间，估计五六个平方吧。小套间的后面是一个厨房；堂屋左边厢房的前面有个耳房也是厨房。这两个厨房我都没进去过。

大舅妈安排我们在小套间休息，用两条长长的条凳，一块门搭建的临时铺位。我和表姐把行李放进套间，和大舅妈一起铺好床。每天晚上，我们俩就睡在这个小套间。

放好行李，搭好床铺，父亲就要带我们去工地。舅妈留我们吃饭，父亲不肯在舅妈家吃饭。他对舅妈说："不能在这里吃饭。我要趁早带她们走一趟工地，让她们认识路，明天早晨她们要自己去工地干活。"

舅妈很理解地说："好好好，今天就不招呼您吃饭，星期天叫腊娇他们回来，接您吃饭。"

腊娇是大舅的大女儿，我喊她"腊娇姐"。腊娇姐在武钢上班，1975 年结婚，姐夫也是武钢职工。腊娇姐和姐夫都是下放知识青年中的优秀代表，他们俩是第一批返城同一天去武钢报到的。后来，在武钢又同期被评为模范同时受奖，在开表彰会时认识的。他们结婚后的家在汉口，他们的独生女儿是 1976 年出生的。

父亲带着我们走到工地，吃了晚餐，又送我们往舅妈家走。来去的路上，父亲不时地教表姐认识"路标"，还说，也不止这一条路，只是这条路好记一些。

父亲和表姐并排走在前面，我跟在旁边。我像个小孩儿，百事不操心，只是紧随他们的步伐，一边东张西望，一边加紧迈腿，生怕被他们落在后面。

我们回到了舅妈家，父亲回工地去了。我和安秀姐开始收拾带来的行李，准备洗漱。大舅妈帮我们在洗澡间放好浴盆，肥皂之类的洗漱用品。从这一天起，以后的每天都是如此：晚上，我们俩一回来，大舅妈就帮我们放好洗澡盆和肥皂之类的用品，喊我们去洗澡；早晨，帮我们挤好牙膏，装好水，喊我们刷牙、洗脸。

我和表姐每天早晨从舅妈家走到工地，在工地上劳动一天再走回舅妈家，洗澡、洗衣后就寝睡觉。这种生活我觉得很好玩儿。特别是在路上往返可以看一看路旁的楼房；洗衣服的时候不用到河边踩水边的泥土就可以享受到清凉干净的自来水；晚上可以一边看着布满星星的天空一边与表姐干活闲聊。

有一天晚上，我和表姐在水龙头下洗衣服时，发现表姐在默默地流眼泪。我惊讶地问："你怎么啦？"

她抽抽嗒嗒地说："我的钱不见了。"

"多少钱？"

"两块一角七分钱。"

我一听，"扑哧"一声笑起来。心里想，两块多钱值得这么伤心吗？我读小学五年级时，我哥去油田上班我还资助给他两元七角六分的私房钱呢！

她见我那么开心地笑着，立刻停止眼泪对我说："是不是你拿了？"同时立马搜查我全身。

看她定格在脸上的泪水和麻利地搜查我全身的动作，我笑得上气不接下气，挤出全身的力量在忍不住的笑声间隙对她说："不是我拿了。我是看你为这点钱哭得这么伤心才笑的。"

表姐没有搜到钱，又听我这么一说，更伤心地流着泪说："这钱是我们家的全部积蓄，加上家里卖鸡蛋的钱凑起来的。他们怕我在这里要钱用，把家里的鸡蛋全卖了，手上一分钱都没留，全给我了。我一直舍不得用。我用手帕包得好好的，准备不得已的时候拿出来用的。"

"你放哪里的？"

"床上。就我们睡的那个床的里面角落。"

"会不会掉下去了？"

"没有。我都找过了。"说着，更汹涌的泪水从她眼眶滑落下来。

看到表姐这么伤心伤意，我再也笑不出来了。第二天去工地，我把这事告诉了父亲，希望父亲能给表姐几元钱。父亲只说"我晓得了"，没给我说别的。

第二天晚上，表姐对我说："明天，我要先起床去工地，帮他们买菜做早餐。你迟一点儿起床，自己去工地。"

从这一天起，安秀姐就在厨房做饭，帮忙买菜，我在工地上抛砖、提灰桶。这样的日子才过了两三天，第四天上午，我们俩都挨骂了。

5

那天，我照常和长清哥在一起，我给长清哥打下手。长清哥的手边没砖了，他让我下跳板，站在跳板下往上抛砖，他在上面接住，再放跳板上。长清哥可能觉得我力气小，让我一次抛一块，我们做得很顺手。这时候，我听到工地的老板三智哥在数落安秀姐："这么热的天，不煮粥怎么行……"声音很大，发脾气的那种腔调。停歇了一会儿，三智哥转到了我们跟前说长清哥："你一个师傅运砖，每次接一块砖，两块砖都不行啊？"声音也很大，也是大到整个工地都听得到。

三智哥和长清哥都是我父亲的徒弟，我和他俩都很熟。看到长清哥红着脸一声不吭，我对三智哥说："你讲话的声音怎么这么大啊？幸亏今天早晨没吃粥，要是今天早晨吃过粥了，那声音不是更吓人吗？"

　　三智哥看我一眼，更生气地说："你这个娃，还只一点点儿，说话还蛮有骨头呢。"

　　我不懂三智哥的这句话，继续笑嘻嘻地对他说："话里怎么会有骨头呢，肉都没有还骨头。"

　　三智哥又是白了我一眼，重复着那句："你这个娃，说话还蛮有骨头呢，还值得一啃呢！"一边说着一边走开了。

　　当时我心里就想不明白，平常很随和的三智哥工地上怎么这么凶啊？就因为他叔叔是武汉人？我舅妈也是武汉人，我舅妈多好啊！

　　我真心觉得大舅妈这人太好了！有一次，我和幺姨妈讲大舅妈这个人很好时，幺姨妈说："她是蛮好，蛮乖巧。有些事情我们都不说。"

　　"嗯？什么事？"

　　"不说，不说。免得闹不愉快。"

　　"有什么不愉快的？大舅妈那么好，我们每天回来她帮我们把盆子、肥皂、毛巾全放好，早晨起床帮我们把牙膏都挤到牙刷上。"

　　"她拿给你们用的是谁的毛巾？肥皂、盆子都是谁的？"

　　"不知道。难道你们家一人一条毛巾？我们在家都是一家人共用一条毛巾的。"

　　"我们家我和你外婆共用毛巾，小舅和你外公共用毛巾。大舅他们和我们分家了，他们用的是他们的毛巾。大舅妈每次拿给你们用的都是我用的那两条毛巾，盆子、肥皂、牙膏、洗衣粉等全是拿的我的。她每次把盆子都是放在我们水管这边的，用的水都是小舅这边的。"

　　"啊？这我就不晓得了。没考虑这个问题，以为你们住在一起，吃饭什么的都是在一起的呢。"

　　"不是。大舅他们分家好多年了。他们原来在套间做饭，后来他们接了个厨房，就把套间做了个房间。每次家里来了客人，大舅妈就让客人住套间，其他的就全用我们前面的。反正你小舅什么都不管，前面的东西用完了就是我去买。外公外婆又没工资的，大舅不给外公外婆生活费，小舅也不给，现在就是我一个人的工资在用。大舅他们两个人赚工资，工资比我高多了，但她好节约，有时候她自己喝水都跑我们前面来倒茶。"

　　听到幺姨妈的这番话，我才想到，难怪外公外婆平常基本不在客厅驻足的。他们习惯了进门左拐，整天蜗居在左边厢房的前面房间里，大概是为了避免和进出前面厨房的大舅妈发生碰撞吧。

大舅妈有三个女儿一个儿子。大女儿出嫁后，儿子去当兵了，家里只有两个女儿和他们夫妻俩共四个人吃饭。外公外婆共有四个女儿两个儿子，小舅和幺姨妈当时还没结婚，也有四个人在家吃饭，小舅他们四个人只有主卧室的一张床。所以，我很少看到小舅，他基本不回家。

幺姨妈不上夜班时，就和外公外婆挤着睡。通常是床边放一条板凳，外公身子放床上，腿脚放板凳上，这样睡觉的。如果小舅没去处了回家来就只能在床的旁边开个地铺将就一下。

大舅妈他们的卧室虽然在后面，名义上是次卧室，实际面积比前面的主卧室大一些，里面放了两张床。所以，家里的客人需要留宿的话就住小套间，算是住在大舅妈他们那边，大舅妈就觉得客人的洗漱用水等应该归外公外婆这边负担。大舅妈从来没有明说过，只是每每有客人来，都是大舅妈迎进奉出，端茶递水，而这些茶水都是在前面的厨房里弄出来的。

一般亲朋偶尔来家里，都觉得大舅妈人很好，对人特别热情。只有至亲才知道大舅妈人虽好，但只是好在态度上，出钱的事她总能积极周旋，成功绕过去。

长期以来，每次接待客人总是舅妈出面招待，而招待客人的开支最后都落在外公外婆名下，也就是小舅舅的名下。这些小事小舅舅不说，外公外婆不好说，幺姨妈更不好说。

幺姨妈嘴上不好说，心里最不高兴。因为外公外婆年纪大了，又没工作单位，没有经济来源；幺姨妈有工作单位，她的工资很有限，水呀，肥皂呀等等都是要用钱买回来的，小舅舅不着家，只有幺姨妈掏钱采买。相当于家里的客人都是幺姨妈出钱招待的。更关键的是幺姨妈出钱不落好，没有几个客人知道大舅妈用的是"幺姨妈的工资"，幺姨妈当然心里不乐意。亲戚朋友就是知道了这些事，也仍然觉得大舅妈这个人能干，对人热情。

大舅妈确实很能干。大舅妈和大舅舅刚结婚时，家里很穷，都是在武泰闸帮人挑土挣钱管生活的。因为大舅妈为人乖巧，后来就到厨房帮人做饭，又因厨艺好，被推荐到武汉十五医药厂食堂做厨师。大舅妈在医药厂当厨师后成为国家职工，被评为二级厨师，工资就涨起来了。更让一家人无法挑剔的是，大舅妈对大舅舅特好。大舅妈把大舅舅照顾得无微不至，家里上上下下，包括新老亲戚对大舅妈都说不出个"不"字。大家只能劝幺姨妈，"在家里也过不了几年，你结婚嫁人了就不存在这些事儿了"，幺姨妈也就一直把不愉快忍在心里，嘴上从来不说什么。

在知道了这些家务事情后，我就不想继续待在武汉了。我跟父亲说："我不想在这里做小工了，我想回家。"

父亲没问我什么原因，直接说："好吧。"并在晚上来到外公外婆家，将我们回去的日期告诉了大舅妈他们。

回家前的那个星期天的上午，比我小几个月的三表妹带我一路玩到长江大桥下，看了一眼长江大桥又一路玩回来。中午，腊娇姐一家三口都回来了，大舅妈做了满桌的菜肴，我们全体围着客厅里的八仙桌吃午饭。

大舅妈做的菜确实色香味俱佳，每一道菜都美味得无与伦比。晚上，闲聊的时候，我们与腊娇姐的女儿逗乐说："你猜，我们谁是乡下人？谁是城里人？"

小侄女指着我和表姐说："你们是乡下人。"然后指着我父亲说："他是城里人。"

腊娇姐可能怕我们两姐妹难为情，就对我和安秀姐说："她肯定是看姑爷爷手上戴了手表，你们俩没有戴手表。我们家她的叔叔阿姨包括我们的小姑子都在武汉上班，她也说他们是乡下人。"

"你们住得很近？"

"都住在一起。都住在一个屋里。"

"我听舅妈说你们住的是单位给的房子呀？"

"是的。我们小叔子、小姑子都是下放的知识青年回城的，暂时没地方住。他们要上班，老家不方便，也很小，我们的爷爷奶奶在住，他们就都和我们住在一起。"

"房子多大？"

"不大。十几个平方吧。一共住了九个人。我们阳台上是高低床，客厅晚上开地铺。没办法，他们回城要上班，老家住房太小又离得远，他们上班不方便呀，只能住我们家了。你姐夫是老大，他不照顾弟弟妹妹，弟弟妹妹就没人照顾了。"

天南海北地聊着就聊到了高考。父亲给我解围说："她平常都还好，就是这高考太难了，又没有人给她答案，她没考好。"

表姐夫说："高考是不能抄别人答案的。必须凭自己的实力。"

我感觉到了父亲的尴尬，但父亲还是很谦和地说："哦，是这样的。"

二表姐接过话头对我说："你肯定考不好。我看你跟我一样，一点儿心思都没放在学习上。吃喝玩乐多自在！我们班上有一个女生考上了，你猜她是怎么搞学习的？夏天穿个棉袄，脚上还穿一双高筒雨鞋，她说这样没蚊子。反正你无论什么时候看到她，她总是与众不同，长期拿着一本书，不是看书就是写作业。一天到晚搞学习，就像个精神病。她的考分很高。"

听到二表姐的谈论，我在心里想：回家就一门心思搞学习，不考上大学不罢休。

6

第二天早晨，我们回家了。回家的途中，我就在想：回去一定努力备战高考，争取有个好成绩，明年一定要考上大学。

意外的是，回到家里却听到我可以去读中专的消息。我心烦意乱，不知所措。

我的分数刚够中专线，与大学录取线相差一大截。中专都是将就，大专更是可望不可即，但，我想读大学啊！

父母却很高兴，觉得我终于可以不用下地干农活了。他们说："这下好，这下好，这下可以吃商品粮了。要是今年走不成，明年不举办高考了，你就没机会考出去了。你这么小的个子，做农活哪里吃得消啊！"

我也不敢赌命运，如果我今年不去读中专，回郭河中学复读高二，万一明年国家宣布取消高考或者我明年连个中专都考不上咋办呢？我默默接受了中专这个归宿。

去郭河中学填写志愿时，遇到了彭老师，他对我的高考成绩没发表任何意见。彭老师心里想我复读，觉得我明年肯定能考上大学，但邹老师觉得我复读一年不一定考得好。邹老师觉得我智商不及张才秀，彭老师觉得我智商不比张才秀差，甚至还好一点儿，但彭老师听我父母说："不知明年还有没有高考？"他就不敢坚持自己的意见了。彭老师只对我说："你就填卫校吧，当老师太辛苦了。"

填写志愿表时，我真的全部填写的"卫校"。但，录取通知书是普通中等师范学校。

7

接到师范的录取通知书后，父母开始为我筹备升学宴，四姐开始给我准备行装，帮我缝制新衣。反倒是我，像看别人家的孩子上学一样，完全是一个安静的旁观者。

四姐是预备这一年结婚的，婚期是年底的元月一日。姐夫在这一年的端午节给四姐送来了一些布料，是做结婚时的新衣服用的。四姐拿出一片深蓝色涤纶布，又拿出她只穿过一个冬天的红缎面棉袄对我说："这件袄子只穿了一季，还是新的，给你吧？这块布料做一条裤子，配这袄子穿还蛮好看，你说可不可以？"

我简短地回一句："可以。"

她又指着我表兄送来的一只咖啡色皮箱对我说："这个箱子是凯诚哥送给我作陪嫁的，我把它给你吧？我反正是要买两口红色的新箱子的，这个箱子就送给你算了，还是皮的呢，你要不要？"

我也只应一个字："行"。

四姐一边给我做衣服一边说："父母真是偏心，你又不做农活，去读书还穿新衣服。我在家里累得要死都没有像你这样穿一身的新衣服。"

我一声没吭，心里其实觉得很委屈。因为在我的记忆里，我从出生到高中毕业，从没穿过家里为我特制的新衣服。我身上的衣服全是我四姐穿过的，甚至有一些是我哥穿过的。现在要出门上学了，才做一件裤子，就说我是一身新衣。转念一想，她那件袄子，看上去确实像新的，而且这些都是她婆家送给她的，不是我父母给她买的。从这一方面来讲，确实是她在给这个家做贡献，我在这个家只是享受资源。

我没有搭腔，但四姐的牢骚还是被母亲听到了，母亲安慰她说："你那个时候不肯读书啦。我们还不是把你放到学校里的，你读完三年级时，是你自己说："'人家书记的妹妹都没有进学堂，我还老坐在学校里呀？'你自己不去学校了呀。我们看你到生产队做事太累，还特意给你买了缝纫机，还不是想你学个手艺了，不到农田里做事。你不愿意去拜裁缝师傅啦。"

"我为什么不愿意？还不是每次分粮食，去早了人家就说：'嗬，出工做事看不到人，分粮食还是跑得蛮快！'去迟了人家又说：'做事不积极，分粮食也跑不动！'我就听不得那些话。我不下学做事，我们家哪个能出工？"

听姐这样讲，母亲叹道："唉，也是。你爸长期在外做手艺，一年上头不下田。我呀从楼上摔下来后就做不了重活了，家里是没劳动力，也不怪别人。你呢，主要是不想受别人的气。"

说到这里，母亲望了望我说："你看她，地都不扫，我们骂她，她听都不听，关着房门搞学习。你不像她这样啦，你喜欢争硬气啦。"

"本来就是老说她小，老护着她，什么时候管我了？"

听到四姐这样说，我忍不住插话道："妈不管你？你哪顿没吃好，妈都要给你再补做，我一天不吃饭，妈都不晓得。有一天，我没吃饭就去上学了，上体育课时，同学们都在打篮球，我就靠着墙站着。同学们喊我和他们一起打篮球，我说：'我肚子饿了，没力气。'过了一会儿，妈端着一碗饭走到学校门前，同学们大声喊我说：'万一恋，你妈给你送饭来了。'妈笑着说：'哪里，她四姐先没吃饱，我给她四姐送去的。'我转过头看见妈把那碗饭端到学校旁边的地里给你吃，我一声都不作。我说你没有？我说过妈偏心没有？"

我和四姐嘴里说着，其实并没往心里放，但母亲流泪了。母亲嘴里自言自语似的说道："该确！该确！（该确：方言，表示惊讶，觉得不可置信的惊讶）什么时候你没有吃饭，饿得打球的力气都没有，我怎么不晓得啊！你怎么不跟我讲啊！你怎么从来都没给我讲啊？"

我又不说话了，因为像母亲这样只关注四姐忽略我的饥寒起居的事太多了，我已经习惯了。我也真心觉得四姐做农活需要被关照，我躲在学校"偷懒"没必要被照顾。

8

升学宴的第二天晚上，我一个人躺在门前的竹制躺椅上看着天上的星星发呆。父母和哥哥姐姐都在忙碌着。忙忙碌碌的时候，父亲门里门外地出出进进，看我一直在躺椅上不动弹，就对我说："你怎么还没去收拾行李？来时行李去时装么，何况你是去上学读书的。"

"什么意思？以为我嫌新衣服太少了吗？我哪里在想这些问题呀，我是在想我这么矮，这么小个头怎么当老师啊？我明明填写的是卫校，怎么就没有一个卫校录取我呢？读师范了出来当老师，我语文成绩又不好，声音又不好听，我怎么当老师啊？当老师了，还有机会去读大学吗？好像听人说，现在高考不限制是不是应届生，只要不超过年龄，什么人都可以参加高考。"这些心里的想法我没有出口。在听到父亲的责问时，我也没回复父亲一个字，只是自己慢悠悠地起身走进我和姐姐共用的房间开始收拾行李。

收拾行李的时候，我心里在想："来时行李去时装"是啥意思？我从哪里来的"行李"？好多年后，我才在偶然的机会弄懂了"来时行李去时装"出自于明代刘应麟的一首题诗。

刘应麟他为官清廉，严于律己，关心百姓疾苦，在江苏巡抚任上告老还乡。临行时，刘应麟在巡抚衙门墙上写下一首诗：来时行李去时装，午夜青天一炷香。描得海图留幕府，不将山水带还乡。得知出处的我暗自佩服没上满三年学的父亲居然知道有这么一句话！

9

我收拾好行李，不声不响地上床睡觉了。第二天早晨，叔叔来到我们家时，父亲对我说："我没文化，让叔叔送你去上学吧。"我也没说"好"或者"不好"，直接跟着叔叔去乘车，到潜江师范去报到。

从潜江车站出来，我心里说："这是县城吗？"潜江县的街面虽比我们郭河的街面大多了，但比沔阳的仙桃街要小一些，和武汉比更是小得可怜。我当时的感觉是，潜江县城和我们沔阳县的张沟街差不多大。

到了学校，走过操场，一排平房的第二间是我们的女生寝室。寝室前是一块菜地，菜地的前面是我们的教室。"怎么这么像郭河中学？"

走进寝室，密集的高低铺，整个寝室比郭河中学的女生寝室还要小。查看了一下，我的床铺在进门左拐，最里边一列的中间一张高低床的上铺。我的床铺所在的这一列有三张高低床，进门处和我们这一列成丁字形摆了一张高低床，另外四张高低床分两列，与我床铺的这一列平行放着，每两列之间的空隙大约六七十厘米。寝室的总面积不足三十个平方，总共八张高低床十六个铺位，显得很拥挤。整个寝室里只有横着的那张床的下铺有被子行李放着。

我准备铺床，发现地面很潮湿，就准备用我包裹行李的塑料布铺在床上，再在塑料布上铺被子。这时候，一位女老师进来了，自称是我们的女生辅导员，让我称呼"张老师"。张老师带着笑脸却是严肃的语调对我说："不能铺塑料布的。"

"这地面很潮湿。"

"更加不能铺塑料布。塑料布不透气的。"

我还想坚持自己的意见，看见老师一脸毋庸置疑的表情，就望了一眼叔叔。叔叔说："你就不铺吧。"我只好把塑料布拿掉。

刚把床铺好，进来父女俩。空着手，走进寝室门拐到横着的那张床前，他们还没落座我就问道："这床是你的？"

"嗯。"

"好早啊！你是从哪里来的？"

"我们去吃了个饭，在学校转了一下。"

"你是哪里人？"

"沔阳，张沟。"

"啊！我们是老乡。我是沔阳郭河的。你们怎么那么早就到了？"

"我们起早床的。因为我们不住张沟街，怕赶不上车就起了个大早，直接在仙桃搭的车。"

"哦，难怪的。你爸爸什么时候回去？"

"明天早晨。"

"正好，我叔叔也是明天早上回去。让他们俩今天一起住旅社，明天一起回去吧。"

　　第二天早晨，我去车站送叔叔他们，顺便带回去一床被子。"这床被子太厚了，根本不需要。您带回去吧！"

　　"不带回去，冬天需要的。"叔叔不同意。

　　"不需要。这儿床这么小，冬天里我那床薄的棉被可以叠双层盖的，还有一床毯子搭一下，不会冷的。"

　　叔叔拗不过我，只好又带着一床被子回家。买车票时，我又给了叔叔八元钱，我是想让叔叔在回程的路上用。

　　送走了叔叔，一回到寝室就有一种莫名其妙的孤独感。其时，寝室里有十几个同学都在陪着我。

　　好不容易挨过这一天，到了进校后的第三天，早晨醒来我就想回家了，自己说服自己等到晚上。晚上，我又给自己做工作，吃了晚饭上床去。可是，我蹲在床上时怎么都说服不了自己了，我下床去找班主任请假。

　　班主任老师的寝室和我们女生寝室是同一排平方，我们靠西头的操场，老师寝室靠东头的水井。老师的寝室和我们女生寝室差不多大，二十个平方多点儿吧，一家四口住着。老师听到我的呼叫，从屋里走出来，肩膀靠着门框站着，并没有出门。老师一只脚站在门槛里面，另一只脚放在门槛上；我在门口的走廊上，和老师面对面站着。

　　我说："老师，我要请假回家。"

　　"回家？你要什么时候回家？"

　　"明天。明天早晨就回去。"

　　"怎么了？家里出什么事儿啦？"

　　"没有。不知道。我不知道家里有没有出事，我就是想回家看看。"

　　"你读高中是走读生？"

　　"是的。我一直是走读生。小学、中学都离我家很近，我家里可以听到学校的铃声。"

　　"哦，你还不习惯住学校！你看她们初中、高中长期住学校的同学，过得多开心，根本没你这种想法。你明天先不回去。等等吧！等两天到周末再看看情况吧。你看你又没有什么特别的事，回去一趟就要出两元钱的车票钱，一来一回就四元，还在路上吃饭呢，不会少于4元钱吧？还耽搁两天课，划不来，到周末了再看看。如果到周末你还是这么想回家我就批假。说

不定到周末的时候你已经习惯了，不想回家了呢，不是还可以节约四块多钱嘛！"

班主任老师没有批准我的请假也没有批评我的想法，我那忐忑的心平静了很多。特别是老师给我算的经济账让我想起暑假和表姐在武汉打工的日子，想起表姐为两块多钱哭得稀里哗啦的样子。

想到这些，再次回到寝室的我睡得很好。接下来的两天，我完全没有了回家的念头。到元旦，四姐的婚期我也不想回去了。

我给家里写了一封信，说我不回去了。理由是寒假很快就到了，我寒假回来是一样。少回家一趟，可以节约四元钱。

10

寒假到了，我已经收拾好行李准备回家。散学后的第一天，我起了个大早，坐上了潜江到仙桃的第一班车。在仙桃车站买票时，我发现从仙桃到郭河的车是下午的，而仙桃开往洪湖的车中午就可以到达张沟。张沟与郭河相邻，有很多卡车、手扶拖拉机来来去去；张沟离郭河不远，走回去也只要一两个小时，如果遇到便车还可以免费坐车回家；就是等班车，从张沟到郭河也比仙桃车站到郭河的班车要多一两趟。于是，我转车时买的是仙桃到张沟的车票。

很快在张沟下车。就在张沟去洪湖的岔口处，那儿有一家餐馆，我就在餐馆门前的拐角处站着等车。

餐馆里出来一个人，走到等车的人群中，还没站定就说："呵，华中工学院，在我们这儿显摆呢。"

我一看，一个男生红了脸，很不好意思地低下头在取胸前的校徽，这不是我的同学叶童欣吗？我立马走到他面前对他说："欸，你怎么在这里？"

叶童欣取下校徽装进口袋后对我说："在这里等车。你什么时候来的，你也等车？"

我还没有回答，那个嫌叶童欣"显摆"的人又说："郭河的娃！"然后走向一辆卡车，准备上车。我赶紧拉着叶童欣跟过去对他说："我们是郭河的，麻烦你带我们回郭河吧。"

他说了两个字："上吧。"

我和叶童欣赶紧爬上卡车，准备站在车厢里去。这个人又说："就坐驾驶室吧。"

我们求之不得，坐进了驾驶室。很快就到了郭河。

原来，这个人是平新芝的哥哥，张沟拐角处的这个餐馆是他姨妈家的。他姨妈的儿子与我们是同一届，考上的是清华大学核物理系。他觉得他家里亲戚内眷都很厉害，平时，常把一般人不放在眼里。从他的口里我们还得知，当初我们郭河中学高中一年级的数学竞赛就是败给他这个清华大学的表弟了。

叶童欣说："清华大学在湖北的录取分数线并不高。但能够上清华的肯定都是学霸中的佼佼者。"

我很是羡慕地说："我要是能读个荆州师专都开心。欸，我们在学校里要求戴校徽，校外就不管了，你们学校强调要坚持戴校徽？"

"不是。这是昨天，我本来约好和王显锦、向华明他们一起回来的，结果他们临时说不走了。我本来也想今天起个大早回来的，但耐不住回家心切，晚上就和另一个老乡一起去了汉阳长途汽车站。到长途汽车站的时候已经晚上十点多了，班车早已没有了，长途汽车站的大门已经锁上了。我们看到车站里面很有一些人坐在椅子上休息，在等第二天早上的早班车，我们就喊门。有好心人看我们在那么冷的外面拍门，又没有车站的工作人员过来，就帮我们把工作人员叫来了。我们说，是学生，来晚了，要搭第二天早班车回沔阳。工作人员问我们要证明，我们哪有呢，想到我们有个校徽，工作人员就让我们戴上校徽。然后，打开锁放我们进去了。进去后，一些乘客热心地问我们一些学校的事，我们就忘记了取下校徽，戴着校徽睡着了。今天早晨也没想到它，直到刚才才想起来校徽还戴着没有取下来。"

"你今天搭乘的是最早到沔阳的长途车，在沔阳车站没有买到郭河的车票。因为郭河的车要到下午，你就买了张沟的车票？"

"对。刚好那个老乡也是张沟人，我就买张沟的票到张沟了。你也是的？"

"嗯，我觉得到张沟了就相当于回家了。我读小学四年级时，有一次和叶金枝起早床走到张沟看张沟区的批斗大会。大会散了又走回去，厉害不？"

11

终于回到家里。母亲告诉我：四姐婚期的当天，全家人左等右等没等到我的人，到下午才等到一封信。父亲看完信后长叹一声："我哪里没用过四元钱啊！"随即，让大姐的女儿顶替我，送四姐出门了。

大姐的女儿才八九岁，个子也很小，胜任不了新房里递钥匙的事务。给新娘递钥匙的环节是叔叔的女儿代替我的，为此，伯母怪罪母亲没有用伯母的女儿递钥匙。

听到母亲说的这些，我才知道，我是有多无知多幼稚啊！

——之前，从出生到读师范，我从不知道没钱是啥滋味。在读小学和初中时，常看到有同学交不起那几角钱的学费，被老师催缴学费时手足无措的样子，我总以为他们是在装，是想赖掉学费。对他们的行为，我觉得不可理解。

现在，我好像知道，很多的时候，很多的人确实谋不到钱；人在世上不仅仅是在没钱的时候很尴尬，有时遇到棘手的事情，在不知取舍，不知应对的时候也会尴尬甚至手足无措。

第四章　措置裕如

因为没有参加四姐的婚礼，我高中毕业后的第一个寒假是在自责中开始的。我觉得自己应该给四姐赔个不是。

四姐的婆家就在我家西头约两百米的光辉一队，离我家很近。我准备立马去她家。我先去街上转了一圈，在郭河老街的百货柜买了一个小盆景，塑料制作的红色枫树。我觉得这盆景火红火红的很好看，而且价格适中，1.8元，我很喜欢。我把这个盆景端在手上向四姐家去。

四姐正好在她的新房里，她很开心地把"迷你枫树"放在她梳妆台上的时候，姐夫进房间了。看到这个小盆景，姐夫说："蛮好看咧！这红颜色放在这儿蛮好的。我们么姨就是有欣赏水平。"

四姐笑着对我说："我和你去照相馆照张相吧。上次我结婚时，买了一条玫瑰色的红围巾，准备你送亲时打发你的。你没有回来，是爱群送的我，我就把围巾给爱群了。我去找爱群拿了给你，本来就是给你准备的。"

"呵呵，我听妈讲过的。"

我们俩又朝郭河街道的方向走着，说话间就来到了我们家。四姐从我房间的柜子里把那条红色的围巾拿出来，给我围上。正在端详这条围巾的效果时，侄女进屋了，冲着我嚷道："这是我的围巾，这是四姨送给我的。"

"这本来是送给幺姨的。（结婚）那天幺姨没回来，我就让你帮她带回来的。你看，这围巾好大，好长，你长大了才能用。"四姐给侄女解释说。

"不大，我用正好。那天，你明明说是给我的，我还围过的。"侄女理直气壮地回怼四姐，毫不相让的架势。

我赶紧对侄女说："这是送给你的，我只是借用一下。我围着它去照个相就还给你。"

"不行。我也要围着它照相。"八岁的侄女不听我忽悠。我们姐妹俩就带着侄女去了照相馆。

拍照结束后，我们姐妹带着侄女回家时碰到家兴叔。家兴叔看到我们三人，没问我们从哪里来到哪里去，就喜滋滋地对我们说："桃媛姨生了个儿子，福珍在那里。我去学校她姨妈家去。"

"嗯嗯嗯，我们到医院看奶娃子去。"我们三人笑呵呵地答应着，直接去了医院。

1

我们来到住院部妇产科病房，刚走进病房的走廊，就听见我母亲的声音："快快快，把她腰部抽起来，我帮她脱衣服。"

我们赶紧寻着声音发出的一间病房进去，里面有四个人，四张床。最里面一张床上有一位产妇躺着，旁边坐着她老公；隔着第三张空床，第二张床上躺着桃媛姨，床尾站着我母亲；进门第一张床也是空的无人住。我们进去时，第四张床上的大哥起身走过来抱起桃媛姨的腰，母亲麻利地给桃媛姨退下裤子，同时喊道："是有一个娃"。

正在母亲惊呼的时候，福珍带着一名医生进来了。医生一边往病房里跨步一边赶紧对母亲说："我来了，我来。"母亲赶紧让到一旁，福珍关上了病房门。

母亲退到桃媛姨床头，抱起桃媛姨身边已经出生的宝宝，把这个宝宝递给四姐抱着。那位大哥也退到他老婆身边，背朝病房门看着自己的老婆；四姐抱着奶娃子与我和侄女都站在第三张床旁的空地。看到医生拉出新生儿，然后倒挂着新生儿拍了拍背，听到新生儿"哇"地哭出来，医生说："一个女孩儿。龙凤胎啊！"医生说着抬起头看到我们时又说："哎，你们怎么没出去？"

大家都笑起来。

原来，桃媛姨怀的是双胞胎，本人、他人都不知道，包括医生。因为桃媛姨这胎是意外怀孕，平常又没什么不舒服的感觉，一直没产检，唯——一次看医生，医生也没给出准确的受孕时间。今天，桃媛姨觉得自己有腰疼的感觉，又觉得自己应该有十个月了，就和家兴叔一起来医院。幸亏家兴叔说要带一些分娩用品，就喊了李福珍一起来。

进到医院，医生一检查就说："要生了。"医生赶急赶忙准备，约半个小时的样子，桃媛姨顺利分娩出一男婴。家兴叔开心得了不得，把桃媛姨从产房转移到病房后对李福珍说："你守着他们母子俩，我去郭河中学喊外婆去。"

家兴叔去郭河中学时，顺便到我家告诉我母亲说："大姐，桃媛生了，生了个儿子。我去街上买点儿东西，顺便去告诉桃媛她姨妈。她妈妈今天也可能在她姨妈家里，我去看看。"

母亲听说桃媛姨生了个儿子，又听说家兴叔要去上街，所以她放下手中的家务活立马去了医院。

幸亏母亲及时去医院。桃媛姨被安置在病房的床上，躺了没两分钟时间就觉得还有一个孩子要出来的感觉。家兴叔已出去，桃媛姨就对福珍说："你去问一问医生，我感觉像还有一个娃儿要出来的样子。你快去喊医生！"

李福珍出去后，桃媛姨感觉越来越明显，好像孩子已经出来了一样，她只好对同室的那位待产孕妇的丈夫说："麻烦你帮我看看，快帮我把裤子解开，好像有娃儿要出来了。"

人家丈夫涨红了脸，很不好意思，不知道该不该来为桃媛姨解开衣服。那丈夫望着自己的老婆，躺着的孕妇也是一脸茫然，不知道该如何。正在这时母亲进病房了。桃媛姨说："快快快，脱裤子，还有个娃儿要出来。"

母亲赶紧一边帮桃媛姨解裤带，一边对里间床位的陪护喊："这位大哥，快来帮帮忙。"这时候，这位大哥才迅速走过来抱起桃媛姨的腰部，协助母亲脱下桃媛姨的下装。母亲与四床的陪护，两人合力刚脱下桃媛姨的裤子，福珍就带着还没来得及走出产房的医生来到了病房。

因为太紧急，医生只顾抢新生儿，别的都顾不上了，大家也是紧盯着医生，都忘记了自己的身份。

医生处理好新生儿后才对母亲说："幸亏这妈妈精明，还慢一点点儿，这娃儿就捡不起来了。也幸亏我还没走，我要是出去了，你们去哪里找医生啊！意外之喜，意外之喜，值得庆祝！"

等家兴叔再回到病房时，发现一个儿子变成了一对儿女，开心地大喊："双喜双喜，值得庆贺。他们俩就一个叫双喜，一个叫双庆吧！"

桃媛姨说："女孩嘛，就叫双昀，儿子叫双庆吧。"

"可以，可以。'双昀'好听。"家兴叔首肯。

母亲弄好晚餐端到医院去，李福珍不肯吃饭，她要先回家。李福珍一个人回康家台给李爷爷和余奶奶报喜去了。

得到喜讯的余奶奶马上到桃媛姨的娘家，将喜讯告诉了外公外婆——康爷爷和庄奶奶。

两家人考虑到还有十多天过年，亲戚又都住得近，所以他们商量等桃媛姨出院回家来，在家住个把星期了，就在年前办满月宴。

2

腊月二十五，家兴叔来到我们家。进门就对我妈说："姐，我来接您的。接您去吃满月酒。"

"好好好！年前吃满月酒好，免得隔年办。娃儿大人都好啦？奶水够不够？"

"奶水多，够吃。娃儿大人都好，就是忙得团团转。这几天还有家富、家旺他们在家里，过几天，他们都去上学了，可能更忙不过来了。"

"家旺叔去上学？"我好奇地插嘴。

"是啊。本来，他看我考了两次没考上，不准备参加高考的，后来他看家富考出去了，他就不肯到地里干活了，要去读书。我就把他带到红庙中学从高一读起。他想读嘛，就让他读，康志忠还不是在读。"

李家旺是李书记的第四个儿子，他是七六年高中毕业的。李家旺读书的那几年学校不重视文化课的学习，少量的文化学习，他的成绩很一般。特别是看到他的三哥李家兴，一个当老师的考了两次都没考上，他就没信心也没兴趣参加高考，连考场都没去过。现在看到自己的亲弟弟在师资缺乏的红庙中学都能考上大专，他心动了。新学期开学，他就跑到红庙中学插班读高中，住在他哥李家兴的寝室里。那家兴叔说的康志忠又是谁呢？

我又问："哪个康志忠？家富叔考的是什么学校？"

"咸宁师专。毕业了也是当老师。康志忠就是你们高二（1）班报考文科没考上的。他是桃媛姨的哥哥。你又不知道？"

"康志忠没考上？康志忠是桃媛姨的哥哥？我不知道咧。"

"嗯。听说你们那个高二（1）班就只有康志忠一个人没考上，他是桃媛的亲哥哥。不过，他只比桃媛姨大几分钟，他们俩也是双胞胎。当初，因为他是男孩，就在学校一直读到高中毕业。他是1975年毕业的，比家旺早一年，所以，恢复高考时他对自己没有信心就没有报考，但心里还是觉得自己应该去读书。特别是想到桃媛姨是大学文凭时，他就蛮想考出去。桃媛姨有一个姨父在郭河中学，就是你们的张校长。康志忠就说服他妈妈去找张校长，让他去郭河中学插班，复读高二，参加高考。1978年，他没有考好，1979年，他改报文科，他姨父帮忙让他到你们高二（1）班旁听。1979年他又没有考出去。他不服气，又留在郭河中学继续复读，还是插班在高二年级的教室里。现在，他和他们家的康志武一个年级，都是今年参加高考。"

我对我毕业时的高二（1）班那些同学高考后的去向知之甚少，对桃媛姨家里的事儿更是一点都不知道，打破砂锅"纹"到底的毛病又犯了。我问家兴叔："桃媛姨家里除了桃媛姨，其他姊妹都没有考出去？"

"康志文考上了沔阳师范，1978年在沔城中学考上的。康志全和康爱媛在读初中和小学。就只有康志孝，他还从来没有参加过高考。他高中毕业下学后就在家帮他父母做农活。"

这些事，我之前从没听人说过，可见我这个六亲不识的书呆子呆傻到何等程度！直到这时候，我才弄清楚桃媛姨她们家一共是八姊妹，五男三女。男孩子分别叫康志忠，康志孝，康志文，康志武，康志全；女孩子分别是康志媛，康桃媛，康爱媛。

家兴叔家里也是八姊妹，六男二女。分别是李家仁，李家义，李家兴，李家旺，李家富，李家贵和李福安，李福珍。李福安是老大，李福珍是老小，六弟兄排列居中。

他们两家不同的是，桃媛姨家女孩子都读过书，家兴叔家的李福安一字不识，李福珍也只读了个小学毕业。李福安嫁到邻村，她的大女儿也没怎么读书，在帮桃媛姨带李小昀。李福珍下学后在学裁缝，现在准备不去学裁缝了，先帮桃媛姨带两年双胞胎。

"李福珍为啥不读书？"看桃媛姨家里那么困难，他们弟兄姊妹都读书，家兴叔家条件还好一些，一个幺妹却不读书，我忍不住又问了家兴叔。

"我们家里的人都不是很喜欢读书。李福珍看她的一些玩伴都没有上学了，她就不想读书了。她去学裁缝，也觉得累。现在，她准备帮我们带一段时间的娃再说。我想让她帮我们带一段时间后，我把桃媛姨调到郭河小学了，再把李福珍弄到郭河哪个厂上班去。村里条件太差，带孩子、上班都不方便，将来孩子们上学也没郭河小学条件好。我已经托关系找郭河公社教育组的陶主任打过招呼了。陶主任还说，我可以参加民转公考试，考得好的不仅可以转商品粮户口，还可以脱产去师范学习两年，回来再重新分配工作。如果我们以后都在郭河街上上班多好啊。"

"嗯，一切皆有可能。平常多做准备，运气来了好事都会找上门的！"

想到家兴叔一家未来生活的美好，甚至想到，家兴叔的孩子们在条件优越的郭河读书，将来肯定都能考上大学，我也为家兴叔感到高兴。

3

我去参加了李双庆、李双昀的满月宴。这天，在家兴叔的家里，主宾是桃媛姨的娘家人。这次，我与桃媛姨的兄弟姐妹是第一次见面，打个招呼，认个脸熟。我发现他们家八姊妹没有到齐，我随口问："咦，我好像没有看到康志忠和康志武啊？"

桃媛姨说："他们两兄弟在我姨父家搞学习。"

"哦，您姨妈好像也没来？"

"是啊，他们都在我姨妈家，姨妈要给他们做饭吃呀。"

"这么用功？"

"我妈跟他们吵架了，他们不肯回来。除夕那天应该回来吧。"

"他们跟庄奶奶吵架？"

"放寒假时，我妈去郭河，顺便去学校姨妈家看康志忠的学习情况。结果，我妈去时只看到康志武，没看到康志忠，我姨父说康志忠可能和叶小琴在一起。我妈跑到教室里一看，教室里只有他们俩人。我妈才知道康志忠表面上在专心复习，其实他和叶小琴在谈朋友。我姨父早发现了，但没有阻止。我妈当场就与我姨父大吵一架，说我姨父没有尽到长辈的监管之责，然后给康志忠下了一跪。"

"庄奶奶给康志忠下跪？"

"我妈怕他不听我妈的话呀！"

原来，在桃媛姨到医院生双胞胎的前一天，庄奶奶去学校没有看到康志忠，就问张校长。张校长说："他可能在教室里，和康志武班上的一个同学在一起。"

"和康志武班上的同学？"

"康志武班上的叶小琴，不知什么时候认识了康志忠，常找康志忠，还给康志忠写过一封信。我看到信后没作声，就当没看到一样没有批评他们两个。"

"叶小琴是个女娃？"

"嗯。也是今年参加高考。"

"他们的教室在哪里？我想去教室里看一看。"

康志忠的妈妈根据张校长的指点直接去了教室。她看到康志忠和一个女生坐在一起，两人面前放着书，却都没有看书，而是在讲话。

"康志忠。你跟我来。"

康志忠听到有人叫自己，抬头看向窗户，是自己的母亲站在窗口。他立马出教室，跟在母亲的后面回到张校长的家里。

他们一进张校长的家门，康志忠的母亲就对张校长说："他和一个女生在一起，你为什么不阻止他？不批评他们？你不批评他们你告诉我，我来说他呀！我把他交给你是要你管束他，督促他搞学习的呀？你倒好，帮他打掩护，让他谈朋友，他还有心思搞学习吗？你还是个校长！不说是你姨侄儿子，就是你学校的学生，读书时谈朋友你也要批评教育啊。"

康志忠的妈妈怎么吵，张校长再不说一个字，不发表任何观点。康志忠的妈妈就把康志忠拉到房间，当着张校长夫妇的面给康志忠下跪说："我的儿啊，你是我的头郎长子，我和你爸巴望着你，你的弟弟妹妹们都看着你的。我们一家人都等着你有出息，都依靠着你呀！你怎么能只顾自己眼前的快活，不考虑自己的将来，不考虑一家人对你的厚望，去谈朋友呢？为你们几姊妹读书，我和你爸受了多少委屈，吃了多少苦多少累，难道你不知道吗？以前没条件好好学习不怪你，你基础不好前几次没考好妈妈也不怪你，但，你住在你姨父这里不能一心一意地看书学习，专心专意地准备考试，那我就不能容忍了。如果你觉得自己实在不行，怎么努力学习都考不上，我们现在就立马收拾铺盖回家去，像康志孝一样，一心一意务农也可以养活自己；如果你还想继续读书，想再试一次高考，就必须和那个女孩子断绝一切来往，一门心思搞学习。"

康志忠没料到自己的母亲会这样看待自己与叶小琴的交往，想到自己这几年的学习确实收效甚微，觉得自己实在对不起自己的母亲，对不起姨父姨妈给自己提供的学习环境，对不起一家人对他这些年毫无收获的包容。他赶紧扶起自己的母亲，让母亲坐在床沿，自己跪在母亲和姨父姨妈面前说："从今天起，我除了姨父姨妈这里，就是教室和考场。不考上大学，我绝不去其他地方。"

"只要你想搞学习，再苦再累我也支持你。但，如果你再与那个女孩子有任何的联系，我只要发现立马死在你面前。"

康志忠又给母亲保证一番，去教室收拾好自己的书籍资料，就真的关在姨妈的房间里专心致志地看书学习，全身心地备战高考。他们的妈妈这才给他们的姨父姨妈又交代一番就回家了。

桃媛姨的妈妈因为心情不好，又考虑到桃媛姨怀身大肚，回家当天就在家里闷着做事，没跟任何人说到这件事。

家兴叔去姨妈家报喜时，康志忠正在专心学习。他对家兴叔说："我这些天就在这里学习，免得回家环境不好，学习不安心。我到三十了回去吃团年饭。"

家兴叔说："万一今年考不好怎么办？你就报考中专吧。"

"不行。我一定要考上大学。今年考不上，明年再考。"听康志忠说得这么有决心，家兴叔也就没再多说其他的了。

今天的满月宴，康志忠真的没有回来。康志武看他哥哥这么拼命学习，自己也就留下来，一来自己也想抓紧时间备考，二来也可以给康志忠做个伴。他们兄弟俩不回去，他们的姨妈也不好意思让姨父在家里做饭吃，就自己在家做饭，让他们的姨父去吃满月宴。张校长说自己一个爷们不想待在那样的场合，就去康家台打了个照面就回郭河了。

4

春节过后，大家都准备上班，我也准备返校。正月十二的上午，我的姨妈来了。姨妈和母亲在一起聊着，眼泪婆娑的。我这才知道，表弟高考比我考得好多了，在广州中山大学和我的同学王应新同校。表弟与王应新同在一个学校，虽然专业不同，但都是从湖北郭河去的，所以，两人相处得很亲密。这次，表弟因为没有路费，没有回来过春节，就留在广州的学校里，王应新就主动问他要不要带信给姨妈。

王应新让表弟写信告诉姨妈，如果想带点什么到学校，尽管准备好，在他返校之前拿到他家里去就行了。表弟在信中也告诉姨妈说自己在学校的一切都好。

接到表弟的信，姨妈真的准备了些许家里的年货熟食，用一个布袋装着，让我给她带路去王应新家。我们到王应新家里时，只有王应新的母亲郝医生在家里。姨妈和郝医生打声招呼，刚一开口就满眼泪水，说话哽咽！

郝医生不住地安慰姨妈："不伤心，男孩子吃点苦更有出息！再说，他现在已经是大学生了，吃国家粮食，以后的吃穿住都不用愁了。这几年稍微艰苦一点，毕业后分配工作就好了。"

姨妈和郝医生坐在房间讲话，我就在旁边闲着，心里一直在嘀咕："表弟平常成绩一般，虽然不差，但在我心里绝不是成绩特好的那种。备考时，全公社的分班考试他都没有进入前四十名，高考怎么能考得那么好啊？"

从王应新家出来，返回我家的时候我忍不住问姨妈说："高二的时候，胡志远他怎么没到郭河来读书？他是哪个老师教的？"

姨妈说："他没考上郭河的高中，他就在我们红庙读的。他能考出去，多亏了他们的张老师。"

"哪个张老师啊？"

"我也不认识。只听他说是教英语的。张老师让他住在张老师的寝室里，有不懂的问题，问张老师，张老师不会的，其他老师也都帮他讲解。要不是这个张老师，他哪里考得出去啊！我们想感谢张老师，连一句谢谢都没说过，只有等他毕业挣钱了，自己感谢人家老师去。我们实在没那个能力。"

"他是住读生？"

"不是。就是要高考了，那个张老师就让他不回家，就在学校吃住，就住在张老师的寝室里搞学习。"

我的脑海里立马浮现老师陪伴表弟燃灯夜读的场景；也浮现出我们学校那些住校生挤在郭河中学的学生寝室，缩在高低床上的情景。

那时候的住读生住宿条件特不好，卫生条件也不好，很多同学都患上疥疮，男生、女生都被传染。我们高二（1）班的老师也是在这种情况下，安排那些高考有希望的同学都搬出学校，安置在不同的老师或就近的同学家里的，这些同学也都因为老师的精心辅导考上了大学！

人的祸福机缘真的难以预料啊！

1979 年的高考，先是说要考英语，后又说不考英语。实际是考了英语，英语成绩按 10% 计入总分。而在大学录取时，不是英语专业的就没算英语分。

当初，一说要考英语，各个学校到处谋英语老师，风风火火突击英语教学。一听说不考英语，学校马上把英语老师闲置起来。胡志远的英语老师就是在这种热望与冷漠的交替中，激发出舍身教学生的热情的。

这个张老师，名张武劲。被红庙中学的校长"三顾茅庐"请到红庙中学，和几个老师组成红庙中学的高考备战核心组，教学红庙中学的"尖子班"。后来，因为高考不考英语，学校把他的课给拿了，只给他班主任的工作。他正雄心勃勃管理着"尖子生"的班级事务时，郭河公社把各校的尖子聚集到郭河中学的高二（1）班后，张武劲老师不仅没有教学英语的机会，也没了热心教学的"工作伙伴"。班上的几个有希望的好学生以及和他搭班的两个优秀的任课老师一同到了郭河中学，把他这个光杆班主任晾在那里了。

张武劲老师很不服气，发誓努力备考。他要让那些丢下他们去投奔郭河中学的师生们看看他们剩下的人并不是朽木不可雕。

真的是功夫不负有心人，张武劲老师的班级，在走掉一群尖子生后依然考取了一个大学，两个大专，一个中专生。表弟就是他们学校去郭河中学后剩下的学生中，老师最看好的一个学生。所有老师全力支持张武劲老师，六（六位老师）对一（一个学生）辅导表弟。表弟也不负众望，成为红庙中学考得最好的一个学生。

高考放榜的时候，红庙中学像放了一颗卫星，围观的老百姓都兴奋地喊道："中榜了！中榜了！胡家公子中榜啦！"还有一些人特意去姨妈家恭喜姨父姨妈。

姨妈说到这些，开心地笑着，就在姨妈的笑容刚刚绽放的时刻，姨妈的眼泪突然涌出来泻满脸面，笑容瞬间被淹没。

望着姨妈，我真想从姨妈脸上的眼泪里把那张还没有完全展开的笑脸扒出来，让这个笑容绽放开来，然后镌刻，360 度地呈现给世人！

5

这个寒假结束，返校后的开学之初，潜江市组织户外长跑赛，前 20 名取奖。我们班很多同学都报名了，我也报名了。

不巧的是，临跑那天我例假来了，考虑到这种比赛机会太少，我没有放弃比赛。

跑到中途，人累得上气不接下气，但还是坚持着一步一步地往前踏。每一秒每一步都在做思想斗争：

不行了，放弃吧？

不行。开赛前没有放弃，半道上不能撤退。不能半途而废！不能开这个先例！

正在我体力不支思想煎熬的时候，左前方有人在喊："加油！万一恋加油！"我抬头望去，是我们班的三个男生，我的心中立马有一片温馨掠过。我非常感激他们此时给予我的鼓励，我要回报给他们一个灿烂的笑容，表示我接收到了他们的鼓励，我正在加油。我望着他们，用了很大的力气挤出来一个笑脸，却听到他们说："她怎么这样？"

听到跑道对面男生的议论，我知道我的笑容不到位，他们没有感觉到笑意，但我已经再没有气力回复他们了。

我在心里说："坚持，坚持跑到终点了再给他们解释！"

终于到达终点，检录员对我喊："二十名。"我循声看到，我的右前方有一张桌子，一个靠背椅上，一个检录员坐着，左右有两人站着。这个检录员手上有一张纸条，估计写的是"20"，但他没有把纸条递给我。他右边的一个人左手搭着他的肩，右手按在这个纸条上。

我前后左右看了一眼，除了我和这三个男生，再没有别的人了。我继续跑了五六米，又慢慢走了十几米后才转身往回走。

再次经过检录处，坐着的检录员对我说："不好意思，你是第二十一名，有一个二十名她太累了，在休息，我忘记了。"说着的同时向跑道的方向扬了一下头。

顺着他的视线，我看到刚才站在检录员左右两边的两个男生搀扶着一个美女跑向终点。检录员又大声重复了一遍，"她是太累了，我们扶她休息了一圈才来，她是第二十名。"这话出口的同时，被人搀扶的美女望了我一眼，把头往右歪下来，嘴里有力无气的"唉——唉——"地喘着，我的第一感觉就是她在"作"！但我无法判断她是"作"给男生看的撒娇，还是"作"给我看的舞弊。

我又一次望了望四周，现场只有我、她以及照顾她的两个男生和一个检录员，除了我们这五个人以外再没有第六个人在场了。我一个字没说就朝返回学校的路上走去。先前准备向我们班给我加油的三个男生表达谢意的想法也被眼前的场景挤到了九霄云外。

回校的路上，我听有人在私语："她们玩假，半道上让别人用自行车带……"我就想，这种比赛玩假的目的是什么？体校的，不玩假不能拿毕业证？卫校的，玩假了拿奖励？反正我们师范没人说拿奖不拿奖对学业有何影响，没人说"一定要拿奖"这个话，我坚持跑下来只是想看看自己的实力究竟是个什么水平。能拿奖当然值得高兴，不能拿奖也绝不会想到去投机取巧谋个奖的。

而且我怎么都想不通，哪个检录员能忘记一个运动员？在误以为我是第二十名之后又想起来还有一个运动员是在我之前的？

我也想不通那个美女在我之前到达终点，已经休息了一圈，还气喘吁吁，半死不活的样子？我都没有气喘了，她休息了一圈还没恢复元气？

已经冲到终点了的运动员休息一圈会圈到赛道上？会落在我身后两分钟的赛程处？

不管怎样，讲实力，二十名和二十一名没什么差别；论奖品，能激励自己上进的事物就是最好的奖品，名誉和奖证由他们去吧！

想开了，心情很好。接下来的"三八"妇女节正好是星期六，我回了一趟沔阳。

6

三月九号早晨，我正准备去乘车返校，桃媛姨来了。我一见桃媛姨就问："您怎么这么早啊？"

"我想去仙桃人民医院，去上环。我不想在郭河上环。你怎么在家？是没有去上学还是又回来的？"

听桃媛姨这么说，我立马想到桃媛姨生双胞胎的尴尬，也觉得郭河医院的医生专业能力确实很有限。就对桃媛姨说："嗯，还是仙桃保险一些。我是昨天回来的，现在就准备去的。"

"我想约你四姐一块儿去仙桃人民医院。"

"好，那您在这里等一下，我去喊她。她本来说要来送我搭车的，我去要她准备一下陪您去仙桃。"

我去四姐家时，四姐正准备出门来送我。她听说要陪桃媛姨去仙桃人民医院，就对姐夫讲了一声，又多带了一些钱出门来。四姐想自己也顺便检查一下自己有没有怀孕。

我们三人一起去仙桃，直接去了仙桃人民医院的妇产科。医生帮桃媛姨检查后看她产后恢复得很好，又细问了桃媛姨一些身体状况，觉得可以避孕了，就帮桃媛姨上环了。

7

经历了春季赛跑，又见识了桃媛姨的生娃、上环后，不知为什么，这次回学校后，我特别积极地投入到各科学习中，特别希望自己能拥有丰富的文化和科学知识。

我们的师范学校也很重视我们这些未来教师的知识储备。班主任老师在教室里宣布：期末考试各科成绩都不低于 80 分的同学，才有资格参评"三好学生"。那一学期的期末考试，我的各科成绩都在 80 分以上，我被学校评定为"三好学生"，获得二十元奖金。

散学典礼，我走到主席台，从校长手上接过奖状和红包，喜滋滋地攥在手里。典礼结束，我回到寝室，在自己的床上坐定后才打开红包。我看到红包里面的现金，高兴得了不得。不是因为我得到了比一个月的生活费还多几元的钱数，而是因为这个奖能够诠释只要努力定有回报的天道。我把钱放回红包弄成原样，和衣服一起装进行李箱。我另外拿出自己的零花钱买了一堆喜糖分发给寝室的同学们，希望她们能分享我的快乐。

我把这个红包带回家，让红包原封不动的样子给母亲看过后才收藏起来。它成为我心中永远的灯塔。

8

1981 年元月下旬，我在师范读书期间的第二个寒假又去了一趟康家台，参加李双庆和李双昀的周岁生日宴，见证了他们的抓周仪式。

仪式开始前，堂屋正中央，拼接而成的大桌上铺着红色线毯，线毯上摆放了毛笔、钢笔、墨水瓶、砚台、算盘、笔记本、印章、杆秤、胭脂盒、积木、陀螺、拨浪鼓，还有勺子、酒杯、钱币和饮料瓶。他们没有摆上铲子、牛鞭之类的"农具"。

当兄妹俩坐在桌上时，只见李双昀屁股一挨线毯，她就俯下身子够着了左前方的一支钢笔和两张一元的纸币。然后将钢笔和纸币抓在手里。观看的亲属们都表扬李双昀说："这是个握笔杆子赚钱的人。"

而李双庆不慌不忙地朝前爬了两下，他忽略了面前的文化用品，拿起了那把勺子和酒杯。周围观看的亲属都在心里想：这孩子将来是要成为烧火佬还是好吃佬？余奶奶有点儿哭笑不得的样子，桃媛姨没说话。

这时候，康志忠开口了。康志忠大声喊道："有出息！李双庆将来肯定是个科学家。"

大家一听，又纷纷夸赞康志忠："还是大舅有学问，懂得李双庆将来是个有学问、搞科研的人。"

这个时期的康志忠是武汉大学一年级的学生；康志武和康志忠同一年考出去，他考上的是厦门大学；康志文师范毕业被分配到张沟中学教高中一年级的数学课；康志孝看康志忠虽然复读几年，但考了这么好的大学，他也在家待不住了，去了张沟中学的高中部插班，准备参加 1981 年的高考，康志孝就住在康志文的寝室里。康志全在仙桃读高中，康爱媛在红庙读初中。

康志忠能考上武汉大学，不仅激发了康志孝的求学欲望，也激发了我哥哥的求知欲望。

我哥只有初中文化，虽然在我们村小教书，但恢复高考的这几年连进考场的勇气都不足，一直是在考场边徘徊。他看康志忠住校苦读终得圆满，于是，我哥也不教书了，到郭河中学插班。我哥想专心求学，他不住家里，住进了郭河中学的男生寝室。

9

1981 年的毕业季，我师范毕业，也是我哥和康志孝高考的日子，这一年参加高考的还有康志文和李家旺。

康志孝在他哥哥复读几年的时间里，他的人在家务农，心却是在搞学习，他只是没声张。当他看到康志忠的大学录取通知书时才把自己准备高考的想法说出口，康志文第一个支持他，他们的父母也很支持康志孝的想法。

一家人都很支持康志孝参加高考，但他们都不知道康志文不满足于中师毕业，也在备考。

李家旺是在红庙中学，有他哥哥李家兴的支持，他是住在李家兴的寝室里的。

只有我哥在郭河中学，他又不愿住自己家，和那些学生住一起，在住宿生的寝室里住了一个多月就被传染上疥疮。

我哥从小到大是没吃过苦的，为备考在学校里吃住，他很不习惯。加上学习上的困难、被疥疮折磨的痛苦，没等到高考，他就休学回家了。

在我师范毕业考试的时候，我哥因没能参加高考而精神崩溃，他被送进了精神病院。母亲因着急当场晕倒在医院。

得知家中变故的我没有参加学校的毕业典礼，就回家了。这个暑假，我在家等待工作分配，我哥在住院，我妈在家养身体。

七月下旬，家兴叔来我们家了。

家兴叔来看我妈，顺便告诉我说："李家旺拿到了湖北警校的通知书、康志文考上了浙江大学、康志孝考上了十堰大学。我的民转公考试也通过了，我现在在纠结要不要去读两年师范。我年龄大了，读书不一定读得进去；外加上双庆他们三姊妹都太小，桃媛姨一个人难得搞。我想问一下陶主任，能不能今年就把我和桃媛姨都调到郭河来教书。如果我能调到郭河，就没必要去脱产读书了。出去读书除了可以多学一些知识，主要是可以重新分配学校。像沔师毕业的一些人大部分是分配到乡片学校，并不是都分配到郭河街上，我看我读两年了也不一定能分配到郭河。"

"这个就看陶主任了。我们公社的应届中师生基本都分到下面乡中学教学初中毕业班，而分配到张沟公社的应届中师生，基本在张沟小学或者是张沟中学教非毕业班。张沟公社的毕业班都是老教师在代课，我们公社的毕业班都是有文凭的年轻教师在代课。感觉我们公社的陶主任比较相信有学历的人，您是属于有教学经验的，不知陶主任怎么估计您的教学能力。"

"我看我们红庙小学的一个曾佑兰老师，她民转公考试没考好，她都准备调到郭河小学的，我觉得我和桃媛姨调不到郭河中学，调到郭河小学应该是可以的。"

"您可以找桃媛姨的姨父啊？郭河中学的校长应该是有权的。"

"她姨父调走了。郭河中学的张校长调到毛嘴公社去了。"

"哦。那您有没有征询张校长的意见呢？"

"他说，调到郭河肯定方便多了。如果能调到郭河，不去读书也可以通过函授学习取得文凭。"

"对，可以通过函授学习拿文凭。像您这种情况，完全不需要住到师范脱产读书才拿个中师文凭。"

这么聊几句后，家兴叔打定主意不去读师范。他去找郭河教育组的陶主任争取尽快调到郭河来。而陶主任给的答复是，"你和康桃媛都在现在的学校坚持一年，明年把你们一起调过来。不论是小学还是中学，明年保证让你们俩都到郭河来。"

家兴叔考虑到再过一学年，李小昀就有三岁多，李双庆和李双昀两岁多，三姊妹都会走路了，那时候来郭河也蛮合适。家兴叔表示服从陶主任安排，感谢陶主任为他们考虑周全，便回了红庙中学。

红庙中学离康家台很近，家兴叔可以住在家里，上课早出晚归也不累。家兴叔觉得孩子们上学之前，自己在红庙中学教书也很方便；桃媛姨在康家台小学教书又很轻松；孩子们大一些了再去郭河生活会更好。

10

这个暑假，桃媛姨娘婆二家的人都很开心，最不开心的只有我们一家人，因为我哥哥在住院。

几天后，我接到一份电报，是潜江师范发来的，只有"速回学校"四个字。从来没接到过电报的我不知出了什么急事，看到"速回"两字，就什么都没有带，当即返回学校，到学校了才知道是分配工作。

我们班有我和另外5名同学被分配到潜江县王场公社。王场教育组的周主任把我们六个人分配到不同的学校，我被分配到王场公社五七中学。可是，我是准备回沔阳的，我到沔阳教育局说明我的家庭情况时，他们是同意让我回沔阳工作的。我把这些情况讲给周主任听，周主任当场就说："还有这个情况啊？我知道了。你在这里安心工作，我来帮你向教育局反映。"

两个多月后的一天，周主任到五七中学检查工作时，他告诉我说："本来在你们毕业分配时，沔阳县教育局与潜江教育局达成协议，各县的师范毕业生回各县工作。但潜江师范有英语班，沔阳没有，潜江教育局不愿意把英语班的沔阳籍学生放回去，沔阳教育局就不高兴了，就没有同意接受你们几个回沔阳。你的家庭是个特殊情况，我帮你去说，一定帮你争取，在一年之内让你回沔阳工作。"

周主任的答复让我很感动。他像我遇到的教育局的每一位领导一样，听完我的陈述立马给我明确表态，丝毫不见官爷的架子和不问民情的腔调。他们对我的态度，让我在远离家乡的五七中学生活得很愉快。

潜江王场的五七中学是潜江县王场公社的一个乡村中学，校址在几个自然村落围成的一片农田当中，方圆两公里左右才有村居农舍。学校只有两个教学班，十来个老师和两个炊事员。两个男性炊事员中的杨师傅接近退休年龄，烹饪手艺很好，还会做面食糕点；另一个年轻一些的大师傅以担水、劈柴、种蔬菜、搞采买为主。

老师们的饮食全部由两个炊事员打理，油盐酱醋柴米茶都来自于学校农场的一片庄稼地。这个被我叫作学校农场的庄稼地在学校东北角，面积约一公顷。农田的栽种和护理平常是由两个炊事员打理，在换季耕种时才叫老师们都去参加劳动。因为学校的教职工比较少，田亩比较多，为提高劳动效率，学校就把一块芝麻地分给老师们，由老师们各自护理，自行收割。我分得两厢田约一百个平方，收获的季节，我整理出了一大袋芝麻。

11

寒假，我回老家过春节，我带回去了一袋芝麻、学校食堂做的两盒酥饼、我买的两段布料和我积攒的两百元现金。

我把这些交给母亲时，母亲感叹不已："你怎么有这么多钱？你才工作半年，一个月工资也就三十几元，你吃的什么？娃儿啊，你没吃吗？"

"我们吃食堂，不要钱。"

"你平常也不用钱？"

"我基本不需要用钱。就是刚开始上班时买了一条裤子，花了8元钱。您看，我穿的这条涤纶裤子，八块钱；这条白色围巾四块钱；我这件鞡衣

（方言，也称"鞔褂"，指罩在棉袄外面的上衣，）是我用两块钱买的一段布，我自己缝制的。"

"你又没缝纫机，你怎么做的？"

"我就用手缝的。星期天，老师们都回家了，我没事，就看书、睡觉，再就是逛街，看到这块布很好看，就买回来自己做了，穿着还可以。"

母亲这才认真打量了我一下，两条短麻花辫不见了，换成了齐耳的短发，一件浅酱色起牵牛花的罩衣上围着一条白色的毛线围巾，下身是一条米黄色的涤纶裤。母亲笑了，说："还蛮好看咧。你去年做的一件紫色小花的鞔褂呢？"

"被金枝要去了。"我回答着母亲，同时从箱子里拿出相册，翻到一张照片给母亲看的同时接着说："金枝去年一见到我就说我的鞔衣蛮好看，当场就和我对换了鞔衣。您看，这张照片上的我穿的这件绿色花衣服就是金枝的，领子上的这个小围脖也是金枝给我的，她自己用毛线织的专门配这件鞔衣的。"

"这么看，她的这件衣服也蛮好看。"

"我也觉得蛮好看，她比我高一些，她穿这件衣服有点儿短，我穿正好。我的那件衣服长一点儿，她穿上身也蛮好的。她是说我那紫色花好看，她不喜欢她的这种绿色，就要和我换去了。我估计她看到我身上这件衣服又会喜欢，可能又要和我换，我就照了一张照片，好留个纪念。"说着，我又拿出一张照片给母亲看。母亲正在看时，金枝来我家了。

我一见她就问："你什么时候回来的？"

"我昨天就回来了。今天上街来，听说你回来了，就跑你这儿来了。"

"我正在和我妈看照片。你看，这是我又手工做的一件鞔衣，估计你喜欢。我还买了一条围巾，就特意去照了一张照片。"说着，就把照片给金枝看。

她接过照片看了一会儿说："好老成，这衣服我不要。这衣服花色、这头发、发型都显得年龄蛮大。"

"呵呵呵，你这么说我好开心。你知道我为什么剪这个发型吗？就是别人老说我小。我刚到学校不久，有一次，我跟校长讲，说'我要请假'，我还没说请假了干什么，我们学校的一个老师就在旁边说：'你是不是请假回去找你妈妈吃奶去的！'过了几天，一个卖椅子的到我们学校，就是用剥皮的柳枝育成的那种小靠背椅，我觉得蛮好玩，我寝室里也没有小椅子，我就想买四把小椅子。我说：'如果买四把这椅子，你价格能不能便宜一点儿？'那个卖椅子的说：'你叫你家大人来买啦！'他以为我是个学生，我烦死了。第二天我就跑到街上花了六角钱把头发剪短了。"

"你剪这个头发用了六角钱？"

"嗯。还是跑到他们油田生活区去剪的，王场街上还没有这样的理发店。我去剪个头发，还要走两三公里的路，先到王场街上，再去理发店。每次去，中午还在同学那里吃一顿饭再回来，一来一去走十几里路，我嫌麻烦，后来，头发长了我就自己剪。你是不是看我这发型不漂亮啊，这是我自己剪的。"

"到同学那里还可以和同学玩一下，多好的事啊，还自己剪头发！"

"你不晓得，她们王场街上的学校吃饭蛮贵的，不像我们乡村学校。我们乡村学校吃饭不要钱，又没有同学去玩。她们住街上，谁上街都去找她们，至少一顿饭，同学有好几个，你说她们生活费背得起吗？"

"你们吃饭不要钱？"

"不要钱。学校农田里收的粮食蔬菜我们老师还吃不完，多余的都分给我们带回家。"

"啊，那我去你学校玩几天。"

"好啊。"

"我们荆州师专正月十八开学。我和你正月十六就去你学校玩两天，正月十八我再去我学校。"叶金枝很果断地安排好了返校的时间和路径。

和叶金枝在一起，我很愉快。

叶金枝在家排行老大，照顾弟妹已经成为习惯，和我们同学在一起也是很能照顾人。平常遇到事情，她也很冷静，处理事情很周全。即使是突发事件，她也能从容面对，措置裕如。

这次，她主动要去我学校玩儿，我很开心，立马首肯说："嗯嗯嗯，就这么说定了啊。"

第五章　如虎添翼

几天后的腊月二十二，家兴叔上街办年货，顺道来我家小坐。母亲问他："三个娃儿长得多有趣儿哟？还是福珍在帮忙带孩子？"

"呃，三个都会跑了，还是福珍在帮忙。开年了福珍就不帮我们带娃了，准备到郭河修配厂上班。"

"长秀他们几母子还好吧？"

"还好。几个娃儿也蛮乖，蛮听话。"

"圆秀这像哪在搞（方言，指在忙什么）？"

"还不是在我们家里住着，准备这几天去领证。"

"唉，就是苦了长秀。"

1

母亲嘴里的长秀是家兴叔的二嫂，我们喊她长秀姨。长秀姨是我们郭河街上的人，父亲是一个老军官，姓汪，大家都称呼汪老；母亲是大户人家的小姐，大家都喊她太太。长秀姨还有一个小妈，是她母亲的丫鬟，也是她父亲的小老婆。

我母亲嘴里的圆秀就是长秀姨的小妈的女儿，是长秀姨同父异母的妹妹，平常大家都叫她汪圆秀。汪圆秀出生不久，因为国家实施一夫一妻制，政府要求废除一夫多妻，他父亲只能留一个老婆。汪圆秀的生母因为年轻，又是姜室，他父亲就让她生母改嫁到沔城，把汪圆秀留给长秀姨的母亲抚养。长秀姨的母亲没过几年就病逝了，汪圆秀就成了一个没有妈妈疼爱的孩子。

汪圆秀长大一些后，她偶尔也会去沔城亲生母亲的家里走一趟，但感情上她还是比较亲长秀姨的。

　　当年，长秀姨作为知识青年下放到康家台，在康家台住不久后就和家兴叔的二哥李家义谈朋友。当时，大家都觉得汪长秀，一个生在街上的'大小姐'找个乡下人太受委屈了。长秀姨不以为然，一脸幸福的样子嫁给了李家义，婚后生了三个儿子。这时候的长秀姨，公公是大队书记，丈夫是书记家的最能干帅气的儿子，三个孩子活泼乖巧，日子幸福得招人羡慕。

　　好景不长。几年后，汪圆秀也作为知识青年下放到康家台，和长秀姨一样都是李书记所在的生产队。汪圆秀和姐姐汪长秀住在同一个生产队，虽然她有自己的宿舍和食堂，但她常去姐姐家吃饭。家义叔和一家人都对汪圆秀很好，汪圆秀就完全把姐姐家当自己家了。后来，长秀姨发现汪圆秀与李家义的关系不大正常，就让她和其他知识青年一起吃住，少来他们家。汪圆秀表面上答应，暗地里还是常偷偷到李家义的家里。

　　有一天半夜，长秀姨起来上厕所，碰到翻李家的院墙进屋来的汪圆秀。汪长秀说："你真胆大！回去。"

　　汪圆秀理直气壮地说："他喜欢我。你和他离婚吧。"

　　汪长秀厉声喝道："出去。"

　　汪圆秀丢下一句："我还会来的。"大摇大摆地出了李家门。

　　对汪圆秀与李家义偷情之事，汪长秀不声不响，李家义一言不发，汪圆秀我行我素。

　　其他知识青年都陆陆续续回城了，汪圆秀不愿回去，老往家义叔家里跑，李家义最后提出与汪长秀离婚。

　　汪长秀开始不发表意见，周围的乡邻友朋都对长秀姨说："不离婚。这个汪圆秀简直不是人，这李家义也太不凭良心了。"长秀姨只是做个微笑的样子，一字不吐。

　　李书记要退休了，原准备把职位让给家义叔的，因为他的大儿子李家仁身体不是很好，而且，家仁叔的老婆菊姑姨脾气不好，很喜欢无事生非折腾人。现在，家义叔与汪圆秀这么一拉扯，李书记很犹豫，他商量长秀姨，长秀姨说："家义可以胜任。我明天去和他办离婚。"

　　"不不不。你不离婚。他们实在要到一起，就让他们出去过，你永远是我们家的媳妇。"

　　汪长秀不说话了，李书记又说："这个李家义完全鬼迷心窍，不知什么时候能醒悟！你说他已经是三个孩子的父亲了，怎么就这么不靠谱呢？依我的心我恨不得打断他的腿。"

无论李书记怎么挽留长秀姨，怎么说李家义的不是，长秀姨就说了那么一句再不说二话。

第二天，长秀姨就和家义叔办妥了离婚手续，接下来，长秀姨带着三个孩子回到郭河，被安排到郭河供销社食品供应柜上班，母子四人住在供销社的宿舍里。

因为她在供销社的食品供应柜台，郭河、康家台的人经常会到她的柜台买食材、佐料等物品，每次在她柜台前总要和她聊几句，她总是笑脸相迎。有人说起家义叔和汪圆秀的不是，替她抱不平时她仍然做出微笑的表情不说一个字。时间久了，大家就不再说这件事了，只是在心里默默敬佩长秀姨温良贤淑的品德和为人处世的厚道。

我母亲对我说："你看长秀姨好有修养啊，无论是哪个人说到她离婚的事，无论人家当她的面说什么，她都只静静地听，从不说家义叔的半个不字，也从不说汪圆秀的不是。只字不提，也不像一些妇女整天哭哭啼啼，可怜巴咻（方言，可怜兮兮）的样子。她像从没发生过什么事情一样，过自己的日子，几个娃儿也丝毫不受任何影响。女人就是要这样想得开，对你好的人你要珍惜，对你不好的人也没有必要去记仇记恨。每个人的福禄都是自己带的，并不是别人给的。人生几十年光景，对得起自己的良心就好。'命里有时终须有，命里无时莫强求'。"

2

年后的正月初七，在广州上学的张才秀与武汉大学的王爱珍邀约了原高二（1）班的十几个同学在一起，去郭河中学看过老师后，又在郭河修配厂找了一间会议室，大家坐在一起聊天。

我们四个女生都在，而男生只来了一少半。王应新说："应该多找一些同学来的。像那个康志忠啊，还有不在高二（1）班的叶金枝她们，都应该喊来的。"

我不知道他们究竟是谁在组织，为什么没有提前通知我，也就没有说我知道叶金枝和康志忠两个人的家，也没有主动说去找叶金枝和康志忠他们来。只说："康志忠考上的是武汉大学，叶金枝考上的是荆州师专。"

叶童欣说："我们那一届同学都蛮优秀的，特别是我们原来彭老师班上的同学，应该还有好几个人都可以在1979年走的，就是我们的阅卷老师下手太重了，把我们的分数压得太狠了。"

"有这事？"

"是的。我们县的试卷是天门县的老师评阅。我们的分数越低，他们的学生就会越多一些的人有上线的机会，就因为这个，他们老师们扣分毫不留情的。数理化下满力扣分的空间有限，语文和政治就是下狠手的科目了。我没仔细打听，但我知道我们高二（1）班只有一人政治过了60分。在大学里，我们电力系水电专业班录取的最高分是一个黄石的同学，他的高考总分比我多一分，他的政治是75分。我的政治只有56分，他政治就比我高出了一二十分，他们那边的语文、政治分普遍比较高，比我们高出了一大截。"

"真是没全局观念，湖北省那么大，沉下一个沔阳对他们有多大的好处呢？"

"人性的弱点啊！三年前嘛，高考刚恢复，各项政策不够完善，人们对社会形势和国家政策也不是很了解，就是对招收我们这些学生的高校也知之甚少。我记得我拿到高考成绩后填报志愿时，老师们对报考意向完全提供不了专业意见。我们大多数学生报志愿都比较保守。我的考分在湖北位于前500名，我的第一志愿是华中工学院。华工在湖北招生527人，即使比我分数高的所有人都报华工，我也仍然在录取之列。后面两个志愿，有人建议说填信阳步兵学校，我姨父以前去过那个学校，说很差劲，我又怕万一被信阳步兵学校把档案优先拿走了，我就没填报信阳步兵学校。社会上的人们普遍不想当老师，师范院校我也是尽可能避让。武大当老师的概率比较大，我也没有放在第一志愿，我是准备把武大放到第二志愿的，但吴老师说：'华工和武大是同类学校，华工不录取你，武大也不会录取你。'因此武大又没填入志愿。高校志愿里，可以填两个专业，我都选造船系。当时觉得造船业至少在沿江沿海，不会分到山沟沟里面去。可能大家都和我的心理差不多，我们走的那一年报考华工的学生多得不得了。华工是湖北的顶尖学校，他们第一批录取时就把所有第一志愿填写为华工的学生档案全部拿走了。但填报志愿的学生数是录取学生数的十几倍，录取工作严重滞后。他们也没有把不录取的学生档案先抛出来让其他学校选录，致使很多学生在没有被华工录取后又耽误了第二志愿，只能录取到第三志愿学校。我是幸运的，被华工录取了。但造船系没要我，把我打发到电力系水电专业。我当时的理解是，这个专业的人极大可能是被分配到一个小山沟的水电站打拼终身。所以，好不容易盼到了录取通知书，我却很消沉。去学校告知老师我的录取状况时碰到了留在学校的陈世立老师。老师们的想法是'能上大学就够了'，学什么专业那是等而次之的问题。陈老师还笑着和我说：'那好，以后每年回家可以给我们背一袋干鱼回来'。他说山区里的人喜欢晒干鱼。"叶童欣有一些遗憾地讲着当初高考中榜时的情景。

我很是羡慕地对叶童欣说："华工已经很好了。不过，你要是能读北大、清华就更好了。像你们在追求一个好学校，像我只要能考出来，不在农村种地就好。农村种地太累了，特别是像我个子又小，那些农活我根本拿不起。能考上中专，我还是觉得很幸运。哎，以后中考是单独考试，不是和高考一起'一卷两录'了。"

"那也好。免得想读大学的人不小心录到了中专，像你就是这样。当时，如果中专不录你，你复读之后肯定能上大学。"

"谁知道呢，那也难说。我对我的智商一点不摸底，大部分时候是没信心的。"

"信心很重要。"

"嗯。你们华工，学校条件蛮好吧？"

"没有武大好。我们一个寝室住七个人。四张高低床加七张桌子，就把寝室排满了，进进出出要侧着身子，相互避让。武汉大学他们一个寝室只住四个人，我们好羡慕。"

"你们寝室里有没有武汉本地人？"

"有。我们寝室里有三个武汉的同学，其中有一个嘴特刁。每次吃饭总是把肥肉挑出来，就只吃一些纯瘦肉。我很少买肉吃，偶尔买一次，恨不得把剩汤都喝干净，我每次看到他把肉挑出来，放桌上，再把那些肉扔进垃圾桶就觉得他特浪费。我们学生食堂没有餐桌，每次吃饭都是打饭后回寝室吃，每次都见他把挑出来的肥肉放在桌上的一张废纸上，吃完后就顺手用纸把肥肉包起来，放回碗里，出去洗碗时丢到垃圾桶里面。每次都是这样，时间长了，就习惯了，没感觉了。"

"我们在学校吃饭时的垃圾是直接扔地上的。我在家里也是这样的，还可以顺便喂一下家里的鸡呀，猫呀，狗呀。"

"是呀，所以我就觉得他家一定很有钱，不然，他哪里会那么舍得浪费掉。"

"黄石来的学生成绩是第一名？"

"是的。他高考总分是我们电力系水电专业的第一名，总分比我多一分，政治比我多十几分。估计他数理化成绩没我好。我们进学校不久，学校就对新生进行了摸底考试，只考数学和物理。我虽然不知道我考了多少分，但考试时我没碰到不会做的题，估计考得不差。而且，考试后老师马上指派我做了物理科代表。"

"你还能当干部么，不错呀！"

"当物理科代表就是收作业本，而我不敢收女生的作业本。我们的物理课都是上大课，我们的座位没有男女混座，都是一个班纵向占几排座位。每次要交作业时，各班的科代表把自己班上的学生作业收上来交给老师。我们班上有五个女生，她们全部坐在最前面，我不敢和女生说话，也不敢收她们的作业本。我每次都是从最后开始收作业，到女生的座位就停止。我不收她们的作业，就把已经收好的交给老师，她们女生只好自己交上去。"

"你们班有五个女生？"

"现在班上只有三个女生。我现在在我们学校的计算机软件班。我们学校原来只有一个计算机软件班。去年，学校从全校新生中按成绩每班抽选前两名同学另外组建了两个计算机软件班。"

"你们学校现在有三个计算机软件班？"

"是啊。我们原来的班选取转系的两人是我和黄石来的那个同学，没有女生。后来我们班又增加了一名女生，那个女生是打排球的。那年学校女排在高校比赛时拿到亚军，她是新生就成为主力，是很有发展前途的。她比赛回来知道班上有同学转系了，马上对教练说不想打排球了，教练就给她争取了一个名额，也让她转系到我们软件班了。王显锦也在华工，他也从水机转系过来，和我一个班学计算机了。"叶童欣说着，抬头向我们斜对面的王显锦看了一眼。

王显锦并没有接话，叶童欣继续说："其实我们高二（1）班的向华明也在华工，他是我们整个郭河公社高考考得最好的，他在华工电力系电机专业。他的高考成绩也是华工电机班的第一名，也属于转系的学生。他的叔叔在我们郭河中学当老师，就是教农机的向老师。他咨询了向老师，向老师觉得电机专业是华工师资很强的专业，而计算机是一个新专业，师资不怎么样，他就没转了。像向华明这样不愿转系或者转专业到计算机的例子，我们学校还有两个，都觉得自己录取的专业比较满意，不想转其他专业。"

"主要是不了解计算机专业。"

"确实不了解，学校本身的准备工作也没做好。我们确定转系后，新班的学生连集中住宿的地方都没有，整个计算机系的学生寝室都还没准备好。新扩充的两个班级的同学开始没有集中居住，我们电力系几个转系的同学就搬到原宿舍楼的一楼，总算是住在同一个房间里。"

"你们同学之间相处得怎么样？"

"黄石的那个同学一直和我同寝室，他有点喜欢使唤人。他经常要我帮他打水、带饭，我比较好说话，也从没拒绝他，其实我心里不情不愿的，但还是一直帮着他。后来他要我帮他洗衣服，我帮他洗了一次，又说了第二次，我就不干了。现在，他基本不找我了。这个黄石的同学还有一位女同乡，长得蛮漂亮，声音也好听，据说在她们校内被称为小刘晓庆。这个女生的哥哥和我这位黄石同学是发小，就拜托他照顾一下自己的妹妹。我这位同学就在照顾的同时追求这个"妹妹"，但，人家妹妹没这个想法，他这样子对人家，那妹妹就不过来我们寝室了，现在好像基本上没有来往了。"

"人与人之间缘分蛮重要。有机会相识不一定有缘分相处。按理讲，华工的计算机应该是很强的呀。"

"计算机是新兴学科。和别的大学比，华工的计算机算是比较强的。如果和华工其他系比，那么，计算机系是连提鞋都不配。我们这个专业是全国仅存的三个计算机关联专业之一，可惜是外设专业。苏联专家撤走后，全国只有清华大学、南京大学和华工各保留了一个专业，分别是软件、硬件、外设。比起其他学校一切从头来，自然是要好一些，但也很有限。我们学校最牛的外设应该是一个硬盘，是从保加利亚进口的，简称保盘。保盘的存储量是 10M 字节。老师给我们看的时候，都是特别地小心翼翼。我们学校还有一台国产 DJS119 计算机，只能使用 Algol 语言，使用穿孔纸袋。另外还有一台从美国进口的 NOVA 机，也是用纸带，使用 Fortran 语言。我们老师特别赞赏 NOVA 机，只要四条指令就可以把纸带读入，编译，执行。今年，我们学校从美国进了一批苹果机，我们的计算机就有显示屏了，以前都是几排灯作指示器的。我们计算机专业，不仅设施条件差，师资也不强。我们有个教 Fortran 的老师写了个解高次方程的程序，在学校怎么算都得不到解，她特意去北京找更快的计算机，但也得不到答案。后来还是另一个教授看了她的程序，说高次方程不可能有精确答案，必须给定一个误差范围，才解决问题。"

"你们现在也和高中时期一样闷头搞学习？"

"那还是有区别的。刚进学校时我们住在西五舍，旁边就是操场，平时可以到操场上跑步，或者玩一下单杠、双杠。只是我爱静不爱动，对体育活动不算热衷。但教育部有规定，学生有几项运动要达标。百米跑我是赤脚跑下来的，14 秒多一点，比我们班上进了校队的短跑女生成绩还好点儿。"

"赤脚跑？"

"赤脚跑是因为我穿的球鞋是别人送的一双军鞋，不是很合脚。我没有其他鞋子，只有赤脚跑了。引体向上、跳远等我都很容易过，我就是跑 1500 米难达标。总差那么一点点，好在可以用游泳代替，游泳对我来讲那就是小菜一碟了！"

"体育应该没有不及格的。你们有没有什么文艺活动呢？"

"我没参与过。我们学校每栋宿舍配有一台电视机，晚上八点都会搬出来让我们看会儿电视。前些天正好放美国连续剧《加里森敢死队》，我们都被吸引了，但校长说《加里森敢死队》就是一帮流氓地痞，专门搞打砸抢，就不让我们看了。去年我们还看了《大西洋底来的人》，对大家吸引力也比较大。学校也会偶尔让我们看电影，看一场电影 4 分钱。我们都是自己拿个小凳子在背面看电影，正面可能是给教职员工们看的，票价应该更高点儿吧。"

"我们也看过几次电影，一学期一两次吧，《小花》《庐山恋》这样的，到电影院去看。学校组织的，不是现场买票，应该是班费开支吧。我们平常好像基本没有自己用钱买什么的时候，饭菜票、电影票都是学校发的，像我平常基本不需要用钱。"

"我好像经常要用钱，但一般不找家里要。去年暑假回家前我问了一下电力系，问他们有没有什么勤工俭学的事情，系里让我们几个学生暑假把系教学楼周围的杂草割掉，三四个人，三四天就割完了，每人十八块，挺开心的。当年高考后，我去窑厂当小工，每天才八毛钱。我还在我们学校享受'双甲补助'，每个月能拿到十七块五角钱，就是伙食费十四块五角再加上 3 块零花钱，一般不会有剩余，但基本也够了。现在我的伙食费还涨了 3 块，可能一直到毕业都是这样的。我刚上学的时候家里还给了我 50 块钱，因为有了学校里给的这些外快，我把 50 块钱又退给了我妈。"

"难怪的。据说我们师范是每个人十几块钱的生活费，好像是十七元五角，但学校从没发给我们现钱，就只是按每人每日三顿发餐票。饭菜都是食堂弄什么，我们学生吃什么。每顿吃的食物和分量，所有学生都一样。我们女生每次吃饭会有一点点儿剩余，像我可能饭量大，主要是怕浪费，我每餐都可以吃得干干净净。一般男生就吃不饱了，但他们都不敢找老师说这个情况。第二学期，我们年级英语班的学生就给学校提意见，要求改"定餐制"为"零餐制"，学校不同意。有一个周日的中午，学校食堂可能估计学生周日会在外面玩，不回学校吃饭，准备的饭菜量不足。而那天英语班的同学有个活动，活动结束后都回学校吃饭，比平常开饭时间迟到了几分钟。他们去食堂时，食堂里的饭菜很少了，最后一个学生打饭时，食堂差不多空盘了。这个学生就说，"菜太少了，这怎么吃啊？"食堂师傅可能没预计到这种状况，也很不耐烦地说："没有了。就是这，你爱吃不吃随便你。"旁边一个同学听到了，看到最后一个学生的碗里明明就是一点儿剩汤，自己的菜也不多，所以就和那个同学一起把饭直接倒在窗台上，说：'不吃了。这种饭菜没法吃。'并走出厨房，对他们班全体同学说：'大家都不吃了，把饭倒这里，学校不给我们解决问题，我们绝食。'然后，他们全班同学都没有吃午饭，都去坐在教室里唱《国际歌》。下午，校长给他们做思想工作，请他们全班上馆子吃了一顿，然后讨论用餐制。第二天，周一的早晨，学校各寝室门前的走廊上都有长排的'小字报'，就是用钢笔书写的 8K 大小的报纸，内容就是一些学生反映的食堂饭菜太单调，太没有营养；分量太少，又没有零餐票可增减饭菜；学生用一张餐票吃一份都吃不饱等问题。周一下午，最后一节课外活动时，他们班有几个同学分别到各班演讲，要我们都参与到他们的绝食罢饭行动中。后来，学校稍微调整了一下，允许同学另外买加餐票，再就是每星期增添了一两样荤菜。之前每顿不是萝卜就是白菜，后来偶尔会有一些肉，豇豆、豆腐之类的，但好像那两年，我在学校从来没吃过鱼。听你这么一说，我们学校食堂确实克扣了我们的生活费，你十四块五角钱都能吃那么好，我们十七块多每餐都是青菜萝卜，大部分时间是大白菜。不过，我从没想过这个问题，觉得读书还有免费吃住就很感恩了，哪里想过这是国家给我们的，不能让他人从中克扣啊。还有就是，我们学校上届的毕业班，全年级一个女生都没有，全年级都是和尚班。"

"我们学校的女生不多，但每届都有。去年暑假我们搬寝室了，我们现在这个班的同学就集中住在一起了，在南二舍。我们宿舍楼旁就是南边唯一的女生宿舍，学校放电影也在那一块。不过，女生宿舍要登记后由被访的女生下来接，才能把男生带进去。直到现在我都没进过女生宿舍。"

"高校还管得这么严啊？"

"主要是对女生宿舍的管理比较严格。我反正从不敢到女生那边去。我们现在住到南二舍后，正好是女排兴起，而且男足也有亚洲出线的可能，所以，只要有比赛，我们都会把电视机搬出来，在外面看电视。很少看电影了，我就基本不走女生宿舍这一块了。"

"一栋宿舍一台电视机？"

"是啊，电视屏幕不是很大，20英寸左右的电视机。前面几排人坐在小凳子上，后面几排只能站着看，再后面就只能看人头了。就因为这样还出了一起安全事故。我们男生宿舍楼，每层楼的寝室门前都是一条走廊，走廊尽头是厕所，厕所与寝室成丁字形，厕所前面有个小平台，平台侧面是窗户，大家可以在窗户边看电视。二楼窗户的窗台比较宽，有大半米宽，就有人搬个小凳子坐在这个窗台上看电视。有一次看足球比赛，坐在窗台上的一个男生看着看着一激动就跳起来，他忘了自己是坐在窗台上的，这一跳就摔下去了，一屁股坐在下面正在看电视的学生头上。对了，那个学生就是我们郭河人，好像叫李家贵。李家贵命大，被掉下来的学生一屁股塌下来，生命无碍但伤得不轻，现在正休学在家。"

"李家贵？"我心里在想这是不是家兴叔的弟弟，嘴里就惊呼道："哎哟，真是飞来横祸！"

家兴叔的小弟弟李家贵确实是考入华工的，但他才去半年。我也没有听谁说过这件事啊？也许是家兴叔他们看我哥生病，我父母一直心情不好就没对我们家人讲吧。这样想着，我也没仔细问是不是康家台的李家贵。叶童欣也没注意我对"李家贵"这个名字的敏感，继续说道："我们这一届的软件班一共有三个班，七九一班是初始班，里面有一些学生很厉害，也有一些是关系户。七九二班和七九三班是我们这些从全校各班抽出来的，其中七九三班还有几个从外校来的代培生。据说毕业分配和我们一样，没区别。开始，我们这些调班的学生，是按照转班报名的先后顺序编班的。男生比较积极，报到都比较早，所以，系里按照报名先后，把先报到的划到七九二班，后报到的划到七九三班。系里看到七九二班全是男生，就从七九三班划过来两名女生，后来又加一个打排球的女生，我们七九二班就有三个女生了。"

"课程蛮难吧？"

"有难度。我们是华工首届软件班，有些课是新开的，比如离散数学。有些大课会看到 77 级学生和我们一起上，这倒没什么，大家也不在意，但考试的时候就有很大区别了。我们学校有个 77141 班，是全国有名的"新长征突击队"，他们大都有社会经验，比较会和老师处关系，考试的时候，他们就交头接耳，还互相传看试卷。我们 79 级的班级，三个班都是鸦雀无声，丝毫不见考试作弊的现象。"

"讲学习，你们这一级的学生肯定厉害！"

"我们这一级的体育也还可以。我们七九二班只有排球还可以，七九一班的足球特厉害。七九一班他们觉得自己班级的足球已经没对手了，就另搞了一个二队，我们这两个班很气愤，但也确实没有踢赢过他们，连他们组建的二队也敌不过。主要是体力不行，像我参加了比赛，在场上跑两个来回就累得半死，还是平常缺乏锻炼，体能差。我们班的排球主要是有后来转专业过来的校队女排的那个同学，不然，我们的排球也不行。我们班这个女生，排球那是真好，尤其是发球，很低也很猛，差不多是擦网过去的，对方根本接不到球。"

"人只要有一技之长都潇洒啊！"

"那是。所以，我在学校学习很努力，并尽量做到全面发展。"

"还是你有这个能力。谁不想自己全面发展啊？你像我，将来当老师，我却体、音、美都不行，想学一学却半个细胞都没有。"

"还是要学。学习过总比完全不学要强一些。"

3

正月十六，我和叶金枝两人一早从家里出发去潜江王场的五七中学。

从王场公社的车站下车，走了六七里路程才看到我们学校的影子。金枝说："这学校怎么在个田当中，周围都没人啦？"

"就是啊。他们还问我，'一个人在学校怕不怕'，我像没有怕的感觉咧。我像蛮习惯这样的环境。"

走进校园，两排坐北朝南的平房夹着一个操场，操场南面一排房子是教室；操场北面一排房子是老师寝室。操场东面有两间稍微矮一点儿的平房坐东朝西，是学校的厨房和餐厅。互相独立的三排房子把操场围在中间，房子间没有围墙相连。

操场西面是一条一两米宽的大道，学生都从这个道上进出学校，我平常就从这个大道形成的"大门"进进出出。

学校完全是敞开式的，没有半截院墙，当然没有一扇校门，就像我们光辉二队的队屋，站在队屋前的禾场上往哪个方向出去都可以走向田野或四周的村居。学校后村的村民有一些人去王场赶集，就直接从学校东北方向进学校，穿过学校操场再走上学校西面的大道向南走去王场。

我和金枝走到我的寝室门口，用钥匙打开挂锁，走进寝室。寝室内南面靠门窗的办公桌上落满了灰尘。走进去，一米三宽的床上、床前的一张条桌和床前的地上也是厚厚的灰尘还有几片树叶。原来，寝室北面的窗户有些破旧，封闭得不是很好，让树叶飘进来了。

"你们学校就你一个女老师？"

"还有一个英语老师，小孩刚一岁。她和所有老师们的家都是这附近的，周末和假期都不在学校住，只有我一个人是常住这里的。"

"难怪你有时间自己手工做衣服的。这里太单调了，啥都没玩的。"晚上，我们俩吃了晚饭就躺在床上玩，金枝说："我教你唱一首歌吧，邓丽君的。"

"好啊。"

我笑着答应，她开始教我。

我们俩她一句我一句地唱起来——

我是星你是云总是两离分
希望你告诉我，初恋的情人
你我各分东西这是谁的责任？
我对你永难忘 我对你情意真
直到海枯石烂
难忘的初恋情人
为什么不见你再来我家门？
盼望你告诉我，初恋的情人
我要向你倾诉心中无限苦闷
只要你心不变 我依旧情意深
直到海枯石烂
难忘的初恋情人
是爱情不够深还是没缘分？
盼望你告诉我，初恋的情人
我要向你倾诉心中无限苦闷
只要你心不变 我依旧情意深
直到海枯石烂
难忘的初恋情人
难忘的初恋情人

第二天晚上，金枝又教了我另一首邓丽君的《星夜的离别》，歌词是：

到了时候要分离，离愁心也碎，人间总有不如意，何必埋怨谁。趁着今夜星光明辉，让我记住你的泪！并不是我狠心抛弃，远走高飞，从此天涯海角远离，我心永相随。

我俩曾经盼望着，长久相依偎；我们曾经梦想着，生活总优美。趁着今夜星光明辉，让我记住你的爱！虽然相爱也要分离，忍泪说再会！让那热泪化作情爱，情爱更珍贵。

怎能忍心留下你，留你夜不寐。难以说出心中苦，请你要体会。趁着今夜星光明辉，让我记住你的泪！关山阻隔，迢遥千里，几时再相会？关山阻隔，迢遥千里，几时再相会？只有寄托满天星星，给予你安慰。

在五七中学，我们俩除了唱歌没有任何别的可玩耍的项目。正月十八，我送金枝到王场坐车，她去荆州师专报到。路上，她又教了我一首歌，《徘徊十字路》——在那人生的旅途难免徘徊十字路，哪一条路通往幸福哪一条路走向痛苦？人生旅途似流水时光一去永不回，曾经流泪曾经欢乐，在我心中徘徊——要问生活是为了谁，流泪又是为了谁？如果没有悲欢离合人生将是多么乏味！

这三首歌也是我这一辈子大脑里仅存的三首歌。

在车站候车时，金枝对我说："你隔壁寝室的那个鸿老师好像对你蛮有意思？"

"啊？我没感觉到。他也是我师范的同学，和我是同一届的但不同班。他知道我要回沔阳的。"我这样回答金枝，心里陡然想起这个鸿老师曾经在我到五七中学之前委托他的同学，向我介绍过他。难道他知道我要被分配到五七中学？

又想起两个多月前的一个晚上，鸿老师他们村放电影的事。那天，老师们都说"村里放电影，去看电影吧"，我说："我不去，我不喜欢这种露天电影。"

校长很诚恳地对我说："去吧。大家都去的。"

"我不去。我在老家都很少看电影，这里我又不熟悉，我哪个去那么远的村子里去看露天电影啦。"我很直白地说道。

校长又说："我们所有老师一起去，一起回来，蛮安全的。不会让你一个人单独行动的。"

我接口说："我肯定不去，我就在寝室里看书多自在。您也去看电影？"

"我不去。我今天回家的。鸿老师，你们今天就不看电影了，就在学校陪万老师。晚上不能把她一个人放在学校的。"校长见我态度坚决，又去给鸿老师他们做工作。

鸿老师和管老师在一起，正望着我和校长，他听到校长这么发话就对校长表态说："就在我家门口放电影，我肯定要去的。万老师不去，那我们去看一下就回来。保证只看一下下。"

"那你们说话要负责任的，你们两个一定要早点回学校的。"校长很认真地态度对他们俩说。

鸿老师赶紧应道："好的，好的。管老师，我们现在就去吧，看一会儿了就回来，保证在电影散场之前回来。"鸿老师说着把头转向了管老师。

管老师点头答应着。校长这才如释重负地对他们俩说："管老师，你要和鸿老师一起早点回学校的。一定的啊！"

"一定，一定。校长放心。"鸿老师和管老师异口同声地答应着。

我没太认真听校长和他们讲话，觉得有电影看，谁会到学校来呀，学校又不是有钱的单位。就随口对校长说："能有什么事？不要紧的。我都不怕，您怕什么？您不用担心。"

校长又转向我说："我担心你害怕。你不用怕，他们两个会在学校陪你的。"

校长准备回家去，临走的时候又给正走向电影场地的管老师和鸿老师叮嘱了一遍才骑着自行车离开了学校。

4

其他老师也三三两两地往电影场去了。我关上寝室门，点燃煤油灯，在南面窗户与床之间的办公桌前坐着看书。

也不知道过了多久，我看得正入神时，远处传来带着汉腔的歌声。声音很大，纵情放歌的那种，并且感觉那声音离学校越来越近。歌声之间还有几句独白，感觉来者是一个滞留乡下没能回城的武汉知识青年。我赶紧找出我的那把裁缝剪刀，拿到火柴，将剪刀和火柴放在我面前的办公桌上，然后吹灭煤油灯，静坐在办公桌前。

"汉腔"越来越近，居然来到了我的寝室门口，我的心提到了嗓子眼。我屏住呼吸，无论"汉腔"说什么，我都不作声。

我希望"汉腔"以为寝室里是没人的。"汉腔"却越说越有气势，越说越有兴致，最后说："我晓得你在里面。你在我来的时候才把灯吹熄的。你要是再不开门我就把门撞开了！你开不开门的？我要撞门了啊。"

我装不下去了，厉声说道："你是不是看电影把自己看晕了？我有一把剪刀，你敢进来，不是我死就是你死。如果我死了，你也活不成。你想清楚了再撞门。我劝你还是冷静一点！"

说完这话，我抱着拼死的念头，把剪刀拿在手上，轻轻地走到门口，背靠着寝室门站着。

门外没声音了，"汉腔"不说话了。过了一会儿，好像有远去的脚步声。

又过了好一会儿，门外好像没动静了。我又坐回办公桌前的椅子上。我静静地坐着，不敢点灯，也没有睡意。

这样坐着，不知过了多长时间，自我感觉有半个小时的样子，远处传来鸿老师和管老师的说话声。声音越来越近时，鸿老师唱起了歌儿。这时候，我重新点燃了煤油灯。

"万老师还没睡。"又送来鸿老师的说话声。

听到鸿老师说到我，我立马打开寝室门，看到鸿老师和管老师从学校东北方的小道上走来，他们走到寝室门前的横道上时，我大声对他俩说："你们终于回来了。刚才一个人把我快吓死。"

"哪个人？"

"不知道。像武汉知识青年。"

我说着的时候，鸿老师和管老师他们已经来到寝室门口，鸿老师打开了自己的寝室门。他点亮灯，坐在他办公桌前的椅子上。

管老师没有进自己的寝室，他随鸿老师来到我面前，就站在鸿老师的寝室门口，我也站在鸿老师的寝室与我寝室交界的走廊里。

"你不知道是谁？"鸿老师坐定后问我道。

"我灯都不敢点，我哪里知道他是谁呢？"

"是他。"管老师向鸿老师努了努嘴。

我看向鸿老师，他涨红了脸说："你还可以。你还蛮可以！"

"真是你？！你怎么这么烦人啊？"我冲口而出。

他仍然红着脸笑着，我真恨不得给他两嘴巴，我咬牙切齿地对他说："你怎么这么一个人啦？你不知道'人吓人，吓落魂'吗？你太讨厌了！"

"我叫他不这样，他不听。"管老师知道我吓得不轻，这样对我讲。

我不断地重复着说："好烦，你这人真烦。太讨厌了。"

鸿老师也知道自己玩笑开过分了，只赔着笑说："你还有蛮厉害。蛮冷静！我以为你能听出是我的声音的。"

"那不是汉腔吗？你会讲武汉话？"我仍然有疑惑。

鸿老师仍然是涨红的脸，半开放的那种微笑。我继续释放着我的疑问，说："那你们怎么是从这边回来的，我感觉那人是从那边过来又往那边走了呀？"我一边说一边用手指了一下寝室西边的那条大道。

"我们特意从那边走，然后转了一大圈绕到这头来的。"管老师望了一眼鸿老师后给我解释道。

鸿老师只红着脸嘻嘻地笑，没回答我。

我仍然怒气不消地对鸿老师说："你这人太讨厌了，我差点被你吓死了。你怎么这么讨厌啊！"

鸿老师始终红着脸嘻嘻地笑着，既不辩解也不对我说声"对不起"。

现在想来也觉得奇怪，我这人对声音特别敏感。在师范住女生寝室时，平常谁敲门我都能分辨出来是谁，而鸿老师那天讲了那么一堆话我怎么就没听出是他来呢？有人说："有缘千里来相会，无缘对面不相识"，说明我与他还是真没缘分的。

5

五七中学的校长和鸿老师是邻村。校长有个女儿叫小琴，在我们学校读初一，鸿老师带小琴班级的数学课。因为我们学校没有住读生，所以平常小琴就和校长住一起，每周和校长一同上学，周末回家。

叶金枝离开五七中学的第三个星期，周日的下午，校长从家返校。和以往一样，自行车后面坐着他的女儿小琴，手里提着一个大包；不同的是，这一次小琴手上的包比以前更大更鼓满，校长的自行车前面还坐了一个三岁左右的男孩，男孩的脚边，在自行车的三角架上还挂着两个小包。我的天啦，一辆自行车驮三个人三个包，严重超载！我不由自主地走向校长，问他："这是您——"

"我的小儿子，叫小乜。三岁了，他是我们的幺巴子，黏人得很，老黏着他妈，他妈妈搞事都搞不好。这要春耕了，我把他带来，让他妈妈好种庄稼。唉，他妈妈一天到晚几个娃儿拉扯着，还要种地，太累了。我也帮不上忙，只好把他带来，帮忙带几天，让他妈妈稍微轻松一点儿。"

校长满心怜悯而又一脸无奈的语气让我觉得校长是个很有责任感且很有担当的人，我很想能够帮一下他。

我觉得他和我们一样的住宿条件要住父子姐弟三人应该住不下，就对校长说："您寝室住三个人不方便吧，让小琴到我寝室住吧？"

校长犹豫不决的样子对我说："好是好，就是打扰你了，怕给你带来麻烦。"

"不会的。她都这么大了，又蛮乖。她和我住一起，正好给我做个伴儿。"就这样，校长答应了我的要求并反复叮嘱女儿一定要守规矩。

这天晚上，校长把女儿送到我寝室，再次告诫女儿说："和万老师住，一定不要影响万老师的办公。有什么事不明白的一定要问万老师，不能任性鲁莽；睡觉的时候，你睡一边不要挤到万老师了。"小琴懂事地一一点头。

从这天起，每天晚上我都是由小琴陪伴着。我们俩睡在一张床上，一直到我调回沔阳。

6

1982 年的秋季学期，我接到了回沔阳工作的调令，离开五七中学的那一天，校长对鸿老师说："万老师要回沔阳了，你和管老师送送她吧。她还有蛮多东西，你们帮帮她，把她送到红旗码头。"

"你坐船回去？"鸿老师问我。

"嗯。如果坐车回去的话，我要先到王场，从王场坐车到潜江，再转车才能到仙桃，很麻烦。我东西多了，转车很难搞。我坐船的话，从红旗码头直接就可以到仙桃。这里到红旗码头比到王场还近一些。"

鸿老师和管老师他们俩送我去红旗码头，一路无话。我实在憋不住，搜寻话题对他们说："我刚开始其实是分到码头小学的，教小学四年级语文，后来是五七中学缺数学老师就把我拨过去了。码头小学好舒服，四年级就七个同学。像带研究生。吃得也好，码头小学是在他们油田食堂里搭伙的，也不贵，菜特别丰富，早晨的肉包子特好吃。交通又方便，去哪里玩就坐油田的公交车，出远门还可以坐船。码头小学的学生都是捕捞队的孩子，有的就跟父母在船上，没在岸上上学，所以，每个年级的人数都很少。我到你们五七中学了，他们就用复式班教学。"

我说什么，他们俩都不搭腔，最后连一句"再见"都没说，我也没有说一句"谢谢"。但，我心里丝毫没有别扭的感觉。

回沔阳后，我与他们从无联系，只是收到过小琴的一封信，是她读初二时给我报告"入团"的喜讯。

7

我调回到沔阳也是在一所乡村中学，也是教初二数学。这所学校是我们郭河公社兰州片的建华中学。建华中学在建华大队的张河村后面，仙监公路的北面，离公路大概两三百米。建华中学和五七中学环境差不多，也是两个教学班，三排平房。不同的是：五七中学是初一初二两个教学班，建华中学是初二初三两个教学班；五七中学没有住校生，建华中学有住校生，又有毕业班，教职员工比五七中学多一些，而且建华中学已经用上了电灯。

建华中学的三排房子都比较大，三排房子的坐向与五七中学相同，但布局不一样。建华中学的厨房和餐厅是南面那一排房子靠西头的两间。从餐厅往东的几间房子分别是女生寝室，男生寝室和部分教工寝室，我的寝室就在这一排的最东头一间。

最北面的一排是教室，而最东面的一排全部都是教师和职工的宿舍。这排教工宿舍坐东朝西，走廊靠北头的廊檐下挂着一个大铁钟，上下课敲钟打铃用。校园的最西面有一个大厕所，厕所北靠近教室的一边是女厕所，南面靠近厨房的一边是男厕所。厕所和教工宿舍分别与最后排的教室用院墙连接着，其他地方都没有院墙，但也没有小路供闲杂人等随意出入。我住的南面这排房子前是个操场，操场东侧也有一块农田属于学校所有，一般种蔬菜。整个学校只有操场西南角的一条直道通向仙监公路，直道只有一两米宽，不能走汽车，骑自行车很方便。

建华中学的教职员工都是郭河人，与我搭班的代语文和班主任的辛老师也是我初中的语文老师和班主任，他是从郭河中学调到建华中学的。辛老师几年前调到建华中学任教是因为那一年郭河教育组根据国家政策安排辛老师的爱人到建华中学的食堂工作，辛老师调来就可以和辛师母在一个学校，夫妻俩在一起就可以把孩子带在身边，解决半边户在农村的问题。

学校还有三个与我同届中师毕业的年轻老师，分别是王山泉、田宇峰、任光耀。任光耀是我高中同学，与郭河中学一位老师的姨妹子确定了恋爱关系，另外两位老师没有女朋友。

我在建华中学期间，学校只有我一个女老师，平常出行都是独来独往。虽然建华中学的两个厨师是辛师母和一位李姐，但她们是已婚妇女而且与我作息时间不一致，我与她们很少同行。

8

建华中学离我家很近，校舍的布局比五七中学显得更谨慎，更有安全感。尽管如此，我在建华中学比在五七中学显得更受拘束而不自在。因为建华中学的厕所就在教室的前面，学生坐在教室里是能看见谁进出厕所的；另外一个原因就是建华中学在我之前没有住过女老师，我是第一个在建华中学任教的女老师。

有一次，我去上厕所，听到教室里有一个男生说："万老师上厕所了。"待我从厕所里出来时，感觉有好多双眼睛从教室里射过来直盯着我。此后，我在建华中学上厕所都是有时间段位的：早晨，他们没上课前一次，中午他们午睡时一次，晚上他们下晚自习后一次。其他时间，特别是他们有人在教室里的时候，无论是课上还是课下，我都不去上厕所的。

不仅是小心翼翼地选择上厕所的时间，我在建华中学从没有穿过短袖，更不用说穿裙子了。即使是这样，还是招来了麻烦。有一天晚自习，我在前面讲得正带劲时，后面的一个女生举手说："老师，教室后面有几个人在骂您。"

我望了望教室后面的窗户，估计是社会上的小混混，就对学生说："我不认识这些人，他们要骂就让他们骂吧，我们要有抗干扰的能力，不该听的就不听，不想听的就会听不到。我不想听，我可以继续讲课，我现在完全听不到他们在说什么。你们也要做到这样，不听窗户外面的声音。我们继续讲课吧。"

下晚自习后，那个女生到我寝室里对我说："老师，您真的没听到他们骂您什么吗？"

"真没听到。"

"他们骂得丑死了，听了好烦。"

"我与他们无冤无仇，我根本就不认识他们。不是我，是任何一个女老师他们也会来骂，这跟我没关系。这是他们的层次和品德决定的，这不消生气的，我也确实没听见他们骂的是什么。我没兴趣关注这些人骂我，就让它们被风吹走吧。"

"老师，您还是注意一点儿，这建华的男娃儿蛮坏。原来，我们学校厕所那里没有院墙，晚上老有一些混混到学校里来，不是找男生的麻烦就是找女生的麻烦。去年，我们学校砌了那截院墙后，还是有人来。我们学校的老师就让所有住宿的男生睡觉时准备好棍棒，夜晚如果听到铃声就起来捉那些混混。有一天夜晚，那些混混又来学校闹事，学校值班的老师一敲铃，所有男生和男老师都起来，拿着棍棒把他们几个混混围起来，用麻袋套头，把他们送到派出所去了。后来才基本没人来学校闹事了。现在，又有人来了，您要当心的。"

这个女生是特懂事的那种，她对我讲了还不放心，第二天，她又讲给班主任辛老师听。辛老师认真摸排，发现是我们班一个男生告诉了他的一帮兄弟，说他的数学老师是一个女的，那帮兄弟就来学校闹腾了。这个学生写了检讨，向班主任老师做了保证，这事就结束了，以后再没有闲人来学校了。

9

又一天晚自习，讲课中途突然停电了，我课讲到一半，就对学生说："没有灯我们就复习复习，背诵几何定理吧。"我和学生继续坐在教室里在无照明的情况下，复习了半本书上的定理，学生也没有丝毫抱怨，在下课铃声响起时我才宣布下课。

第二天，老师们都在学校食堂共桌吃饭，教初三英语的张武劲老师对我说："昨天晚上停电了你怎么还在讲课？"

"我看还没到下课时间，也不知道突然停电是怎么回事，什么时候来电，所以就带着学生在背诵几何定理。哪个晓得它不来电了，到下课了，我就把学生放了。"

"这里停电一般都不能当天晚上修好。以前，我们上晚自习，教室里都是用气灯，现在好久不用气灯了，大家也嫌麻烦，停电了也没得哪个再用气灯，直接放学。"

"那不大好吧？提前放学，学生会不会在路上玩，不及时回家？"

"那是他的事，你还为学生操那么多心？把你自己的心操好！你看，我们学校的王老师仪表堂堂，满腹才学，听说有人还瞧不上他，你说这是什么世道，什么人啦？"

张老师突然转变话锋，令我接不上话来。我本能地朝同桌吃饭的王老师看了一眼，顺便扫视了一眼王老师旁边的田老师。王老师看着我，田老师低着头，他们都没有讲话，我也没有接张老师的这个话头。

张老师看了看我又接着说："当然，田老师也不错。我们学校的这些老师，哪个不是一表人才，工作优秀。他妈还，你说这——。像我，在红庙中学时，好老师和尖子生都走了，我把一个学生弄到我寝室里，手把手地辅导，最后他考上了中山大学，比郭河中学好多尖子生考得都好。不过，我也没得到什么好处，一颗糖都没看到。"

"那是我表弟。原来是您啊！是听我姨妈讲，说我表弟多亏一个教英语的张老师，把他接到老师的寝室里住了几个月，比带儿子都好。他们蛮感激这个张老师，哪个晓得就是您啊！我姨妈他们就是家里蛮困难，没有去谢您，他们说让我表弟毕业挣钱了去感谢您。我表弟家相当困难，表弟去读书几年都没有回家，看今年毕业了暑假回来不回来。"

"他是你表弟？我蛮看好你表弟的，他也确实蛮刻苦努力。我这和你又多了一个缘分！"张老师说到这里又看了一眼王老师，没有继续说下文了。

　　我想起几天前，王老师到我寝室里聊天，说到"再差的肉鱼也是荤，再好的小菜也是素，盐菜炸胡椒弄得再好也没有肉鱼好吃。"我当时就事论事地接了一句："那也不一定，有人就喜欢盐菜炸胡椒那个味。"王老师当时看了我一眼，重复我的一句："有人就喜欢盐菜炸胡椒那个味？"

　　我接着说："对呀，那肯定有可能。就是喜欢吃肉鱼的人，天天吃肉鱼也有可能吃腻了想吃盐菜炸胡椒呢！"他笑了笑，没有再接这个话题。

　　这次以后，他好像再没有去我寝室闲坐聊天了。难道他是有心去聊天，用心在说话？那只能怪我这人太愚钝，我真的只是就事论事而已。就算我也是用心考虑后的答语，他也不至于就断定我瞧不上他呀，难道他自认为自己"这碗菜"就是大肉大鱼？这也太自负了吧！

　　张老师为什么说到这些？是王老师主动对他讲了自己的不开心，还是张老师主动去关心王老师的婚姻而聊到了这些话题呢？我觉得无论是哪种情况，我都不赞同张老师那句"一表人才，满腹才学，居然被人瞧不上"的观点。我觉得：婚姻不是高考招生，不是考分越高就越应该优先选录。婚姻如穿鞋，是讲究合脚不合脚的。再漂亮优质的鞋子，若大小不合适都无法穿上去，即便勉强穿上了也不养脚，不好走路啊！

　　再想到张老师那种路见不平一边拔刀一边骂娘的架势，我觉得我不能在这个学校久待了。

　　这一学年结束，1983 年 7 月，我调入离我家更近的郭河小学。我仍然每天骑着自行车上下班。我骑着自行车，从郭河一桥走郭河正街到转盘处向东走郭河大道，几分钟就可以到郭河小学。

　　从我家到郭河小学的寝室，一路大道，前后左右 360 度的视野！每次走在这条路上，路旁的景物匀速移步向后，我脑海中就想到如虎添翼这个词：老虎有了翅膀会是怎样的一种状况呢？水陆空任意穿行！

第六章　翼翼小心

我调入郭河小学时，桃媛姨已在前一年调入郭河小学，住郭河小学的家属宿舍。家兴叔认识的民办老师曾佑兰也在郭河小学，和我住同一排单身宿舍。

1

有一天，曾佑兰老师约我逛街，我说："不去，我的家就在街上，桥那边，我上班天天逛街。"

"啊，我的家也就在郭河供销社，我老公是供销社的采购员。走，去我家里看看去。"

"算了吧，以后再去你家玩。"我这样回绝她，因为我确实没有逛街的爱好。

"去去去，反正又没什么事。走走走！"她说着就拉起我胳膊往外走，不容我不去。

我们俩挽着胳膊一路走一路聊天，仍然是她做主导。出校门走在仙监公路上，她说："你知道我是怎么调到这里来的吗？"

"不知道。"

"我们民转公考试，我没有考好，我们村要我回乡种地，我不想去种地，我给教育组的陶主任送了一台缝纫机，他就把我调到这个中心小学来了，还答应我可以再考一次。"

"一台缝纫机？你舍得？你家那么有钱？"

"这有什么舍不得的。我送给他一台缝纫机，我想到哪个学校就可以到哪个学校，每个月有工资；如果我不送这一台缝纫机，我现在就是农民，在地里种庄稼，又辛苦又没钱。本来我老公跑采购有钱，我也可以不回去种地，每天带着儿子，照顾好儿子就行了。但，那样我就不挣钱，我每天的生活费用要去找老公要。人家说：'爹有妈有不如自己有，丈夫有隔一双手'，我能自己挣钱多好呢！"

"我觉得送东西给别人，求别人为自己办事很丢人。低声下气地求人，脸面上过不去。"

"这不丢人咧。'吃人家的嘴软，拿人家的手软'，我给了他一台缝纫机后，就像我当郭河教育组组长一样，我想到哪个学校由我说了算，你说这丢人吗？听说你是从外面调回来的，你就没有给别人送东西？"

"你这样做是在害陶主任。我调动时没有给任何人送东西。我是有正当理由调动的。我的一切手续办好后，我买了一瓶酒给沔阳教育局的人事科长，他硬不要。我说：'这又不是什么贵重东西，一元五角钱，只是表达一下我的心情。'他才没再推辞了。"

这样讲着已来到郭河供销社，走进了曾老师的宿舍。房间内的家具是当时最时髦的挂衣柜、大班台之类的，她指着那张大班台对我说："我们把这个大班台抬到学校去吧！"

"我和你抬不动吧。"

"慢慢抬。抬一抬，歇一歇，反正又不远。"

"我肯定不行。这有好大呀，抬不动是小事，万一摔坏了咋办？"我直接拒绝她。

她心里一定在想：这个人太不乖巧了，帮忙抬一下桌子又不是什么大事，这么不讨人喜欢。我心里在想：这人太喜欢算计人了。请人帮忙连个"谢"字都不打算用，全程忽悠的模式。确实不算远，但不是这样请人帮忙的。如果你直接对我说："麻烦你帮我去把我的一个大班台抬到学校里来吧。"我可能一口就答应了。但你说约我逛街，却想着让我给你抬重物，这也太能使唤人不舍得用"请"字了吧，这个人的心太多弯弯曲曲了，我不喜欢这样的人！

这样想着，我巴不得立马离开她。但她并不罢休，接着说："不会的，这么大个班台摔不下去的，顶多抬不动，多歇几下。"

"不行。我肯定不行。我怕把你这桌子磕坏了，我顶多帮你拿一个抽屉。"

于是，我拿了一个抽屉，曾老师自己拿了两个抽屉，我们俩就拿了三个抽屉回到学校。

2

我们返回郭河小学时，和我同时调出建华中学的田宇峰老师来到郭河小学。他告诉我，他被调到红庙中学；他从红庙到郭河从我家门口经过，进去和我母亲聊了几句。

那时候，我哥出院赋闲在家。一般情况下，我哥都是把自己关在自己房间里写写画画，他想当作家或者是画家。田宇峰每次到郭河来都要到我家和我母亲坐一会儿再到郭河小学来和我讲一讲。

我发现田宇峰虽然常出入我家，但从没与我哥交流过。我觉得田宇峰的表达能力和为人处世的能力不强，但他每周至少去一次我家，我还是很感激他。

又一天，田宇峰正在我寝室里，高中的同学叶童欣和王应新到郭河小学来找我。叶童欣要到日本去了，他特地约了王应新做伴来到我学校。田宇峰看他们俩来，就回自己的学校去了，走的时候没有和他们俩打招呼。

我对田宇峰说："你去帮我买两根甘蔗来吧。"田宇峰木然回答："不买。"然后蹬着自行车走了。

二十几分钟后，田宇峰拿着两根甘蔗回到我寝室，闷不作声地把甘蔗削皮、分节后递给叶童欣和王应新。叶童欣接过甘蔗时笑着说："我说怎么不声不响地走了，原来是去执行命令去啦。"田宇峰依然闭着嘴巴不开腔。我站在旁边尴尬得恨不得拨开田宇峰的嘴巴。

田宇峰递给我甘蔗时，我说"我不吃"，田宇峰放下甘蔗就又蹬着自行车走了。

从叶童欣他们俩进我寝室起到田宇峰分发甘蔗后再次出我寝室，田宇峰除了那句"不买"，没有说第三个字。

田宇峰走后，我们三人也都像没有见着田宇峰一样，都没有提到田宇峰半个字。

我们随便聊着，叶童欣接着先的话题说："我们学校很多教授都是使用苹果机做课题，只是老师们事先不知道这种家用计算机，只能用 BASIC 语言，比其他计算机慢多了。不过，对于一般大学而言，我们华工的计算机已经很酷很潮啦。"

我问王应新："你们华师附中条件怎么样？"

"还可以。我教化学课，用不着电脑，我们学校也没有电脑。"

"你们大学文凭工资比我们高很多吧？"

"不会吧，我们也只有三十几块钱。可能以后我们涨工资的空间大一些。"

"我们中专生工资不高是小事，就是像叶童欣这样出国的事儿我们就永远想不到了。"

"你也可以再考大学呀。"

"是可以，我们有师范的同学考上大学了。我不行的。哎，叶童欣，你会在老家找女朋友带出国吗？"

听到我的这个问题，叶童欣看了一眼王应新后对我说："不会。没必要人为制造两地分居。"

听到叶童欣的回答，我好像心里的一块石头落地般踏实，同时又感觉有一块心头肉被揪起来似的难受，因为我想到了我师范的同桌。

我很欣赏师范的这个同桌为人处世的格调，很喜欢师范这个同桌谦逊好学的品德。但，上天不知我心意，我与这个同桌在师范毕业后各自被命运安排回了自己的老家工作，天各一方。

又好像是阴差阳错，我学生时代的班主任辛老师把田宇峰介绍给我，我始终矛盾着。我觉得我如果答应了田宇峰，心里仍然是放不下师范的同桌；如果我不答应田宇峰，我有可能同时伤到很多人，特别是建华中学的几个老师和我的父母。

叶童欣在我的眼里就如外星人一样神秘，他的学校和工作环境在我的眼里是社会进步发展的最前沿，他的观念是世界上最正确、最科学的观点。我不由自主地问出来这个久久在我心中萦绕，又无法向他人请教的问题，叶童欣的回答让我找到了答应田宇峰的理由，找到了我拒绝师范这个同桌而心中"无愧"的底气。

这之后的中秋节，我和田宇峰订婚了。我在心里对自己说：爱情是对灵魂的慰藉，婚姻是对生活的担负。人生的意义首先是安顿生活，生活安顿好了再去安抚灵魂吧！

3

订婚后的我，老想去潜江，也不是想见什么人，就是想和自己的过去做个告别。

这天休息，我乘车准备去潜江。从家里出发，过一桥沿着郭河正街走到十字路口的转盘处，看到有一辆跑仙桃的面包车正好停在路边。我走过去，正准备上车，看到邹彩秀站在车门旁，对我说："哎，你去仙桃？快上车。"

"嗯，你怎么在这里？"

"我堂哥的车，我帮他卖票。"邹彩秀说着朝驾驶室努了努嘴。

我顺着邹彩秀的目光望过去，看到邹老师也在路边站着。我正准备和邹老师打招呼的，邹老师扬着头吆喝着："买票买票，都要买票。熟人也要买票。"

我看邹老师很忙的样子，就没有和邹老师讲话直接上车了。

坐定后，我拿出十元钱给邹彩秀，她接过钱，一边找返我零钱一边说："不好意思，本来不该收你钱的，他才开始跑，本钱都还没有跑出来。"

"应该的，应该收钱。他跑客车是要养家糊口的，辛苦挣饭钱，应该收钱的。"

4

从潜江回来，我着手结婚事项。我首先收拾我在郭河小学的寝室，仔细清理了自己的书柜和办公桌。把之前的物件都处理干净了，准备置办家具、买新衣服。

田宇峰给我 360 元钱时对我说："我只有三百六十，买衣服、被套等。做家具我就没钱了。"

"三百六十块钱？这点钱能做什么呀？你哥哥姐姐一人给你一百你都能有五百，怎么可能就三百六十块钱结婚？"

"我只有这么多钱。哥哥姐姐他们都没得钱给我。"话没说完，眼泪挤满他的眼眶。

望着田宇峰眼眶里转来转去的泪水，我赶紧说："也可以。钱多钱少无所谓。我又不是农村妇女结婚要嫁到一个新环境，要给人一个新形象。我们结婚了我也还是在这里工作，还是原来的同事，有没有新衣服无关紧要。家具么，做得了什么做什么，做不了的就不做。你哥哥姐姐给不给钱你随他们自己，给多给少都是要还的情。现在给了，将来要还，有还情的压力；现在不给，我们就没有还情的压力。给不给是他们自己的做人表意，我们没必要和他们计较这些。"

我嘴上安慰了田宇峰，内心却安慰不了自己，我对父亲说："这个田宇峰，结婚就只有三百六十块钱，我同学结婚，一个彩色电视机就两千多。"

"娃儿啊，一分钱难倒英雄汉。有钱谁不会甩面子？结婚是人生大事，谁有钱会不拿出来用啊，他是实在没得钱哒才只能拿出 360 块的。他有没有钱是他的事，钱多钱少结婚都是他家的排场，你不管。像你同学买彩色电视机的有几个，一般人黑白电视机都买不起，仙桃街上都冇得彩色电视机卖，能买彩色电视机结婚的是什么家庭？你和这种家庭的人比不是自己找不开心吗？你随他几个钱结婚，你只把你自己该做的事做好就行了。"

听父亲这么说，我是真心觉得田宇峰很可怜。我只用十几元钱给自己买了两套内衣、二十几元钱买了一套西服、二十元钱买了一件绸面棉袄。我考虑到田宇峰也没有一件新衣服，就用五十元钱给他买了一件夹克式样的人造毛棉袄，剩下的钱就买了床单被套之类的床上用品。

婚后的一天，我遇到一个好久不见的老同学，她上上下下看了我一遍后对我说："听她们说你结婚了呀？"

"是呀，我是结婚了呀！你是不是觉得我不像新娘子？"

"呃，你怎么穿得这样？"

"呵呵呵呵，我不习惯穿新衣服，我没有做新衣服。"

其实，我不是不习惯穿新衣服，而是不喜欢穿新衣服时被田宇峰数落的尴尬。

新婚不久，住我隔壁的同事袁老师约我去买一段布料，粉色暗条纹涤纶布，五块几角钱一米。我们俩各花了几元钱买回一段布料，她的布料交给街上的裁缝铺，我的布料自己在家做了一件鞔衣。鞔衣穿上身时，大家都夸我能干，说我做的这件新衣服好看，羡慕我自己在家动手做连工钱都省了。田宇峰却说："哪里好看了？做一件鞔衣还出大几块钱，你没得这件衣服不行吗？听别人撺（方言，这里的"撺"表示忽悠、哄骗的意思）。"

田宇峰这样的说话风格我是早有体会已经习惯了，我是他老婆没法逃避，但人家邻居没有义务听他这种论调啊。袁老师的老公为人处世非常周全，对她讲话更是温存体贴，袁老师哪里见过这种讲话态度的人啊。袁老师当场就对我说："你家田老师好搞笑啊，几块钱做件衣服还嫌贵了。你的脾气蛮好！"我只能笑着给人家赔不是说："呃，他是这种有口无心的人，经常词不达意，我从不生气。"

事后，袁老师又对我说："我蛮佩服你！像你家田老师这样的人我话都不敢讲，你还能和他平静地过日子。"

我只得说："他是语文没学好，不能正确表达自己的意思！他和他哥哥姐姐甚至是父母亲都这样讲话。他大哥比他大一二十岁，他还直呼其名，讲起话来完全的目无尊长，其实他内心里根本不是这样的。我第一次听他这样子讲话的时候，我哭了一个星期。我心里在想，他是有多讨厌我才这样对我讲话啊！后来有一次，他对他姐姐也这样讲话，我坐在旁边我都蛮不好意思。他妈妈就吼了他一句，说：'哪有像你这样讲话的，姐姐回来是客。都结婚了，不能这样子了，对哪个讲话都不能这个样子。'我生怕他家人以为他是和我结婚后才变得不会讲话的，我赶紧说：'他是这样子的，他成习惯了。'他妈妈就很温存地对我说：'你晓得就好咧。只要你不贱敬（方言，表示因人对自己不尊敬，轻贱自己而心中不快），我们哪个贱他的敬啊！'我也搞不懂，他妈妈那么会说话，从不像一般农村妇女只会骂骂咧咧，他兄弟姊妹也还好，就是他出口是脏话，开口就伤人。关键是他自己还不觉得，他认为他啥都没说我就怪里怪气地闹情绪。"

"你还敢跟他结婚？你蛮厉害！"袁老师继续逗笑我。我也忍不住笑着说："结婚之前他没有表现出来呀！呵呵呵，他在结婚之前基本上是闭着嘴巴的；结婚之后，我看他就没闭过嘴巴，一天到晚说我的不是，我已经习惯了！"

5

和袁老师的这次聊天之后，我便不再和同事聊天、聊家事。我是担心我和别人聊天时被田宇峰撞见，他又来几句令人尴尬的话，弄得在场的人都下不来台。

在郭河小学，像我一样不大与人交谈的还有一位彭老师。彭老师和她的老公曾老师都在郭河小学教数学课。彭老师皮肤很白，她儿子皮肤更白，老师们都称呼她儿子为"曾白"。平常，彭老师和曾老师基本上是形影不离，两人上班在一个办公室，下班回家都围着儿子转，周末休息就回曾老师的老家仙桃市。有一天，彭老师到我屋里坐一下，告诉我说："我们要调回仙桃了。我们家的曾老师是仙桃城区人，当年被定为右派，下放到我们西流河，好遭业。他胳膊都被人打成残废了。我们在西流河小学教书的时候，谁都可以欺负我们，我们两个连三岁的小孩都不敢得罪。他是平反了我们才调到这个郭河小学的，在这里才稍微好一点点儿。但我们还是不敢和别人接触，你看我从来没和哪个老师讲过话。我不敢和别人讲话，怕万一说错话了又闯祸，我看你还蛮好，就和你讲一声。"

我还没有来得及搭腔，曾老师在我门前朝彭老师望了一眼，彭老师赶紧起身回她自己屋了。这次以后，我一直没有再遇到过曾老师和彭老师夫妇俩。

他们夫妻调回仙桃后，我才想起来自己好傻，当时应该给他们夫妇俩赠送一样纪念品的。我把自己的想法说给桃媛姨听时，桃媛姨说："因为彭老师长得太漂亮，又年轻，曾老师对她看得很紧。他们俩也从不与人有人情往来，你送她东西，他们也不一定接受。我们都没有给他们两口子送行。"

也许真是这种情况，也许桃媛姨是安慰我的。总之，后来我一直没有再遇到过彭老师他们一家三口，想补救也寻不到机会。

郭河小学南邻郭河大道，北依张河及那条旧公路。校园被学校大门与后门连接的中轴线分为两块。两块布局相同，都是南面是宿舍，北面是教室。宿舍的南面与郭河大道所在的仙监公路间是水塘，宿舍的北面与教室之间是操场。不同的是，西面这一块是两排宿舍，每间宿舍都带厨房，我们称家属宿舍；东面那一块只有一排宿舍不带厨房，这排宿舍我们称单身宿舍。

家属宿舍的第一排寝室离水塘很近，宿舍前只有三四米宽的活动地带。这排寝室离水塘、公路近，活动场地小、噪声大、不安全。单身宿舍离水塘远一点儿，与水塘间是一小片树木，但没厨房。后期调入郭河小学的老师，成家了的基本都住家属宿舍的前面这一排。家属宿舍的第二排住的是校长和教导主任及郭河小学的老职工。

郭河小学的师生都从郭河大道处的大门出入，郭河小学的后门出出进进的主要是住在郭河小学，要去郭河中学上班的老师和几个在郭河中学读书的老师子女，其他人一般不走这个后门。

桃媛姨住在家属宿舍前排西头，隔壁钥匙头住的是教语文的肖老师。肖老师是郭河小学的老教师，有三个孩子。肖老师看上了钥匙头面积大，而后排的两个钥匙头是汤校长和雷主任的寝室，肖老师就住前排的钥匙头了。肖老师的儿子在郭河中学读初中，汤校长的儿子也在郭河中学读初中。汤校长的儿子与肖老师的儿子不同班，但每次上学、放学都从郭河小学的后门出出进进。

白天的后门是开着的，可以随出随进，晚上的后门就关上了，进出就要喊人开门。为了方便，汤校长就拿了一把后门的钥匙给自己的儿子，每次下晚自习，肖老师的儿子就跟着汤校长的儿子从郭河小学的后门回到小学。

一般情况下他们都是同时放学同时回家，有时候他俩的放学时间不一样。如果肖老师的儿子先放学，他就站在汤校长儿子的教室门前等；如果是汤校长的儿子先放学，他就不等肖老师的儿子，肖老师的儿子就只能沿蜿蜒的张河从郭河小学的后门转到前面的大门，多走一段路进校回家。

夏天无所谓，冬天很冷，站在教室门前等或多走一段路都觉得不好受，肖老师的儿子就对自己的母亲发牢骚。肖老师的老婆姚师傅就在一个星期天的中午到汤校长家里去说这件事。姚师傅去汤校长家时，汤校长他们都不在家，只有汤校长的儿子在家。姚师傅就跟汤校长的儿子说了几句就回来了。过了几个小时，汤校长回家后听自己的儿子说了姚师傅去他家的事。汤校长来到前排肖老师的家里，进门就对姚师傅说："你到我家里去了？我儿子哭到现在！那把钥匙是我给他的，当然归他保管。你有什么资格说他，你是哪里来的泼妇敢上我家门骂我儿子？我这郭家河是你撒野的地方？"

姚师傅还没有反应过来，肖老师立马笑脸相迎，赶紧赔礼道歉说："对不起，对不起，她没有见过世面的人说话您不贱敬。坐坐坐，今天就在我家吃饭，我陪您喝几口。"

肖老师又是递烟又是摆凳子，他让汤校长坐下后又对姚师傅说："你这个黄浑（方言，指不懂事理）婆娘，唉！还不赶紧给汤校长倒茶。"姚师傅给汤校长奉了一杯茶后，肖老师又对姚师傅说："快烧火。多弄几个菜，我跟汤校长喝两杯。"于是，姚师傅赶紧刷锅弄菜。肖老师又到街上买了几个荤菜，留汤校长在肖老师家里吃了一顿晚餐。

晚上，姚师傅忙完家务上床休息时又被肖老师数落了一顿。姚师傅快怄死，向左邻右舍说委屈。姚师傅说："我啥都没说，我就只问了他儿子一声，他到我家里青头黑脸把我说了一餐。我们的肖老师也把我快说死。我哪个晓得他们都不在家呢，我还是看他们不在家就只问了一声就退出来了。我还准备他们回来了我再去跟他们说一声的，哪个晓得他回来了说我把他儿子说哭了。我就问他儿子说'能不能把钥匙挂在门上'，等我儿子放学回家时锁门，第二天把钥匙再还给他。我又没说什么拐话（方言，指坏话或难听的话）。"

大家都不接腔，只有我说了一句："孩子们的话，大人不需要太顶真。"听到我这样说，姚师傅好像觉得终于有一个人理解她了，特感激我的样子。

当时，我们都没太在意这件事。几个月后的暑假，姚师傅特意到我家里对我说："万老师，我们要调回沔城了。肖老师三代单传，他父亲很早过世，我们婆婆守寡把他养大。本来他几个叔叔在老家都搞得蛮好，但我们一直在这边工作，没想到回去。但是，那个太欺负人了！我们在这里实在待不下去了。唉，老的老了又调动。"

我听懂了姚师傅的意思，明白姚师傅的心情，但我啥都没说，只安慰道："回去好，回去好。在自己的老家还是好一些。"

6

肖老师和姚师傅带着孩子们搬回老家了，桃媛姨就请示学校从隔壁搬到了这个钥匙头。同时，我搬进了彭老师夫妇之前的寝室，从郭河小学的单身宿舍搬到家属宿舍的第一排，和桃媛姨住同一排。桃媛姨腾空的寝室分给了曾佑兰老师。

曾佑兰与桃嫒姨是紧邻，我住在中间与桃嫒姨相隔三家老师的寝室。这一排最东边的钥匙头住的是一位年纪较大的杨老师，杨老师的丈夫王老师和家兴叔一样，也是在郭河中学教语文。

家兴叔在郭河中学也分得一间办公室（寝室），正好是桃嫒姨曾经住过的一间。就是郭河中学那栋坐南朝北的一排单身寝室。那排寝室西边是学校"大门"（按：郭河中学一直没有修四周封闭的院墙，没有装大门，只是一个感觉上的门），东边是与村民住户间的一个小巷子。家兴叔的寝室是靠巷子那头的第二间，另一头的第二间是王老师。王老师习惯每天从郭河小学的大门出去到郭河中学，家兴叔习惯每天从郭河小学的后门出去到郭河中学。但家兴叔和王老师进郭河中学时都不走那个巷子，他们和郭河中学的所有师生一样走寝室西头，文苑路口的"大门"进郭河中学。

这一年的这一学期，家兴叔教初一语文，桃嫒姨教小学一年级数学，我教小学二年级语文。

这一年的十二月份，我们学校有一个四年级的数学老师调回武汉去工作，我赶紧找到郭河小学的汤校长说："我想代四年级数学课。我一直以来都喜欢数学，而且我声音读书不好听，不适合教语文。当初您说年轻老师都要教两年语文练一练基本功，我这两年时间也差不多了，而且现在正好有这个机会，您就让调进来的新老师教语文，我接手四年级的数学。不然，又不知要等多久，我实在不适合教语文。"汤校长说："你必须答应我一个条件。"

"什么条件？"

"下学期，我们都要参加县里组织的普通话考试。你不能作为数学老师报考，你要作为语文老师去参加这次普通话考试。"

"这没问题。我只是声音不好听，但字的发音我心里还是知道的。书面考试绝对没问题。"

"你要考高分的。因为我们学校有一些老教师不会讲普通话，如果我们的均分太低，不合格的话，学校就要被批评。语文老师比数学老师的要求高一些，我担心我们语文老师的整体水平上不去，所以你要保证考高分。"

"好的。我再把那本书看一遍，尽力考高分。"

我如愿接手四年级的数学课程。翻年后的春季学期，我们学校的老师都按上级部署到沔阳仙桃去参加普通话考试，我按汤校长的要求在任教学科一栏里填写的是"语文"。

考试结果下来的时候，校长很开心地对我说："万一恋，你的考分全县最高，我们学校的语文和数学均分都合格。"

"啊！开心开心。"我像个孩子一样笑起来。

校长可能看我太开心了怕我骄傲，或者他只是想说出实情，汤校长接着对我说："按原则，你们中师毕业生不需要参加这个考试，我是担心语文老师的普通话水平不合格就要你参加了。其实，这个考试不难，我的考分都在均分之上，我还没有吃你的救济咧！"

"呵呵，您是作为语文老师还是数学老师报考的？"

"语文。行政、后勤这一块都要求作为语文老师报考，要不我就不会担心了。我用的这一着棋还行吧！"校长很高兴，我也很开心。

我答复校长说："当然行！您善用谋略。"

虽然我多花了一些精力参加的这个考试是多余的，但对我本人而言还是有收获的，而且对他人没有丝毫的害处。我在心里想：难怪平常我听到外人评价我们的校长是"低头百计"，这个汤校长果然是智谋过人啊！

7

我教数学特别得心应手，这一学年的期末考试，我班数学成绩比平行班的均分高出十几分。校长给我分配下一个新学期的任务时对我说："现在，我们学校要开一个实验班。语文用北京的实验教材。先只教阅读，都是带拼音的课文，不教写字。一二年级大量阅读，用拼音写日记，不具体认字，到三年级再开始识字教学。数学用荆州地区的自编教材，把小学数学压缩在三年学完。因为一年级的学生完全不识字，所以，这个数学估计不好教，只有你来承接这个班，你愿意不？"

"语文两年不识字，数学三年教完？那四五年级的数学课教什么呢？"

"实验实验嘛，到时候再看情况喽。所以，我们就说这样的实验班只有你来教，语文就是刚中师毕业的小吴老师。"

"可以，我愿意。我本来就觉得小学数学不需要五年，我觉得三年可以学完小学的数学知识。语文先阅读，大量阅读不具体识字？用拼音写日记，听起来好像是可以的，就看学生实际学习起来是什么样的。"

"你觉得是选智力比较好的学生，还是好中差搭配学生进这个班？"

"应该选智力比较好的吧，万一实验不成功，免得耽误了孩子们呀。"

"郭河轴承厂有一批幼儿园的学生，正好今年上一年级，就用这一批学生，再加几个玲珑乖巧的就行了。报名的时候你去看看，看哪些学生比较灵活聪明的，你录几个名字。"

"好的。"我答应了校长给我安排的工作。

开学报名时，我真的选了几个学生加上轴承厂的那一批幼儿园转来的学生编了一个实验班，40个学生。桃媛姨的大女儿和曾佑兰老师的儿子也进到这个班。

开学第一天，我给孩子们上第一节课时告诉了他们学校的一些规矩和日常操行。课上，我对他们讲："上课要认真听讲，下课自由活动时要注意安全。还要记得课间去上厕所，不能课间只是玩儿，上课了又要上厕所。下课后的第一件事就是上厕所。现在，我们就去上一趟厕所。试一试，看看你们能不能上完厕所再找到我们这个教室。"

孩子们都出教室，去了厕所。不一会儿陆陆续续有同学回到教室，坐回自己的座位。有一个小男孩名孙骏，他从厕所跑进教室，一边往座位上走一边对我说："老师，我来了，他们还在茅厕（máo si）里拉粑粑。"他吐词很不清楚，而且个子也很小，估计是不够上学年龄的。我问他："你几岁了？"

"五岁。我爸爸33岁，我妈妈30岁。"

"那你爸爸年龄大还是你妈妈年龄大？"

"爸爸大。爸爸比妈妈大三岁，爸爸比我大28岁。"

"如果万老师有25岁，万老师比你大多少岁？"

"20岁。"

我觉得这孩子虽然吐词不清，思维能力还可以，应该跟得上学习进度。

曾佑兰老师的儿子，姓名张家林，上厕所后好久没进教室，我出去找了一圈，发现他是从别的教室里出来的，他走错教室了。我问他："你几岁了？"

"六岁。"

"那你明年几岁呢？"

他不接腔了。

我对他说："你今年六岁，明年七岁。我们是七岁上小学一年级，你应该明年来上学的。"

第二天中午，曾佑兰老师来到我家里，我才想起张家林是曾佑兰老师的孩子。曾佑兰老师坐在我家沙发上，对我讲了一大篇，最后对我说："我对儿子讲了的，'人家那个轴承厂的孙骏，才过 5 岁，说话都说不清楚，人家老师都没有嫌弃他。你都六岁多了，马上就七岁，还被老师嫌弃，你这不是怄我吗？你一直很乖的，每次去你爸爸的供销社大家都夸你聪明的，怎么这才上学第一天就让我怄气？以后不许这样子了啊！"

这个曾佑兰老师说话时的目光和语调比约我逛街时潇洒多了。她在我家的沙发上跷着二郎腿，两眼直逼着我，她的态度和气场完全镇住了我。我一声没吭，就像被校长约谈一样，除了反思自己的过错，丝毫没有解释或建议她儿子不到实验班的勇气。而且，我还在心里想：我当时怎么就忘了这个孩子是曾佑兰老师的儿子呢？

第二天晚上，孙骏的妈妈也到我家里对我说："孙骏的爸爸是个军人，我们长期两地分居，结婚多年一直没有孩子。后来跟单位请了长假在部队住了大半年，才有了孙骏这个宝宝。所以我们对孙骏的教育很主动很积极，巴不得孙骏和我们同龄人的孩子读同一个年级，把之前的时间给补回来，有点儿揠苗助长，但他好像跟得上。要把老师多费心的，我在家里也会多辅导他的。"

一天被俩学生家长"约谈"，从此我再没对学生说过关于孩子几岁上学，应该进什么班的话题。此后的教学，一直都是学校给我什么学生，我教什么学生，学校给我什么教材我就用什么教材。

我给学生补充的唯一的学习资料就是口算训练卡。20 以内就那几十道加减法翻来覆去地做，计算能力增强后，思维速度明显提高。教研室测试，荆州地区几个实验班中，我们班的数学成绩最好。

教研员预备来我们学校检查工作，要我讲一节公开课。一切都在准备中，教研员要来的前两天，我比预产期提前半个月做了宝妈。

桃媛姨的妈妈来看桃媛姨一家，顺便看我。庄奶奶给桃媛姨带来一粒"聪明豆"，说是出了十五元钱买的，准备给李小昀吃。桃媛姨一看，心里想，这不就是巧克力豆吗？于是，问自己的母亲："您在哪儿买的？"

庄奶奶很得意地说："仙桃。我今天去仙桃，碰到一个人在卖这个'聪明豆'，她说二十块钱一颗。我想起你说小昀读书成绩不是很好，我就想买一颗给她吃得试一试。跟那个卖药丸子的人讲价讲了半天，她才同意买两颗就可以少价，但我手上只有二十块钱了，还要坐车，她最后才同意十五元钱卖一颗我。"

余奶奶不发表观点。桃媛姨不能确定这粒"聪明豆"就是巧克力豆，心想，只要不是羊粪，吃就吃吧。李小昀真的吃了那颗外婆买来的"聪明豆"。

我觉得很好笑，桃媛姨还是有大学文凭的老师，居然相信她母亲的"聪明豆"。我笑着说："自信心很重要。心理暗示也确实能起作用，人的意念肯定是影响人的行为的。庄奶奶是个很有毅力、很有生活目标的人。"

"我妈好厉害。我们姊妹那么多，家里一日三餐都很困难，我妈还把我们放到学校读书。有人嫌我们家劳动力少，吃饭的人多，我妈也从不发牢骚。"

"那时候是穷，有人一穷就不让孩子读书，庄奶奶是开明人。唉，您参加'凑费会'没有？"

"没有。你们哪些人在一起凑费会？"

"我也不是很清楚。只知道是杨老师牵头，有 11 个人，每个月可以凑到 220 元。我的预产期是这个月，我就跟杨老师说把这个月的费会钱给我，杨老师答应了的。"

说曹操曹操到，我们刚聊到费会，杨老师来了。进门就恭喜我，然后把 220 元费会钱给我说："这是这个月的费会钱，这一轮的第一个月先给你，下一轮就不能先给你了。原则上是哪个当月有困难就给哪个，如果都没有特别紧要的事急需钱用就按顺序挨个挨个地给。你要参加不？我们这一轮才开始，如果你参加，我们就可以多 20 元钱。"杨老师对我说着说着就转向桃媛姨，去给桃媛姨做动员工作了。

"每个月 20 元钱？我好像拿不出来。虽然我们家有两个人赚工资，但我的工资不高，李家兴的工资比我还少一点儿，我们三个孩子加上他们的奶奶在这里（帮忙带孙娃）有六个人吃饭。原来在老家不觉得，这现在在这里什么都靠买，好像蛮紧张，恨不得一个月赶不到一个月，哪还能抽 20 元出来筹集会费用啊。"

杨老师很理解桃媛姨，安抚桃媛姨说："呃，你这钱是蛮紧张。你婆婆到这儿了，家里也没人种地了，又没得贴你们的，过几年孩子们大了就好了。唉，你妹妹像蛮勤快，每次来了都帮你们收洗，你也省心不少啊。"

桃媛姨听到杨老师说到自己的妹妹，云里雾里，不知道杨老师说的是哪个妹妹，在哪里收洗。桃媛姨觉得不好直接问究竟，就说："您怎么知道的？"

"我听王老师说的。王老师和你们家李老师住一栋宿舍，他经常看到你妹妹来帮忙洗被子床单。"

"哦。"桃媛姨嘴里表示知道了，领会了杨老师说话的内容，心里却如同十五个吊桶打水，七上八下着。

自己的妹妹康爱媛在备战高考，姑妹子李福珍在郭河修配厂上班。她母亲在我这里，她到我这里的时候都不多，她还去她哥哥那边？她哥哥也从来都没给我说过这件事？如果不是李福珍那又是谁呢？

8

家兴叔在郭河中学的寝室里是有一张床，是他们的侄儿子，就是他大哥李家仁的儿子李昀海住在里面。李昀海的爸爸妈妈都从没有来过，是谁来帮他洗被子床单呢？

桃媛姨没再说别的，只和杨老师打声招呼就出我寝室回家了。

第二天，桃媛姨来我家对我说："一恋，我准备考生物专业拿本科文凭。"

"那小昀他们谁照顾？"

"我报考函授班，每次学习只几天，一般都是在寒暑假，对教学工作基本没影响。只要考上了，平常学习应该没问题。"

"您为什么要考生物，不考数学？"

"我的实际水平不高，考数学肯定是考不上的。生物是冷门，报考的人少，考取的希望大一些。"

"可以呀，我都想再参加一次高考拿个大学文凭，就是田宇峰不同意。

现在更加不行了，至少得等三年再看行不行。"

"呃，你还要等几年，等孩子稍微大一点儿再说。我现在，他们三个都上学了，他们的奶奶安置他们吃喝，我除了过问一下他们的学习，别的不需要我管。我就是一个班主任的工作，我准备推掉。这些天，如果有谁找我，你就帮忙招呼一下，就说我有事不在家，免得打扰我复习备考。"

"好的。"我很爽快地答应了桃媛姨。

从这一天开始，桃媛姨再没有时间与我撮白（方言，这里指闲暇无事时寻找话题闲聊）聊天了。

桃媛姨不仅推掉了班主任工作，还把课表调整了一下。她的课全放在清早或下午最后两节，中午前后一节课都没有。每个白天，桃媛姨除了上课，就是看书备考；晚上就是改作业和做家务。

桃媛姨白天看书并不在郭河小学的寝室里，而是在郭河中学家兴叔的寝室里。而且，桃媛姨很喜欢搬个凳子坐在家兴叔寝室旁边的小巷子里看书，安静、空气好。

有一天，桃媛姨照例在小巷子里看书，一个人影走来。桃媛姨抬头一看，是家兴叔原来在红庙中学教过的一个学生，长相和平冬梅有几分相似。看她走路的神态和与桃媛姨对视时的表情，桃媛姨立马明白了杨老师说的"勤快妹妹"是怎么回事儿了。桃媛姨正颜厉色地对她说："你怎么走到这里来了？再敢往这里走来试一试！"对方立马回头走掉了。

晚上，桃媛姨像平常一样，批阅完学生的作业，收拾停当家里的一切后上床睡觉。这一天，桃媛姨不仅自己翻来覆去睡不着，她发现家兴叔也没有睡着。以前，家兴叔睡不着时喜欢和桃媛姨讲知心话，不知从什么时候起，家兴叔再没有与桃媛姨讲悄悄话的习惯了，也不知多久两人没有在一起亲热了。桃媛姨之前没发现这个现象，现在想起来，都想不清楚她和家兴叔之间是从哪一天开始失去热情的。桃媛姨想起白天赶走"勤快妹妹"的一幕，虽然很气恼，但也觉得家兴叔也是一个不得志的人。

桃媛姨什么都没说，转过身去抱着家兴叔睡了一会儿，又在家兴叔身上摩挲了一会儿，家兴叔好像无动于衷。桃媛姨没有生气，只是极尽温柔地拥抱着家兴叔，极尽兴味地嬲弄着，直到家兴叔将她紧紧地拥进怀里。

桃媛姨仍然白天上课、看书备考，晚上批阅学生作业、料理家务；家兴叔仍然白天去郭河中学上班，晚上回郭河小学就寝。

又过了一段时间，"勤快妹妹"又出现在了家兴叔寝室旁边的巷子口。这次，没等桃媛姨开口，"勤快妹妹"自己主动转身退去。晚上，桃媛姨仍然没有对家兴叔提及"勤快妹妹"之事，只是像上次一样，主动地与家兴叔亲热了一阵，这一次的家兴叔明显地比上一次积极热情。

桃媛姨平时上课、看书、批改作业、料理家务，在郭河中学与郭河小学这两点一线上忙碌，从不嫌累嫌烦。每次在看到"勤快妹妹"出现在巷子口时，桃媛姨不仅不生气，反而对家兴叔更温存体贴。

"勤快妹妹"在巷子口出现的频率越来越低，家兴叔在家的笑脸越来越多，桃媛姨工作和家务的干劲越来越大。这样的生活持续了大半年之后，那个"勤快妹妹"再也没有出现在郭河中学的那个小巷子口了。有人做媒给"勤快妹妹"在武汉纱厂介绍了一个男朋友。"勤快妹妹"答应了和这个男朋友结婚，然后她去武汉纱厂上班了。只是家兴叔是否知道桃媛姨在巷子里的蹲守、是否知道"勤快妹妹"多次的穿巷受阻而无法登门、是否对"勤快妹妹"牵挂惦念不舍分离，桃媛姨就不得而知，我们旁人就更无从知晓了。

9

李昀海没有得到中专指标，家兴叔准备要他再复读一个初三。菊姑姨跑来桃媛姨家怪罪家兴叔说："复读一年又要吃一年的米，还只能考个中专，还不如就读高中，兴许能考个好大学。老二的孩子都准备读高中上大学，他的儿子比我儿子聪明些吗？"

家兴叔好言相劝说："大哥身体不强壮，你一个妇道人家也闹不来，让昀海读中专早点出来挣钱，给你们减轻负担。如果他读高中要多吃三年的闲饭，到时候如果考不上大学那不是更加难办吗？他如果考中专考不上还可以继续读高中。中专指标很少，考上中专的希望很大，所以中专指标很俏。如果是在红庙中学，关系户少，我能搞到中专指标，郭河中学老师多，关系户就多，学校的中考指标要排队的，侄儿子和老师自己的孩子比，亲子优先。我今年搞不到，明年肯定有我的，因为我在郭河中学已经满三年了，可以有一个指标了。老二的孩子我就没指标了，他本身是商品粮也没必要急着考中专，他将来考不上大学还可以走中专或技校，我就不操心了。"

"如果他明年中考考不上，又读高中，年龄大了，万一别人卡年龄怎么办？"

"年龄好说。康志忠和康志孝上学写的年龄都是假的，减了三岁的，没人查年龄。"

菊姑姨嘴巴上虽没有说谢谢家兴叔操心费神的话，但也是默认了家兴叔的安排，默认了家兴叔这个小叔子对侄儿的关心与关照。菊姑姨主动问起桃媛姨的妹妹康爱媛的高考情况，桃媛姨告诉她："爱媛考得不蛮好，勉强能走个二本，走得成的话还要交点儿钱，她哥哥在帮她想办法。爱媛机会还蛮好，刚好康志忠今年在他们学校负责招生，可以和别的学校招生负责人拉关系，争取能少交点钱被'正常录取'。"

"她原来成绩蛮好的，高考怎么没考好啊？"

"原来在红庙中学是属于上等，但到仙桃一中后就只能属于中等了。能到仙桃一中的学生都是下面各个初中学校的尖子生，尖子生到一起了也不可能全都并列前茅，总是有前有后的。一个县里都有那么多会读书的人，一个省就更多了，全国的学生还多些，她考到这样就不错了，我们家也没有那种特别会读书的人。"

"李小昀读书怎么样？"

"一般般。"

"还是不是一恋在教她？"

"不是。一恋休产假的时候，她们班的数学课是秦贵学在教。这个秦老师和家兴一样是民转公的，从建华小学调来的一个男老师。"

"一恋现在带什么课呢？"

"她还是教数学。她休产假本来只有56天，但她产假结束时正好是期末复习考试，她就没接手小昀他们了。后来她就又从一年级开始教一个新班。"

菊姑姨和桃媛姨聊了一阵就回家了。菊姑姨这次并没有进到我家来，只是从门前经过时打了个招呼，遇到曾佑兰老师，也只随意点了个头。

10

我结束产假上班不久，县教育局在郭河小学组织一场教学观摩会，要讲两节课，语文课是小吴老师主讲，数学课是秦老师还是我学校没有确定。校长找到我说："这个秦贵学呢没把握，有可能讲得很好也有可能搞个乒天（方言，这里指教学失误或出现知识性错误）；你呢，声音和外形决定了你不可能把课讲得特别的精彩华美，但以你具有的专业知识和智慧才能绝不会把课讲砸。就是你讲课不可能很出彩也不可能出错，秦贵学就难说了，可能讲得很成功也可能完全失败。你说谁讲这节课？"

"呵呵呵呵，我随学校的意思。"

过了两天，校长又找我说："还是你讲吧，打有把握之杖。这次讲课要录像的，我们县只有仙桃实验小学有一台摄像机，刚买的，在我们学校是第一次使用，所以你要好好准备一下。"

我答应了校长。

讲课那天，学校接待了全县各个学校的语文和数学老师，操场上站满了人。下午放学时听课的老师们都回自己学校了，学校的教学秩序恢复了常态。这时，曾佑兰老师急急地找校长说："我儿子不见了。"

"什么时候不见的？"

"不知道。就是放学了还不见他回家，他老师说他早就走了，究竟是什么时候离开他们班教室的老师也不知道。"

"不会是跟着听课的老师们一起出校门的吧？老师们，赶紧去找孩子去。秦老师，你带几个老师沿仙监公路向东往仙桃的方向去；袁老师，你带几个人到郭河转盘，到那里找看看；其他老师到我们校门口分工，各个方向的每一条路都安排人找。"

我很着急也有些自责，怎么刚刚给他们上一节课，就出了这个事情呢？我和曾老师两人就站在校门口。过了一会儿，菊姑姨来了，她对曾老师说："你儿子是不是不见了？"

"是啊，急死了。老师们正在帮我找。"

"在张沟。"

"啊，怎么跑到张沟去了？"

"我去张沟走亲戚回来，在张沟街上看到一个人拖着板车，板车上坐着一个小男娃，我看了这娃一眼，这娃看着我在笑，我觉得这娃蛮面熟，就随便问了一句'你去哪儿？'他说：'我去找我爸。'我感觉这娃像是你儿子。上次我到这里来碰到你，看到你旁边站的你儿子，我又不确定他是不是你儿子就又问了一句说：'你爸爸在哪里？'他说'我爸爸在开车'。这时候，路旁一个男的转过头来说：'这不是曾佑兰的儿子吗？喊我叔叔。'那个拖板车的就说：'他说他爸爸在仙桃开车，要我把他带去找他爸爸，我带他去找他爸爸去的'。那个小叔就对拖板车的说：'谢谢，谢谢。他爸爸是在开车，正在找他，谢谢您，谢谢您！走走走，我们去餐馆先吃顿饭，把肚子吃饱了等他爸爸来接他。太谢谢您了。'然后，那小叔就对我说：'您去叫他爸爸妈妈来接他吧。我们就在张沟餐馆里等他们。'这个小叔还给了我一个纸条，这是他给我的一张条子。"

菊姑姨说着，递给曾老师一张便条。曾老师接过纸条一看，知道了这个小叔是曾老师老公的同事，家在张沟，上街碰巧遇上了曾老师的儿子。这个同事和曾老师一家很熟，他知道曾老师的老公这几天出差在外地，所以他估计拖板车的是个人贩子，他要先稳住孩子，要确保曾老师能接回孩子。

正好这时候家兴叔下班回来了，家兴叔就和曾老师的妹夫一起陪曾老师去张沟，给拖板车的买了一双雨鞋，扯了一段布料作为酬劳，对拖板车的人道谢后接回了孩子。

11

家兴叔在郭河中学的教学工作很出色，被提拔为郭河中学的教导主任。家兴叔当上教导主任后不仅更积极努力地致力于教学教研，对学生的思想品德、道德修养也很关心关注。

有一个周一的早上，上课之前，家兴叔在校门口转一转，看到一个孩子和一个老年男子在拉拉扯扯。他走近询问才知道是一个初三毕业班的男生嫌父母给的伙食费太少了，不肯上学，父亲背着米送他到校门口。这个父亲不断保证下个星期天一定提前帮他准备好他所需要的钱和米，但这个孩子仍然态度无礼。家兴叔接过老人手上的米，批评这孩子对自己的父亲态度不好，这孩子却凶了家兴叔一句："谁让你管。"并恶狠狠地对自己的父亲说："滚回去。"

啪，家兴叔给了这个孩子一巴掌。这孩子冲口一句："捅（方言，音tōng）你的姆妈。"

啪，家兴叔又给这个孩子一巴掌，并把他连人带米提到了他的教室里，交给了他的班主任。

后来才知道，这个孩子的母亲是民间所说的秤砣生，终生只孕育了这一个孩子。这孩子的父母因为一直没有生娃，就领养了一个侄子。后来，父母在接近四十岁时意外有了他这个老来子，所以对他特别宠爱。父母的养子已结婚成家，虽然和他们住在一起，但对这个弟弟也是说话重不得轻不得，就在村尾修了房子搬出去另起锅灶了。哥嫂搬出去后，这孩子就更加有恃无恐，肆无忌惮，但他在学校还算听话，对老师的学习任务还是尽力完成。这次，不知什么原因嫌父母给他准备的钱太少，他就不肯上学了。父亲看他周日晚上没来学校，就给他讲好话，周一清早送他来上学。

这孩子不情不愿地由父亲领着来上学，在校门口被家兴叔遇到，这么一闹，这孩子可能觉得在同学面前丢脸了，就从心里抗拒学习了。从这一日起，这孩子的学习干劲日渐消减，最后是完全没精神搞学习。两个多月后的中考，这孩子考得一塌糊涂，初中毕业后就辍学没再读书了。

这孩子的中考成绩考得不好，但也不是全班最差的成绩，家兴叔看到他的中考成绩时虽然觉得很惋惜但也没特别放心里去。

大半年后的春季学期，开学近一个月的三月中旬，这孩子来到学校，嘴里嘟哝着："李家兴，老子砍死你。"

孩子的父亲跟在后面，看到一个老师，赶紧跑过去对老师说："我拉不住他。您帮我对李老师说一声，叫李老师回避一下。"这个老师赶紧通知家兴叔躲避一下，并和其他老师一起把这孩子劝回去了。

又过了两个多月，六月上旬，这孩子又来到学校，肩上扛着一把锹，嘴里喊着："老子砍死你。李家兴，老子今天就砍死你。"遇到的人赶紧送信给家兴叔，家兴叔赶紧躲进就近的老师寝室。老师们又好说歹说把这孩子送出了校门。

有人说这孩子得了精神病，他父亲说："也不知道他是不是得了病，他平常还好，就是隔几天就骂李老师，特别激动时就要往学校里来找李老师。有时候我们劝得住有时候劝不住。"大家也不知道是该建议这孩子的父亲把这孩子送去看医生，还是建议学校报警把这孩子送去派出所，只希望这孩子能忘记家兴叔，不要再到学校来找家兴叔。

暑假过后，郭河中学装了校门。但新的学年，这孩子又来找家兴叔。而且来的次数更频繁，来的时间更无规律。每次来时都扛一把铁锹，嘴里只喊一句话："李家兴，你出来呀。"

这孩子每次来，这孩子的父亲就给家兴叔赔不是，家兴叔就进退两难。这年的年底，这孩子半个月之内就来郭河中学三次。家兴叔思来想去，和桃媛姨多次商量，最后向学校提出了辞职。学期结束，家兴叔离开了郭河中学。

离开郭河中学后的家兴叔首先去了那个孩子的家里。孩子正在家里看书，家兴叔说："你好！看到你在学习，我很高兴。今天，我来是专意给你赔礼道歉的。那次，我太冲动，对不起。我想接你再去学校读书，复读初三。在红庙、郭河都可以。或者你在郭河公社任意选一个学校，我都可以帮你去联系，以我个人的名义，该出钱的我出，该办学籍的工作我去做。"

这孩子居然不吵不闹，很平静地对家兴叔说："我想去读烹饪学校，将来做个厨师。"

"也可以。我帮你打听一下，看能不能找个职业学校。"

家兴叔真的打听到武汉有一所技校，有烹饪班，而且招收学员不要求高中学历，初中毕业、小学毕业都可以。家兴叔帮他交了学费，办好手续，和他父亲一起把他送进了学校。

1990年，郭河中学的高中部搬迁到郭河大道以南，鸿博路的东边，王家台的村头，取名为郭河一中。原郭河中学的初中部留在原址叫郭河二中。不知是家兴叔不在郭河中学了，还是郭河中学搬迁了的缘故，这孩子此后再没有来过郭河中学，郭河中学的人也再没有谁提起过家兴叔与这个孩子的事。

家兴叔把这个孩子安顿好了后，他去仙桃找了一个私立学校。家兴叔在私立学校还是负责教务工作，他的工作比以前更认真谨慎，对学生的学习辅导和生活管理更翼翼小心。

第七章　心正气和

1

李家兴在私立学校上班，平常吃住都在学校。他每天早晨从起床开始就眼睛不离学生，关注学生起床、就餐、上课、洗漱。他不像班主任那样到班级去做具体的事项，但他像班主任一样整天和学生处在一起；他不像校长那样负责全校的所有事务，但他像校长一样全方位了解、及时处理学校的一切事务。班主任只需要关注一个班，校长只需要发号施令，家兴叔既要做具体事项又要统观全校。他虽然很累，但学生都遵纪守法，班主任及科任老师都认真负责，而且他的工资比较高，他累而快乐着。

私立学校与公立学校最大的区别就是作息时间不一样。公立学校是八小时不离岗制，私立学校是二十四小时不离岗制；公立学校实现了每周双休制，私立学校实现的是大周休假制。公立学校每周休息两天，私立学校是单周不休息，双周休息四天。私立学校的师生每个月都有两个四天的小长假。家兴叔很享受这种工作环境，每半个月兢兢业业工作两个星期就可以回家休息四天，工作期间无家务劳动，休息期间无工作要牵挂。更让家兴叔舒心的是，三个孩子从不要他操心，一切都是桃媛姨在管。

1991 年，李小昀参加小学数学奥林匹克竞赛获得一等奖。县教研室把秦贵学和李小昀两人接到仙桃，用一辆敞车，配备一个乐队，让李小昀和秦老师戴上大红花坐在车上，"插花披红"地在仙桃街上荣游了一圈。

这个暑假，桃媛姨拿到生物本科毕业文凭，由郭河小学调入仙桃八中教高中生物，三个孩子顺理成章转入仙桃一中和仙桃实验小学就读。桃媛姨的家搬到了仙桃八中。

家兴叔的侄子李昀海沔师毕业后在仙桃新生路小学教书两年，被提拔为教导主任；李家义当年被乡亲们指责，没有被选任书记，但与汪圆秀还是一心一意在家务农，女儿李青昀长得很乖巧，嘴巴很甜，左邻右舍也蛮喜欢；李家旺警校毕业后分配到荆州，在荆州公安处工作出色被调到公安局当副局长，并娶局长的侄女为妻；李家富师专毕业分配到荆州机械厂子弟学校，妻子是同校的老师，女儿长得很乖巧；李家贵华中理工大学毕业，分配在武汉工作，老婆钟惠颖原来是郭河中学的校花，现在是郭河医院的美女护士，因为两地分居，老婆调到武汉有困难，李家贵就停薪留职回郭河，在郭河街上租用了郭河企办的二楼的一整层房子，开了一家能复印打字的照相馆；退休后的李书记在老家，既没有和李家仁住一起，也没有和李家义住一起，而是自己单独住，并在红庙街上当了一名清洁工，每天早晨清扫红庙街道，不仅日子过得充实还可以多一份工资。

家兴叔的小家五口人带着余奶奶定居在仙桃，他们和住在郭河时一样，柴米油盐酱醋茶全买回家了交给余奶奶掌厨，做饭洗衣之外的家务事主要是桃媛姨晚上做。家兴叔平常比较忙，单周周末不回家，每个双周休息四天时他就回家畅畅快快地休息几天。

家兴叔他们一大家人的生活都有声有色，滋润自在。特别是李家贵的生意很好。因为他的照相馆里有电脑设备，既可以打印照片也可以打印文件和各种图片资料。不仅是郭河，郭河周边的张沟、沔城也没有李家贵这样现代化的印刷设备，就是仙桃街上有搞打印的也没有他的设备高档。当时的郭河，一般居民家庭连电话都没有，李家贵的家里却摆着一台照相机、两台电脑和三台打印机。

这样的生活过了三四年，不知是李家贵自己觉得自己钱很多，还是旁人看到他钱很多，有人约他赌博。于是李家贵爱上了赌博，他特别喜欢掼三皮子。

赌本越来越大，赌窝越来越远。他们的赌资核算从几百几千地数钞票张数到一厘米两厘米地量钞票厚度；赌场设立从郭河街道的住户到方圆几公里的村落。钟惠颖着急得不行，说也说不好，管也管不住。眼看着李家贵一天天心心念念去赌钱，钟惠颖叫来自己的娘家兄弟，把李家贵关在家里看守着。但李家贵几个五几个六唬着两舅倌就机出去（方言，表示用心思创造机会忽悠看门人而偷跑出去）了，一出去就是几天几夜不回家。钟惠颖又找来几个亲朋和自己的哥哥弟弟一起，自己领头出去找寻李家贵，找到人后把他

弄回家，然后要家兴叔来给李家贵做思想工作。

2

家兴叔来到郭河李家贵的家，家里除了电脑之类的耗材和设备，家具和生活用品几乎没有。原因是钟惠颖经常上夜班，他们家很少在家做饭，一般都是到郭河医院吃食堂。他们的婚房是郭河医院的寝室，一直没有动，只在这二楼上添了一套简单的炊具，他们的孩子马上要读一年级了，李家贵却一心赌博要钱，既不关心儿子的学业，也不关心儿子的生活。家兴叔很感慨，对李家贵说："你挣钱这么多，既不改善自己的生活环境也不改善孩子的成长环境，就学会了赌博，难道你这一生就只想让人家知道你会挣钱会要钱吗？除了钱，你就没有别的追求吗？"

"我就是不服气。那些傻头傻脑的人为什么能赢钱？我要让他们认识我，要他们服我。"

"赌博的人会服谁？赢了觉得自己有能耐，觉得自己以前勤扒苦做比不上赌场的揭一堡；输了怪自己运气不好，觉得自己的运气不会永远那么差，坏运气到头了就是好运气要来了。凡是赌博的人，只要上瘾了都跟吸鸦片的人一样，没得几个能走出来的。"

"我就不信。"

家兴叔觉得李家贵迷恋赌博已经到了"走火入魔"的程度，不是一时半会能转变思想，三言两语能解决问题的。他要钟惠颖去找李书记，让李书记推掉清洁工的差事，到郭河来住在李家贵家里帮忙照顾李家贵三口的生活，也能监督李家贵专心做生意。

李书记在听钟惠颖说到李家贵现在的状况时也很着急，立马辞掉红庙街道的工作，收拾好日常用品跟着钟惠颖来到郭河。家兴叔和李书记陪李家贵住了两天，家兴叔要回去上班了。家兴叔又关照了李家贵几句，叮嘱了李书记一番就回仙桃了。

家兴叔回仙桃后和桃媛姨说起李家贵，桃媛姨说："李家贵当初就不该回郭河。'人往高处走，水往低处流'。郭河街上的人毕竟大多只求生活安逸，追求目标大不了奔小康。李家贵在这种环境里当然只想到挣钱养家了，能够养家就觉得自己上顶了，没有更远大的目标啦。也许是那次在家休学一年闲散惯了，还没收心。"

李书记在李家贵的家里大门不出，二门不迈，除了做饭、拖地，其他事都不管。李书记把自己的一双眼睛老放在李家贵的身上，生怕他乘人不备又溜出去了。

家兴叔回仙桃后的第三天，李书记照例做饭、拖地，督促儿子、孙子吃饭，在家东瞧瞧西看看。中午，孙子去幼儿园后，家兴叔拖地结束，他正准备把拖把晒到阳台西头廊檐外，看到李家贵从大门口出去准备下楼。李书记扬声问："你去哪里？"同时，把拖把往阳台斜上方隔壁楼房的挡雨檐子上一挂。不知道是用力过猛还是心中着急，他脚底一滑，人摔下去了。

李家贵没有回答父亲，他头也没回就下楼准备出去，走了几步没听到李书记的动静，觉得有点儿不对劲，就又返回来。他没看到李书记的人，一找寻才知道自己的父亲摔到了楼下的巷子里。这个巷子很小，所以里面有一些碎砖破瓦从来没有人清理过，李书记就摔在了这一片砖瓦散落，杂碎累积的垃圾上。

李家贵赶紧喊人把李书记弄出来，抬到医院。在医院，医生还没开始抢救，李书记就停止了呼吸。

一家人悲痛万分，不知是哪里出了问题才导致这样的家庭悲剧。这些年能从华工毕业的学生不是去北京就是去国外，最起码也是在武汉。如叶童欣，华工毕业后在武汉工作几年就到日本，日本待了几年又去了美国。而这个李家贵虽说比叶童欣低两届，又曾受伤影响了学业，但与他同届的学生往国外和大城市走的更多，他却跑回到郭河。

这些年改革开放，无论原来是穷还是富，只要是有点儿上进心的人都闹得好，满街的人都发财了，有人赚的钱可以买两条郭河街。比如，郭河街上的郭正廷，当年不肯下放到农村，郭河街道安不下他，他带着老婆在武汉，白天拖板车赶脚力，晚上睡桥洞，流浪了十几年，国家政策一开放他就回郭河开门店做生意，把郭河供销社都比垮了，人家的钱别在腰包里看都不拿出来看。这个李家贵刚赚了一摞钱就嘚瑟到赌场去。

人家修楼房的，不小心从二楼顶摔下来都只是小伤，几天就出院了。像那个郭河砖瓦厂的厂长从 50 米高的烟囱上摔下来，虽然住了几个月的医院，但人家也只摔坏了腰。李书记从二楼底摔下来就丢了命！这是怎么回事？怎么得了啊？

3

无论大家怎么悲伤，都没有谁责怪李家贵半句。他们安葬好李书记，一家人才坐在一起交心谈心。

李家旺说："像你这样，如果自己控制不住自己的行为就属于病态，要去专门的戒赌所去。你好好想一想，能不能克制自己。以后，把赚得的钱交给钟惠颖管理，你要用钱的时候再和她商量，让她和你一起去处理事情。再就是你和那些喜欢赌博的人断绝来往，你不去找他，他来找你不搭讪。如果他们勉强你去你可以报警，关键是你要自己说'不去'，你不想去谁也不能拉你去。"

钟惠颖说："当初，我复读了三年他等了我三年；我卫校毕业分配到郭河调不进武汉，他辞掉武汉的工作回郭河来；平时，他赚的钱一分一毫都是给到我手里，遇到的大事小事他都和我讲。所以，他说要用钱办事，我从来没有怀疑过他，我想都没有想到他会去赌钱玩！还是我们一个同学和我聊天时说起来我才知道，那时候他就已经陷进去了。我平常上班长期三班倒，也没得时间盯着他。再说，他是一个成年人，他自己不打算戒赌谁也帮不了他。我把他锁在屋里他都可以瞅空跑出去。关键还是要他自己首先愿意远离赌场，我们才能在旁边监督帮助他控制自己。"

家兴叔说："要改变环境。人不能太安逸，要给自己一点儿压力。虽说压力太大时人会觉得很累，但完全没压力也是很容易失去生活的斗志甚至失去生活热情的。人要不断学习来全面提高自己。人往高处走，水往低处流，水不流动就会腐质变臭，人不上进就会变得慵疏懒惰。你们还是离开郭河吧，往大城市去，你和钟惠颖一起出去帮人家打工也行。一个大学生做拍摄、打印这些没有技术含量的活，脑袋相当于长期休息，它当然想寻求新鲜刺激来活动大脑，赌博正好点到了你的兴奋区。我觉得你要找个新的事物转移兴奋点，随便是武汉、广州，去找个新工作。钟惠颖的工作无法调动就辞职算了，你要一个工作籍不就是为了今后的生活有保障吗？李家贵不离开这个环境，不能戒掉赌博，你们挣钱再多也不能保障生活质量。"

李家富说："我都想辞职。之前，我们学校条件好得很，我们老师除了工资外还享受工人补贴，工资比地方学校的老师工资高出一大截，学生来源又好，教学很轻松很容易出成绩。但这些年成绩好的学生都到旁边的附中等学校就读了，留下来的学生越来越少，越来越不爱学习，老师的工资虽然也在涨，但没有地方学校的老师收获的奖金、补课费之类的。账面上的工资不低，但装进钱包的钱比人家少一大坨。主要是学生少，教学没激情。我们学校有的老师考研究生走了，有的想方设法调到别的学校去，整个学校偌大的校园没几个学生，估计坚持不了两年了。也不知道到时候是个什么状况，现在的人好多都往南方跑了。"

"我想去澳门看看。"大家说了一大堆后李家贵开腔了。

"挨都挨不得。"听到李家贵的这句话，李家旺立马抢过话头对李家贵说，"平冬梅的老公，独种宝（没有同胞的哥哥弟弟），跑到澳门，去赌场转了一圈钱就输光了。回来把他父母的钱拿去又输光了还不够付清赌资，人家把他两条胳膊两条腿掰断了扔到了山上。幸亏平冬梅的两个姑姐不放心，和他姐夫开车去找他，找到他时他在山上躺了两天，要不是找得及时，命都没有了。"

李家兴接过李家旺的话说："平冬梅的二哥不信那个邪，去澳门赌场输得精光了。他本来在武汉开金店，生意做得好得很，他自以为自己很精，结果把整个店子都输光了。好在他心态调整得蛮快，现在就在武汉街上蹬三轮车给别人送货。十赌九输。你见谁赌博发财了的？除非你是赌场的老板。再说，赌博既不开发智力，也不创造财富，赌博完全是毁灭人性。它是那些不劳暴富的人穷奢极欲地消遣，是那些想发横财的人投机取巧的自作孽，哪个正经人把赌场当乐园？哪个有本领的人正经事不做了去赌博？"

李昀海说："我看我们学校旁边的餐馆生意蛮好，要是能到那里开个餐馆应该可以。"

"培训班应该有市场。"

"要想赚钱，可以在仙桃开个培训班。如果是想舒舒服服过日子，可以继续开你的照相馆，就是换个环境，到仙桃或者武汉，就是荆州也可以。"

大家你一言，我一语，你一篇，我一段，反复讨论后最终决定：李家仁和李家义两家去仙桃找个门面开餐馆，李家贵到荆州办个奥林匹克竞赛的培训班，他们的母亲再不去仙桃家兴叔那里，以后就跟着李家贵帮李家贵带孩子。

李书记的"头七"过后，李昀海与家兴叔他们一家回了仙桃，李家旺与李家富回了荆州。"五七"过后，李家贵带着母亲回到郭河。"七七"过后，李家贵只身去了荆州，他住在李家旺的家里。余奶奶陪着钟惠颖母子住在郭河，钟惠颖继续在郭河医院上班。

这一年的年底，春节前夕，家兴叔他们几弟兄又一次都回到老家。他们从腊月三十到正月十五都要守在家里，因为李书记年前过世，这一年的春节期间他们孝子不能登别人家的门的。

腊月三十的晚上，他们带上几样饭菜和一点儿酒，还有香烛、纸钱、纸手表、纸衣服等，去给李书记和先祖们上坟。他们分别到新旧墓前为先父先祖们烧纸物、冥币、放鞭炮、磕头敬香、放供碗、点灯。一应完毕后回家，接着准备初一招待烧清香的人们的点心、茶食。

初一的清早，就有乡亲们来给李书记烧清香。他们的堂屋正中放着一张八仙桌，桌子四周放着长条凳。桌上放着两个桌盒，一个桌盒里放着买来的几样精致甜点，一个桌盒里放着自家做的麻页子（炒米裹麦芽糖整成形后切成几毫米厚度的长方形薄片）、玉兰片（糯米粉蒸熟后揉成团，整成一些长条晾干后切成约一毫米的极薄的椭圆形片片，再晒干至焦枯。这样的玉兰片可以用沙炒熟了吃也可以用油发熟了吃）之类的粗食。盛有开水的保温瓶放在堂屋的神柜里，喝茶的碗和杯子放在桌上，预备着随时给来家的人上茶吃点心。但邻里亲友们为了减轻李书记家人的负担，都只在家兴叔他们家门前放鞭炮，与家兴叔他们打声招呼拜个吉祥就走，一般都不进堂屋喝茶。来烧清香的宾客只有桃媛姨的娘家人和一些远道来的亲朋放鞭过后进去坐一会儿，喝顿茶了才走。

因为家里的亲戚比较多，李书记生前人缘好，大年初一的一整天他们家门前没有断过鞭炮声，但茶水用得不多，一是大家都很体谅家兴叔他们，二是有人在初一这一天需要到几处去烧清香，而烧清香是越早越为敬，讲礼性的人就希望在初一的上午能完成各处的烧清香。

按春节的习俗，大年初一就是拜父母，初二拜岳父母，初三拜亲朋。家里有新亡人的就有一些忌讳，涉及到哪些具体行为会随地域不同有些许差异，像沔阳只忌讳孝子不出门，而洪湖连未成年的孝孙也忌讳。"十里不同音，百里不同俗"，地域文化还是有差异的。不过，这些风俗大体上是一致的，一般情况下，讲究的人就自觉遵从最严苛的那一方风俗啦。

家兴叔他们还是严格按照老一套在办，从腊月二十八到正月十五，家兴叔一大家近三十口人每顿饭都是在一起吃。家仁叔和家义叔两家轮换着，菊姑姨和圆秀姨负责烧火做饭，家仁叔和家义叔主要是帮忙在厨房打下手；家兴叔和家贵叔主要负责必要的生活用品和肉鱼糖果之类的采买；家旺叔和家富叔主要负责端茶递烟等接待来宾的事务。所有的开支最后统算，几弟兄分摊。实际上只是家兴、家旺、家富、家贵他们四弟兄出钱，因为柴米油盐是家仁、家义两兄弟负担的。

正月十五元宵节过后，他们就都准备离开老家了。孩子们上学的回学校，工作的回单位，几弟兄也各自回自己的小家了。家仁叔和家义叔也不在老家待了，他们把家里重新收拾了一番，带上部分生活用品去了仙桃。李昀海帮忙在仙桃实验中学附近租用了一个门面，他们开起了餐馆，餐馆的名字就叫"排湖三蒸"。他们没有另外请厨子，主要是菊姑姨掌锅、圆秀姨帮厨、李青昀收款，家仁叔和家义叔采买和打杂。餐馆里的大菜就是三蒸和肉元子，其他的基本都是一些家常小菜，来客大半是学生家长，李昀海偶尔带一些食客过来，生意还可以。

李家贵在郭河的生意停了，他去荆州没有开补习班，而是在荆州首开的一家网吧打工。他还没有想好，自己究竟是租屋开网吧还是租店做图文快印。妻子钟惠颖继续在郭河卫生院上班，还没有向单位提停薪留职的话题；儿子李钟宏在郭河小学读学前班，由奶奶照顾饮食起居。

4

李家富回单位后，一边工作一边在家复习，他想通过考研究生来改变生活环境。他着手复习刚个把月，就被调入荆州附中。

李家富的工作调动很突然，原因是附中的一位语文老师因为评职称受阻，又想到自己没有得到"快班"的教学及班主任工作，认为学校领导有意给他憋屈，他在老师会上对校长说："你们不给'快班'我带，损失的是学生；你们不给我高级教师的申报指标，损失的是学校。"然后的某一天，不打一声招呼就去了南方。这个老师坐在了广州附中的教师办公室里才通知学校，"我不干了。我已坐火车南下。'此处不留爷自有留爷处'。"弄得学校措手不及。学校领导请示市教育局，教育局就近把机械厂子弟学校的李家富调到了荆州附中接手这个老师的教学任务。

家富叔调入附中，明面上是降级，内心里他在附中才有投身工作的实际乐趣，他很乐意自己被调入附中。

家富叔在附中的工作很舒心，他暂时放下了考研的事一心扑在教学工作上。学年结束，他教学工作的效果很好。暑假期间，家富叔回老家玩，也到我学校来，他告诉我："荆州附中换了校长，现在的校长很热衷于教学，很爱惜人才，学校的教学管理也越来越完善。现在学校公开招聘业务能力强的老师进校任教，你和田宇峰可以去试一试，说不定被校长认可。如果学校认为你们可以，学校想接受你们的话，工作调动的事不需要你们操心，学校帮你们办理好。"

"我是教小学的呢？"

"附中有小学部。附中周围也有几所小学，你也可以后一步再去。"

我当场就答应下来，对家富叔说："可以呀。现在是暑假么，去试一下，行不行无所谓。能行的话，调动工作不需要我们操心；不能行的话，就当去荆州旅游了一次，又不损失什么。先让田宇峰去，如果他能在那里站稳脚跟，我再调去也多了一条路径；他在那里搞不好，我在这里还有个窝，他可以退回来。"

"如果接受的话，有一年试用期，你们想好。"

"我觉得没问题。"我对家富叔讲了这句话又对田宇峰说，"如果你能顺利地调过去，即使这个附中不接受我，我还可以到附中周围去找另外的学校。你不用担心你去了而我调不去。"

田宇峰这才说："可以去试一试。"

"那就说定了，我帮你们联系试讲的时间。"家富叔很认真地和我们商定着一些具体事项。

我把这些告诉我父亲时，我父亲说："'宁为鸡头不为牛后'，宇峰在这里还是个副校长，到荆州去还能当校长？还不是又要从头干起。"

"他在哪里都是教书。他又不是当官的料，他当副校长还不是带几个班，还不是天天上课，校长才是官才不代主课。"

田宇峰真的跟着家富叔去了荆州，他去试讲了。我在家里，和之前的暑假一样，看看书，陪儿子玩。田宇峰去荆州后的第二天中午，郭河中学的任校长来我家对我说："田宇峰呢？"

"他不在家。"

"郭河镇管教育的谢镇长在我家里，他要找田宇峰。田宇峰不在家，你去吧。找你是一样的。"

"找我？"

"嗯。你跟我来吧。"

我跟着任校长来到任校长的家。谢镇长躺在任校长家的躺椅上，见我进屋，他坐起身来对我说："听说田宇峰要调到荆州去？"

"还没确定。"

"如果他能调去的话是好事。虽然我们这里少了一个好老师，但荆州毕竟是大地方，有发展前途，应该去那里。我们为他高兴。"

我一听，这是个什么话，还没鼻子没眼的事怎么就连谢镇长都知道了？我看着谢镇长又看看任校长，任校长的表情虽然含蓄一些，也能看出他和谢镇长一样，好像是巴不得田宇峰立马调离郭河中学，这样可以腾出一个副校长的位置来。

任校长是老校长，田宇峰在他手下从红庙中学到郭河中学，在一起工作多年。田宇峰入党、履职教导主任再升职副校长都是任校长亲自提拔的。

谢镇长也是教师出身，当年也是任校长手下的一名老师，后来转行政，在镇政府工作了四五年，今年才任管教育的副镇长。他管教育了肯定要用他的一帮人。田宇峰是去年管教育的前任镇长时期提拔的，和这个谢镇长还没有接触过。

想到这里，我对谢镇长说："田宇峰从师范毕业一直在这里工作，大家都对他很好。所以，这次去荆州我们也是顺其自然，能够调去不喜，不能调去不忧。"

我这话一出口，任校长立马从坐着的凳子上站起来说："万一恋会说话，万一恋会说话。"

谢镇长只是笑，没有再说这个话题了。

田宇峰讲课很顺利，荆州附中表示愿意引进他这位老师，开学时他就去了荆州附中任教。因为是试用期，他的工资由荆州附中发放，比荆州附中同等级的老师工资低一点儿，比在郭河中学时的工资高一点儿。

我还在郭河小学任教。一年后，我在荆州过完暑假，开学前再回到郭河小学时，郭河小学的周校长对我说："你一直没有回来，也没有捎个信回来，我以为你不来了的。我们现在是聘任制，校长聘任班主任，班主任聘任代课老师。我们的开学准备工作已经都安排好了，昨天，所有班主任老师和代课老师都聘用到位，已经没有你的岗位了。"

我说："我不知道郭河的教育改革这么快，我以为还和之前一样，暑假结束了再上班。不过，暑假期间我是准备给您写封信的，发现自己的字拿不出手；想给您打电话，又觉得我这么大驾吗？人都不来就拨个电话过来呀。这样咳咳糊糊（方言，拿不定主意，犹豫不决的意思）的，一个暑假就结束了。"

"现在我这里肯定是不行的，你去找汤主任看看，看汤主任怎么说。"校长把我踢给了教育组。

汤主任是郭河教育组的现任主任，也是郭河小学的前任校长。郭河教育组的陶主任在任期间，我与汤主任在郭河小学共事多年，就这一年汤主任才调到教育组任组长。

我到郭河教育组找到汤主任，汤主任说："田宇峰的工作关系调去没有？"我说"还没有。"汤主任就说："那你直接去找荆州附中的领导，给他们点儿压力。你就说你原单位不要你了，你现在已经没有工作单位了，要他们赶紧给田宇峰办调动了再把你弄去。我们不要你是给你个由头，你就趁这个机会找他们学校去。"

汤主任的话让我无言以对，我就像一个被噎着的人一样满身的难受却说不出一个字来。

我没有任何收获地离开了教育组。

碰到郭河小学的同事，他们有的这样说有的那样说。原来的搭班老师说："我不晓得您还来这里，在老师名单里我没有看到您的名字。我要晓得您还在郭河小学的话我肯定聘用您了。我和您搭班时，您多好啊！这么多年的模范老师，优秀班主任，书教得那么好，不仅是我，哪个老师不愿和您搭班呀？只要是您在这里，您肯定首先就被聘用为班主任了。"

曾佑兰老师说："你的田宇峰去荆州时，你给汤主任送礼没有？"

"没有。田宇峰去的时候汤主任还不是教育组的组长。"

"你每次从荆州回来给汤主任带礼物没有？"

"没有。"

"你来来去去不理他，你到荆州去，跟他招呼都不打一声，他怎么会给你留岗位呢？你空着个手去找他，干泥巴泥壁怎么泥得上去呢？你买点礼物了再去他家里再跟他说一说，看他怎么答复你。"

我按曾老师的建议去买礼物。

买什么呢？

田宇峰又没有正式调动，送礼物给汤主任用什么说词？我去荆州属于探亲又不是去观光耍钱，我用什么理由给他买礼物？

想来想去，我就当作很随意的样子，买了两盒点心去他家里。汤主任正好在家，他从楼上下来，看到堂屋里八仙桌上的两盒点心，一脸不屑一顾的神情对我说："我先跟你讲了的啦，你去荆州找他们学校扯去。"

汤主任的爱人坐在门前的小凳子上晒太阳，接过汤主任的话笑着说："荆州啊，荆州还不好？有人做梦都想到荆州去。"

汤主任给他爱人一个眼色制止了他老婆的下文，我也没再说什么。

又是无功而返。但我不明白，我是郭河小学的在职教师，怎么不明不白地就被开除了工作籍呢？我去找教育组的副组长尹主任。

尹主任说："我也搞不懂。每次开会他都把你拿出来说，我又碰不到你的人。第一次说，我还没在意，他说'像有的老师不安心在这里的我们就不要'，没点名。第二次就点名说了，第三次调子越唱越高，我着急得不得了，但没办法联系你。最后他就直接说：'那个万一恋，我们肯定不要她了。随她到哪里去！'我一听，拐哒（方言，表示事情坏到了无法挽回的地步），这搞不好了。他话都说出来了，大会上说了一次又一次，他不可能改口了。我老想把个信你，就是不知道怎么联系你。你看我们这乡里乡亲的住着，我为你着急啊。唉，你像有个姐姐呀，蛮会说。"

"我姐姐？"

"嗯。她为她娃儿的事在那里说。你姐夫牛的马的地骂人，你姐姐从头至尾都是讲情讲理，每说一句话就把你拿出来挡到前面说'我妹妹万一恋也在这个学校教书'，我就知道了她是你的姐姐。我当时就觉得这个人好会说话呀，你姐夫还说：'管他哪个主任'，你姐姐不同，你姐姐总是巴倒（方言，表示把对方当自己人）说。我看是你姐姐，我就帮忙劝了半天，把问题处理了。"

"啊！是怎么回事儿啊？什么时候，在哪里？我怎么不知道啊，我姐姐没跟我讲啊。"

"具体的我也不是很清楚，你去问一下你姐姐。宇峰搞顺了啦？"

"学校是答应进他，但调动手续还没有开始办。"

"你可以叫宇峰找一下汤主任。"

"田宇峰？"

"呃，宇峰蛮精明，他精得像兔子，你叫他回来一趟的。"

"好吧。"我答应了尹主任的提议。

尹主任是军人出身，他和田宇峰是同村人，还是邻居。听田宇峰说，尹主任当年在部队因表现出色入党后被提干，并安排他留在部队当干部。但部队有一个要求，就是尹主任必须和娘家是地主成分的妻子离婚。尹主任不愿意与自己的发妻离婚，就没有在部队提干，转业回老家了。

尹主任在老家无论做什么事都认真谨慎，尽职尽责，干一行精一行。后来转到镇政府管教育，兼任教育组副组长，工作仍然是兢兢业业。尹主任无论在哪个单位工作，从没有被人说过不是。

5

我离开尹主任的家直接去了我四姐家。四姐一个人在家，我在四姐家吃饭，和四姐聊天。

"我今天碰到尹主任了，听尹主任说你蛮会说话。怎么回事儿？你怎么碰到尹主任了？"

"那是勇子被留校了。他老师把他关在教室里搞忘记了。"

"然后呢？"

"我们到处找，找不到他。后来问同学，同学说他被老师留下了。我们找到学校去，教室里黑黢黢哒，那娃儿一个人锁在里面又怕又不能出来。你姐夫哥会躁死（方言，很生气的意思）"

"什么时候的事儿？我没听你讲啊？"

"就是刚放暑假。他们交钱补课啦，你去荆州了。尹主任像哪（方言，怎么的意思）说？"

"尹主任就说你蛮会说。从头摆尾都是说事情讲道理，不骂人，说姐夫哥在那里牛的马的大骂。"

"他也没有大骂。他就说：'什么老师啊？没得本领当老师就不当的。'人家说，'这老师是汤主任的儿子'，你哥说'管他么主任，随他哪个的儿子，哪有老师把学生锁到教室里过夜的？'"

"你们当时就吵起来了？"

"第二天。当时学校里人都冇得。深更半夜的，我们找到勇子时，他被锁在教室里哭，门又打不开，你哥就一脚把门踹开了。第二天早晨你哥又跑去找老师。我是不放心就跟去了，校长就带我们一起到教育组去了。"

我大致明白了事情的原委，就没有再问细节。看到四姐红着脸，有一些难以启齿不愿再谈的样子，我感觉她们肯定与汤主任弄得很难堪，我也不想再问细节了。

我觉得这事弄成这样真该让我姐夫与汤主任各挨五十大板才算公平！我姐夫太没城府太情绪化，很明显这是老师忘记了，属于失误，与品德和能力无关，姐夫不应该在操场上斥责老师，不应该说老师没本领；汤主任无论是作为教育组组长还是小汤老师的父亲，在小汤老师出现工作失误时应该主动给家长赔礼道歉，积极安抚家长情绪取得家长的谅解，不能拿官腔压制人。

难道就是因为这个，我姐夫得罪了汤主任，汤主任报复到我？应该没有这么小气量吧！

我没有对我姐说其他的，只"哦"了一声。下面的聊天就当我不知道这件事的，没有再说这个话题了。

说到汤主任的儿子，我想起了一件事。那是汤主任的儿子要到监利师范去报道。汤主任打听到监利师范有一位老师是田宇峰的同学，一定要田宇峰和汤主任一同去监利师范，陪汤主任的儿子办报到手续。田宇峰和我姐夫是一个类型的人，他不仅不积极自荐主动向导，还对汤主任说："我不去。我这一直没有和他联系了，不知道他现在在哪里搞（方言，表示在哪个岗位工作）"。

汤主任把送儿子上学的专车停在我们学校门口时，硬从我们家拉走了田宇峰。结果到了监利师范又没有碰到田宇峰的同学，人家说不知道田宇峰的那个同学去了哪里，"这两天都不在校"。

后来我听说汤主任的儿子中考成绩不是很好，想了很多法子弄得一个指标，希望在进校报到的时候办理好一些手续不至于给之后的工作安排留下后患。但当时，田宇峰确实不知道这一些，汤主任大概以为田宇峰知道这些，与同学一起有意回避汤主任。

想到这一些，我哭笑不得，怎么就那么巧啊！人家说"冤家路窄"，难道我和汤主任是冤家吗？怎么鬼闯鬼地老和汤主任相遇？这么想着，我觉得我在郭河肯定是没有立足之地的了。但我还是觉得这一些都是误会，有时候是人在情绪激动时没有站在对方立场去思索，话赶话闹出的矛盾；我还是不相信汤主任会把这一些不愉快都归罪到我身上，会这么决然地"开除"我的工作籍。

我和我姐打声招呼就回荆州了。

我既没有当我姐说我工作的事，也没有当田宇峰说我姐夫闹郭河小学和教育组的事。我只对田宇峰说："汤主任让我找荆州附中的领导扯，要这里的校长把我弄进来。你回去再找汤主任说一说，看他对你怎么说。"

田宇峰回到郭河，他找到汤主任，迎上去给汤主任递烟。汤主任看都没看田宇峰一眼说："不消找我的。"转头避过田宇峰手上的烟，往另一个方向走。田宇峰追上去，把烟往汤主任面前送，汤主任既没有接过烟也没有推掉烟，仍然是君子动口不动手地说了一句："找我没用的。"汤主任不仅没有伸手，甚至没有直面田宇峰一眼，直接走了。

在场的老师在汤主任走后对田宇峰说："'热面擦冷屁股'，还找他个鬼。他这态度肯为你搞事吗？赶紧调到别处去，随便跟哪个说好话都不求他了！"

我们也觉得找汤主任不会有效果，只好找桃媛姨的姨父，郭河中学的前任张校长。张校长调到毛嘴后在毛嘴教育组当教育组组长，大家都称呼他为张主任。张主任把我和田宇峰的工作关系都调到了毛嘴，我就在毛嘴小学教五年级数学。

我在毛嘴待了一年就到荆州附中小学部任教。田宇峰的调动手续是我在毛嘴工作的时候办好的，我的调动手续是我在荆州工作满一年后才办好的。在荆州工作的头一年，有一次，我碰到张主任，张主任问我说："（在荆州附中）工作还顺利啦？"

我笑着说："我总不是像那样教书，没有顺利不顺利的感觉。"

张主任就说："我上次碰到那个汤主任时，我说了他的。我说'你卡别人搞么事呢？'你以后工作调动搞好了接他吃顿饭。他这个人！"

我笑了笑，没说啥。我估计汤主任可能是当张主任的面把我和田宇峰鄙薄了一顿，张主任不服气才对我说的这句话。我不想与汤主任的误会加深，所以没对张主任讲我们之间的那些过往。我觉得每个人都不容易，汤主任虽然霸道跋扈但那也是为了生存而本能地自卫，只是汤主任不知道别人也不是有意要伤害他的。

在我的内心，我从来没想到去伤害任何人，当然也包括汤主任；我坚信，一切误会都会随着时间的沁润而化解释然。

我的调动手续办好后，我和田宇峰的生活回到平稳正常的轨道。

我们俩都是很看重工作的人，从调到荆州后很少回沔阳。平常不能请假，寒暑假要带兴趣班，工作期间几乎没有回过沔阳。

6

有一次，荆州教研室组织的一个数学教研活动安排在仙桃实验小学进行，我参加了这次教研会。我在仙桃开教研会期间，在仙桃街上碰到了家兴叔。

我和家兴叔打招呼，没想到家兴叔走到我跟前第一句话就是："一恋，借点儿钱给我。"

我很奇怪，家兴叔怎么一个人在"逛街"；我与家兴叔几年不见，他既不问我的工作也不问我的生活，直接就说"借钱"，而我手上又没有带钱。

我笑着说："家兴叔，您看我像有钱的人吗？"

"随便你借几个钱我，给我就行，我过几天就还你。"

"我是来开教研会的，我根本就没带钱，就是我想带钱也没得。我们这些年一个荆州一个沔阳，工资都花在'两头跑'了。好不容易都到荆州了，他办调动要交钱，我办调动又交钱，工作关系刚理顺，学校现在又要集资建房。为这个集资款，我这大半年没上过街。我还不是害怕只要上街就要用钱，不说上街买东西，就是坐公交、吃根冰棒也得花钱，所以我不上街，免得花钱。"

"你办调动交什么钱？交给谁呀？"

"交给沔阳教育局。我也不知道是什么钱，他们当我们解释说是中师毕业的调到外县去不交钱，有大学文凭的就要交钱。说是沔阳培养了我们，我们却去给别人做贡献，所以要交钱。文凭越高交得越多。"

"你就给我几十块钱都可以。"

"家兴叔，您真不知道我有多穷啊？上次，田宇峰一个天门的同学跑到荆州找我们借钱，说是生意做亏了。我们两个把荷包的钱全吐出来只有120元钱，把工资单上的钱连几角都取出来了才凑了150元给他同学，说过两个月了还我们，现在都两年了也没有还我们。前段时间，侄姑娘因为下岗又没有找到合适的事做，两个人生芽菜卖，又不会弄，搞得买米的钱都没有，我在口袋里找了半天才找了九块钱给她。我们平常从来没吃过肉鱼，一个星期了，到周末如果手上有就买个鱼头煮点儿汤了给娃儿尝点儿腥味。您在私立学校不觉得，我们手上从来没拿过钱，一点儿工资就是买米买油。有一天，我带着我儿子逛街玩，他要买板栗吃，我只给他买了四粒。您说我有没有钱？"

"你还搞得这遭业吧！"

家兴叔看我实在没钱，就不再说借钱的话，也没有再说别的事，就按照他原来的方向继续"赶路"去了。

我望着家兴叔的背影越想越不对劲。本来我说的全是真话，我确实没有钱，即使我有钱，我也不会借给家兴叔，因为他的言行太反常了。我很担心家兴叔惹上了什么麻烦事，而且是瞒着桃媛姨的。我没有去逛街，我去了桃媛姨的学校，将家兴叔找我借钱的事告诉了桃媛姨。

桃媛姨只说了一句："我知道了。"

我如释重负，桃媛姨知道了这件事，她一定会去仔细盘查，弄清楚家兴叔"换岗"的实际状况的。

我很相信桃媛姨的能力，我对桃媛姨的为人处世很有把握。在我心里我一直很佩服桃媛姨：无论遇到什么事，永远看不到她的六神无主，惊慌失措；无论什么时候，她永远是从容不迫，心正气和。

第八章　和衷共济

1

这次的教研会是三天，我一直在仙桃没挪地方。除了去桃媛姨那儿一趟，就没去别处了。我不仅没有回郭河，就连定居在仙桃的亲戚朋友和这些年调入仙桃的老同事我都没去探访。我只是在心里纳闷：在我的老家仙桃开教研会，怎么就没有碰到一个老同事呢？

每次，我进会场都前后左右地张望一番了再坐下。最后一天的一场会，我发现了一件熟悉的衬衫，就在我的座位后面，和田宇峰的一件衬衫一模一样。我再一看，很像我在五七中学的同事，鸿老师。

鸿老师是教初中数学的呀，是他吗？这么相像，应该是他！我转过身去，还没来得及开口他就满面笑容地说："你一进来我就看见你了。"

"啊，我都不敢认，你能认出是我？你怎么不喊我呢？你不是在教初中数学的吗？"

"你原来不是也在教初中数学吗？"

"呵呵呵呵，我是调动工作单位时改教小学数学的。你也不在原来的学校了？"

"原来的学校已经不存在了。现在，一般的乡镇都只有镇上的中学了，所有片中学都拆了，老师们都分流了。少数人到了镇中学，大部分都转入镇中心小学了，我在镇中心小学搞了一年就调入县实验小学了。"

"哦，我也不在老家了，我又调到荆州了。"

"你在荆州？那你与我又变近了。"

"呃，去我家玩啦！"

"好啊。"

他答应得很爽快，会议结束，我出会场时却找不到他人了。我也没多想，收拾了随身物品就去车站买票回家。

走在去仙桃车站的半道上，鸿老师突然出现在我面前，在我前方的路当中站着。依然是不开腔的笑脸望着我，挡住我的去路。我顺势对他说："你在这里咿，难怪我没看见你的。走，到我家里去玩儿。"

他笑嘻嘻地跟着我走着，说："我拿不定主意，究竟是去你家玩还是不去你家，我就想交给缘分吧。我出会场随便选择一条路，朝着这一条路走，然后站在这里等。如果我能等到你就说明我们有缘，我就去你家玩儿；如果等不到你，说明我们没缘分，我就不去你家了。"

"你太有主意了。哈哈哈！"我本来想告诉他，他穿的一件衬衫和我老公的一件一模一样，也正是因为这件衬衫我才发现他的。但我怕他又归结到"缘分"上说事儿，我就把后面的话放在"哈哈哈"里，没有说出来。

鸿老师到我家时，我儿子正好放学回家，他就带我儿子去街上转了转，花了两百多元钱给我儿子买了一件外衣。

晚上，他和田宇峰同宿一夜，田宇峰一句话都没有讲。第二天，他离开我家坐车回去，田宇峰依然没有与他说一个字。他走了以后，邻居们都笑我说："他是不是跟你谈朋友了的，他穿的一件衣服怎么和你家田老师的衣服一模一样啊？他牵着你儿子去逛街，我还以为是田老师呢？"

"呃，就是他穿的这件衣服我才注意到他。开始我还不敢认。我们是师范的同学，又在一起工作过，但好多年不见，就不敢认了。我也觉得好笑，好巧啊，两件衣服一模一样。我结婚的时候也是，我和田宇峰的嫂子差不多是同一个时候结婚的，但我们不在一个镇上，我发现我们俩的床上用品有一张床单和一对枕头一模一样。我笑他嫂子跟我买的一样，他嫂子说：'都是买的么，现在供销社的哪个不是卖的沙市床单，就那几个花色，又不是有蛮多式样可以选，选来选去，还不都喜欢那几样。'我一想也是，现在的商品虽然比前些年多样化，但也是品种有限，一般人欣赏角度都差不多，很容易买到同款。其实也不稀奇。一个厂家生产的衣服好多件，总不可能被一个人买走吧？这还是买衣服，人家有的人，毫无血缘关系，脸相身材都长得像的还不是有。"

"你家田老师没说呀？"

"他没说。这很明显就是碰巧嘛，他没说。"

2

这年春节，我们在老家郭河过年，返校时听说桃媛姨病了，便去看望桃媛姨。原来，桃媛姨不是生病，是被李书记扎下来（迷信俗语，表示已经过世的人把灵魂附着在活人的身体上）了。

起因是正月初八的这一天，孩子们都返校了，家兴叔和桃媛姨收拾屋子，准备离开老家回单位上班。家仁叔和家义叔两家人正月初五就去了仙桃，他们的餐馆要在新年的吉日开张；家旺叔、家富叔两家人在正月初三就去了各自的岳父母家，然后分别回荆州上班去了；家贵叔两口子和他们的儿子还在郭河钟惠颖的娘家。老家只有家兴叔和桃媛姨以及孩子们的奶奶，就是家兴叔的母亲，余奶奶。

家兴叔和桃媛姨收拾屋子时讨论：是他们走的时候带余奶奶去郭河，还是正月十五过后由家贵叔回来接余奶奶去郭河。家兴叔说："我先回去上班，你陪妈妈在家里住几天后再把妈妈送到郭河了回去上班。你代的副课又不着急，你就在家里多玩两天。"桃媛姨对家兴叔说："你们学校也没有开学，要不我们就都过两天了再去。"

"不行，我还是先去。"

两个人好好地在说话，突然间桃媛姨就换脸了，转身对着家兴叔就是一嘴巴，并大声斥责道："跪下。你今天敢出这个门？早就有你一口了（方言，表示极不满意），你一个人去干什么？这么多年，"然后又改作唱腔道："我的屋里有七八个娃……"边唱边往外跑，走到大门口又回到房间继续对家兴叔说："跪下呀。你说清楚，你想去干什么？你老背着桃媛在外面干什么？你以为我不知道，我天天跟着你在……"

家兴叔看着一向温柔贤良的桃媛姨突然大发脾气，颠三倒四地说几句唱几句，没有明白是咋回事儿就不由自主地跪下了。他望着桃媛姨心里在想，她这是病了？精神病患者是这样突然发作的吗？

家兴叔想去找桃媛姨的妈妈，准备站起来，刚一动腿桃媛姨就厉声喝道："不许起来。"家兴叔说："我是想去喊外婆来。"

"外婆？我还有脸见亲家母？这么多年桃媛怎么对你的？你又是怎么对桃媛的？你说，你对得起桃媛吗？我有脸见桃媛的妈妈？"

家兴叔的母亲听到桃媛姨房间里这么大的响动，跑来一看，家兴叔跪在床边，桃媛姨嘴里不住地说话，说着说着就唱起来，唱几句了又说。说的时候就挥手，唱的时候就摇头晃脑，余奶奶赶紧跑到桃媛姨的娘家喊来了外婆。

外婆一来，桃媛姨就双手拉着自己母亲的左手说："亲家母，我对不住你。我养了个不知好歹的儿子，委屈了恁那（方言，意同"您"）的桃媛。我把家兴没教好，我对不住恁那啊！"一边说，一边抽出自己的右手拍打自己的嘴巴。

然后又转过身去，对家兴叔说："你以为我不知道你干了一些啥？你把工资拿去打麻将。每次骗桃媛说在钓鱼。你在钓鱼吗？几个娃儿全是桃媛在管，你平时忙，休息的时候也忙，你忙的什么，忙的是你的麻将。家贵当时赌博把我气死了，你又想气死你妈。来来来。"

桃媛姨说着又去拉自己的婆母，把余奶奶按在床沿和自己并排坐着说："你来和我坐这里。"

又转向家兴叔："你跟你妈说一说，我冤枉你没有。你长到现在，我打过你没有，我骂过你没有？你几次三番伤害桃媛，我打骂过你吗？你现在是太不像话了，把一家老小的生活费拿去打麻将，你这是在作死啊！"

桃媛姨说着说着又站起来，用哭腔道："我的儿啊……"

桃媛姨的母亲看到桃媛姨一会儿说、一会儿唱、一会儿哭，还又是挥手又是跺脚又是晃脑袋，就对桃媛姨说："李书记，恁那不着急。家兴有什么事做得不对的，我和奶奶我们两姊妹来教育他，恁那不操心。恁那休息去，歇一下歇一下。"

桃媛姨的母亲完全把桃媛姨当李书记待，一边用非常尊敬的口吻劝说，一边把桃媛姨拥到床边，并帮桃媛姨脱掉鞋子，要桃媛姨躺到床上。

桃媛姨就坐在床上，把脚拿上床，但并没有躺下。她坐在床头，把后背靠在床档上，眼睛微闭着。

桃媛姨的母亲赶紧拉家兴叔起来，家兴叔的人还没站起来，桃媛姨又开始说了："你给我跪好啊，你今天好好地跪一跪我跟你母亲。你跪在这里好好地想一想，你做的一些事该不该。"

又闹了一阵后，桃媛姨终于闭上了嘴巴。桃媛姨的母亲赶紧回家，叫桃媛姨的父亲去请邻村的马脚（迷信指有神附体的人，可以看到阴阳两个世界）王大仙来。

王马脚还没到，桃媛姨又恢复了说、唱、哭、笑的状态。王马脚进门看着桃媛姨足足有十分钟，然后对桃媛姨的妈妈说："我的修行还不够级别。我身上的大仙还没得李书记职位高，我的大仙还奈不何李书记。您去请郭河街上的钟大仙来看看，看他行不行。"说完，水都没有喝一口就要走。桃媛姨的母亲和家兴叔的母亲好说歹说，王大仙才答应化一碗佛水试一试。

王大仙站在房门口，左手端着一碗水，右手拿着一只筷子，半闭着眼睛，喋喋不休地絮叨着。王大仙一边嘴巴不停地嚅动，一边用筷子在碗里划拉着。三五分钟过去后，王大仙把碗递给桃媛姨的妈妈，桃媛姨的妈妈端给桃媛姨并让桃媛姨喝下去。

桃媛姨喝下这碗水后躺下来睡了。王大仙招呼一声就走了，并没有守在桃媛姨家。

桃媛姨的母亲和家兴叔的母亲都守在桃媛姨的床边，她们让家兴叔去弄点儿吃的。家兴叔弄好了吃的，自己吃了，又换两位母亲吃了。他们看桃媛姨睡得正沉就没有惊动桃媛姨。三人守到半夜，看桃媛姨睡得安稳，桃媛姨的母亲就回家了。

桃媛姨的母亲回家后，家兴叔的母亲又守了个把钟头就去自己房间睡觉了。家兴叔也在床上休息。

凌晨四五点钟的时候，桃媛姨又开始哭一哭，唱一唱。家兴叔的母亲熬了一点儿粥端给桃媛姨，桃媛姨迷迷糊糊地吃了几口，大概吃了十克米的样子，又躺下去睡了个把小时后就又开始闹起来。

他们好不容易等到天亮，桃媛姨的母亲和父亲一同过来看到桃媛姨的样子后说："这还是要去请钟大仙。"

桃媛姨的母亲吩咐桃媛姨的父亲当即到郭河去请钟大仙，自己就寸步不离地守在桃媛姨床边。

3

钟大仙来了，他看着桃媛姨在闹。

桃媛姨仍然对着跪在床前的家兴叔责骂着："我抚你们几弟兄成人容易吗？家仁从小身体弱，我和你妈为他操碎了心；家义身体好，能力强却没有自我约束力，他没有为我争一口气，尽给我添堵；我指望你给我争口气，为你的弟弟们做个榜样，你倒好，你做的事我都说不出口。你不是遇到康桃媛，随便换做哪个老婆你都没得今天的样子！你以为你有多了不起啊，当了个教导主任就是公子王孙，就可以为所欲为，贪恋享乐了？你把正经事当儿戏，把打麻将当饭吃，你要像家贵一样做糊涂事，给祖宗脸上抹黑吗？你们一个一个不成器，我怎么有脸见先祖啊？"

缓了一口气，桃媛姨又趴在家兴叔母亲身上哭起来："你辛辛苦苦给我生了几个儿子，我没有把他们教育好，让你受罪受累，我对不起你呀。"然后又端坐身子说："我要补救。从今天起，我要一直在你身边，照顾你。你和我一起去仙桃，我们盯着这个不肖子……"

钟大仙静静地看着桃媛姨，不说一句话。然后，钟大仙走到堂屋，在家兴叔堂屋中间的八仙桌旁坐下来。

钟大仙没有像一般马脚那样下马做法事，只是把桃媛姨的父亲拉到一边如此这般地交代一番就走了。

桃媛姨的父亲送走钟大仙后进屋就对桃媛姨说："老哥，你对我们一家的照顾，我和桃媛她妈心里有数。桃媛从读书到嫁进你家，再到现在，你怎么对桃媛的我们也看得到，我们对你感谢都来不及，不存在受委屈。家兴贪玩是不应该，但也只是最近几年，念在他是初犯，他也知错了，你就给他一个改过的机会。你现在让他和我一起去红庙街上买点香纸笔墨，让他给你写个保证，也给列祖列宗做个检讨，保证今后不再犯。你先休息，我们快去快回，保证用行动证明给你看，他是真心知错改错。今天，你把家兴交给我，我让他自己找你认错，让他作保证。以后决不让你再为他担心，也让你好向列祖列宗交代。"

桃媛姨的父亲说完这一番话，就拉起家兴叔出门了，留下桃媛姨的母亲和家兴叔的母亲两亲家守在桃媛姨身边。

走出家门，他们翁婿俩真的直奔红庙街道。一路上，都是桃媛姨的父亲在问家兴叔。他首先问家兴叔："打麻将是怎么回事儿？"

家兴叔说："我们私立学校把单周叫小周，双周叫大周，小周不休息，大周休息四天，就是每半个月我有四天休息时间。原来刚进这个私立学校时工作很吃力，每次休息就躲在家里休闲。后来，工作时间长了，搞顺手了就不觉得累了，家里娃们也大了，不需要我帮忙照管了，每次休息就想出去玩，有时候人家约我打麻将我就去玩一下。去了几次，桃媛就叫我不打麻将了，说打麻将不好，要我找个有意义的事消遣，我就每次休息去钓鱼。有时候碰到喜欢打麻将的人约我去打麻将，我就带着鱼竿和他们打麻将。开始一段时间有输有赢基本上是个平手，而且，每次从麻将桌下来回家我都带几条鱼回去。后来一段时间老是输钱，输得连买鱼的钱都没有。有时候找别人借钱买几条鱼回去，有时候别人不借我，我就说没有钓到鱼。我从来没有对桃媛讲过，说我是在打麻将没有钓鱼。"

"你故意隐瞒你在打麻将？"

"也不是故意隐瞒。就是不想告诉她，她也没专意问过我，我就没讲。"

"你都向哪些人借钱？"

"还不就是麻将桌上的牌友。他们看我一直输钱后就不借钱我了。"

"他们不借钱你，你怎么办呢？"

"第一次他们不借钱我，我很着急，我准备找青昀他们去借钱的，走到半路上又觉得不妥就没有找人借钱了，也就没有拿鱼回去，只说那天机会不好没钓到鱼。他们也没得哪个细问，我也就没当一回事儿，下一个大周就发工资了。反正每个月只有两个大周，再输得精光也只需要等半个月就又发工资了，我也没有着急过。"

"你输钱了就不打了的，还老去送钱人家？"

"一个打麻将么，哪个晓得会老输的呢？每次还不是准备去赢回来的。"

"哪些人知道你经常打麻将？"

"我也不知道。我以为除了几个牌友别人都不知道我常打麻将的。特别是我们家里人应该没谁知道我打麻将的。我是私立小学，桃媛是公立中学，工作上完全没联系，我们隔得又远，桃媛应该不知道。"

"李青昀他们呢？"

"我基本没去过他们那里，他们应该也不知道我打麻将的事。"

"人真有灵魂的。钟大仙让我们买点香烛、笔墨，黄纸、白纸和信纸。你要给你父亲和祖辈们一人准备一块手表、一辆自行车，一万元钱。还要给你爸写一份检讨，念给他们听。要保证以后不碰麻将，更不能去赌博揭单双之类的。今天按照钟大仙的吩咐把这些照办了，看明天的情况。如果她回阳（迷信俗语，指自己的魂魄回到自己的躯体）了，就没事了，以后不再提这件事应该就没问题了。如果明天还像这两天这样不安静，明天再去接钟大仙来。"

翁婿俩买好需要的物品又赶回家。家兴叔开始写检讨，桃媛姨的父亲帮他准备黄表、佛条等，家兴叔的母亲到厨房弄吃的，桃媛姨的母亲一个人守着桃媛姨，桃媛姨半闭着眼睛靠在床头。

家兴叔写好检讨，先对着堂屋神龛西头供奉的父亲的遗像念了一遍。见桃媛姨没有起身闹腾，就折叠信纸后，装在信封里，上面写上李书记的名讳。把信件完成后，家兴叔去厨房吃了点东西。然后，家兴叔开始在白纸上画手表、自行车。

他算了一下父亲辈、祖父辈和曾祖父辈的本家先亡人，有二十几位。他自己做主添加了桃媛姨的先祖父母，一共画了二十九辆自行车、二十九块手表。桃媛姨的父亲又帮他弄来了冥币的拓版，有一百元版面的，也有一千元版面的，就是没有一万元的拓版模型。桃媛姨的母亲说，"都没得一万元的，那么大的票子用起来不方便，还是零钱方便一些。你每个人给九张一千的，十张一百的，这样零的整的都有，他唧们（方言，是对两个及以上的第三方人们的尊称）用起来方便。"

有这样的拓版，制钱就像盖章一样，蘸上印泥在白纸上按一下就是一张钱。家兴叔很快制好了 261 张一千元面值的冥币和 290 张一百元面值的冥币。他把这些钱按一万元一份用黄纸包好，封口后再写上每个先亡人的名字，并给每一个黄纸包发一辆自行车和一块手表。另外，家兴叔又多印制了100 张百元面值的冥币和 20 张一千元面值的冥币，他说是送给过路的亡人或者先世的乡亲们。

家兴叔整理好这一些物件，正准备出门去墓地，我和家贵叔两口子进屋了。我们是从钟大仙那里听到的信。我去上街，碰到家贵叔，随便打个招呼，正站在一起说话，钟大仙从我们旁边经过，看到家贵叔就说："你三嫂子生病了，说胡话。我去看了她的，现在不知怎么样了。"我们也没多问，就和家贵叔相约一起去看看桃媛姨。

我们三人一起进房间，桃媛姨像没有见到家贵叔一样，斜视一眼都没有，只向我和钟惠颖点了个头，然后就转过头去不理我们了。我们只好退出来。

家贵叔和桃媛姨的爸爸陪家兴叔把他准备的那一些冥用品拿去康家台的墓地，家兴叔的母亲陪我们在堂屋里很小声地说话，桃媛姨的母亲守在房间陪桃媛姨。

4

家兴叔他们三人来到墓地，一个一个地看坟碑找坟头。还有坟型土堆的就在坟前点香焚烧钱物，已经不见坟头的就和李书记的那一份一起在李书记的坟头焚烧，并禀告："恁们有时间就到我父亲这里来领回去。"再然后把加印的 100 张百元冥币和 20 张千元冥币在墓地边界处全部焚化，并念叨：来来往往的爷爷奶奶叔伯婶娘们，小侄略备银两，敬献大家，希望大家在天堂里衣食无忧，保佑小侄遇事呈祥。

处理好这一些，他们回家来。看他们回来后去桃媛姨的房间，我们也一起又去房间。大家一进房门，桃媛姨就把背过去的身子翻过来，顺势从床上坐起来对家兴叔说："你写的是个什么检讨？避重就轻，没有任何实际行动。你有没有从思想深处反省自己，有没有能够落实到行动上的具体规划，全是嘴上跑马没得真内容。"

桃媛姨说着说着就转向家贵叔继续说："还有你，这几年东混西混没有做一件成名堂的事，一天到晚就是钱钱钱，有钱了就去丢钱。你们知不知道我为什么给你们取名为仁义兴旺富贵？就是要告诉你们，人首先要讲仁义道德，不仁不义托什么人生？讲仁义是做人的底线！在'仁义道德'的基础上再谋求家庭兴旺。有了仁义道德，人丁兴旺了再才去争取富贵荣华，光耀门庭。哪里是把挣钱摆在首位的？像你们这样，即使挣到钱了，祖宗脸上也无光。你们的妈妈劳累了一生，不仅还要帮你们做家务带孩子，还要帮你们担惊受怕，你们哪个是孝顺儿子？从现在起，你们的妈妈就跟着我，我到仙桃，她就到仙桃。我们就住在家兴那里。李家兴，你以后也不住在学校了，给我每天骑自行车上下班，每天回家。遇到大周四天休假就陪我们两老，不许到外面去浪。李家贵，你自己搞自己的。一个大男人，老婆孩子都照顾不了，你把你自己搞好了就是对你老婆儿子的照顾了。以后不到外面去了，那个荆州就不去了，武汉都不愿意待下去还跑到荆州去，就在郭河或者仙桃。你们商量好了再来告诉我，我现在要休息。"

　　说完这一篇话语，桃媛姨又背过身去了。看着瘦了一圈的桃媛姨，听着她说的一番话，我真不知道她是清醒还是糊涂。她给我和钟惠颖的那个点头究竟是作为桃媛姨还是作为李书记的身份给我们打招呼的？

　　之前，我常听人说，"谁谁谁被某某某扎下来了"，都是一阵过后就好了，一般就是两三个小时，甚至个把小时闹一阵就没事了，顶多也是七八个小时一浅天的样子，桃媛姨都两天一夜了，人都瘦了。唉！

　　钟惠颖带来了体温计，说要给桃媛姨查体温，桃媛姨说："你以为我老糊涂了，我清白得很，我身体好着呢。你们都出去，商量好了来告诉我。我要休息了。"说着，推了一把钟惠颖的手。钟惠颖通过桃媛姨手的温度感觉到桃媛姨应该不发烧也就没有坚持查体温，顺势退出房间了。我也跟着钟惠颖出来。

　　我看桃媛姨并不是身体上的病，不需要我的帮助，我就要回到郭河。他们同意我在家贵叔两口子之先一个人回郭河，并让我顺便把桃媛姨的状况告诉钟大仙，看钟大仙怎么说。如果钟大仙没有别的交代就不用我再去家兴叔的家里回信了。

　　我回郭河后，去钟大仙家讲了桃媛姨的状况，钟大仙听后说："应该问题不大了。她只说话没有瞎闹就是快好了。"

　　钟大仙说得很准。桃媛姨躺了一阵，家兴叔他们真的在一起商量起来，最后几个人都觉得家兴叔的学校虽然离桃媛姨的学校有点儿远，但也是在仙桃，骑自行车上下班问题也不大。如果觉得累，坐公交车加步行也可以，人家练长跑的人还嫌这距离不够长咧。

家贵叔的孩子已经大了，可以不用家长陪护自己上学了，没有奶奶的照顾不会有问题。余奶奶去仙桃住也蛮好，因为现在李家仁、李家义、李家兴三弟兄都在仙桃，如果李家贵去仙桃的话就是四弟兄都在仙桃，而且余奶奶在仙桃住过几年，环境也很熟悉。

他们商量好后去房间，看桃媛姨睡着了，就由桃媛姨的父亲开口对家兴叔的母亲说："他们商量了一下，还是觉得您到仙桃比较好。您就和桃媛他们一起住。以前您在桃媛的学校住过的，还是原来的寝室，您也熟悉；再一个，桃媛这个样子也要您在旁边看着，万一什么时候出状况了，娃儿们都没经事的，哪里晓得该怎么办啦。"

家贵叔也说："我准备不去荆州了，就到仙桃，离郭河近。我想到仙桃搞个四通打印店，应该可以赚钱，我不想开网吧了，开网吧确实不好。"

家兴叔又说："您到我们家里住，我每天晚上回来一趟，大周的休息日我陪您；我每月的工资给您保管，您尽管用，用不完的给桃媛，不够的找家贵要；您觉得家里闲着无聊，您可以到青昀他们馆子里坐一坐，也可以去家贵的店子去看一看，只要晚上回我们家就行。"

余奶奶对家兴叔说："我到你那里去有吃的有喝的，我要钱干什么？你把工资交给我也行，我就直接给桃媛，你要用钱就再找桃媛要，免得你手上有钱又被人家喊去打麻将。"

几个人在一起就这么说定了，他们去吃饭。看桃媛姨一直在睡觉，他们没有惊动桃媛姨。吃饭后，家贵叔和钟惠颖就赶回郭河了，他们要重新调整新年的规划。

5

桃媛姨从我回郭河的时候睡起，一直到半夜都没有吵闹。到清晨五六点钟时桃媛姨喊肚子饿，家兴叔就用剩饭煮了一碗粥给桃媛姨喝下后，桃媛姨又睡下了。

又睡了三四个小时，桃媛姨醒了，从床上坐起来对旁边的婆母说："家兴呢？"

余奶奶还没来得及回答，家兴叔就进来房间问："怎么啦？"

桃媛姨说："东西清好了没有？我们要回去上班了呀。"

家兴叔赶紧说："清好了清好了。你起来了我们就准备去郭河坐车回仙桃上班。"

桃媛姨伸手去拿衣服，家兴叔的母亲赶紧把她的外衣递到桃媛姨手上，桃媛姨说："我怎么像浑身疼没力气啊？像肚子也蛮饿呀？"

家兴叔又赶紧接口说："晓得肚子饿是好事。你这两天病了，不吃不喝昏睡了两三天，准备把你弄到郭河医院的，看你又不发烧有没有喊哪里疼就没弄去。你肯定是睡狠了身上疼，几天没吃饭么，肚子肯定饿。妈，您去给桃媛弄点儿吃的，我来扶她去吃饭。"

余奶奶出去后，家兴叔又对桃媛姨讲："你这睡了几天不吃不喝人瘦了一圈哒，我想让妈再跟我们回仙桃住，好照顾你。我还是每天回来，但我平常只能在家里睡觉不能帮忙做事，我就把工资都交给妈保管。如果妈想给你，你就拿起，我要用再找你要。"

"随便你。"桃媛姨又恢复到从前温良贤淑的状态。

桃媛姨他们按计划回学校去上班，余奶奶还是只帮桃媛姨做饭。平常是桃媛姨买菜，家兴叔休息时就是家兴叔和桃媛姨一起买菜。

李家贵在仙桃卫校附近找了一个门面做图文快印。他们的生意很好，与卫校的生意比较多。时间长了，李家贵与卫校的领导都很熟之后，李家贵向他们说了自己想把钟惠颖调到仙桃的想法，他们也知道了李家贵是华工的正规毕业生，他们愿意帮忙。又加上康志忠和李家旺的一些关系，1996年8月，钟惠颖成为仙桃卫校的一名老师，李家贵成为仙桃市财贸职业中等专业学校的一员科长。他们图文快印的生意还在继续，变成以李青昀负责日常事务，李家贵坐镇指挥。李青昀不到餐馆收钱来帮李家贵，李家贵每月给她五百元的工资。

1997年底，荆州附中的第5栋住宿楼全面完工，因为校长的监工很认真，对质量要求很严格，建筑商很不愉快，就迟迟不肯交钥匙。本来准备1997年暑假交房的，结果又拖了半年，比预期迟了一年才由法院裁定交钥匙。这个楼房大家昵称"高资楼"。因为在荆州附中，这栋楼房建筑面积最大，楼层最高，能住进去的都是资历较深的老师，分配到房子的老师交的集资款数额也是最高的。田宇峰刚好在建房的前一年评上了中教高级，分得"高资楼"的一户，三室两卫两厅共一百五十几个平方。

1998 年的 6 月，我们准备搬进荆州附中的"高资楼"。拿到钥匙的那一天，田宇峰对我说："你说我们是装修一下了搬进去，还是直接搬进去住？""有钱当然是装修一下了再搬进去好咯，但我们没钱啦。就直接搬进去算了呢。"

"问校长要我们装修一下。"

"你哪来的钱装修呢？上次集资你找你哥借的钱还不够，你还要我又回去借钱，我找我们郭河小学的同事桂秀借的钱都还没有还。"

"上次交的钱开始算错了，算多了，实际没有交那么多钱。正好问校长有一张存折还差几天到期，我就把多的钱借给问校长了。过几天问校长就还给我。"

"问校长还给你了，你就给我，我还给人家桂秀去。人家桂秀还不是买房子了，郭河小学现在也是做的楼房。只不过面积没有我们的大，交的钱不多。她们也是去年搬进去的，她准备装修用的钱也是定期没到时间，准备到时间了取出来再装修。她看我着急就先取出来挪给我了，还不是损失了利息。我得赶紧给她还回去。她都没装修，我拿着她的钱装修自己的房子肯定是不行的。"

"我已经答应问校长了。装修的工程队是问校长的姨夫。"

"啊，答应了么那还说什么，答应了就装咯。"

"我不想装了。我看他们手艺不行。他们给问校长装修的效果好差，房顶一边高一边低，大门式样也很丑。"

"他们可能是第一次做这种工程，往后就有经验了，肯定是越做越熟练，越做越好的。"

"不行。我明天去退掉。"

"瞎说。'男子说话三十六牙'。你答应了人家怎么能翻悔呢？你要就先不答应。你答应了人家，还跑去看人家的工程，看了又说不要人家装了？人家是做生意的，那不行的。"

"我肯定不装修了。像我大姐一家饭都没得吃，我们住这么大房子够好的了，不装修住着也舒服。我就是要找个合适的理由。"

"你找什么理由都说不过去，你已经答应过了，不能说人家手艺不行的……"我好说歹说，正说反说，田宇峰就是不肯装修了。

我看着田宇峰一脸不可理喻的执拗，只得说："那我去说吧。直接告诉他我们没得钱装修。"

"不要你去。还是我去说。我就说是你不同意。"

"好吧。反正你不能说是你自己又不愿意装修了。"

第二天，家富叔特意到我家来对我说："田宇峰说装修房子的又说不装了？"

"呃，没得钱的。上次的集资款都是借的钱。"

"这么漂亮的房子，没钱借钱也要装。"

"我不好意思。人家自己的房子都没装修把钱借给我，我哪里能为了装修自己的房子用别人的钱呢？"

"搞装修的是问校长的姨夫，他又答应了人家。还是要装！"

"我还是不能说服自己借钱装修。像田宇峰的大姐病了几年，现在生活都困难，我们住这么好的房子还不知足，还借钱装修啊？"

我知道家富叔的意思，但我没办法。田宇峰就是这种不懂世故的人，我昨天给他做了好多思想工作，没见效果。我总不能当大家说是田宇峰自己后悔了不肯装修的吧。他一个大男人，被人感觉他不讲情理在社会上怎么混得下去？我反正一介女流，任人轻视去喽。

果真，第三天我去上班时被问校长的老婆拦着说："你不许田宇峰搞装修？"

"哪是我不许他装修啊，是没得钱。我不想借钱来装修。"

"我跟你讲，你不想借钱装修，你以后评职称、涨工资的事想都不消想的，没得你的份。"

我被校长夫人的"直言拜上"气得在办公室半天止不住泪水。搭班老师劝慰我说："他老婆说的话么，你不消放心上的。他老婆也不是蛮过恰（方言，明事理懂礼节为人处世很周全的意思）的人，问校长不一定会听她的。"

搭班老师以为我是因以后不能评职称、涨工资而伤心，我其实是为老天给我一个田宇峰这样的痴呆不呆而悲怆。这件事不怪问校长他们，是田宇峰处理问题太没逻辑了。我对搭班老师说："我能不能评职称无所谓，有没有机会涨工资我也不计较，我是觉得这个学校的领导对我们那么好，我们却没得能力报答。我们不是不想报答，是能力不够。我是觉得田宇峰表达能力太差，让问校长的老婆误解我们，我很怄气。这个田宇峰真把我气死，说他是个弱智吧，他做事又蛮精明蛮过细；说他是个精明人吧，他经常把人呛得笑容僵在脸上像冰雕，他还乐呵乐呵地不知所以！"

"他这人单纯直巴（方言，表示直爽没心机），时间长了人家就了解了。不消伤心的，每个人都有自己的活法。只要自己不伤天害理，还活不成啦！不伤心了！你也不是昨天今天才结的婚，不消怄的！哭狠了头泡脸肿脑壳疼几天，把自己气病了更加划不来。"

我觉得搭班老师说得很在理，便把这件事抛到了脑后。

6

1998 年底，家富叔的房子装修得漂漂亮亮的，他们家弟兄姊妹都来送恭贺，桃媛姨也来了。

我陪桃媛姨去逛荆州街，一边逛街，一边聊天。我说："您说李小昀考上了清华大学？您怎么没接我们喝酒啊？"

"都没有接。我们家娃儿太多了，就只晓得信的亲朋好友搞了两桌。不住仙桃的都没有接。"

"家兴叔还在那个学校？"

"呃。他们学校还可以，累是累点儿，工资高。李青昀都不想帮她叔叔守店子，想去他们学校教书去。"

"她能去吗？"

"私立学校嘛，可以。她只要考一个教师资格证就行了。你家兴叔在帮她弄。"

"家兴叔现在没去打麻将了吧？"

"没有了。一直都没有了。上次我生病，我是装的。"

"啊，怎么可能？您人瘦了一圈，这能装出来吗？"

"你别说出去。上次，你给我讲家兴叔找你借钱，我就开始留心他。你说的那一天，他晚上回来一条小鱼都没有拿回家，这是之前从来没有过的事。我问了他一句'今天怎么回事儿？'他说：'机会不好，没钓到。'我看他不想说的样子就没再问了，我总不能问他为什么找你借钱吧。但他越不告诉我就说明问题越大，我开始特别关注他。他的私立学校与我们班休时间不一样，我费了好多周折才弄明白他是借钓鱼的机会去打麻将，然后买鱼回来敷衍我。我想制止他，但，无论我是侧面问、有意提醒、委婉劝说，他都不理睬，感觉他有点入迷了。我又听说袁承宏老师的老婆死了，你晓不晓得袁老师的老婆是怎么死的？"

"您说的是原来教我们高二化学的袁老师？我不知道。"

"呃。袁老师掼三皮子。工资拿到手就去，一去就输，输了就找别人借。他本来工资就少又一直输钱，没人借钱他，他就赖在那里搞赊账。人家不要他，每次都把他赶走。他只好每次发了工资就去，一去就输，输了回家就买米的钱都没有。他老婆怎么说都不行，一日三餐都没得保障。他老婆没得法了就帮周围的人打零工、自己去摸鱼捞虾，什么事都做。夏天就自己跑到排湖摘菱角卖钱。他老婆四五十岁了，又不会水，每次就用个木盆，蹲在木盆里摘菱角。有一次摘菱角的时候盆子翻了，她就掉到水里淹死了。这个袁老师安葬老婆的钱都没有，还是工资一拿到手就去掼三皮子，人家赶都赶不走，连学生看到他都躲。我感觉家兴叔和袁承宏老师的痴迷程度是一个等级了，只不过我能挣钱，家里不需要他管，他私立学校的工资比袁老师工资高一些，他就没有像袁老师那样没钱。他跟袁老师的差别就是不承认自己在麻将桌上输钱，我正好也没有撕破他那张脸皮，我就只有用这个办法来制止他，想用这种方式让他醒悟。他不能再往里面陷了，我不这样把他镇得住？"

"万一家兴叔还是不听您的呢？"

"那我就一直那样。我就一天到晚脚跟脚手跟手地跟着他，他还打得成麻将？"

"桃媛姨，那太危险了。人的感情是很脆弱的，精神崩溃也是一闪念的事，您要真像那样装疯卖痴，家兴叔又不知改过，您可能真要被气疯，真变成精神病的。"

"我心里有数，就算我疯疯癫癫的了也比他贪玩败家被人唾弃好一点儿吧！不然，他的后半生就毁了。"

"桃媛姨，说人家对老公好是巴心巴肝，尽心尽力，您对家兴叔的好不仅是巴心巴肝，掏心掏肺，真正是呕心沥血，殚精竭虑。家兴叔真有福气，也是李书记眼光好，认定您是个好媳妇。"

我对桃媛姨是发自肺腑的钦佩。开头听到桃媛姨说自己是假装的时候，我还在心里取笑桃媛姨不仅说唱斗耍文武双全，还能人间地府阴阳两通。现在听到桃媛姨这一番解说更是佩服之至，感慨良多——我想起杨新芝的母亲。

杨新芝的母亲姓广，人称广阿子。广阿子原本嫁到郭河通州河北岸的秦岭村，丈夫比较内向，婆婆却很凶，很刻薄。广阿子人长得很漂亮又能干，但她结婚四五年后才生一个女儿，又过了五年才生了第二个女儿。在她生第二个女儿之前，婆婆对她只是说话刻薄，有时候借故骂她。到第二个女儿出生后，她婆婆就天天骂她，骂得丑死了，骂烦了还打她。广阿子一直默默忍受着，时间久了就慢慢地像精神病人了。等到二女儿三岁过后，广阿子的精神病就很厉害了，经常往外面跑。有一次跑出去后一段时间没有回家，婆家也没人找她。她就一直在郭河周边流浪。

通州河南岸的红星村有一位姓杨的穷光棍，看到广阿子无家可归就收留了她。广阿子在红星村住了一年多后就生了一个儿子，她的精神病就慢慢好了。但在儿子过了三岁后，广阿子的精神病又犯了，每年总要发病一两次。

广阿子每次发病就几天不梳头，蓬头垢面地往秦岭前婆家去，如果被前婆婆看到就会挨打后离开；如果不被前婆婆碰到，她也只在前夫家转一圈了就回红星。碰到有不懂事的孩子喊："广阿子，广阿子。"她就像没听到一样，嘴里自顾自地反复嘟囔一句话："啥咧不要脸啦（方言，怎么这么不要脸的意思）"，从不说别的。

广阿子在生下杨新芝之后，她的疯病好像慢慢好了，但又像根本没好一样，每年还是有几天不梳头不洗脸，但不出门。有了杨新芝之后，广阿子如果发病就是呆坐在家里不说话不做事，但照料孩子和平常一样。家里家外的人都不知道她的大脑究竟有没有恢复正常。

直到杨新芝上学读书，杨新芝的哥哥结婚，广阿子一直是不言不语，有时候做事，有时候发呆。杨新芝的哥哥结婚时，杨新芝已是湖北财经大学的大四学生，马上就毕业可以挣钱了。杨新芝还没有想好今后怎么安顿自己的母亲，她母亲就在她哥哥结婚的当晚出门不知去向了。三天后，人们发现广阿子的尸体浮在红星村边的小河里。

我的眼泪涌出来。

"你是不是想起你哥了？"桃媛姨见我不说话了，还在流泪，以为我想起了我哥。

桃媛姨这么一问，我真想起我哥了，我哥也是精神病！

我哥比我大四个年头，原名万义虎，后更名万依福，初中文化水平。

本来我有两个哥哥的，一个叫万义龙，一个叫万义虎。万义龙没长成人夭折了，父母觉得是给他取名不当所致，就亡羊补牢地把我这个哥哥的名字改为万依福。

万依福成为我们家唯一的男孩，看得很娇，但他初中毕业时父母却没法给他谋到高中指标，他遗憾地离开了学校没能读高中。

我哥不能读高中而又不能指责我父母，因为我家父母并不属于地富反坏右，我哥不能读高中是因为我们村与他同届的同学家中政治面貌太光鲜所致。他的几个同学都被优录把我们村的高中入学指标给用完了。我们村还有一个和我哥一样没得到指标想读书的同学跟他舅舅去了外地读高中，我们家没有这样的亲戚，我哥就回家当农民了。

我哥在排湖挖过藕，放过牛，插秧割稻他都做过。但因为平时被父母娇生惯养，突然做这些体力活他吃不消。正好江汉油田在郭河招工，父母就托关系让他去了。他作为临时工在江汉油田工作了近一年，到1976年被解散回家。父母又托人把他放到我们村小教书。

1977年，国家恢复高考，他第一年没有报考。第二年参加高考时，有一门课迟到，没有考好。第三年，他考了一门把准考证弄丢了，后面的科目就没进考场。他看我高中毕业时没准备考上的却被师范录取了，就辞去在我们村小教书的工作去郭河中学读高中。

郭河中学离我家很近，但我哥要住到郭河中学的学生宿舍。我哥在学校住读期间被传染疥疮。当时的住读生个个都长疥疮，但别人能坚持，我哥就很难坚持。到第二学期，我哥就说实在坚持不了，休学在家没再去学校了。

当时，我父亲还在武汉搞建筑，听说我哥休学在家就把他接到武汉，住在我舅舅家。开始几天是舅舅带着他玩，后来舅舅就让他自己出去玩。他一个人在武昌这边玩了两天，第三天他去汉口那边玩。玩到晚上不知道怎么回我舅舅家了，找错了地方把别人的家当我舅舅家了。他怕吵醒我舅舅他们就没有喊门，准备自己下门进去。门还没有下下来，就被发现了，他被警察带走了。警察不相信他的说辞，硬说他是入室盗窃去的，把他的头上剪了一个"十字"，第二天早晨把他送到我父亲的工地。

警察把我哥送去时，我母亲正在工地上帮忙做早餐。他们都听信了警察的话，没有去听我哥解释事情的原委。

我父母心里觉得以我哥一贯的品行是不会去偷东西的，但人家警察又抓到他了。父母想来想去都想不明白，但他们还是没有问我哥事情的真相，我哥很生气，在我母亲做菜的时候把一碗粥倒进了炒菜的锅里。于是，他们终于"明白"我哥是精神有问题了才做出的偷盗行为，就带我哥回郭河找巫医马脚给我哥治"疯"病。

邵马脚到我们家时，我哥更生气，把做法事的酒杯摔碎了，并捡起两个碎片像吃枯豌豆一样把两个碎玻璃片给吃进去后，离家出走。邵马脚说："他不是迷信上的病，他是要看医生的病。"

第二天，我哥在外转了一夜回到家，家里人就把他送到了沙市红卫医院。我哥被送进精神病院，他更烦躁，不肯就医，医生就把他绑在椅子上用电击。

这些都是我哥讲给我听的。是 1983 年的夏夜，我与我哥在门前乘凉，我们聊天时他亲口对我讲的。

起头是他说："你一点点个子，学生怕你吗？他们怎么会听你的？"我说："学生不怕我，但他们听我的。为什么要学生怕老师？我读书的时候从来没有怕过哪个老师。你怕老师啊？"

就这样聊起来的。他说到自己被电击时情绪开始激动。他说："把你绑在椅子上，用电击，舌头击得掉出来，你怕不怕？"我问他："爸妈知道吗？你跟爸妈说过没有？"

"没有。跟他们说有用吗？愚蠢得要死，一天到晚就知道求神拜佛。你看他们，他们又在桌子当灶碗当锅，又在那里供神！"我哥指着家里神龛东边的小方桌对我说。

我顺着他的手指方向望进去，神堂边的这个小方桌上有一个洋瓷碗，里面放着五个苹果。方桌底下有一个旧脸盆，脸盆里面有黄纸在燃烧。

这个我是知道的，是按大仙的指示做的。从我哥生病起，家里就经常请巫医马脚来，我哥住在医院的时候家里也没有中断过。因为我父母他们不能确定我哥究竟犯的是阳间的病还是阴间的病，就双管齐下，医生的话也听，神仙的吩咐也照做。

像这样的迷信活动他们一般都是背着我哥，只要被我哥碰到我哥就会很生气。这次，我哥看着这个小方桌上下的摆设和情景很生气地对我说："你说他们憨不憨？"然后躺到靠椅上没有说话了。

一会儿他又坐起来，起身进屋。我看了他一眼，看他走进厨房，以为他说话多了口渴了去厨房找水喝，就躺在竹床上继续乘凉。

我刚躺下去就见父亲从屋里走出来去了房前的厕所，随即就听到母亲在屋里的呼救。我循声进屋，我哥从房间里出来，没理我就出去了，母亲抱着膝盖在叫唤。我这才知道我哥去厨房是拿菜刀，他看我父母都在芽菜房给芽菜过水，他进去芽菜房。看我哥进去，我父母就走出芽菜房。父亲去了厕所，母亲回了房间。我哥追至房间砍了我母亲一刀，然后，把菜刀扔在我们房子西边的巷子里去了仙桃。

父亲把母亲送到医院后又去找我哥，但没找到。一个星期后，家里的亲友帮忙从仙桃车站找回了我哥。到这时候为止，我认为我哥是清楚的，只是很生气，太冲动。所以，当我哥回家后，家里人都不敢与我哥同住一屋，他们也让我到学校住不要回家。我说："我不怕。"

那一晚，只有我陪着我哥在家里住。我住东厢房，我哥住西厢房。早晨，我起床后看到了我哥拉在他房门口的大便，这时候我开始确信我哥的确是个病人了。

家里人又把我哥送到了沙市红卫医院。

这第二次入院与第一次入院相差整整两年，但与第一次出院只相差20个月。他属于在两年内再次发病，医院对他的治疗没有多大信心了，并说："这次住院治疗时间要长一点儿，如果病愈出院后他再次复发就没有必要第三次送来了。"所以，当这次入院我哥又和上次一样不愿进去，进去了又吵着要出院时，父母就不再请求医生让他出院，而是等到医生说他可以出院了才接他回去。

这第二次在红卫医院住了一年多才回家。这次回家后两年内并没有复发，其间，我母亲去世他端遗像供灵牌都很正常，我结婚生小孩他也没有出现异常。他平时跟着我父亲出去做瓦工，没事做的时候就在家里写写画画，还经常去我学校的住处玩儿。

有一次，我哥到我学校的住处找我要两元钱去买烟，我给了他五元钱，我婆母向我吐了吐舌头，意思是我给太多钱我哥了。不知是不是被我哥看见了，他有好长一段时间没去我学校。

一段时间后，我哥又一次去我家，我没下班。我下班回家时，婆母抱着我儿子迎门对我说："他舅伯来了。好有个趣儿，我说'舅伯来了，去舅伯抱抱'他硬不要他舅伯。他的伯父们来了，他扑地扑地要，真是人不亲骨头亲。"

我没有作声，只是接过儿子走向我哥。走到我哥跟前，我对儿子说："去，舅伯抱去，舅伯喜欢你咧。"儿子真的扑向我哥，我哥便抱起了我儿子。婆母立马红了脸，讪讪地说："咦，他这时候要了。"我仍然没有接腔。

我不知道在我回家之前，婆母有没有对我哥说别的，我只知道这一次，我哥什么都没说，也没找我要钱，就是坐了一会儿就走了，以后就一直没来我学校。

一年多后，我父亲带着我哥在郭河小学前面的王家台做事，每天中午到我家吃中饭。大概吃了一个星期时，我婆母对我说："我回去吧？你这一个人的工资要养活五六个人，哪里够啊！"我知道婆母是嫌我父兄在我这儿吃饭了，婆母故意说我们家有我父兄还应该有田宇峰的父母，人太多，我一个人赚工资负担太重。我就对婆母说："好吧。您想回去就回去吧。"

又过了个把星期，王家台的事毕，父兄没在我这儿吃饭了。但婆母可能不知道，我公公也以为我父兄肯定是打算长期在我这里吃饭的，就听信了婆母的担忧，特意跑到我学校找我说："四媳妇，我来找你拿粮票的。我这老了，没得来路，你们得养我，先给我三十斤粮票。"我很奇怪，田宇峰有四弟兄，公公只让田宇峰的大哥读书到卫校毕业，他总说田宇峰的大哥应该养他老，从没说过找田宇峰这个幺儿子养老的话。再说，他现在不是还在劳动挣钱吗，怎么就没吃的了？他担心以后不能动了我不养他，先就把吃的谋得攒起？所以，我虽然一个月只有二十九斤粮票，刚刚够吃，根本没有剩余，但我还是找同事借了三十斤粮票给公公。

田宇峰的父亲接过粮票并没有对我表示认可或者说一句"谢谢"，而是情绪激动地对我说："我说怎么会不给我们养老喽，媳妇不养老那要生儿子搞么家！"我一听就知道是婆婆把自己的担心对公公讲了，公公是特意来问我道理的。我真是又好气又好笑，他们不关心我儿子谁在照管就担心自己的饭票子没着落，但我也不能怪他，要怪也只能怪田宇峰。田宇峰不仅不给他父母做工作，还对我说："大嫂子不肯要父母在她家了，她说她照顾了这么多年，她不想照顾了，要我们照顾。"我心想，公公婆婆不是还没有吃闲饭吗？以后年纪大了她就不要了！我想起我们后村的一个老人元旦前一天过世，他的大儿子在外做生意，听到丧讯后说有事不能回来；二儿子在家务农，说老大都不管我也不管；三儿子家很穷，在外打工，听到丧讯后赶回来，看到大哥二哥都不管他也不管。一个女儿趴着父亲的遗体哭了三天，看几个哥哥都不管就自己叫了一辆手扶拖拉机把父亲安葬了。想到这世界上什么人都有，我就对田宇峰说："随便他们。他们说父母应该在他们家，我的孩子这两年没人带我也不怪他们；他们说父母该我们养老，我也接受，我再穷也不会养不起两个老人，人家一个儿子的呢？哪有父母把家吃穷了的。"

但他父母并没有到我这里来，我感觉田宇峰的大嫂也不是那种不养老的妇人。是不是我公公婆婆特意让田宇峰这么说的？他们对我可以这样讲，对我的父兄是不是也讲过什么呢？我不知道，我也不可能去问我父兄，我只知道三四年没有发病的哥哥又复发了。

这次，家人没有把我哥送医院，而是找村干部商量把我哥弄一个铁链锁在了我们家的西厢房。我四姐搬回我家照顾我父兄的生活。

至此，我再没有去安置、去照顾过我哥。又两年后，我哥去世。对于我哥的病和他的离世我一直自责，听到桃媛姨的一番话我更自责。

如果那个夏天我和他聊天时及时开解他：他受到的误会和伤害并不是大家有意为之，过去的事就让他过去吧；父母迷信是他们认为只有这些可用的办法了，这样做可以让他们的心里得到安慰也对你没什么害处，你不参与就行了，没必要生气。

如果他在我家不好意思要钱，我隔三岔五地回去一趟，问一问他有什么需要我帮助的，他就不会看我婆婆的脸色；他在我家吃饭，我给婆母做一下思想工作，不让婆婆回家致使我儿子没人照管被他知道，他就不会焦虑烦躁而病情复发；如果我有很多钱，我就可以让我哥长期在医院疗养，不会早逝。

因为我做事太不周全，一次二次地刺激他、伤害他。否则，他的病是可以痊愈不复发的。每每想到这些，我就特别后悔，但世上没有后悔药；我也不怪罪任何人，因为外因只是变化的条件，内因才是变化的根本，归根求源还是我哥自己内心不强大。

我不能步我哥的后尘，一切都已定然，让他们随日月飘逸去吧！想到这里，我抬起手擦干眼泪，笑着对桃媛姨说：“一切都成为过去，不想这些不愉快的。只是您以后千万不要再这样折腾自己了。”

“你不能当任何人讲的，我爸妈都不知道。我是看你悟性高，才说给你听的。”

“晓得，我晓得的。我确实不迷信，我认为那些巫医马脚其实就是民间心理学人士，那些法术高明的大仙就是心理学高手吧。”

7

1999 年暑假，李双昀和李双庆兄妹俩都考上了武汉大学，桃媛姨这次办了升学宴，亲戚朋友到得比较整齐，热闹程度不亚于一般的结婚宴席。但，李双昀好像不开心，她说她没考好。我问她考了多少分，她说不好意思说出口。我估计她比她哥分数低一点儿，没想到她的考分不是比李双庆低一点儿，而是低很多，她只考了一点点儿分。我看她难为情的样子，就没追问她究竟考了多少分，只是在心里纳闷：她怎么被武汉大学录取的？

这年年底，荆州附中小学部的校长找到我说：“万一恋，今年国家有政策，连续两年考核优秀的可以提一级工资，但有指标。我们学校连续两年优秀的人数比指标数多了一个，学校就让连续三年优秀的人优先，这样就剩下你和初中部的华老师都只有两年连续优秀，学校决定投票确定。你写个材料，到时候你和华老师先自己介绍一下自己后，中层干部和学校领导再投票确定。”

那一天，我去了会场，华老师没有去会场。我在会前介绍自己后，干部们开始投票，我回办公室办公。

第二天，小学部校长告诉我说："投票结果是华老师。你也不要闹情绪。"

"我没的情绪。这明摆着学校领导干部中大部分是中学部的老师，小学部哪里投得赢呢。"

"不是。中层干部无论多少都只占一票，小学部的中层投了你，中学部的中层投了华老师，这就打了个平手。主要是校级干部。我是投你的，王校长也是投你的，我跟王校长讲了的，我看到他也确实投的你。娄书记肯定是投华老师，就是问校长和答校长他们两个我估计错了，他们可能都投了华老师。如果按我的估计他们中有一个投你，那就是你了。"

我只是苦笑一下，算是对我们小学部校长的感谢。

两天后的一个中午，我碰到了问校长夫人，她又问我："你家田宇峰有多高？"

"一米七六。腰撑直了有一米七八。"

"你呢？"

"将就一米五。稍微一驼背就只有一米四九了。"

"难怪的。你太矮了。你与他相差太多了。你不能和他一起走，你们走在一起好丑，好不相称。"

第二次领教问夫人的"直言拜上"，我一点儿也不生气了，笑呵呵地对她说："呃，我从来不和他并排走。当初我读师范时，我和我的一个同学在一起都讲，说'我们太矮了，将来不能找高个子男朋友'，后来不知怎么鬼使神差还都的找是高个子，特别是我还找了一个又高又瘦的。"

"你儿子也不高。"

"就是啊。有一次，我对田宇峰说，'当初我找你就是想有个高个子儿子，哪个晓得儿子又不像你这么高'。他说：'你自己长矮了害的儿子个子不高，我都没嫌弃你，你还嫌弃我来哒'！"

"田老师再瘦还有那么高啦，他还是比你受看，你太矮了。"

"呃，我是蛮矮。"我笑嘻嘻地承认我很矮，问夫人没有再说我丑陋不堪之类的话了。

我心里觉得好笑，我矮不矮她才发现啊？一般情况下，我说我太矮了，人家还宽慰我说；"还好，哪有夫妻一般高的，都是男的高女的矮。女的娇小个子好看。人家有的男的矮小，女的人长树高的那才丑。"

我没有想到有一天会有人当面说我又矮又丑，除了田宇峰。看来，这个问夫人和田宇峰也是一个类型的人。

接下来的 2000 年，职评时，我连高级教师的申报表都没看到，之后的每一年的职评都与我不相关。

后来，问校长调到其他学校了，家富叔成为荆州附中的校长。我终于被评定为中学高级教师。

我与田宇峰是同一届中师毕业的，1988 年首次职评时，我在小学他在中学，我们俩第一次职称评定的结果是，他三级我二级，我比他高。我这一次被认定为中学高级教师职称时，他享受中学高级教师的待遇已经满九年，基本工资就高出我两三百。他每次都笑嘻嘻地安慰我说："我们俩的平均工资不比别人低，还是保本了。"我只笑不回话。

其实，我从来不看重工资这些。我只是觉得，无论是一个家庭还是一个集体，面对生活给予我们的各种问题，如果其中的成员不能和衷共济，莫逆于心，受伤害、受损失的是每一个成员自己。

第九章　济济一堂

时间过得真快，眨眼的工夫我调至荆州已经有好几年了。这几年，我基本没回过老家。一是教师的工作不方便请假，二是儿子功课紧不愿耽误课程，我们也就一直没有回沔阳郭河。

1

2002 年的国庆节，我回老家了。因为桃媛姨的父母七十岁生日正逢他们结婚五十周年纪念日。桃媛姨的哥哥康志忠提议给父母办一个宴会，以纪念父母五十年金婚暨古稀华诞，桃媛姨几姊妹积极响应。

桃媛姨八姊妹中，桃媛姨离老家最近。她就在仙桃，转郭河回家路程约三十三公里，从仙桃直接回康家台只有三十公里，她便主动承担了办宴会的所有准备工作。

桃媛姨首先请了一家"婚庆一条龙"服务，加上三天的"小舞台"。

"婚庆一条龙"是康家台上的村民自筹自办的民间移动酒店；"小舞台"是一些有相同爱好的村民自己组织的民间歌舞团。虽然都是土生土长的土公司，但他们新式的包装让人感觉特别洋气，又特别的接地气。

桃媛姨和父母商量了宴席主题和请客事项，又和"婚庆一条龙"商量了整个宴会的流程及具体细节。然后，告知乡亲们："国庆"长假的三天时间，康爷爷庄奶奶举办七十华诞及五十年金婚纪念宴会。无论亲戚朋友，乡亲邻里，只要有时间的都来现场聚会，不收礼金。流水席开三天，随到随吃，元月二号是正式宴会。

他们强调，除了自家儿女，其他人，一律只来人不来情钱。他们绝对不收一分钱礼金，不收任何人的礼品。人到场就是最好的祝福，能上小舞台表演节目就是最好的贺礼。

得到消息的我，一个人回到了老家。

来到郭河，经过郭河小学，我怀旧情绪涌动，抬眼望时不觉两腿已经迈进了校门。

好几年不进郭河小学，又是公假日，熟悉的热闹的校园完全是另一幅景象。大门很气派，校内很安静，水塘不见了；原来住过的家属宿舍被一栋楼房挡住。我转到楼房后面，那排宿舍还在，我找到自己曾经住过的一间，寝室的门已经破损，但，之前我贴在墙上的几幅画还在。这排房子为什么没有拆除，专供我此次来忆旧的吗！

记得我在调去荆州的前两年，因为沔阳县升级为仙桃市，很多老师调往仙桃，汤校长在讲到学校规划时对我和小吴老师说："你们俩别（调）去（仙桃）。我准备把那水塘填起来，在上面修一栋楼房给老师们住，你们俩肯定是第一批入住。到仙桃还不是教书，住宿条件不一定有我们学校好。"

我当时确实没想过调去仙桃，巧的是第二年因偶然的机会把家随田宇峰搬去了荆州；我调走的第二年，小吴老师也调出了郭河；连汤校长自己也调离了郭河小学，去郭河教育组当了教育组组长。

现在，住宿楼是修建得很好了，我们却都离开郭河小学了。想到这些，我想去看望汤校长了。从郭河小学到郭河教育组两百米的路程吧，但我已经找不到方向了，原来那条环绕郭河小学半圈的张河连痕迹都不见了。

想到张河又想起另外一件事。那时候，我们每次洗衣服时都要到旁边的张河去清洗。有一次，我在张河洗衣服碰到调入郭河小学不久的汤校长，聊到天气，我说："这几天好热。学生经常说热，要水喝，教室里都没得水，学生好遭业。"

汤校长说："学生没水喝？以前是怎么搞的？"

"之前是每个班有一口水缸，班主任每天到厨房提两桶凉开水放到缸里给学生喝。"

"现在为什么不去提水了？"

"有一些班上的缸破了，又是从冬天过来的，学校还没有哪个人说到给学生烧水喝的事儿。"

"你去说啦。你是少先队辅导员，你先去统计一下，看是哪些班级的缸不能用了，学校给他们再配一个缸。把缸配齐了，我们还是叫厨房每天给学生烧水喝。"

上班时间，我真的到每个教室里去统计水缸的情况，并把数据做成一个统计表交给郭校长。

郭校长把统计表浏览了一下就说："哪有这么多破损的，这还有的缸都不在了？你去对他们说，'破的、损的，只要还有缸在，学校就帮他们换新的，冇得缸在的就自己拿班费去买'。你再去统计一遍。"

"冇得缸在的就自己拿班费去买？"

"肯定啦。缸都不在了，还不自己去买。"

我只好又去核实一遍，重新制作统计表。

这一次，有两个班主任原来说"缸破了，失踪了"的现在说是"缸还在，就是缸损了，不能用了"，其他的班主任还是先前的状况没有改动。

这一次，我把统计表交给汤校长，汤校长在班主任会上说："冇得缸在的，学校发一个；完好无损的缸，到学校换一个新的。这缸还在的，无论破了还是损了的班级，自己拿班费去再买新的缸。"

汤校长这话一出口，那些有缸在又不能用的班主任都看着我。特别是先说缸不在了又改口说缸还在的两个老师一听汤校长说的和我对他们讲的不一样，就以为是我故意骗他们的。

散会后，他们找我说："你说'破的、损的，只要还有缸在，学校就换新的，冇得缸在的就自己拿班费去买'，怎么汤校长说'破的、损的，只要还有缸在就自己拿班费去买'。你干吗骗我们呢？"

"我也不晓得。汤校长当我确实是说'破的、损的，只要还有缸在，学校就帮他们换新的，冇得缸在的就自己拿班费去买'。我去问汤校长去。"

他们哪里信我，把我当叛徒一样，把我快�’死。

我觉得很冤枉，真的去问汤校长。我说："您怎么当我这样说，当班主任却那样说？"

汤校长笑嘻嘻地说："你这个憨鬼，我不教你那样说，他们对你讲真话吗？"

我差点儿气死了，堂堂一校长，用的是这样的套路。

后来，我说带少先队员去参观白庙大桥，汤校长让我找两辆手扶拖拉机带学生去。

这次，我事先对汤校长说："我可以找手扶拖拉机，但我不谈价。"

以后汤校长让我做这类似的事，我无论如何也都没有参与过实质性的讨论。好像汤校长以后也没有为难我。

这样想着，就到了教育组。有人告诉我，说汤校长不住教育组了，他现在住自己的私房。我时间不够，取消了去看汤校长的计划。

2

在郭河大道上走来走去，感觉郭河中学和郭河小学现在蛮漂亮。原来住在郭河时觉得郭河中学、小学条件好差，跑到荆州去当老师。现在，再回来一看，郭河的小学和中学都是全现代化了，教学设备比我想象的好几倍。

一边遐想一边向康家台去。

到达现场，不仅桃媛姨他们弟兄姊妹全都携爱人带孩子回到康家台，连家兴叔家的弟兄姊妹也差不多都回了康家台。家兴叔的母亲，余奶奶也在现场。像我这样的一些亲朋厚友也都到了现场，聚会场面非常热闹。

正式宴会开始，主持人标准的普通话渗入特别的乡音加上台上台下特有的乡情，让整个现场显得特别的声势浩大，热闹体面。

主持人是桃媛姨的双胞胎儿女李双庆和李双昀。他们兄妹俩站在红色背景、红色幔帐、红色地毯的红色舞台上，先是用标准的普通话然后又变腔为康家台方言说道：

（李双昀、李双庆）各位来宾、各位朋友，各位爷爷奶奶、大叔大妈、哥哥姐姐、弟弟妹妹们：大家好！

（李双庆）很高兴在这里与大家欢聚一堂，隆重举行外公外婆金婚暨古稀华诞的纪念盛会。

（李双昀）非常欢迎大家，衷心感谢各位的到来！

（李双昀、李双庆）首先，我们有请两位寿星登台。（两位寿星由康志忠、康志媛两姐弟搀扶上台就座）祝外公外婆福如东海，寿比南山！祝各位来宾心想事成，万事如意。

（李双昀）现在，我们把最真诚的祝福和最美好的祝愿融在鲜花中，送给我们的两位寿星，祝福两位寿星的生活像鲜花一样灿烂（康志忠的儿子和康志孝的女儿各自手捧鲜花，送给两位寿星）。

（李双庆）下面有请康志忠先生致辞。

康志忠走上台，手握话筒，台下立马安静下来。

各位爷爷、奶奶、叔叔、阿姨、哥哥、姐姐、弟弟、妹妹及所有的来宾，所有的朋友们，大家上午好！

今天，喜逢我父母金婚纪念暨七十大寿。大家在百忙之中来到这里，参加今天的聚会。我代表我们全家，真诚地欢迎大家，感谢大家！同时，我代表我们子女向敬爱的父亲、母亲说一声谢谢，感谢你们的养育之恩！

父亲母亲为了我们兄弟姊妹，不辞劳苦，勤劳节俭；父亲母亲为了这个家，勤扒苦做，起早贪黑！

父亲母亲一年四季，天不亮就起床，天黑了才回家，无论对子女、对乡邻、对亲友都是温和宽厚，真诚相待！

父亲、母亲非常重视我们的学习，哪怕他们自己没得吃没得喝，也把我们放进学堂。

为了我们兄弟姊妹，母亲不知有多少个深夜还在纳鞋底、做衣袜；为了我们的学费，多少次，父亲手捧通知书眼里衔着泪花；看到儿女学业有成、男婚女嫁，父母仍然东奔西走，照顾孙子、孙女，哪里需要就在哪儿住家。

父亲母亲，您二老辛苦了！儿子曾经不懂事，给爸爸妈妈多添了许多的皱纹和白发；儿子曾经不作为，给爸爸妈妈增添了许多的担忧和牵挂！

多亏了父亲母亲，耐心教导儿子，换来今天的立业成家；多亏了父亲母亲风雨同舟，换来今日大家庭的荣华！

我还要感谢各位乡邻、亲友，是你们的包容让我们一家人顺利度过了家大口阔无劳动力的艰难岁月；是大家的体谅和帮助，让我们兄弟姊妹学有所成，各自拥有了快乐的工作和生活。

在这里，我要祝爸爸妈妈恩恩爱爱，身体更健康！祝各位亲友开开心心，生活更美满！

3

（李双庆）铮铮男儿情，

（李双昀）绵绵父母心。

（李双昀、李双庆）下面有请康志孝夫妇的诗朗诵。

二儿子、二媳妇一出场，像电视台的节目主持人上台一样，形象和声音超美，大家再次安静下来——

（儿子）金色阳光，映照亲朋好友欢欣愉悦的脸庞，

（媳妇）丝丝秋风，抚摸儿女子孙轻松惬意的心房。

（儿子）金阳送暖，金风送爽，金色的光环在爸爸妈妈的脸上闪耀柔光，

（媳妇）儿孙满堂，亲朋齐聚，共贺幸福老人携手走过五十年美好时光。

（儿子）忆当年，两位新人青春焕发，激情满胸膛，

（媳妇）看今日，后辈子孙学业有成，欢声俱爽朗。

（儿子）执子之手，无声的誓约在时光荏苒中坚定如初，

（媳妇）与子偕老，不语的心愿在岁月如歌里齐眉共赏。

（儿子）心中甜美如蜜，脸上喜气洋洋；

（媳妇）静谧湖水柔和安详，遒劲大树挺拔健壮！

（儿子）星星微亮已起床，

（媳妇）明月高照回泥房。

（儿子）是谁起早贪黑，忍辱负重，风雨同当？

（媳妇）是谁含辛茹苦，相濡以沫，奋发图强？

（儿子）是谁言传身教，率先示范，勤勉劳作？

（媳妇）是谁善良为本，宽厚待人，深孚众望？

（儿子）谁，默默含笑把一张张奖状贴到土坯墙？

（媳妇）谁，静静落座橘黄灯下为游子细缝衣裳？

（儿子）谁，手捧孩子大学录取通知书泪湿眼眶？

（媳妇）谁，在儿女的婚礼上欣慰欢喜泪花飞扬？

（儿子）谁，在孙子孙女咿呀学语，蹒跚学步时一次次南下北上？

（媳妇）谁，在儿女无知贪玩，茫然失措时，孜孜不倦教导有方？

（合）是爸爸妈妈！

敬爱的父亲母亲用天使般美好的心灵谱写一曲曲动人篇章；是台上就座的爷爷奶奶，您二老用朴实和坚强，树立典范和榜样！

是爸爸妈妈，我们的父亲、母亲同心协力，绘制出我们家族美丽的书卷，抚育我们儿女成长，让孙子孙女这些幼苗更加茁壮！

（媳妇）我们的妈妈是世界上最美丽、善良、聪慧的母亲，无米也能做出一手绝佳的饭菜，色香味俱全，时刻散发诱人的芳香。

您无私的心胸，无声指引我们做人的方向；您温柔的目光追随我们天涯海角地闯荡。

（儿子）我们的爸爸是世界上最帅、最深沉的父亲，您是家里的脊梁，是康家舰艇的船长。

您是智者，您深邃睿智的眼神总能穿透迷障，到达远方；您是娱公，您幽默风趣的话语总能余音绕梁，乐满厅堂。

（儿子）不敢忘，

（媳妇）不敢忘，

（合）五十载似水年华，

（儿子）再回首，

（媳妇）再回首，

（合）七十年光辉岁月。

多少风雨同舟，换来美景良辰？

多少辛劳并肩，收获寒梅飘香？

（儿子）五十年沧桑，忠贞不变，

（媳妇）五十年路程，热手相牵，

（儿子）五十年岁月，真金百炼，

（媳妇）五十年爱情，醇美甘甜。

（儿子）爸爸妈妈，

我们想描绘您二老半个世纪的春夏秋冬，

（媳妇）我们想叙说您二老七十年岁的大爱柔肠；

（儿子）我们想触摸那平淡岁月中充盈的幸福，

（媳妇）我们想把逝去的光阴谱成华彩乐章！

（儿子）我们不能仅仅凭借苍白的语言和枯竭的词条，

（媳妇）我们要用欢笑传递心声，用努力回报恩情，用行动铸就成功！

（合）我们欢欣，我们自豪，我们骄傲，我们是快乐温馨的大家庭，我们是幸福和谐的一家人！

我们感谢，我们感念，我们感恩，因为您，各位亲朋好友，邻里乡亲无处不在的情谊与关怀。

4

（儿子）两心相印，举案齐眉五十载，

（媳妇）双手相牵，恩爱甜蜜一万年！

（合）祝爸爸妈妈恩恩爱爱，身体更健康！

愿爸爸妈妈甜甜美美，人生更精彩！

（李双昀）真心的话语在空中回响，动情的话语在屋前回荡——

（李双庆）您被感动了，康爷爷和庄奶奶更是心潮澎湃！此刻，两位寿星的眼里闪烁的是幸福的泪花！

下面有请康志文先生朗读康爷爷自己创作的一副长联。

（康志文）这是父亲自己创编的，上下联各69个字。

上联：半百春秋携老幼，时时刻刻思先祖：踏踏实实立业，勤勤恳恳兴家。唾弃庸庸碌碌浮生，力行坎坎坷坷命运；经营乐乐安安环境，构建和和美美家庭。深味百家粮，频频子息竞孝。

下联：七十岁月裕排湖，口口声声海子孙；清清爽爽为人，兢兢业业做事。攀缘崎崎岖岖蜀道，攻克形形色色难关；迈步舒舒坦坦旅途，筹谋蜜蜜甜甜晚景。恃凭千重技，久久琴瑟和鸣。

横批：天道酬勤。

（康志文）这副对联，两长联138个字，寓意"一生发"；加上天道酬勤共142个字，寓意"一世爱"！

台上台下的人们不觉一起拍手鼓掌，为这副长联喝彩；为康爷爷的才学喝彩；为两位寿星历经几十年风雨，终于拥有幸福甜蜜的生活喝彩。

我无比羡慕地对桃媛姨说："您爸爸妈妈真有福气。"

桃媛姨也很有兴致地接过话头对我讲："我妈是通海口那边的人，家里条件还蛮好，就是我外公外婆总觉得女子无才便是德，他们不许我妈读书，所以我妈就是欠读书，她就让我们家几姐妹都读书。"

"您父亲好像没怎么读书呀，怎么还会编对联？"

"我爸爱看书，他的文化修养其实都是自学的。我爸蛮聪明，虽然没怎么读书，但他编对联、唱皮影戏都会。他还会打算盘，记账算账。他性格也蛮好，蛮过细。像我妈现在身体不好，我爸每天给我妈记录几点吃了什么，用了什么药，感觉怎么样都记下来。如果去看医生，我爸就把他的记录本交给医生。医生都说：'我们住院部的护士都没有你这么详细的记录'，我爸一直就这样记录都坚持了几年。"

"啧啧，太厉害了，太了不起啦！穷得叮当响也不怨天尤人，不嫉恨他人；闹得这么好也不趾高气扬，不目中无人。对老婆真心真意，对儿女尽职尽责。真羡慕您，有这么优秀的父母。您也算福气好，娘婆两家都是重情重义的聪明人。"

"呃，家兴叔他们一家人也蛮好。特别是他爸爸对我不亚于我自己的父亲。现在李书记不在了，他们弟兄姊妹也对我蛮好。像这一次，我说我父母办一个七十岁生日宴，他们姊妹都回来了，我婆婆都回来了。他们都是把我当他们家女儿一样待，把我父母当他们一家人一样待的。"

5

金秋十月，金风送爽，百里排湖，鱼肥米香。艳阳高照的康家台，康志忠的家门口正举办一场别开生面，极尽热情、友情、亲情的五十年金婚暨七十大寿庆典宴会。

席棚里，宾朋满座，贺客如云。分各天南海北工作的儿子、媳妇、女儿、女婿和他们各家的孩子们聚在一起；家兴叔一家几姊妹和一些近邻好友也都聚在席棚，家兴叔的母亲也回来陪着亲家公亲家母；桃媛姨的几个同事和孩子们的同学旧友也来现场凑热闹了。

大家笑语欢歌，敬贺献礼。康志媛夫妇赠献了"九龙玉如意"祝父母健康长寿，万事称心；康桃媛和李家兴赠送的金婚铂金戒指两枚，为父母弥补当年没有婚戒的缺憾，寓示龙凤呈祥，百年到老；康爱媛夫妇赠送的是象征一帆风顺的纯金帆船，祝福二老顺顺利利，安度晚年；家兴叔的姐姐李福安赠送给二老的是她自己亲手绣制的大"寿"装裱后的寿轴一幅；李福珍赠送给二老的是有收藏价值的文房四宝。

这次，桃媛姨不仅给自己的父母亲送了戒指，也给自己的婆母余奶奶买了一枚戒指，让余奶奶戴着；李福安也是同时给自己的母亲余奶奶买了一双新鞋子，李福珍给余奶奶买了一套新衣服。

宴会现场，宾客们敬酒的、碰杯的、祝贺声此起彼伏，将金婚宴会形成并达到欢乐喜庆，开怀畅爽的高潮。

乡邻亲友对康爷爷一家衷心祝福，儿女子孙对康爷爷二老"反哺跪乳"，整场宴会热闹无比，真情浓烈。

大家吃喝玩乐，聊天听歌，无不称颂康志忠兄弟姐妹个个有能有为，孝顺乖巧；个个有担当，有出息。

是啊，他们家三姐妹五兄弟个个勤奋努力，坚韧不拔。康志忠复读几年，坚持不懈地苦学终于金榜题名，在武汉大学工作至今一直兢兢业业，勤奋上进；康志孝、康志文、康志武和康志全以哥哥为标杆，你追我赶，拼搏求学。特别是康志孝和康志文坚韧自律，自己给自己创造条件刻苦求学，争得优秀学业。康志孝大学毕业后与大学的同班同学结婚，一直在十堰市工作；康志文和康志武都是博士文凭，一个在厦门，一个在深圳，都在大公司上班；康志全在丹麦留学后回国在中科院，定居北京。桃媛姨的姐姐康志媛是八姊妹中最漂亮的一个，但她谨遵父母意愿不以颜值吃饭，她的三个孩子也个个都是高文凭；桃媛姨也是手握大学文凭仍然不断学习，不断提升自己，她的三个孩子也都是名牌大学的在校大学生；桃媛姨的妹妹康爱媛大学毕业后找了一个外籍男友，结婚后定居荷兰，也是生活积极努力，一心塑造完美自我。

大家发自肺腑地感叹："平常不觉得，这聚在一起好有气派。当年好遭业，现在与我们像两个世界的人。"

"人说'窦燕山，有义方。教五子，名俱扬。'我们这是'康家台，出人才，儿和女，都能耐！'"

"这两老有福气。娃儿们个个有出息。也还是两老有远见，自己再困难都坚持把几个娃儿都放到学校读书。机会又好，碰上了好政策。"

"最主要的是他家的人知恩投报。弟兄姊妹出去了，都是说感谢乡亲邻里。这很难得。"

是的，桃媛姨的父母坚韧勤劳，他们兄弟姊妹个个外秀内慧。而且一家人都懂得感恩，对人真诚；性格朴实亲和，不张扬跋扈。

6

亲友们三三两两地聊天，我和桃媛姨继续有一搭没一搭地闲侃。

"圆秀姨的妈妈现在过得怎么样？"

"还好。就是家庭负担有点儿重。"

"她妈妈与娘家来往多不多？"

"基本不来往。她娘家没有同胞姊妹在了，只有一个弟弟，就是汪圆秀的舅舅，在台湾。那年她舅舅回来探亲时，她妈妈和她一起回了一趟老屋，她舅舅还送了她一副耳环。"

"她舅舅在台湾？"

"嗯。她舅舅跑到台湾后一直没结婚，老以为可以回来的，结果一等等了几十年。政策允许时，她舅舅就回来了一趟，从仙桃坐摩的来时被人抢劫，一个大包被抢走了，只剩下一个随身包和身上的几个钱了。也不多，就

分给一些侄男侄女了。"

"圆秀姨应该是分得最多的呀？"

"不是。听她说，她舅舅分钱不论亲疏，不论男女，只问他们，'有钱了做什么？'他们一些兄弟姊妹有的说'有钱了盖一座楼房'，有的说'有钱了挖个鱼池养鱼'，有的说'出去做生意'，她舅舅就给那些准备盖房子的没给钱，她舅舅说盖房子就把钱变'死'了。她舅舅把钱分给了那些准备修鱼池、做生意的几个，她也是一分钱没分到，只分到一副耳环。"

"她舅舅是生意人？"

"可以算是个生意人，就是开餐馆。一个人，一直没有成家，年龄又蛮大了，也蛮可怜。就回来一趟，嫡亲的姊妹就只有汪圆秀的妈妈一个，亲一点的侄娃也没几个。回来住了几天就回台湾了，后来就一直没有再来了。"

"您父母他们出国去没有？"

"没有。出去玩都是这几年的事。以前要他们出去旅游，他们还说'在家千日好，出门一日难'；现在，我们一说去哪里玩，他们就说'好啊，到外面走一走见一见世面，还可以长点儿见识！'他们还玩了几个位置咧。"

"你们姊妹蛮有孝心，好像都陪您父母玩过。"

"呃，除了小妹在荷兰的家我爸妈没去过，我们这几姊妹的家，我爸妈都住过一段时间。住到哪个家里哪个负责陪爸妈旅游玩一圈。就是每次玩一圈了我爸妈都要回这里住，他们说不跟我们几姊妹住一起，说老了就不离开老家。他们要在老家养老，我们才又把这房子修好了。"

"这房子修得这么好，将来给谁呢？"

"估计没人要。以后肯定是卖掉。哎，汤主任没当郭河的教委主任了咧。"

"哦，我还不知道，像没搞几年啦，怎么就下了？难怪我听人说他不住教育组的。他没当教育组组长了！"

"他这人精明过头了，聪明反被聪明误。沔阳撤县建市后，市教委经常有各种检查，每次检查他都作假，有时候蒙混过去了，但他作假次数多了，就被发现了。而且他还有其他违纪问题，就被撤职了。"

"作假？一个镇教委有啥要做假的？"

"比如，民办老师要吃住在学校，那村小的学生和老师都是本村人，学生都是回家吃饭，老师平时也都回家吃饭，从没有在学校吃住。他就叫别人赶紧垒灶，买厨具，只说村小的老师是在学校吃住。结果，那些村小的老师垒的灶、买的锅都是新的，灶膛里没有柴灰，锅底下没有油烟，那人家一看就知道是假的。他把人家村小的校长骂了几通，说人家做假都不长心眼，结果自己也出了个错误。他要郭河小学的校长整理档案，增加一些他在郭河小学当校长时的资料。校长就把这个任务交给教导主任办，教导主任帮他重新写好了 1987 年的学校计划，给他签字。他签名写日期，写到'1987 年'时就说：'这 1987 年的资料放到现在怎么还是这么白的纸呀？你应该先把纸上涂抹一层淡淡的铅笔灰，抹匀，让那颜色感觉像陈旧的纸了，再在上面写。'于是，教导主任又拿去重写。先把文稿纸用铅笔均匀地涂上一层淡淡的灰色，再用手在上面摩擦一遍，感觉真的像放了很久的纸，然后重新誊写一遍拿去给汤主任签字。汤主任一看，很满意，就签名。汤主任签名时，一个不小心就随手写了一个当天的日期，自己没发现。第二天，人家来检查时看着日期问：'这 1987 年的计划昨天才补起来？'人家快笑死。知道的老师们也笑他'聪明一世糊涂一时'。本来这是件小事，但有人反映了另外一件事。就是郭河中学乱收费，他怕被市调查组查出来，就要学校全部重新造学生花名册，把学生姓名和家长信息全部打乱。比如，我侄儿子的名字估计到了新阳四队一家屋里，究竟到哪了他父母不知道，我们侄儿子的名字换成了埠湾的一个娃儿的名字。假花名册做好后，学校把所有家长招去开会，告诉家长，他们孩子的'新名字'，要所有家长配合他们。叮嘱家长，第一，有人问你家孩子叫什么名字，你就说现在这个孩子的名字；第二，有人问孩子平时买了一些什么资料，你就说'不知道'；第三，有人问孩子交了哪些费用，你就说'平常从来没为他交过钱。'这个瞒天过海的操作就是性质问题了。他反正特精，所有的违纪违规都不是他亲手操办，他只受益，出了问题都是别人顶罪。"

"啊，这也太离谱了吧，那是谁反映给调查组的呢？"

"不晓得，估计是郭河中学的老师，有的说是郭河中学的校长。因为这件事，郭河中学的校长没有受批评，汤主任也没受蛮大的处罚，就是个撤职，而郭河中学的校长接替汤主任当上了教委主任。"

"呵呵呵，这事太复杂了。不过，汤主任的处事风格我是领教过的，确实精明过人。本来，我是蛮佩服他的，如果他稍微少一些歪门邪道，就以他的能力是可以成就一番事业的，他就是老想投机取巧，老想糊弄他人。他儿子像蛮厚道，他弟弟也蛮好。他弟弟还跟我是同学。"

"一娘养九子，九子九个样，每个人都有自己的个性。总体来讲，我们郭河人还是蛮善良。"

"呃，我也觉得郭河人蛮好，乡亲邻里都是互相关照的。像我婆婆，我结婚时连稀饭都煮不熟，我婆婆说：'人只精一头的，我娃会教书的'。"

"你们家都是谁做饭？"

"都是我。田宇峰本来比我会做饭，但他不做，洗碗都不搞。这几年他做家务。他开始做家务是因为他的侄儿子。他哥哥想让他儿子到我们那里读书，他哥哥可能老在对田宇峰讲，但田宇峰始终不跟我讲。我一点儿音都不晓得。突然有一天，他们一家人到了荆州，连同田宇峰的母亲，说是他侄儿到我学校读书，就到我带的班级，他母亲照顾他侄儿吃饭。他哥哥看我一脸蒙还问我'您不知道这件事？'我说：'我不知道呀，他从来没对我讲过。'您说田宇峰这人做事是不是太没章程？我气得要死，觉得田宇峰太无知，但他母亲和家人对我确实蛮好，我又不忍心当他母亲和他哥哥一家人的面发脾气。我哭了三天，我对他们家人说：'田宇峰对我你们也看到了，你们商量好了，孩子在这儿读书，婆婆照顾他生活，这事与我无关，我绝不说半个字，你们想怎么样就怎么样。如果你们非要把这个孩子放到我班上，要我管这个孩子读书，那我不要婆婆在这里。平时，我管我的儿子婆婆都说我管严了，这是个侄儿子，要是他哪天作业没做好，我说他，婆婆在旁边姑姑姨姨（方言，这里指无原则地庇护、袒护），他还听我的？他还不说我这个婶娘故意刁难他！'他们就同意婆婆不在荆州，一定要我带侄儿子读书。我就又说：'那我只管教室里，我不管家里，田宇峰是他的家长，他的所有事由田宇峰负责，我只答应他是我班的学生。'田宇峰和他家里人就这样答应了。他们一大家人回去以后，侄儿子就在我班级学习。就从他侄儿子在荆州上学开始，田宇峰才开始做家务。田宇峰之前为老婆、为儿子从来没有做过家务。为儿子擦屁股、攞鼻涕都是喊我；晚上儿子要尿尿，他是醒的都不搞，都是把我喊醒了给娃儿把尿。您说田宇峰这个人是不是个清白人？一想到这些事，我真瞧不起田宇峰。"

我说到这一些，桃媛姨就只笑不接腔了。

7

我特欣赏桃媛姨的为人处世，又想起一件事来。

我和桃媛姨都在郭河小学的时候，田宇峰的母亲在郭河小学帮我带小孩。郭河小学的两个水塘里面都种有莲藕，也有鱼，每年年底就干坑挖藕捞鱼，把弄到的藕和鱼分给学校的老师们。有一年，分鱼的时候桃媛姨不在校，她委托我帮她领取。我去的时候，学校的老师们都在现场，因为鱼少老师多，分鱼没有按斤论两，就是扒堆。把鱼按老师数分成一些小堆，编上号，然后按编号抓阄。轮到我了，我先给自己抓了一个号子，一堆小鱼。然后，我对在场的老师们说："现在，我来替康桃媛老师抓阄，大家看好啊，我这是给康桃媛老师领的。"

"好好好，我们都看着，看你能不能抓到那条大鱼！"因为整个鱼塘只捞到一条两三斤重的大鱼，其他都是一两寸长的小鱼。巧得很，这次我抓到的是有大鱼的那一堆，我欣喜地大叫："康桃媛老师有大鱼吃了。"

我把两个篮子提回家时，开心地对婆母说："呵呵呵，我给桃媛姨拈了一条大鱼。"我婆母说："都不是你的手拈的，那么就是桃媛姨的，这条大鱼留着娃儿吃不得？"我也没太在意，随口说："这个（有大鱼的一份）是我给桃媛姨拈的，我拈阄的时候说了的啦。"

没想到，婆母对那条大鱼根本不想放手。待田宇峰回家，婆母就对田宇峰说："什么拈阄不拈阄，都是她提回来的。那么大鱼就是桃媛姨的，这大鱼留着自己的娃儿吃不得！"田宇峰一字不答，我正准备来给婆婆做思想工作的，桃媛姨回来了。还没走到我们门口，就有人报告桃媛姨说："恭喜你，你抓到了唯一的一条大鱼，过年有大鱼吃了。"

"这好这好，谢谢谢谢。"桃媛姨一边回答一边走，话音没落就已经来到我家。我赶紧起身去提鱼，桃媛姨还在说："这大鱼是我的？把这大鱼留着你娃儿吃。"我还在说："那怎么能行，是您的嘛，您提去。"没想到田宇峰在我们俩伸手之前就把两个装鱼的篮子提起来了，说："像这搞。不管哪个篮子是哪个的，我闭着眼睛提着篮子转圈，再放下来，哪个篮子在外面，就是桃媛姨的。"不等我们俩接腔，他已经提着篮子转了两圈，把大鱼篮子转到了里面，外面的小鱼篮子递给了桃媛姨。

我"唉！"的一声跺了一下脚，转头看到婆母人坐在桌前，端着碗却并没有吃饭，两眼紧紧地盯着我们三人。婆母看到田宇峰把一篮子小鱼递给了桃媛姨，满意地低头继续吃饭。看着婆母很满足的笑脸，我再次无语。心里想，这婆母年龄大，没见过世面，这田宇峰还附和他母亲！这样子我今后怎么有脸见学校的老师们？正在我心里七上八下忐忑拘谨之时，外面又传来了老师们的打趣声："咦，你怎么拿的是小鱼，你的大鱼呢？"听到桃媛姨稍微迟疑了一下，笑着说："我自己拿的小鱼。"

听到桃媛姨这样的回答，我终于如释重负，桃媛姨太聪明太灵活，太能体谅我的处境。婆母或者田宇峰有桃媛姨的十分之一，我也不至于常常被他们母子置于十分尴尬的境地。

我真不理解田宇峰：他妈妈的什么观点都接受，从骨子里不会分辨他母亲为人处世观的对错。我一个媳妇也不好和婆母理论，而且，我从内心觉得我婆母和她同时代的人比，还算属于通情达理的一类人。

我最瞧不起的是田宇峰的为人处世，我最佩服的是我婆婆的说话技巧。

我婆母为了教育我自强自律自己做家务，和我聊天的时候对我讲："咯，马家的婆婆好撩江，找个媳妇也还蛮好，但她老嫌媳妇做家务不利索。她媳妇当她说她儿子在外面和别的女人睡瞌睡，她说：'你房里像猪窝，床上像狗窝，他不到外面睡到哪里睡，到你房里睡，睡得下去吗？'她媳妇快怄死。我就看了这个马家的婆婆，我就叫爱旻她们什么事都学做会，像爱旻的婆婆晓得好刁钻刻薄，她不敢欺负爱旻。爱旻说她婆婆会做的事她都会，她会做的事她婆婆不一定会，所以，她婆婆不说她，她婆婆老只把嘴搁到她大媳妇身上。"

我婆母为了教育我一心为婆家服务，不要整天牵挂娘家人，就对我说："我们那时候躲日本人啦，装成一个丑老太，提了个包袱就去婆家。我父亲把我送到村口对我说：'到人家屋里了就是人家屋里的人，不要记挂我们。嫁出去的女儿泼出去的水，你以后就当没得我们的。'我听我们爷姆妈（方言，父亲母亲）的话，从来不顾及娘屋的人。我的个舅娘，一老顾娘家，媳妇又顾娘家，一代媳妇顾娘家又一代媳妇又顾娘家。唉！你二嫂子顾娘家，每次娘家人来了就想的想的弄好吃的给娘家人，咯娃儿对他舅舅说：'你再吃再吃，我挖个眼把你埋到这里。'他叔子伯爷们去了，咯娃儿不晓得好欢喜。外甥不认舅只要拳头来得溜。"

我婆母每次说这些我都只听不反驳，老师们都说我不该让婆母这样说，应该当场反驳，回击。说现在时代不一样了，家庭结构已不是从前的模式了，男女平等，媳妇也是父母出钱读书出来的。但我从来不说，我觉得中国几千年的封建观念流传下来，她们已经习惯了这种思维，她儿子不说她的不是，媳妇说了她也不认可。

田宇峰的二嫂子说了一辈子也没见效果，我最不喜欢做没有成效的事。所以，我从来不说田宇峰妈妈的不是，每次都只静静地听，只有一次我当场反击了。

那是我想参加函授学习拿大学文凭。田宇峰在外进修，孩子没人带，我就把孩子放到田宇峰哥哥的家里交给婆婆带几天。我学习结束了去接孩子时，婆婆笑嘻嘻地对孩子说："宝贝，那歌是怎么唱的呀？世上只有爸爸好！"我听后很认真地对婆婆说："您信不信？我可以把他教得不认识您，您信不信？"婆婆秃嘴不讲话了，他哥哥就赶紧说我婆母："想的无聊说些话，人家是'世上只有妈妈好'！"

像田宇峰就从来没有像他哥哥这样说过他母亲的不是。我只要一想到田宇峰做的一些事，我就不开心，想多了血压就上升。我得另找话题呀！

8

"哎，桃嫒姨，小昀找朋友没？"

"还没有。上次有个同学交往了一阵子又没联系了。"

"同学应该可以吧，到社会上了难得碰到真心的人。"

"我也是这么劝她，她不肯。她说：'他性格太不好了。上次回来我说给你们买点儿东西，他就在旁边絮聒絮聒。又不是他出钱，我自己出钱买，他还划不来。这还没有结婚，以后结婚了，我想讲点孝心，他还不得聒死人啦。咧样的人，算了算了'。我觉得她说的有道理，而且她年纪还轻，就由她自己了。将来总是她跟别人过日子，又不是我们父母跟别人过日子，还不是要她自己满意才行。"

"嗯，那确实。"

……

整个席棚，座无虚位，欢声笑语；舞台前后，男女老幼，人来人往；宴会现场，亲朋贺客，济济一堂。置身于这样热闹喜庆的氛围里，我感到特别愉快。

之前，我来过无数次排湖，和母亲看望湖中捕鱼摘莲的舅爷爷或者姨奶奶；和同学一起跟随老师帮助排湖的人们插秧、割稻或者捡棉花、牵芝麻；和伯妈婶姨、乡邻姐妹来排湖捡牛粪、铲汉草（方言，泛指放田里腐烂后可以当农家肥的青草）、种庄稼……

那时，排湖在我的心里是野地、是乡下；排湖人在我心里是贫穷、是辛苦；排湖人的生活在我的心里是简朴、是寒酸。

这次不一样，眼前的排湖俨然是新生的湖景园，排湖人也是脱胎换骨的形象，排湖人的生活已经更新为现代化的模式。我仿佛觉得：这是我有生以来第一次置身排湖，享受风光旖旎；这是我有生以来第一次亲临排湖，品尝鱼米清香；这是我有生以来第一次凝望排湖，感受舐犊情深！

寿宴结束，我依依不舍地离开了康家台，离开了排湖。一路上心里在想：排湖，母亲的老籍，我一定会再来的！

第十章　堂堂正正

聚会结束，我从沔阳回荆州。回到家里，田宇峰正和别人讲电话，看我回家便挂了电话出来。

"你在和谁讲电话呀？"我问田宇峰。

"夏珊斓。"田宇峰故意作出不经意的样子回答了三个字，然后去阳台收衣服。

看田宇峰躲躲闪闪的眼神，爱理不理的语气，我没再问他。心里想，这个夏珊斓怎么会找田宇峰聊电话？

夏珊斓是通海口人，1981年从郢都师范毕业，在沔阳通海口工作几年后调到荆州，她老公是荆州教育局的副局长。

夏珊斓曾在省教院进修过，我去省教院进修时，正好分到她们的寝室，我们在同一个寝室住了一年后她先毕业到荆州了，两年后我也到荆州了。

我和夏珊斓都在荆州各自的学校上班，互相不知道对方从老家调到了荆州，她的儿子田夏平在我们附中读了三年初中，我都没有碰到过她。我与她从省教院分开后再次碰面是2000年的开学季。

1

那天，我帮儿子田百芳去荆州一中报到。这是我第一次去一中，对他们的环境还不熟悉，就去得比较早，班主任老师还没有到班。

我问教导处门口的一位老师，"您好，请问高一（1）班的教室在哪儿？"

"在这边二楼。还没有，门还没开，在这里等一会儿。你孩子分到高一（1）班啦？"

"呃。说是分到一班了。"

"蛮好。一班的云老师还可以，应该是蛮行的。"

我笑望着这个老师，不知他说的是什么意思。他接着说："这个云老师才从天门调过来的。这次天门高考考得蛮好，但我不相信好到那种程度。两个并列的冠军都在一个班上，有这么巧吗？你信不信，反正我不信。哪有这个可能呢？这肯定是做了手脚的。"

我好像从没关心过哪个学校高考考得怎么样，即使儿子要进入高中了，我也没有操心过这事，更没有听说谁谁谁或者哪个学校高考违纪或舞弊的事。我听到这个老师的这番话，没法接腔，只望着他，我没有再开口。

正好这时候云老师从楼道进教室，这个老师对我说："那就是云老师。他来了，你去吧。"

我走进高一（1）班的教室，班主任云老师一个人站在讲台上整理讲桌。看我进去，云老师对我特别热情，开口就说："田百芳不错。这次获得了（石首企业家赠送的）一千元奖学金吧，我们整个荆州一中只有他一个人得奖呢！继续努力吧，好点儿学，争取三年后考个北大或者清华。"

我还没有开口说谢谢老师们对田百芳的鼓励，从教室后门进来一个人，一边走向我一边小声地说着："田百芳，田百芳。"

她走近我，从我后面走到我跟前，看着我说："唉，这不是万一恋吗？你在荆州？"

"哦，夏珊斓。你在这里教书？"

"不是，我在郢都师范。我到这里也是来帮儿子报名的。你什么时候调来的？"

"很久了。你在郢都师范？你儿子？"

"是呀。我儿子是荆州附中贾文华老师班上毕业的。也是今年读高一，也分到云老师的这个实验班了。有时间到我家里玩儿。"

我觉得有点儿巧。我与夏珊斓之前互不认识，我去湖北教院进修时阴差阳错地住进了她所在的寝室。因为我们俩不同届也不同系，她先毕业离校后我们就没联系了。好多年没得联系，今天居然碰上了。

晚上，我对田宇峰讲："我之前在教院的一个同学，也是我们沔阳人。她说她的儿子也是贾文华班上毕业的？我怎么没听你讲过啊？"

田宇峰说："那个舀子（方言，窑子的谐音，指为人不庄重的女性）啊，田夏平的妈妈。每次来学校就跟那个贾文华眉来眼去。"

"你为什么说她是个舀子？"

"我说？是别人说的，别人都把她喊舀子。她老公死了没两个月，她就跟郢都师范的校长结婚了。"

"她老公死了？什么时候的事？怎么死的？"

"就是去年。晚上睡觉，用的是电热毯，早晨起床时发现人已经死了。法院传唤过她，但没查出死因。"

"我怎么不知道啊？"

"这种事，一般都不讲，怕影响她孩子的学习。"

"她孩子成绩怎么样？"

"还可以。中等，中等偏上吧。"

"中等成绩怎么能上一中的实验班？"

"贾文华帮她搞的啦。"

"贾文华自己的儿子都没进，能把她儿子弄到实验班？"

"他自己儿子是太水了啦。在小学老是倒数，在初一初二都是倒数，就是到了这个初三才不是倒数几名了。像贾文华儿子这种成绩郢都师范都考不上，他还进了荆州一中。他进荆州一中都是搞的假的，还想进一中实验班？"

"郢都师范是怎么回事？"

"原来的郢都师范垮了，现在成了高中，但招不到成绩好的学生。都是原来师范的老师在教，所以大家还是习惯说郢都师范。"

"贾文华两口子像是考出来的啦，他儿子怎么成绩这么水？"

"他老婆不行。他老婆陈深妍啦，陈深妍自己说当年高考机会好，碰到一个同桌蛮行，考上了复旦大学，她抄了个中专。陈深妍就是泼辣，会管理。她说：'我教书不行，当班主任行。任你好拐（方言，这里指调皮）的学生，我都可以把他整得服服帖帖。无论是谁，哪个敢在我面前调歪（方言，这里指不服从管教），我都要把他整得像二舅子（方言，这里指结局难堪的人）'。她班上的学生纪律确实蛮好。"

"夏珊斓的老公是干什么的？"

"她老公就是教育局的田局长，副局长。"

"她老公是教育局的副局长？老公死了后她又跟郢都师范的校长结婚了？"

"呃。你看她就是个舀子相。每次来学校，哪个都不理，只跑到贾文华的跟前扭呀扭。"

"也不至于吧。"

"唉，你没看到她那个样子么。我们办公室的老师们都蛮斜背（方言，不待见）她。"

我没再接口说了。之前在教院，我确实也不怎么认同她的言行，但我今天看到她，我觉得她像还好啊，哪里就是个舀子相呢？

我虽然不认识夏珊斓的老公，但之前与她同在省教院时听她讲过。她老公和他都是郢都师范的同学，是她主动追求她老公的。

夏珊斓对我讲，说她读师范时，发现学生会的一个男娃长得蛮帅，各方面都优秀，还是学生会的组织部长。她打听到这个男娃也是沔阳人，还和她是同乡。她就在学校放寒假时买了两张回通海口的车票，去找到这个男娃说:"我今天去买车票时,帮我们班上的吴欣也买了一张。哪个晓得她自己已经先买好了,我这多出了一张票,给你吧。"然后,这个男娃就和她坐同一辆车并排的两个座位回家了。到通海口下车,男娃帮她把行李包送回家,她邀请男娃进她屋里坐。就这样,这个男娃就成了她的男朋友。

男娃的母亲原来是大户人家的丫鬟,性格特好。夏珊斓说她每次吃过饭了,她自己跷起二郎腿抽烟,她婆婆就收碗、抹桌子。

当时,我很惊讶地问她:"你还抽烟?"她很得意地说:"对呀,我抽烟。我母亲是湖南人,我母亲抽烟,我也抽烟。我老公不抽烟,但他不说我。他家里人都不说我。特别是他妈妈,我有时候把腿跷到桌子上,他妈妈都不说,还在桌子底下扫垃圾。他妈妈给别人当丫鬟的,习惯了做这些事。"

"你婆婆当过丫鬟就该给你做丫鬟?你太没教养了。这么好的婆婆要是碰上个贤惠媳妇,那多好啊!"

"我蛮贤惠呀。我们家姑姐好喜欢我。她在卖水果,她水果卖不出去的时候,我站在那里帮她一吆喝,一下下就卖完了。我婆婆和他们家里的人都蛮喜欢我,每次喊我帮她做生意,赚了钱还给我买礼物。我老公给我买戒指都买了几个。"

"买几个戒指?"

"哈哈哈!去年,我在这寝室里洗衣服,不小心把戒指弄丢了,找了几遍没找到。我就给我老公写了一份检讨寄给他,说我不小心把戒指弄丢了。我们寝室里的她们都说我要挨骂了,我说:'打赌,我老公绝不会骂我'。结果,我老公收到信后不仅没骂我,还写信宽慰我,给我又买了一枚戒指。哈哈哈,我婆婆也是从来没说过我,我把别的男人带回家,我婆婆都不说。"

"我的天啦,你也说得出来,你把别的男人带回家?"

"呃。"

"你婆婆认识?"

"不知道我婆婆认识不认识,是我同事。我把他带回家,我婆婆主动消开(方言,离开,回避的意思)了。"

"后来呢?"

"后来我老公回来了。"

"然后呢?"

"我赶紧叫那个同事往厕所那边跑了。"

"你老公怎么知道你家里有人？"

"他不知道我带人回家，他是碰巧回来的。"

"有这么巧吗？你老公肯定知道你带人回家了。"

"我老公不知道。他从来没有说过这件事。"

"那个同事呢？"

"我不知道他后来的情况。我老公把我弄到这里进修了，我就没有再碰到那个同事，不知道那个同事的情况了。"

"你婆婆蛮贤惠。"

"反正我婆婆就知道做事，心甘情愿地做事，其他的啥都不懂。"

"你婆婆在有钱人家做过丫鬟的会不懂你那些弯弯翘翘？只不过有一类特善良的婆婆不挑剔媳妇，也教育儿子善待媳妇。她们认为'妻不贤、子不孝，无法可设'。她们比较顺从天道，对人对事只求自己无过。她们认为，每个人的过错自有上天来惩治。"

寝室里另外一个同学听我这样讲，背着她对我说："你和夏珊斓完全不一样。原来你没有进来我们寝室时，我还以为结婚后的女人都像她那样呢，原来并不是。"

这次之后，我基本上没再和夏珊斓聊天。估计在她的心里，我和她婆婆是一样的人，啥都不懂，只会做苦力。

不过，在荆州的这次碰面，感觉她像变了一个人似的，像蛮有修养，蛮有品位的样子。

她已经不是之前假小子一样的短发，也没有之前那侠女一样很响亮的"哈哈哈"；一两寸长的马尾看上去像挽着一个发髻，上面卡一个黑色的蝴蝶结形状的发夹；一身深咖啡色的套裙，走路也不是之前的杨花撒柳的矫揉造作之态；人比之前白净瘦条，整个感觉比之前淑女很多倍。

我不知道田宇峰为什么把这样满身淑女味的夏珊斓称呼"舀子"，而且像是很不待见她的样子；更不明白的是我与夏珊斓第二次邂逅的这两年并没有再来往，一直没联系过我的夏珊斓竟然与田宇峰这么亲密地讲电话。

2

这次通话后的又一天，夏珊斓又给田宇峰打电话。田宇峰拿起电话听筒，只听，不讲话。田宇峰一个字没讲，听了一会儿，就把听筒放电话机旁边，走出房间到阳台转了一圈。其间，田宇峰看了我一眼又进去房间，再次拿起话筒，仍然一个字不讲地听着。又听了一两分钟就挂了电话。

我心里知道，是夏珊斓不想让我听到他们讲电话，她是要田宇峰出来看我在干什么。看到我在餐厅离电话很近就没长时间讲了。

这次之后，就没再看到田宇峰在家里的座机上接夏珊斓的电话了。但，这次之后，田宇峰经常几个小时不在学校办公，他说是在上网查资料，看看儿子以后高考了怎么填志愿。

那段时间，田宇峰每天都去网吧，然后赶急赶忙地买几张千浆皮子和两条鱼回来做饭。我记得那时候我们家里的餐桌上，每顿都是只有一碗菜：千浆皮子煮鱼，我吃得恶心也没有想过他那段时间为什么那么忙？我儿子也常常抱怨田宇峰送到学校的早餐不好吃，我以为是儿子高考压力太大，学习太累所至，我丝毫没想过田宇峰是忙到送路边摊给儿子当早餐的。

有一天，我同事对我讲："昨天，我看到你家田宇峰像是跟田夏平的妈妈在荆州一中散步啊？"

我说："我不知道，他没给我讲过这事。他和田夏平的妈妈散步？"

"嗯。我还和他打招呼了。我开始以为是你，心里想你怎么有这么高啊，仔细一看，是田夏平的妈妈。他们好像经常到一中校园里转咧。"

"你认识田夏平的妈妈？"

"田夏平的妈妈哪个不认识呢？她不认识我，我认得她。"

回家后，我问田宇峰，他说："是她说她儿子不搞学习，不听她的话，要我帮忙教育她的儿子。"

"你教育她的儿子？"

"她要我帮忙劝一下她儿子，她之前都是找贾文华。她说贾文华的特级教师是她帮忙弄好的，她说她儿子瞧不起贾文华，现在不听贾文华的了，又不愿搞学习，成绩下滑得蛮厉害。她就找我。"

"你教育她儿子了？"

"没有。碰都碰不到。有时候在学校里圈一圈，但碰不到他们。哎，你和我这时候到一中去吧！我们去学校转一下吧，看能不能碰到他们下课出来玩。"

我信以为真，傻不愣登地跟着田宇峰在荆州一中转了两圈。基本上是在教工宿舍区那一块儿转，根本没靠近教学区。我们在转悠时碰到了一中的一位老师，田宇峰主动迎上去打招呼，我一看，是和我照面过的教导处门前的那位。他先开口说："哟，关心儿子呀。"

"呃。晚上没什么事，转一下。"田宇峰和这个老师说话时特意朝我看了一眼，好像是有意告诉这个老师，我田宇峰旁边站的是田百芳的妈妈。

这个老师走后，田宇峰就说："我们回去吧。"

我心里想，不是要看儿子的吗？儿子还没下课，怎么就要回家了。但我只说："好吧"。

我们在孩子下晚自习之前回家了。但我并没有多想，田宇峰说带我去看孩子，为什么只在教工区转？为什么只是遇到了老师，特意撩起来打声招呼后就结束了转圈，不等和儿子碰面就回家了。

又过了一段时间，我儿子对我说："我们班的田夏平好划得来，他物理竞赛获奖了，可以保送北京大学。"

"田夏平？不是说他成绩不怎么样的吗？"

"所以才叫划得来呀。我们班那么多成绩好的，竞赛都没得奖，都没有取得保送资格。他机会好好，竞赛得奖了！被保送了好爽，以后不需要参加高考，他现在都不上课了，天天玩儿。"

"你像平时还蛮可以的啦，怎么竞赛没得奖啊？"

"我也不知道。反正老师说我没考好。"

"竞赛是难说，高考稳一点儿，争取高考考好一点儿吧。"

"高考也很玄。像我们班上的柳俊，考试成绩基本上是班级第一名，但也有过班级最后一名。我们都笑他，如果高考前的一次考试考好了，叫老师再加考一次，因为他考试成绩老是好一次坏一次。如果高考前的最后一次考试考得不好，那么，正式高考那次成绩肯定就好。"

"还有这么好笑的事？不过，像你们实验班的学生水平应该是不相上下的，特别是那些从乡下初中来的孩子应该是比较有冲劲的。"

第二天，儿子拿了一张表回来，说是自主招生的申请表，申请学校是上海交通大学。

我问他："之前不是说是北京大学的吗？"

"老师说北京大学的指标我们学校已经没有了，就给我这个。我不想读上海交大。"

"那你去不去上海参加考试呢？"

"不去。"

"随便你咯。你自己想好了就行。"

"我想好了，我要考北京大学。"

儿子放弃了上海交大这个自主招生的机会。因为从他进荆州一中起，老师们都给他定的目标是北京大学。

3

高考前的一天晚上，儿子问我："你高考的时候最怕哪一科？"

"我高考的时候一点怕的感觉都没有。我像平时做作业一样轻松。因为我是准备第二年复读的，我没准备自己考上的，所以没有怕的感觉。"

"我最怕数学。"

"数学你还怕，你数学一直都蛮好啊？"

"有时候碰到难题了，想不出来就慌神了。"

"你觉得是难题，别人也觉得难，高考题目难易无所谓，高考是考差别，只要你比别人考得好就行；你觉得难，别人觉得更难，别人失分的题比你做错的题还多，你就可以排前面了。不用怕。"

高考开始了。考完数学这一科出来，孩子哭起来，说："最后一题太难，没有做"。

我安慰他说："一题没做么，说不定你做过的题全对呢。"

他怼道："一道题没做，即使其他题全对，也肯定不能进北大。"

"别人做出来了？"

"不知道。"

"应该都差不多的，你觉得难，别人肯定也觉得难。"

看孩子听不进我们的劝告，我们就不讲话了。我和田宇峰出门到操场上去了。

我们在操场边坐着，有老师也来坐，大家都说数学考试结束后，考生普遍情绪不好。

有孩子与我儿子同时参加高考的同事说：

"我儿子回去就发踹，说数学太难了。"

"我姑娘从进家门开始一直没有停止流泪。"

我和田宇峰又回家对儿子说："他们都说数学没考好。说明这次的数学的确是难，并不是你没有发挥好。"儿子仍然是心情烦躁。

高考分数下来之前的估分填志愿，儿子预估了 620 分，是他们学校的第五名，填报了北京大学。实际分数下来却只有 618 分，是他们学校的第三名，与北京大学的录取分数差两分。

儿子觉得他估分很保守，实际得分应该在 620 分以上才对，他想查分，又看自己是全校第三名，又觉得也算正常。犹犹豫豫，最后决心查分时，云老师说："你先怎么不说，现在查分时间已经过了。我还是帮你报上去，看还能不能查。"

儿子查分没着落，北京大学落选，他的第二志愿是华中科技大学。按照当年的政策，他的成绩被减去 60 分级差分后，进不了他填报的华科的第一专业，只能进华科的第二专业了。

我们怕儿子受不了，说帮他出三万块钱转到华科的第一专业，或者复读一年，明年再考北大。儿子说："我有兴趣、有信心读这个专业。我不复读，也不要你们出钱转专业。我到华科好点儿学，参加转专业考试应该没问题。"

儿子准备去华科报到，田宇峰去一中感谢曾经的老师。回家后他对我说："今天，云老师要我去找夏珊斓。"

"找她干什么？"

"他要我劝一劝夏珊斓。说田夏平能保送到北大用的是我们田百芳的成绩。她要云老师把田百芳的档案做成田夏平的档案时，答应帮云老师买一辆车。结果现在她说买不了车哒。云老师很生气，说她这个人不讲义气，过河拆桥。要我去劝一劝她。"

"你怎么想？"

"我还气些，我要告她！"

"你告谁？"

"夏珊斓。"

"你告她什么？"

"告她作假。"

"证据呢？她怎么作假？谁帮她做的假？再说，田夏平或许是无辜的，你把田夏平告回来了对你的田百芳有什么好处？每个人都有自己的命，我们田百芳高考成绩高不高低不低，无论是什么原因，都说明他的综合能力只有这个水平。如果当初被保送到北京大学，他到北京大学学习也会学得不轻松。算了，你自己人憨了，你自己把儿子卖了么，什么话都不说了。"

"哪是我把儿子卖了？我晓都不晓得。是她搞的。她太会骗人了！"

"更说明你憨。当初，我是觉得奇怪，夏珊斓怎么会把电话打到你这里来？贾文华是特级教师，长期的优秀班主任，她怎么会瞧不上贾文华而瞧上你呢？原来她是瞧上了你儿子！她给你打电话你为什么不对我讲？"

"她让我不讲的。她叫我不讲给你听，说怕你和我吵架，怕传到她现在的丈夫耳朵里，更加影响田夏平的学习。"

"一个对配偶不真诚的人会对谁善良？你以为她对自己的老公不忠是因为太爱你？你以为她让你欺瞒你老婆是为了保护你？你原来不是说她是个骚子，老和贾文华眉来眼去吗？后来怎么对她的话言听计从？因为你内心深处希望得到她的眉来眼去，你认为她不再找贾文华而瞧上你，是你的荣耀；她让你对我隐瞒与她来来去去的事，你答应她，说明你内心深处认为她是你的朋友，我是你的敌人。你说，这怎么是她骗你？明明是你想骗她，你才愿意被她骗。你是小偷遇到了白策子（方言，高级骗子）！算了，就当这事没发生过的，说出去对你没有任何好处。"

我没有再和田宇峰说这件事，但我心里在说："你这个田宇峰真糊涂。你想告夏珊斓，那云老师对你忠诚吗？云老师当初和夏珊斓一起相互配合蒙骗你，准备拿你儿子的成绩换一辆汽车，这是一个堂堂正正的老师应有的所作所为吗？这是一个班主任在公正地对待他的所有学生吗？"但，这些话我没有讲出来，田宇峰太不明事理，对他讲这些有百害而无一利。

我没有归罪田宇峰一是因为田宇峰确实是双商不在线，二是因为我觉得这件事发展到最后的状况也是我自己人太笨、脑子太不开窍。

当初，夏珊斓在听云老师说我儿子进入一中实验班时得过一千元奖学金，她没有关心其他的，只是把我儿子的名字念了两遍；她发现是我时，没有关心我的其他近况或问我住哪里，只说了一句让我去玩儿就停止了下文；好多年不见，她见到我不是惊喜而是一脸的心事重重，我当时居然没有问自己几个"为什么"？

我从桃媛姨家回来的时候，看到我们学校的垃圾堆里有人丢的床单被套窗帘之类的。我楼下还有几片掉落的百叶窗帘，贾文华的老婆陈深妍还在往外扔东西。我说："怎么？这么好的东西不要了？"她说："不要了。全扔了。再换新的。"

第二天，我与陈深妍在学校食堂吃饭。我们一边吃着一边讲话，她讲到"那个夏"时，她老公贾文华突然出现在我们桌旁，抢过她的话头对我说："有人好狠呢！不许我们说。一个家长，我就说人家电脑用得好熟，打字基本没错字，她就发好大的脾气说：'以后不许提夏珊斓三个字'。"

陈深妍接着贾文华的话说："唰，吵架的话还拿出来说。"然后就和我说别的话题去了。

我当时只道是他们夫妻俩闹误会，根本没联想到田宇峰与夏珊斓这两个人来。后来我才知道，是夏珊斓要贾文华帮忙写一封信，以夏珊斓的口气写给田宇峰。贾文华的老婆发现了，以为是贾文华写给夏珊斓的，很生气。贾文华担心他老婆告诉我这件事，就把我们的话拦截并岔开了。当时的我丝毫没有怀疑过他们两口子扯皮会与田宇峰有关，更没有想到夏珊斓会盯上田宇峰，而且是通过这件事黏上田宇峰的。

田宇峰每天到网吧查资料，孩子填写志愿时他却拿不出一条有价值的信息来；田宇峰约我去一中散步的那天下午，云老师一个人站在我们学校操场上的单杠旁边。我从教室回家，看到他时与他打招呼，他只"嗯"了一个字，没有当我说明到我们学校来做什么，也没有和我聊一句半句，却足足看了我几分钟。我走近楼门转身时看见他还望着我，他看到我回头又赶紧把视线移开了。我当时以为是操场上没有其他人，他就只有看我了。丝毫没感觉他是在心里审视我。

那个星期，从没在我身上花半分钱的田宇峰，突然给我买了一枚戒指，我问他为什么，他答不上来。我讨教了我的几个女同事，她们也都觉得奇怪而又给不出合理的缘由，我仍然丝毫没联想到夏珊斓。

我们家里的电脑原来放在书房里，田宇峰说那里离阳台太近，冬天气温太低、夏天气温太高，为避免电脑受损，就把电脑移到客厅的最北角落，没人走近的地方放着。

有一天晚上，田宇峰在玩电脑时，我走进客厅坐在沙发上看电视。他看我坐在那里看电视不动了，就关了电脑躺在客厅的地铺上看电视，一会儿就睡着了。他的手机放在沙发前面的茶几上，我坐在沙发上看电视时看到他手机来了一条短信。我拿起手机一看：姓名是"万蓉"，内容是"你睡了吗？"

我回了一个字："你？"

短信又来了，三个字："是你吗？"

我又回了两个数字："56。"

对方问："什么意思？"

我又回了几个数字："474747"，对方没反应了。

第二天中午，田宇峰回家吃午饭时对我说："我今天收到一条奇怪的短信，就说，'看短信的是猪，回短信的是狗，删短信的猪狗不如'。"

田宇峰只说短信内容，并不把手机上的短信给我看，我一听就知道是那个"万蓉"教他的。

这次后，田宇峰的手机再没有离开过他的人，晚上睡觉都是放在枕头边。我只知道他已经和一个外人合伙起来欺骗我了，但没想其他的；田宇峰天天到网吧上网，说家里的网费太贵又慢，我也没想过他是另有玄机。

我只想到他心里没我，在外面寻求婚外情也是必然；我还在想，田宇峰并不是我想象的那样无情无德，他只是与我无缘，对我无情而已；我还在想，再无情缺德的人也会一心呵护自己的儿子，他无论怎么伤害我，只要他对我儿子好就够了；我还在想，如果田宇峰能遇上一个让他心怀温柔，善解风情的人，我也可以心无亏欠地离开他而过自己宁静安详的日子啦！

我怎么也没想到他会遇上一个夏珊斓，他会出卖自己的儿子！他会在外面受骗后从老婆、从周围亲友身上榨油补缺。

4

从儿子进入大学起，田宇峰比以前更节俭，更不舍得花钱。他从此再不买烟抽，如果有学生家长送他烟酒，他就拿去"礼品回收"店卖掉。

从儿子进入大学起，田宇峰比以前更小气，对我更刻薄。他从此再未在我身上花过零点一分钱。我知道他是在夏珊斓身上花过钱，他心痛那些钱，他要让我帮他把那些钱补齐。

有一天，田宇峰拿回家一条"555（三五）"的烟对我说："家长送我一条烟，我不想抽了，把它卖了吧。这烟95元一条，批发85元，估计到礼品店要值90元。我们拿去卖，卖不到90卖85也是钱呀，抽了还不是抽了，一分钱没有还伤身体。"

我说："可以呀。"

于是，我们俩第一次去卖烟。

我们在沙市街上转了一整圈，没有看到礼品回收店。问了几个烟酒柜，人家都说不要。又看到一个烟酒店，我们俩进去，他站旁边，我问："你好，我这里有一条三五的烟，85元钱给你行吗？"

店员说："不要。我们不收礼品烟。我们这里也没有你这种三五的烟，我们不能要这种烟。"

我很遗憾地站在那里，想继续给店员做思想工作让他接受我的烟。这时，一个顾客进来问："有三五的烟吗？"

"我这里有。85元。"不等店员开腔，我立马回答了顾客，并从包里拿出那条烟递给顾客，说了一句"90吧"。顾客拿出一百元钱给我说："85，你说85就是85，多了我不买。"

"行。"我把烟给顾客后，找了15元钱给顾客。转头看到田宇峰一愣一愣地看着我，他还没明白是怎么回事儿，那店员就说："哎，你不能在我这里做生意的！"我呵呵呵地拉着田宇峰出来了。

已经从店里出来了，田宇峰还在问我："你刚才是怎么回事啊？"我故意反问他："怎么回事，不是卖烟吗？"

又过了几个月，田宇峰收到一条白沙的烟，拿回家时对我说："这是我同学送我的一条烟，现在这街上有礼品回收店了，我去把这烟卖掉。"

"你去吧。"他没有邀我同去，我也没发表异议。

两个小时后，田宇峰满脸的不高兴回家对我说："她说我这烟是假的，她不收。"

"这烟是假的？你不是说是你同学送的吗？你同学送假烟你？"

"我就是觉得奇怪呢，我这同学还是质检办公室的主任。他自己也是抽烟的人，照说他应该认得烟啦。"

"你在哪里卖的？"

"就是公安处旁边，那个女的。刚开的一家'礼品回收店'，店子里什么都没有就是几个空架子。我那里还有一条烟，我这同学是送的两条烟，他让我给一条家富叔，我还没给。我把它拿回来，你再拿去卖看看，看那一条是真的还是假的？"

我拿着田宇峰再次从办公室拿回家的那条烟，反复查看，自己什么感觉都没有，无从判断真假，就在上面写了一个"万"字。我拿着这条烟，再与从礼品店里退回来的一条烟比对，发现假烟的图案不是很清晰。

我问田宇峰："你同学给你两条烟的时候你看过吗？两条是不是一样的？"

"看过。一模一样，没区别。"

"现在这烟有区别了，两条烟图案明显不一样。一个深一个浅，她把你的烟换了。"

"她怎么换的呢？我一直看着她，她站在那里也没动。她就是用个牙签这里挑那里挑，挑了快半个小时。最后她说：'看了半天，你这烟是假的，我不收'。"

"就是她换了。假烟她还要看那么长时间，她还赚钱？"

"她那里又没得烟，也没看见她换烟。"

"你每次看人家玩魔术，你发现巧妙没有？你都能看得清楚，人家还玩得成？"

田宇峰不相信是人家换了，他硬要我把另外一条烟再拿去试一试。我真的拿着另外一条烟去了。

田宇峰也去了，田宇峰手上拿着的是那条被退回的假烟。他把我带到店子附近，告诉我店门口所在的位置，他自己站在离"礼品回收"店七八十米远的公路边。

我进店子，一个中年女子长得蛮漂亮，说话也很爽朗。她把我带到柜台后面的里间，让我坐在里面的床上，她站在床头的迎亮处。她又是用牙签挑来挑去。我目不转睛地看着她，无论她说什么我都不接腔只是死死地盯着她。她说："你这烟究竟是真的还是假的，难得看咧。这上面还像有个字啊？"说着把烟放到床上喊："小津，帮我拿根针来。"然后对我说："你帮我去前面拿根针吧。"

我心想，她已经放下了那条烟，我去前面也只有一两米的距离，我也看得见她的人，所以我就边走边回头地帮她拿来一根针递给她，她继续挑来挑去。

又过了几分钟，她终于对我说："这烟太陈了，不要。"我拿着烟出店子，走到田宇峰跟前，再和田宇峰手上的那条烟一比对，成一样的了，那不是说明我的这一条烟又变成假的了。

怪了，她什么时候换的呢？我立马折回去对她说："你把我的烟换了。"一边说一边进到里间床上床下找，没找到我那条烟。她说："我这里烟都没有，我怎么换你的？我没换，是你看错了。"

"不可能。我绝不可能看错。我反复看了的，我还在上面写了一个字的。"

"你这上面是有字啊？"

"这个字和我那个字位置有点儿不一样。我那个字是特意写在条码右边的，这个字在条码中间一些。"

"那肯定是你看错了。"

"我没有看错。就看你把我的那条烟放哪里了？"

"你看我这里没得烟。你翻也翻了，找也找了，你还不相信？是你自己看错了。"说着她就往外走。我也跟着出来，嘴里还嘟囔着："奇怪了。"

我走出来时，外面柜台旁边的躺椅上不知什么时候有了一个人，一个五大三粗的男人躺在先前空着的躺椅上。我明白了，烟已经转移，保镖已经就位。

我啥话都没说了，走出来和田宇峰回家了。

5

晚上，我一个人出来，在商店买了一条白沙烟，用无墨的圆珠笔写上我的姓名缩写。然后，我又去那个中年美女的"礼品回收"店，再次卖烟。

这次去，中年美女和那个叫小津的高个女孩子并排站在空空的柜台前。她同样用牙签挑来挑去，挑了半天没说话，把烟递给了小津。

小津把烟拿在手上翻了两翻，看了两眼说，"这烟太陈了"，说话的同时，把烟放进柜台又拿出来把烟递给了我，加一句"不要"。

我接过烟，走到店子隔壁的亮灯处用灯光照着看了看，看不到我那个名字了。我转头对她俩说："你们又把我的烟换了。"

"没有。你看我们俩站在这里动都没有动。我这里也没有烟。"

我把头伸进柜台里朝柜台下看了一眼确实没看到烟。我说："我的烟上面有字，你这上面没得字。这不是我的烟。"

"你上面是什么字？"

"是我写的我的名字。"

我没有告诉她俩那烟上面是写的什么字。中年美女斜睨了小津一眼，小津拿出六十元钱递给我说："这烟是真的，就是有点陈。六十元钱。"我说："应该七十呀。"

中年美女赶紧说："七十肯定不行。这烟陈了，给六十都算高的。"

我没有再说什么，直接回家了。

我把这个经过说给田宇峰听时，田宇峰说："你怎么不找她要那两条烟呢？"我看了田宇峰一眼，只说一句："你不是说不是她换的吗？"

6

后来，田宇峰不听我劝阻，把那两条假烟送了一条我父亲，给了一条家富叔。我说："你把假烟给我父亲无所谓，反正我父亲是自己抽，家富叔千万不能给假烟的。"

田宇峰说："家富叔家里多的是烟，他哪里会在乎这一条烟。"

"这不是有没有烟的问题，这涉及到你同学人品的问题。"

田宇峰不听我的，执意把那两条不能换钱的假烟送出去了。

又如我所料。我父亲的那一条烟，他不知道是假的，舍不得抽，被郭河一家餐馆的老板知道。这老板拿了四条一般的烟到我家，对我父亲说："您姑娘拿的烟肯定是真的，我把它拿去，我们平时就是缺这真烟。"结果，被食客说是假的，害得人家老板多尴尬。

家富叔的那一条烟，家富叔拆开抽时发现是假的。有一天，家富叔对我说："咧田宇峰的同学见鬼得很，拿条烟来还是个假的。"我赶紧说："不会的。您弄错了吧，他不会拿假烟的。"

"怎么会错呢。我家里就只有那一条烟。"

我只好说："我上次准备把那条烟卖掉的。结果被那礼品回收店的人给换成了假的。我就把那条假烟拿回去给我父亲了。可能是被我把烟拿错了，害的田宇峰把我父亲的那条假烟拿给您了。他同学拿来的绝对是真烟。"

我怕家富叔不相信我的话而错怪了田宇峰的同学，就把我与那个中年美女两次卖烟的经过讲给家富叔听了。我又怕家富叔瞧不起田宇峰，就没讲田宇峰卖烟的事。

这个田宇峰做事真的烦人，一天到晚要我给他查漏补缺，他自己还洋洋自得。

我真心烦他。平常，凡是与他有关的事，我是能不插手的就不插手，能不沾边的就不沾边，他自己还自以为他聪明过人。

有一年春节，他的家长送他一只甲鱼，过了两天，我的家长也送我一只甲鱼。他说："再好了，再好了。两只甲鱼，一家一只。先还说你家里没得的，这送了一只来，正好。"说着把两只甲鱼放一起，发现先的那一只甲鱼已经死了。他又接着说："这只死的给你家，这只活的给我家。"我以为他在开玩笑，就笑了一下，没搭腔。

第二天，他哥哥来了。我在房间听到田宇峰对他哥哥说："正好。你帮我把这两只甲鱼带回去，死的给一恋的屋的，活的给我们屋的。"他哥说："我们不要。活的给一恋的屋的，死的就扔了，死甲鱼怎么吃？"

没听到田宇峰接腔，看到田宇峰进房间来对我说："我们把这两只甲鱼叫他带回去。死的给你屋的，活的给我们屋的。"他哥哥站在他身后看着我，没开口说话。

我想起田宇峰给假烟我父亲的事，懒得跟他讲，只笑着说："好啊。带回去的。"

我心里只想笑，世界上还有这样的男人？居然他哥哥也不说他？后来，我问我父亲说："上次，田宇峰叫他哥哥带一只甲鱼回来，那甲鱼还是不是活的？"

"活的呀，多好的一只甲鱼。"听我父亲这么说，我才知道他哥哥也是觉得这个田宇峰处事不对，只是跟他讲不清楚就不跟他讲，自己做主了。

7

还有一次，田宇峰领了一千元奖金，不想给我，他把钱藏在贴身的内衣口袋里把钱放在身上穿了几个日日夜夜。我就当不知道，我也不问他钱拿去干吗去的？我只是想不通世界上还有弱智无情到这种程度的，这还能算人吗？训练几个月的小狗都不会做这种无脑之事！

想到田宇峰做的一些事，想到田宇峰被夏珊斓玩弄于股掌中，我有时候也会想，如果当初我把夏珊斓的不守妇道讲给田宇峰听，田宇峰会不会和她保持距离而不发生后来的一系列？再想一想，也不会。以田宇峰的糊涂思维，如果当初在他说夏珊斓是个骚子时，我给他讲了，说不定田宇峰会更加期待、更加主动、更加心甘情愿地去靠近她。

我不喜欢卖人的恶，我也确实不恨夏珊斓。她本来就是那样的人，大家又不是不知道她的德行，田宇峰明知她是个骚子却死心塌地地听她差遣，这是田宇峰自己的毛病啊！田宇峰知道真相后，对我一点愧疚之心都没有，还说"是她太会骗了"；还一次又一次地刻薄我，不断地从我身上搜刮来弥补被夏珊斓弄走的部分。从他这种态度也可以看到田宇峰不仅自己有毛病，而且病得不轻，不是我能治愈的。

我也不恨田宇峰，并且从不当任何人讲田宇峰的刻薄算计、无良弱智。因为一切已成定局，包括人的品德性格；一切都是上天的安排，包括亲友及夫妻缘分！我只求自己"仰不愧天；俯不愧人；内不愧心"！人前人后，心地坦荡，堂堂正正！

我给田宇峰的大哥写了一封信，开头一句就是："……之所以打扰您，是因为您永远是他大哥，而我不能保证和他到永远。"最后一句是："我很珍惜自己现在拥有的家庭，我不想与他离婚，如果他日我与田宇峰分道扬镳，那绝不是我所愿，一定是不得已而为之。"

此后，田宇峰换了手机号码，他有没有再联系夏珊斓我不知道，我也没有去关心这个问题。我只听人说：夏珊斓好像是自驾旅游途中失踪了。后来又听说她和郢都师范的校长都犯事被判刑了。为什么判刑，判刑多久我也没去打听过。

第一十一章　正大光明

儿子在华科读书时，我偶尔会去他的学校看看他。一般都是乘顺便车去武汉，再乘公交车到华科找儿子。

期中考试后，儿子的生日到了，又恰逢周末，但儿子并没有准备回家过生日。打听了一下，也没听说谁有车去武汉可以顺带我去，我只好特意到长途汽车站买票坐班车从荆州到武汉。

这次是儿子 18 周岁的生日，也是儿子十多年来在外过的第一个生日，我心里是把这次生日当作一个成人礼来对待的。

1

生日的前一天晚上我就到了武汉。因为太晚，我没有与儿子联系，自己找了个旅社，准备住一晚了第二天清早再坐公交车到儿子的学校。

在旅社前台，接待员告知我说："现金和贵重物品要存放在这儿，否则，如果被盗概不负责。"

我带了 500 元现金和田宇峰淘汰掉的一个厚重的手机。我问："手机要存吗？"

"你自己决定。反正不存我们这里，遗失或者被盗我们都不负责。"

我在心里纠结：这个手机要不要存前台这里呢？手机是旧的不值几个

钱了，但如果不存这里，被人偷了会影响心情；如果手机存放在这里，不放在我随身的包里，我带手机出来的意义又在哪里呢？想来想去，我把三百元现金存放在前台，另外的两百元钱和手机就带在身边。心里预备的是：以防万一有什么事，我有手机和现金可以救急用。

服务员带我去房间。打开门，里面有两个床位，暂时只有我一个人住在这一间。我放好行李，洗漱完毕准备上床休息时又进来一个年轻美女。

年轻美女进门就与我打招呼："你好！你一个人来武汉？你是来武汉做什么的？"

"我是来看儿子的。一个人来的。你呢？"

"我也是一个人。我是做生意的。我去谈生意，路过武汉。你儿子在武汉干什么？"

"读书。他在这里读大学，明天是他生日，我来帮他过生日的。"

"你准备怎么帮他过生日？"

"我就准备帮他订一桌饭菜，让他找几个同学陪他吃个饭。"

"你要去见你儿子，你儿子在读大学，那你怎么穿这么老气的衣服？你看我，我是浙江人。我们浙江都是家族企业，不喜欢外人参与，媳妇都不行。我刚结婚那几年，我们公公都不要我和我妯娌插手生意，只要我们管家务。但我只要是看家里来人，我都穿得体体面面，全都是鲜亮鲜亮的颜色，我公公就慢慢放手要我接待客人，再慢慢地放手要我出来谈生意。我妯娌比我先结婚，但她年龄比我还小两岁，老穿得很朴素，她就一直在家里烧茶做饭。"

"我只穿了这一身衣服来。我平常也不喜欢穿亮色的衣服。"

"那要改习惯。你去见年轻人的嘛，就要穿得有活力。你没带衣服，把里面的衣服穿亮也行，不要穿这种黑白灰。"

"我都是黑白内衣，就这个睡衣是绿色的，这上面有咖啡色的花，跟我的西服也不搭调。"

"就这个睡衣也比你身上的衣服好。你明天就把这个睡衣穿里面，外面直接套西服。"

"呵呵，明天试一试吧。我还从来没有穿过花衣服出门。"

"你的钱是在手上还是存放在前台？"

"我放前台了。"

"我没放前台。我的钱就在自己手上。"

我一听，心里想：我要是说我手上没钱，万一夜晚进来小偷，若是小偷把我们俩的钱都偷了，我说我丢钱了，她就会认为我说假话；若是小偷只是把她的钱偷了，她就会以为我手上的钱是偷的她的。所以我赶紧补了一句："我手上也有钱。我只放了一部分在前台。"

可能是我补充了这一句话的原因，也可能是她本身和我有相同的思路，我整晚都睡不着时发现她也是一夜翻来覆去的没有睡安稳。

我就在想，之前在外留宿，一般都是找目的地附近的学校内的旅馆住，从来没有这种睡不踏实的情况。今天是因为这个旅馆远离学校吗？为什么睡不安眠呢？

2

第二天早晨，我真的按照这个同室驴友的建议，浅灰色西服里面没有配黑衬衫，而是那件花内衣。内衣是圆领套衫的样式，搭配浅灰色的西服还比较谐调，并不刺眼。我就这么穿着，然后离开旅社坐公交车到华科，去找儿子。

儿子的寝室与二十几年前叶童欣他们住的寝室相比，有了很大的改善。每间近20个平方的寝室里，有一个洗手间、一个阳台、四张高低床，住着四个同学。每个同学除了一张高低床，还有一张单人桌，一把靠背椅。每个同学都是把高低床的上铺用来睡觉，下铺当作储物柜子；单人桌放床边，床沿当凳子；把靠背椅放阳台，当餐椅；卫生间兼做洗衣间，阳台兼做晾衣间。

儿子买了一个单缸洗衣机放在卫生间里面，买了一个电脑放在单人书桌上，下铺床的里面墙壁上有两行字："老子不信邪 偏要考清华"。

一看到这行字，我立马对儿子说："没得必要。你已经读华科了，能不能上清华无所谓。第一个办大学的人肯定没有读大学，第一个走进清华的人不一定是清华大学的毕业生。人的能力是自己实际掌握的本领，学历只是一个证明，有人可以拿假证；真正有能力的人从他做的每一件事都可以反映出来，不一定非得谋一个文凭来证明自己。你偏要考清华，就说明你认为清华的学生是最厉害的，其实不是。好多清华以外的学生也很厉害。顺其自然吧，将来（考研）考上哪里是哪里。"

看儿子不作声，我又说："你已经十八岁了，属于成人了，要有自己的思想和主意。不要太在乎世俗的评判，特别不要盲目跟风随潮流。今天是你的生日，我特意来的，就是想让你知道你已经长大了。我准备到前面关山路上找一家餐馆，订一桌酒席，你找几个同学陪你过生日吧？"

"他们一般都在看书，有的还有自修课，晚上吧。晚上一般都还是休息一下的。"

"晚上吃饭，我就不着急了。我这时候去武汉大学喊一个人来，就看他有没有空闲。"

"谁啊？"

"一个远房亲戚，在武大读研究生。就是我们荆州附中李家富校长的侄儿子，李双庆。"

本来我也想找家富叔的女儿的，但我觉得她的学校离华科更远。我又没有她的联系电话，坐公交去找她时间不够；再者，她是个女生，吃了晚饭再回学校也不安全，就取消了这个计划。

3

下午，我在关山路上选中了一家餐馆，和老板讲好了我的要求，老板一一答应。我怕儿子他们找不到是哪一家，就找餐馆的老板要了两个红色包装盒，拆开，在拆开的包装盒纸板上写了"祝田百芳生日快乐"，再把这八个大字分别剪下来，贴在餐馆的玻璃大门上。

李双庆来得比较早，和我坐着聊天等儿子他们出学习室。他看着门上的几个字对我说："你还蛮会想办法哟，几个字还蛮好看咧，他们什么时候来？"

"我哪里知道，他只说吃晚饭，要等同学回寝室了一起来。我叫餐馆的老板把菜全都准备好，把火锅弄熟，他们一来就开始炒菜。"

"给他买手机没？"

"没有。我自己也没有买手机，你宇峰哥他买了个手机，他就把他原来用的手机给我了。田宇峰给我的这个手机还是田宇峰大哥用过的。他大哥买了新的手机，就把旧的给他了，他用了一段时间自己买了新的，又把这个给我了。你可以买个手机呀，呵呵，你都没买手机，田百芳还买手机？"

"我和田百芳一样，也属于学生，自己不挣钱。我不想用父母的钱买手机，等我什么时候挣钱了用自己的钱去买一个。"

"你可以找父母借钱呀！你不想用父母的钱，先借的用，以后挣钱了就还给他们，也是一样，相当于是自己的钱买的呀。"

"暂时不想买。也没必要用电话。我看我爸有个手机也是个摆设。长期关机，估计有人要联系他的时候才开机。有电话来了，他又不接，他就跑到办公室里用座机再给人回拨过去。我听他讲都嫌麻烦，还不如直接用座机。"

"他为什么老关机？为什么要用座机回拨？"

"为钱啦。关机就免得用电。他说'老开机费电，老要充电不是钱啦'；用座机是用的学校里的座机，是学校出钱不是他出钱。"

"哈哈哈哈，你说的把我笑死了。如果不是从你嘴里讲出来，随便哪个讲给我听，我都不相信，家兴叔会节俭到这个程度？这已经不是节俭是小气了！你们家用得着这么节约开支吗？"

"他这个搞法我是看不惯，但我们家里确实要节约开支，不然入不敷出。"

"你们都大了，都考出来了，哪里还要用钱？"

"我们三姊妹都要用钱。读大学肯定是要用钱的，读研读博还是要用钱。有的研究生、博士生可以挣钱，不用家里支助，那只是极少数，大部分都是家里给生活费。像李双昀，结婚了都还找我父母要钱。"

"双昀结婚了？我怎么不晓得？"

"她结婚的时候，我爸爸妈妈都不晓得。她自己两个人跑去领的结婚证。"

"啊！怎么回事儿？"

"她读书成绩不好，我父母有时候说她几句，她就不高兴。后来，她谈了个朋友，就是这个姐夫哥。人蛮行，博士毕业。这个姐夫哥家里经济条件不好，是宜昌那边山区的，上面有六个姐姐，父母已经七十几岁了。她怕我爸爸妈妈不同意就没跟我们家里人讲，结婚证领到手了才告诉爸爸妈妈。"

"李双昀读书成绩不好？那她怎么考上武汉大学的？"

"出钱买的。出了几万块钱。你说我们家里是不是没钱了？"

"哦，难怪的。你和你大姐读书都蛮行，她怎么会读书不行呢？是不是有什么心理原因啦？"

"不是。她从小就对读书不感兴趣，烧火做菜她蛮喜欢。她做家务蛮在行。我们也想不通，她长相和我大姐一模一样，像双胞胎，人家老以为她与我不是双胞胎，以为她跟我大姐是双胞胎，有时候她们俩站到一起我们都难以分辨，但她和我大姐性格、爱好完全不一样。我大姐读书好厉害，在清华大学保送研究生。"

"双昀现在在干什么？"

"在我姐夫哥公司里。他们公司内部有个幼儿园，李双昀休完产假后就在幼儿园里上班。"

"她有孩子啦？"

"一个儿子，还没有满一岁。她喜欢孩子，所以主动要求去幼儿园当老师了。"

"那她是真喜欢孩子，到幼儿园当老师整天和小孩子在一起，不喜欢孩子的人搞不好的。"

"她儿子谁照顾？"

"基本上是她自己在弄。我姐夫的一个姐姐来照顾了几个月，她觉得这个姑姐太没文化，看小孩不合适，她想我妈帮她带小孩，我妈又没退休。她想买个房子，就找我妈借钱交首付。我妈征求我和李小昀的意见，我们俩都说：'给她算了，就算是给她的嫁妆吧'，我妈妈就找我家舅舅他们凑了凑，给了她十万元钱。"

"那你们家是没钱了。好在你们姊妹马上可以挣钱了，你爸妈的工资也是一年比一年高，你们家不愁钱的。你大姐谈朋友没？"

"没有。反正她没当我说'有'，至于是不是真没有就不知道了。"

"你谈朋友没呢？"

"我也没有。我有一个同学，还蛮谈得来，就是她蛮想当导游，我想找个当老师的女朋友。"

"当老师的？"

"当老师的性格比较好，教育孩子也比较有耐心。我幺叔也去当老师了。"

"李家贵？"

"嗯。先是我婶娘在卫校教书，后来，卫校与沔师合并为仙桃职业学院，学校搬迁到棉纺厂那头去，我叔叔就去职业学院教书了。"

"钟惠颖去卫校教书我知道，李家贵去职院教书，我怎么不知道啊？上次去排湖给你外公外婆做寿的时候怎么没听说呀？"

"我叔叔就是那时候去的，才一两年的时间。好像与他们的店子有关系。"

"你奶奶现在住哪里？"

"住我幺叔家。我幺叔文凭高，一去职院就分了一套三室两厅的房子，还加底楼的储藏室，比我们这几家的房子都大。"

"你幺叔的档案什么时候调回仙桃的？"

"应该是一直在仙桃吧。他回郭河的时候把档案从武汉拿回仙桃了的，好像是放在仙桃市财贸职业学校，那些年他属于停薪留职。现在财贸职业学校和卫校都并到仙桃职院了。"

"哦。他们算是都属于教育战线的人。你二伯父的几个孩子在干吗？"

"李青昀没帮我幺叔守店子后，弄了个教师资格证在我爸的学校教书。那三个哥哥很少来往，好像是有两个是师范毕业，一个是技校毕业。那个技校毕业的原来在单位当司机，后来下岗了，现在好像在跑长途运输给别人拉货；另外两个都不怎么喜欢教书，有一个辞职在做服装生意，大哥跑到深圳那边一个学校在教书，可能大哥里是搞得最好的。"

"这么说起来，你们家是家家都有老师啊！"

"嗯，好像是。就只有五叔家没人当老师，我们家老师最多。"

"当老师是还可以。一些不愿意当老师的，不论是转行政的，还是下海经商的，最后的结局也和老师差不多。我觉得一个人是不是有作为与职业无关，只与自己的个性有关。有的人，生来就是入一行厌一行，无论接手什么工作都是越做越心烦，怎么可能有成就；有的人总是干一行爱一行，越做越开心，无论做什么事都可以做到很好。那个李青昀，她又不是师范毕业，拿个教师资格证就可以教书了？"

"私立学校可以。现在当老师蛮好。现在的老师工资提起来了，有的老师还办各种辅导班赚钱；工作也比较轻松，现在的家长基本上都有文化，都可以辅导孩子写作业。相对来讲，现在的老师又舒服又挣钱。"

"小学老师舒服一些，初中高中老师还是蛮累。是不是赚钱就看人了，像我从来没搞过任何私自收费的班，也没去任何一个校外的辅导机构当老师。不过，和前些年比，现在的老师收入普遍要高一些。"

"小学老师不舒服吧，我看我爸蛮累。他还没有当班主任，那个李青昀当个班主任，又是新手，她累得又不想坚持了。"

"私立学校不一样。像他们那种封闭的私立学校一个人差不多当三个人用的。教学任务并不重，就是学生的吃喝拉撒睡全由老师管，他们又没有配备专门的生活老师，那当然累啦。像我们公立小学，学生都是走读，就只是上几节课，班主任负责学生在校期间的安全问题就够了。原来教一年级还要捉住小朋友的手教他们写字，现在的小朋友全在幼儿园学过写字了，极个别的没拿过笔的孩子，他们的家长也主动地在家里教过他们握笔写字了。不过，教书是个良心活，工作量很难计算的。"

我们正聊着，儿子带着几个同学来到了餐馆，李双庆把他们直接带进包间。

他们一大桌人吃喝闲侃，很是热闹。整个晚上，我感觉儿子很开心。他们不仅喝了一些啤酒，还把一桌菜吃得丁点儿不剩。他们都离开餐馆后我才又让餐馆的老板给我炒了一个菜，才吃晚餐。

等我吃好吃饱，离开餐馆时已经很晚了。我不想去外面住宿，想着到华科的校内找旅社，他们学校内有专门接待来校家长的旅馆。我直接回到华科，准备就在他们校内旅店住宿。可能是我去得实在太晚了，校内旅馆已经满员，我只得出来，再另处去寻旅社。

刚从旅馆大门出来，门口一辆黑色轿车里出来一位男士，迎上来对我说："到我那儿去住吧。就在校内，我自己家里，我带你去。"

我看他也像是校内人员，就看了一下他的车牌后对他说："我可以把你的车牌拍个照吗？"

"可以，可以。连同我的人一起拍照都可以。"

听他这么说，我真拍了两张照片。一张是有他在，一张是只有车牌的。我把照片发给田宇峰后就坐上他的车去他家的私营旅店了。

4

到了他家里我才知道，他是华科的年轻教授，因为集资买房欠了债务，想用空余的房间弄点儿收入。如果把房间出租给他人，自己对房间的管理就没有主动权了，他就想到这种"机动旅店"。虽然人辛苦一点儿，每次都要自己亲自去找客人，但接待什么住客完全由自己说了算，什么时候做生意很灵活，也不用给任何人交管理费。

在武汉的第三天，从"旅店教授"的家里出来，我准备给儿子打个招呼了就回家。

我不想去儿子的寝室。因为华科的校园太大，从教授家里到儿子的寝室太远了，我就想给儿子的宿舍楼拨个电话后就回家，却发现手机没电了。没有准备住两夜的又没有带充电器出来。怎么办？

短信都发不出去了。万一在长途车上有事要联系人怎么办呢？再说了，如果他们要联系我，发现无法与我联系上的时候，会不会很着急呀？

我一定要解决这个问题。我找到一家"电话吧"，问他们有没有充电器可以借用，他们说没有。我又找了一家卖充值卡的，他也说没法帮我充电。我想回家算了，几个小时不联系不会有太大问题的。

我往车站走去，但觉得有些不甘心：这么大个武汉，不能帮我解决这个问题？这说明这是个"商业"空缺，可以在这方面投资啊！转念又想，有几个会像我这样，出门不带充电器，又不检查电池的电量？那万一有外地人碰上这样的麻烦怎么办呢？应该是可以解决的。

我想继续去试一试。

这次，我直接去武汉亚贸，五楼手机卖场，诺基亚专卖柜台。营业员对我说：我们这里的充电器都是新的，不能用，你去问问服务台吧。

我找到"中国移动通信－业务受理处"，对他们讲明了我的困难。我说："我是外地的，现在手机没电了，无法跟家人联系，能不能借我一下充电器，让我把短信发出去。"

服务员很友善地对我说："行，没问题。只是你得坐在这儿充电，不能到别处去。"

"这没问题，我就坐这儿等。"

我太高兴了，喜笑颜开地坐在那儿等充电。服务员递给我一杯温水，然后又递给我一本书。

大约半个小时的样子，我估计手机里的电量可以管几个小时了，谢过一声，赶车去了。

他们没要我一分钱，还又是递茶又是送书，我太激动了。这次的际遇让我改变了之前有一些武汉人留给我的"奸猾、狡诈、毛躁、不文明"的坏印象。我甚至想，很多的武汉人，他们那些在我看来不文明的言行，也可能是他们的一种习惯使然或者是他们特有的地域文化。总之，通过这一次他们对我的热情帮助，让我对"武汉亚贸"、对"中国移动"、对"武汉市"有了特别的好印象。

5

回到家里，我给田宇峰讲我到处找充电器的事，他说："还是大城市的人好一些。我今天去买肉，一清早就和别人吵架，气死我了。"

"怎么回事啊？"

"我去买肉，他开的价，我又没还价，他又给搭头又少我的秤。我去找他，他居然说：'少半两秤是什么稀奇？正常得很，还值得说？'半两秤不是块把钱！再说，我又没还他的价，他搭了一块肉都差我半两，没搭肉时不是还差得多一些。他少了我的斤两，比我还狠还凶，真烦人！"

"现在这样的事多了。我有一次买鱼，他少了我的秤不承认，因为鱼已经被杀了嘛！后面一个人和我一样买了一条鱼，也是5斤，他帮人家杀鱼后还有四斤半，我的同样是五斤鱼，他杀鱼后只有四斤了，我说他太黑了，少我那么多。他被我说得不得不承认是少了我的秤，却理直气壮地说：'他是我亲戚，我不少他的秤，我就是要少你的秤。我做生意就是不讲良心，就是赚黑心钱，又怎么样呢？我以前就是太讲良心了，所以没发财。别人都不讲良心都发财了，我就不讲良心，你想把我怎么样？'我当时还不是被他呛得一句话都没有。遇到这种人不消烦的，下次不找他做生意就行了。这也是为什么同时做生意的人，有人越做越大，最后做成大老板；有的人越做越小，最后生意做不下去。做生意是通过给他人提供服务赚取服务费，有人以为做生意就是通过与人接触的机会强夺别人的钱财。这种一心想抢夺他人钱财的人谁愿意与他打交道呢？还有一些人就是没头脑，没主见。看别人怎么搞，无论对错照着别人做。这种人太憨了，就更不需要说了，还跟他吵架？呵呵，像你，我从来不跟你吵架！"

"放屁，老子比你憨些？"

"呵呵，你不承认而已。或许你是真的不知道自己憨，这也是我从来不说你'憨'的原因。你看，我们刚结婚的时候，你父亲天天挑一担鸭蛋到食品去卖，然后到我学校吃午饭。每天都是学校的食堂关门了他才来。我用一个锯末子炉子做饭他吃，他吃饱了还在我床上睡觉。别人看着我每天中午午睡时间坐在门口的板凳上，你父亲躺在我床上打鼾，人家笑得讥讥哂（方言，小声讥笑）。我说给你听，你一个字都不晓得说，还是你妈说：'如果你爸是个省委干部，人家还不是不笑了。'你除了重复你妈这句话，说过一个不字没有？'官不入民宅，父不进子房'！你心里有数没？你没数。你还不是别人怎么说，你怎么听，你通过自己的思考判断过这件事的对错没？"

"那是你房子小了么，你怎么能怪他呢？"

"我不是怪他。我不跟你讲了！"

这是我和田宇峰无事聊天，时间最长的一次。平常都是一问一答，顶多两个回合，这次居然长篇大论地进行了四个回合。

6

从武汉回来没几天，我的手机不见了。我不知道什么时候丢失的，更不知道是在哪里丢失的。我只能在办公室、家里、厕所三个地方找。我在这三个地方找了无数遍也没有把那个手机找回来。

我总不能找遍整个荆州街道吧。在确信不可能再找回那个手机的情况下，我开始逛手机市场。

在手机市场里，最吸引我的要算二手手机了，便宜！

第一款，粉红色。店主开价 480 元，并向我推荐说："你看我的手机和新的没什么区别，只是人家要回家没路费了，就把它卖给我了。两电两充，拍照摄影、听歌看电影，……256 兆内存，480 元，哪儿买得到？我这人比较直巴，不然，我可以说是新的。"

第二款，黑色。手机性能很好，只是外壳很陈旧，店主开价 380 元。和他一番口舌，最后让价到 260 元。

第三款，银灰色。一口价 150 元，推荐词："这款很好，只是没有原装充电器。"我问他："为什么？"

"你拿手机来卖，会不会把那些都拿来！"

听他这么理直气壮地"回敬"我，我感觉这款手机应该是小偷送来销赃的。我有些心虚了，问他说："那我把这手机买回去，会不会有人找我的麻烦呀？"

"你真是想得宽呢！别人要找也只找我们啦，还找到你了？怎么找得到你呢？"

我想起我的那个失踪的手机。是啊，我怎么也找不到现在用我手机的那个人！如果我们每个人都不用这种来路上的二手手机，那手机不就不可能从这条路上走失了吗？这样想着，我的身子随着双脚一步一步地离开了"二手手机专营店"。

然后，我去买了一个很一般的手机。新买的这款手机价格不高，一千一百八十元，性能当然没有名牌好。但我拿着这款手机心里踏实，能够安心地使用。

这一次，田宇峰破天荒地没有埋怨我瞎用钱。

7

家富叔的女儿要去英国念书，出国前，桃媛姨他们都来荆州玩了两天。先一天在沙市中山公园玩了一天，第二天围着荆州城墙玩了一天。

家富叔提议他们到西门外的桃花村去玩，他们不愿意去。他们说："谁没见过桃花？"

家富叔说："我们这西门外的太湖港桃花村是太湖农场管理区的。原来是一个生产队的几家农户在自己的棉田里套栽了桃树,三年后桃树挂果,挣了一些钱。其他人看这几户种桃树收益丰厚,也想种桃树。他们生产队就组织了大规模的栽桃树,还有几片李树。蛮大一块,600多亩。开花的时候一大片一大片,和我们房子前后的一树一树的桃花感觉还是不一样。好多人专门开车去看。特别是双休日,街上的市民、长江大学的学生,都去桃花村看花,吃农家锅巴饭。"

"农家锅巴饭我们吃够了。"

"现在这几年没有吃了吧?我看你们这几年在仙桃都是烧煤。上次我回去,看我们老台上都有一些家里都在用煤。"

"呃。现在好多农户是不烧柴了。但我们还没有到想柴火锅巴饭吃的程度,逢年过节我们还是经常做柴火饭。大片的桃花确实没见过,这几天正是桃花开的时候,我们可以去走一趟,看一下了再回去。"

回去的那一天,家旺叔弄了一辆车,把他们先送到桃花村走了一圈又把他们送回仙桃。

车子开向仙桃时,行至中途,意外发生了。

车子突然爆胎,圆秀姨毫发无损地停止了呼吸,司机和其他人都没有受伤。大家都不理解,为什么没有见到伤,人却已亡!

满车人都安然无恙,只有圆秀姨丧命,唯一的特殊之处就是圆秀姨是坐在爆破胎的正上方的座椅上在打瞌睡。

李青昀后悔自己没有和母亲并排坐。她说:"如果我不是和老公坐在后面聊天,而是陪着母亲聊天,也许母亲会躲过这一劫。满车人都没有打瞌睡,都没有受到任何内外伤,除了受到惊吓连轻微伤都没有。只有母亲睡着了,没有被吓到却失去了生命!"李青昀俯在老公身上哭得伤心伤意。

李青昀的老公,我原本是认识的,就是原来在郭河小学住过两年的"曾白"。曾白之前小,他不认识我,现在长大了,我不认识他。他从没与我讲过一句话,现在也基本没与我讲话,我也不好问他父母的近况。他与李青昀的家人也不怎么讲话,只与李青昀讲几句,大部分时间也是李青昀在讲,他在听。现在也是,李青昀哭着、说着,曾白搀扶着她,一句话没讲,一个字也没讲。

大家把圆秀姨送回康家台。按习俗,她的遗体只能停放在家门口不能进屋。因为她是在外面断气的，按乡俗不能进堂屋。

家兴叔的母亲看这个媳妇太可怜了。家兴叔的母亲觉得：虽然这个媳妇年轻时很任性，挤走了自己的前二媳妇，但这些年在李家也是本本分分过日子；这么多年对李家义，对李青昀也是尽心照顾，安分守己。这些年，她也为自己的任性付出了代价。娘家人都不待见她，婆家人也不怎么热乎她，唯一的女儿也是自己搞自己的，也没怎么亲就她。于是，这个满头白发的奶奶吩咐自己的儿子李家义，按古法，依乡俗作解、破法。

李家义按照母亲的吩咐，来到自家后门，把屋顶后檐上的瓦揭掉三片，让圆秀姨从房子的后门进到堂屋，在堂屋里安放了两天，第三天才弄到仙桃火葬场火化。

李青昀在家兴叔的学校教语文，又有班主任工作，她工作量很大，但一直态度很积极。圆秀姨意外去世后她好像一下子失去了动力，总是觉得累。她老公从单位下岗后做生意亏了，暂时在家带孩子。家兴叔要她老公找一些心理学书籍看一下，如果他有意向，可以去家兴叔的私立学校教体育课。曾白觉得自己还年轻，本来不想圈在学校，又碰到李青昀母亲突然去世，他不想去学校当体育老师，也不想李青昀继续到私立学校上班了。他想在自己的家里办了一个钟点托管班。

这一学年结束，李青昀回到家里和曾白一起在家办班。曾白的父母曾老师和彭老师在学校住，偶尔帮他们看看孩子，办班的事，他们不插手。曾白请了几位老师。招牌是"辅导家庭作业，答疑解惑"。收费方式是：不限年级，不限学科，以小时为结算单位，一小时 10 元钱；如果一次购买 10 小时以上 100 小时以内的每小时 9 元钱；一次性购买 100 小时以上的每小时 8 元钱。

一开张，生意就很好。时间长了，生意好得不得了。参与辅导的学生像进网吧一样自由，碰到难题就去，想老师辅导了就去；不想听了就出来，觉得累了就出来。每个同学的座位就像停车场的车位一样随机，哪里有空坐哪里，想坐哪里坐哪里；甚至有同学交 10 元钱进去，一道题几分钟解决了就走了。进来听课，听完走人。学生觉得很自由，老师觉得不拘束，老板觉得没负担。

李青昀主要负责教室内的杂务，曾白主要负责门口和前台的接待与收费。他们生活中的一切都恢复到圆秀姨去世之前的祥和自在的局面。

他们小两口的生活重新安顿好了后，其他人的生活更是一如既往的宁静安稳。

8

有条不紊的日子里，有一天，家富叔的妻子聂老师到办公室里找家富叔，她着急地告诉家富叔说："小妹被车撞了，正在医院。要做手术，要我们赶紧送三千元钱去。"

"你怎么知道？"

"我爸接到一个电话，电话是小妹学校的老师打给爸的。说小妹已经在医院，等着交钱做手术，要我爸赶紧汇钱过去。我爸一时没这么多钱就给我打电话了。"

"你给小妹打个电话问一问她，她在哪个医院。"

家富叔的岳父家是松滋县的乡下。他们口中的小妹是家富叔的小姨子聂晓冬，在沙市大学读书。平常，聂晓冬偶尔会在周末到家富叔这里来，但家富叔从没有去过沙市大学，他们也没有沙市大学的电话号码。他们直接给聂晓冬打电话，但电话处于关机状态。

家富叔赶紧让学校后勤处的刘主任帮忙拿了三千元钱，和聂老师一起去送钱。

他们联系到打电话报信的老师，这个老师说聂晓冬在荆州医院。刘主任说："荆州医院这么近，不用汇款，直接去医院。"

他们在医院找了几分钟没找到，又打电话问，对方说："在沙市三医院。你们听错了，不在荆州医院，难怪等了半天没等到你们。你们直接到银行转账，快一些。"

他们拿到对方账号到银行去，发现这个账号是私人账号。联想到他们在开始明明听到的是荆州医院，怎么又说是沙市三医，沙市三医离荆州是比较远，但离沙市大学比较近啊，干脆直接去沙市大学去看看。

于是，刘主任和聂老师直接去了沙市大学。找到聂晓冬的教室，聂晓冬好端端地坐在教室里上课。

"你电话怎么关机？"聂老师不解地问。

"没关机啊。我手机在寝室里充电。"

他们来到寝室，聂晓冬的手机确实是开机状态啊。

不知道是怎么回事儿，唯一能肯定的是，他们遇到了骗子。幸亏刘主任精明，发现对方是私人账号时没有汇款，否则三千元的损失不是个小数字啊！

学校的老师们知道这件事后，都觉得现在通信发达，骗子也变高明了。我也觉得应该时时处处注意防范，明显地增加了与儿子联系的频率。

儿子与我聊天，他在本班找了一个女朋友。女朋友学业优秀，在华科保研之列。毕业季，他和女朋友规划：自己找工作挣钱，女朋友继续读研。

华科的政策是，华科的保研生前三名到华科读研免试，如果前三名放弃华科，考华科之外的院校，学校不阻拦，但如果没考上，回来华科，华科拒收；如果是三名以后的学生在外校没考好，回华科，华科接受他们再参加华科的考研。田百芳的女朋友正好是保研生的第三名，她又不想读华科了，就报考上海交通大学，结果面试被淘汰了。华科又回不去了，她只有出来找工作。

儿子本来准备毕业后找工作的，看女朋友考研失利心情不好，自己也心情不好。又觉得自己找到的一份工作不仅环境氛围不好，还与女朋友的工作地不在同一个城市，就想回到华科继续读书，又觉得耗时费钱，非常沮丧。我说："你担心什么，像爸爸妈妈这么大年龄的人，孩子还在读高中，有的还在读初中，你已经大学毕业了，你的时间多的是。你就当是山区没有读过书的孩子出来打工，去卖报纸或者摆地摊卖商品，还弄不到一碗饭吃啊？或者你再复习考研，今年考不上明年再考，你一个男孩子怕什么？"

儿子说："我去问过的，卖报纸要武汉市户口，我这种外地人卖报纸人家不要。而且卖报纸要自行车骑得溜，我个子不高，自行车骑得不熟练；摆地摊，如果城管来了，我跑都跑不动，被城管抓到了还能挣钱？复习考研又要花精力花时间花钱，哪是那么轻松的事？"

我又说："你就当你是个高中生，继续读书，明年考研，明年考不上，后年再考。你年纪又不大，我和你爸正是工作年龄，我们两人的工资供你读书没问题的。你读到什么时候都可以，只要你自己愿意读。"

于是，儿子决定不再找工作了，立马备考研究生。

与儿子谈话后，从来不迷信的我跑到沙市章华寺为儿子算了一卦。

我不是去帮儿子算命，只是去问前程。我觉得有一些"算命卜卦"的人其实就是民间职业规划师。

9

我找的"算卦先生"是一位中年妇女，居住在章华寺旁边的居民区。她的门前和左邻右舍一样摆着香纸蜡烛之类的祭祀用品在售卖；门框上挂着一个招牌，"算命卜卦"。

我走进去，和她聊了几句，她说："你有你儿子的照片吗？光看生辰八字太片面，还要看长相，看父母。不仅是父母，兄弟姐妹的八字都会互相影响的。"

"我手上没有他的照片，他长得像我。他没有兄弟姐妹，我只有这一个儿子。"

算卦先生望了望我，又对我说："你是要听真话还是听假话？"

"怎么讲？什么是真话，什么是假话？"

"真话就是，是什么说什么，假话就是只说好的一些方面。"

"我是问前程，问他的发展，你说是应该讲真话还是假话？"

"嗯，我知道了。你这个孩子比较正直；文昌阁不突出。如果读书的话，读到什么样就是什么样，不要执着地去追求某某名校，或者一定要拿到什么文凭，顺其自然，只要能去的学校，能去就去；工作可以找比如律师、警察、公安之类的。"

"算卦先生"说的和我想的差不多，我坚定了让儿子能读就去的想法，不挑剔学校好坏，感兴趣的就行。

考研结果下来，果真是刚刚够起分线。想起高考被北大落榜，我很担心此次考研又被落榜。如果此次考研又不成功，真的再备考一年的话怕孩子心理承受不了。

长江大学有一位老师，他的同学认识学院的院长。这位老师让他同学邀约院长与我们一起见个面。我和田宇峰带了三万元钱去见院长。

10

那天，我们一家三口和院长夫妇还有长江大学的老师与他的同学，共七个人在一个酒店吃饭。

院长夫妇很平易近人。院长对我们说："很巧，我女儿和他（田百芳）一样大，什么事情都是她自己在处理。假期，她说她要去发广告，我们积极支持。我看她用了几天时间沿街发广告，我们都由她自己弄。她后来发表感慨说：'看似简单的事情，做好也不容易。'现在，她走在街上遇到给她发广告的，每次都微笑着接过一张，不看也把它拿好。之前的她，遇到发广告的眯都不眯。就发广告这件事带给她的改变都很大，还是要让孩子自己去到社会上去闯。"

我们很感谢院长，拿出两万元钱给院长说："我们的孩子可能没有您女儿那么出众，智商也一般，他就是态度好，接手的事情能认真对待。希望院长能帮忙给他的导师介绍一下。"

院长很坚决地说："你儿子还可以，肯定可以录取。但如果你这样的话，我们肯定不会录取的。"

我觉得院长说的是真心话，就收起红包对院长说："好吧！非常感谢您！来之前我还在想：不知道院长愿意不愿意见我们这样的人。我们真的幸运，遇到您这样的院长，不仅屈驾来这里，还推心置腹地和我们聊了这么多，特别是儿子今天能受到您的教诲，远远胜过他读十年书。太感谢您了，无论今后遇到什么状况，我们都会督促儿子专心、努力地学习，主动、大胆地融入社会，争取有更好的发展。"

两个星期后，儿子接到录取通知书，我们特别开心。不仅仅是因为儿子不用再次参加考研备战，更主要的是，我们看到了孩子周围有许多德能兼优的贤人志士。

能遇上德才兼备的老师是孩子的幸运，也是我们家庭的幸运！

接到录取通知书后的两个月，儿子的体重增加了二十几斤。我知道，那些求学受阻，考试舞弊的行为给儿子的消极影响已经缩小到忽略不计。我们家"正直"的儿子可以心无挂碍、正大光明地继续自己的学业啦。

第一十二章　明辨是非

1

一个周四的下午，我准备去教室里看看放学情况。看教室里是不是还有在校逗留没有回家的学生，为什么教室的门没有关好？

我刚走到楼下的园门口，碰到了家富叔。随意打个招呼，家富叔却对我说："陈昌望死了咧，肝癌。我去参加了他的葬礼回来的。遭业，邹彩秀也在那儿。"

"陈昌望肝癌死了？哪个给信您的？陈昌望是邹彩秀的老公，陈昌望死了，邹彩秀肯定在那里啦，怎么是'也在那儿'？"

"陈昌望是我同学，我是从同学群里知道的。陈昌望和你们隔壁的王玉秀有一腿，邹彩秀知道后就和他离婚了，他们的女儿判给邹彩秀了。他们两个离婚后，陈昌望没有再娶，邹彩秀遇到了现任丈夫。邹彩秀的现任丈夫对邹彩秀和她的女儿都蛮好。陈昌望生病以后，她女儿上班没时间照顾陈昌望，邹彩秀就去照顾陈昌望，她老公不仅没有阻拦她还蛮支持她。邹彩秀就一直照顾陈昌望到他离世，现在又帮女儿办理陈昌望的丧事。"

"邹彩秀还是蛮有情义的一个人，怎么就碰上一个陈昌望呢？我最讨厌婚外劈腿的人！哦，难怪邹彩秀有一次到我寝室里和我讲，说陈昌望打了她一嘴巴，她不知道该怎么办的。"

"邹彩秀去找你说陈昌望？"

"我也不确定她是不是特意找我的。那时候我在郭河小学，她在修配厂。有一天，我一个人在寝室里，邹彩秀走到我寝室门口看到我就对我说：'一恋，你在这里住呀，我到你这里坐一下。我心情糟透了，陈昌望刚才把我打了一嘴巴，然后他就出去了。我追也追不上他，追上了我也打不过他。但我很烦，难道我就白白地被他打一嘴巴吗？'我说：'夫妻嘛，床头打架床尾和。有一些男人是喜欢动手，是蛮烦。自己的老公打了么，算了呢，你只保证不许他以后再打你。这次就算了呢！'邹彩秀说：'不行。我心里过不去那个坎。我什么都没做，就只问了他一句，他就打了我一嘴巴还气冲冲地出门了。'我当时也没问邹彩秀，她是一句什么问话让她老公打她嘴巴，我只说：'有一些男人是语言表达能力差，心情不好或者觉得别人惹他烦他就动手；有一些男人是能力弱，在外面做不起人，只能在家里抖威风，一天到晚找老婆的不是，然后摆出家长的架势，打老婆满足自己的存在感；像我老公他仅仅只是听他妈妈的话，说女人不能比男人强，他就有意无意地找茬贬损我。有一次，他说着说着就打了我一嘴巴，然后也是往外跑。我正在餐桌前收拾碗筷，手里拿着一摞碗，我就直接用那一摞碗向他掷去。一整摞碗全碎了，他的右胳膊肘被砍出一道口子。他看着伤口一声都没做，我才陪他去医院缝伤口。'我还说我对我婆婆讲过，'哪个不讲道理，一天到晚想打人，我打不过，烧一锅开水烫死他'。还说田宇峰从那次以后再未动过手，说'有一次田宇峰骂我脏话，我气死了，打了他一嘴巴，他都没还手'。邹彩秀听我讲这些时也没有说她老公是听到一句什么样的问话才动手打她的，我也没问。"

看家富叔不插话，我又继续讲："我还对邹彩秀说，'有些男人就是封建思想，认为女人三天不打上屋掀瓦，就习惯无故打老婆，这种人不能被他打过去，只要是无故被打，即使拼命也要制止住。'当时，邹彩秀也没说别的了，只说，'在你这里坐一下，心情好多了。'她就走了。我也没再关心她的事。我们毕业后的这几十年就碰到过她两次。一次是她在帮她堂兄卖车票被我遇上，一次就是她到我寝室和我聊了那几句。再没有见过第三次。唉，我要是早知道这些，我应该去看看她，陪她讲一讲的。"

"邹彩秀确实不简单。当年陈昌望的事大家都知道，都觉得陈昌望不应该辜负她，但邹彩秀只是和他离婚，并没有在外面说陈昌望的不是。后来，陈昌望确诊癌症，而且确诊时就是癌症晚期，大家都觉得陈昌望这下惨了，连个看护的人都没有。都没有想到邹彩秀会求得现任老公的支持去照顾陈昌望的。"

听到家富叔的这一番评论，我觉得当初的邹彩秀是特意去我学校的。因为我和王玉秀关系蛮好。我估计邹彩秀是以为我知道她老公的事，想我劝一劝王玉秀，她看我什么都不知道就没说她找我的真正原因了。

实际上我确实不知道。我这人平常从不和人闲聊，更不与人聊八卦。可能陈昌望与王玉秀的事，全世界，除了我以外的人都知道，包括他们的配偶。

陈昌望与王玉秀的这件事，满世界的人，只有我一个人不知道！我也幸亏不知道这件事，不然，以我的性格我肯定要去指责王玉秀。这种事哪里是一个旁人的指责能解决的呢？

2

这人啊，百人百心，千人千面，万人万种生活姿态！王玉秀本是郭河官伟村人，与我八竿子打不着。有一年的农闲季节，她母亲因为妇科病来郭河卫生院集中治疗，就住在我们家。

当时的农村妇女每年都有一次妇科检查，有问题的，以生产队为单位，由大队委出面帮她们在郭河卫生院附近找住处，安排好吃住，让她们接受免费治疗。我家离郭河卫生院很近，每年都接待来医院治疗妇科病的下面乡村的人。那一次，我们家接待的就是官伟村的妇女。

那天中午，王玉秀的母亲与两个同伴，走进我家，其中一个比较年轻的妇女挑着一担蔬菜、粮油。满满的一大挑子，是她们那些天生活的全部食材。她们进来时，我妈准备浆洗被子用的一脸盆米汤放在堂屋还没来得及用，也不知道她们那个时候进来，就没有移走。

她们进来得很突然，家里的一只母鸡扑棱着翅膀，"扑哧扑哧"地飞起来。我和母亲坐在房间听到声音朝堂屋望了一眼，知道是她们来了，也看见盆子里的米汤泼出来了。

"哎哟，米汤泼了。"我这么叫了一声。我母亲没有讲话。那个挑担的妇女说："鸡子调（tiáo，方言，指没有章法的跳跃）泼的。"

母亲笑着说了一句："该确，这鸡子好大的力气啊！"

三位妇女从我家堂屋进到后面的厨房，放好菜担子，把物品捡顺放好后，另外两位去我们后屋的房间铺床，挑担的妇女出来又对我母亲说："不是我弄泼的，是鸡子搞泼的。"

母亲仍然一脸微笑地说："泼了么，算了呢。这鸡子力气大！该确，这只鸡的力气好大呀！"

挑担的妇女又重复了一遍说："那只鸡乱扑乱扑就把盆子扑翻了。"

我母亲还是那句："该确，该确，这只鸡这么大的力气呀！"

自始至终，王玉秀的母亲不说话，只笑；另一个妇女就当没听到的，既不开言吐语也无表情变化。

晚上，王玉秀的母亲来到我们房间对我母亲说："恁那好会讲话呀，只说鸡子力气大，别的话都不说。恁那会讲话。我们结拜姊妹吧！我姓程，以后就叫我程姨娘，我喊恁那'姨娘伯伯'。我有个姑娘叫王玉秀，我再回去了把她带来，让她见见姨娘伯伯。姨娘伯伯太会说话了，我就是喜欢会说话的人。"

此后，王玉秀经常与她母亲一起来我们家走亲。再后来，王玉秀偶尔会一个人来我们家小住。有一年冬天，王玉秀来我们家住了好几天。她、我、我四姐，我们三人捆在一张床上边做手工活，边聊天，几天时间里王玉秀织好了一条毛线裤才回去。

我家隔壁是我伯父伯母的家。伯父伯母虽然和我父母一样是光辉二队的农民，但一直以来我伯母对挣钱的事特别上心。改革开放政策下来的第一天，我伯母就用一个箩筐，上面搁一把米筛，外加一把小凳子。她每天坐在郭河一桥南面，郭河正街的路边卖柿子。几天后，伯母又添加了一个箩筐和一把筛子，筛子里多了一样，花生。再过几天，伯母弄了一辆小推车，食品增加到好几样。一段时间后，伯母的小推车变成了大推车。大推车支架成一个小摊台，上面不仅有食品还有玩具、头绳、发卡、围巾之类的小装饰品，旁边还挂一两件衣服。

郭河正街西边，民政街与郭河大道之间的小商品市场建成后，伯母是首批入住的商户，租了一个门面开服装店，专意卖衣服。伯母的服装店里挂满各种女性和小孩的衣服，并让堂妹帮忙打理。又几年后，伯母买下了那个商铺门面及连带的一户楼房。伯母买下的这种户型，每层有五十几个平方共五个楼层，合起来是两百多个平方，住一家人绰绰有余。这时候，伯母卖掉了老屋。王玉秀的父母买下了伯母的老屋，王玉秀就住到了我隔壁。

我印象中，王玉秀没怎么读书，是高中毕业还是初中毕业我都没关注。

后来，她成为我们郭河镇红庙乡的妇女主任时我觉得不能理解。我问她："你当妇女主任都干些啥？"我心里是想，你能干啥？

王玉秀告诉我说："农村的妇女主任就是这里跑那里跑。哪家要生小孩啦，哪家要刮宫引产上环啦。以前的妇女主任还要走访，哪个妇女例假来了不能安排水田的活；哪个妇女有什么不舒服，是不是有妇科病带她到医院看医生。现在的妇女都晓得自己关注自己的身体，妇女主任只需要做计划生育工作就行了。"

王玉秀言语间，用词比较粗俗。我说："你们平常就这样讲话？"她说，"我算是文明的。我们一起开会的时候，兰州乡的一个妇女主任说：'老子屁股这么大，居然没得男人喜欢。要老子是个男人，看到这么大个屁股，肯定立马上去抱倒了。'她老公还是一个学校的老师。"

"这太不像话了。还是个干部。"

"农村干部，除了说这一些还能说啥？又不是像之前搞集体，还讨论哪个一天能值几分工，哪块田分哪几个人去扯草。现在都是自己的田，这些方面都不用管，就是个计划生育是最头等的工作。而且，计划生育也有专门的计生办，我们妇女主任一般只是带个路。像我们妇女主任的工作无所谓好坏，只要泼辣，有靠山就行。像我没靠山的，还不是只有混几年了算了呢。"

"你靠你老公的。"

"我老公不行。没后台，人不帅，搞了几年老是在基层混。像那个陈昌望，从教育战线转到行政，一过来就是管文教的镇长。"

"他是长得蛮帅。"

"他有人。他父亲是一个卫生院的院长，他岳父还是他岳父家的亲戚我不是蛮清楚，反正有亲戚也是个什么官。他有关系。像我们，真是遭业。"

当时，我没有进耳，现在想来，她应该是早就看上了陈昌望，早就想攀附一个靠山了。

我又想起王玉秀的妈妈曾对我母亲讲："玉秀有个娃娃亲，她不喜欢。那个位置是蛮苦寒，我也不是蛮喜欢那个地方，像姨娘伯伯这里，街边上多好啊！"我母亲知道她母亲的意思，还劝导说："虽说姑娘娃是菜籽命，落到肥处长得好，落到瘦处苦一生，但还是要顺其自然，命里有时终须有，命里无时莫强求。"

王玉秀生在农村，又没多少文化，但她不想种地做苦工，创造一切可以创造的机会来到了郭河街边。她退掉娃娃亲，自由恋爱结婚，还当上了妇女干部。本来是很好的生活状态，本应有一个很好的结局，却因为不满足内心的贪欲而迷失了方向，最后锦上添花不成，反倒佛头加秽，身名俱灭。

我终于知道，王玉秀是因为婚外情被丈夫发觉后两人离婚，同时又从妇女主任的职位下岗的；终于知道，王玉秀偶尔遇到我，每次她都是蛮难为情的样子的。她大概是在后悔当初没有安守做人的本分，才落得众叛亲离吧。

3

和家富叔闲聊几句后，我继续往教室里去。今天有几个学生是在放学后才改好家庭作业本上的错误，比其他同学晚几分钟才回家。我去教室时，教室里还剩下冯欣新一个同学还在改错。

她怎么还没有结束改错呢？我一边这么想着，一边向她的座位走去。

冯欣新这学期在公寓里住。她公寓里的赵老师站在她身旁，俯下身子在辅导她写作业。我觉得有点儿奇怪，她老师辅导她作业怎么没有讲解，没有声音？等我走进她，发现她桌上还有一本作业本，她在抄写。

我拿起冯欣新照抄的作业本翻过来一看，是我班上一个男生杨文昊的。这个杨文昊和冯欣新是住同一个公寓的同学。

"咦，你怎么照抄他的作业？"我不假思索地问道。

"她在抄题目。"公寓的赵老师帮她回答了我的疑问。

"这题目不是课本上的吗？"

公寓的赵老师和冯欣新都没有回答我的这个问题。我看着冯欣新，冯欣新的眼泪滴落到本子上。我明白了，公寓的老师嫌冯欣新改错速度慢，要她直接照抄杨文昊的正确答案的。

我故意对冯欣新说："冯欣新，你比杨文昊还行一些，不需要看他的，你自己做吧！"

我守在冯欣新的座位旁，我们都没有讲话。不一会儿，冯欣新完成了改错任务。

冯欣新跟着公寓的赵老师出教室后，我就开始思考了。公寓的老师究竟是觉得不必要教，还是不耐烦教，为什么不教她而直接要冯欣新抄袭作业呢？

联想到现在学生身上出现的一些怪现象，我觉得自己作为一个老师，能力太有限。如：现在，差不多每个班都有替孩子写作业的家长。连家富叔家里的聂老师都帮她女儿写过一段时间的作业，就是在我儿子和她女儿同在贾文华老师班上读初中的时候。

那段时间，我儿子每天在语文书上，在课文的间隙里写上一些生字的读音和字义、生词的解释或者是句子的含义。教他们语文课的贾文华老师每天布置给学生的家庭作业必有这一项：学生自己查新课中新词新字的意思，并用红笔在课文的字里行间写上注解。

但，课文的排版是没有留另外添加注解的空间的，学生只能在行间写很小的字。不然，写不了。儿子写好后，我看一下都很吃力，而他要一笔一画地写出来更不容易，还是用红色的水墨笔。

我心疼儿子的眼睛，要他不用红笔写，他说："老师强调的，用红笔写的字才醒目。"

"红色这么刺眼，不坏眼睛吗？"

"我们老师强调一定要用红笔写。我们老师说'眼睛坏了怕什么？我眼睛近视了几十年，照样做事情。'"

我无法当儿子的面驳斥他老师的观点，心里却放着个结。我找家富叔他们交流我的想法，聂老师说："你怎么这么傻呀！他老师要他们这么做，他能不这么做吗？你要一个孩子去违背老师的意愿，他哪敢呀！你怎么不帮他写呢？我们家姑娘，每次这样的作业都是我帮她写的。"

"我帮他写作业，那他的收获呢？再说，老师发现了怎么办？"

"你、我的孩子用得着这么抄写吗？他们的理解能力强得很，记忆力也很好。他只需要查找出来，看一遍就行了，是不必要抄写的。老师要检查嘛，你就帮他抄写啦。不过，我和我姑娘的字很相像，老师看不出来的。而且，这项作业第一次就是我帮她写的，一直都是我帮她写这项作业，所以老师不知道。"

我将信将疑，回家对我儿子说起这种方法，他无论如何都不同意。他也不相信家富叔女儿的这项作业是聂老师代笔的。

现在，我的儿子视力不大好，我总后悔当初没能阻止他在灯光下用红笔写大量注解的有害行为。所以，当我发现我的学生被家长替写作业时，我一定要查清楚他替写的缘由。我也希望，家长对我的教学方式有不同看法的，一定要及时和我沟通。我绝不会为了自己的虚面子或个人方便，强制执行错误的教学方案。

但，冯欣新是托管在公寓里的，是公寓的老师让她照抄其他同学的作业，我怎么解决这个问题呢？

晚上，我想打开电脑，查找一些相关资料，发现电脑系统瘫痪。我左摆弄右摆弄，就是无法恢复。老公不在家，我自己闷声不响地摆弄了一个晚上，第二天接着摆弄了好久，没有一点儿改善。没有办法，我只好求助于学校的电脑高手关老师。

关老师三两分钟就给我解决了问题，并在我的电脑上看到了我的博客名为"六月雪"。关老师笑着对我说："'六月雪！'那是有多大的委屈啊？"

我说："六月雪的寓意有很多种。我用这个博客名，是想表达在博客这儿可以进入到我'纯洁的梦境'之中；我喜欢在'博客'里闲坐；博客是我生活中不可或缺的陪护。就像我教室里的电脑，它是我课堂讲授的陪护。"

4

我在随意地刷网页。进到学校页面，看到一个帖子，下面有老师留言。贴文是："……我的小学班主任是数学老师万一恋老师。她确实是一个非常优秀的教育工作者。她对我以后的学习和生活产生了十分积极的影响，我很感激她。至今仍然记得往日她教诲我的日子，非常难忘，历历在目，可以说是我一生的财富！其实很久以前就想给她写信，告诉她我的经历，告诉她我的感激之情。但是不知道地址，也不知该从何说起。……母亲节将至，提前祝她节日快乐吧！"

有老师在下面留言："万老师确实是位优秀的老师，她的联系电话是……"

学校办公室的老师为我的这位学生提供了我的小灵通号码。这个小灵通号码连同"小灵通"是学校发给我们每位老师的，我原来的手机也在用。

我并不是一个十分介意他人对我评价的人，但，这位同学和这位老师的这段文字还是让我愧疚难当！我不是个好老师。我想起了我许多的工作失误：

有一次，一个学生说她的作业是她婶娘写出了正确答案后让她照抄的。我特不喜欢学生在不理解的情况下照抄答案应付老师，当时就火冒三丈，情绪失控；还有一次，教室里的图书少了两本，几个学生都说是班上的一个同学拿了藏起来，这个同学不承认，我却不相信这个同学。这个同学的父亲当我说自己不知道自己的孩子究竟有没有拿，而我没有去更深入地调查，一直认定就是这个同学拿了……

对于我教过的学生，我有永远的愧疚，因为我有太多的误人子弟；对于被我冤枉的孩子，我有更多的悔恨，因为我有太多的糊里糊涂！

5

接下来的周一的下午，我在五年级二班教室里上信息技术课。上课中途，我正讲得带劲，陡然感觉头有点晕。"我今天不是睡好午觉了吗？"这么想着，抬起头来，发现教室里的电灯泡、电扇在摇晃。

看看窗外，没起风啊？我问同学们："你们有没有觉得头有些晕？"

"嗯！老师您看。"学生以为我不知道教室里挂着的物件在摇晃。

听到学生这样的回答，我的第一反应就是地震。但怕自己判断失误，即使判断准确也怕造成学生恐慌。于是，我只对学生说："起立！一组的同学自然成队形走出教室，去操场。"

一秒钟后我又说"二组的同学出教室""三组的同学出教室"。

"老师，怎么了，为什么要出教室？"学生见我行为反常，不解地问。我告诉他们："可能是地震。"

"啊！地震！"同时，四组的同学不等我指挥就往外冲，而一、二、三组的同学有人返回教室清理书包。

"傻瓜，是命重要还是书包重要！"我把他们全赶出了教室。

我最后出教室时，操场上除了我放出来的学生，其他班级的人，一个都没有出来。我不知道其他师生有没有感觉到"地震"。

我心里想，要是没发生地震，学校会不会批评我，说我私自把学生放出来玩啊？如果真是要发生地震，我本班的孩子们怎么办？

我还没来得及想清楚就看到有其他班级的学生陆陆续续跑出了教室，我知道不是我的错觉了。我本班的孩子们正好是体育课，此时已经由体育老师带出教室了，应该没问题的。我心安理得地陪在五年级二班的学生身旁！

6

几分钟后，学校广播通知："各班按升旗时的队形在操场上集合！""各班按升旗时的队形在操场上集合！""各班按升旗时的队形在操场上集合！各位班主任各回各班，清点人数。""各班按升旗时的队形在操场上集合！各班主任各回各班，清点人数。"

听到学校通知，我确认发地震了，但地震中心在哪儿呢？我的家人有没有问题？这样的念头闪过，我立即拿出手机，带着五（2）班的学生进操场的同时，开始拨叫儿子的电话，又拿出小灵通拨出了老公的号码。

我把五（2）班的学生带进操场后又去照管我本班的学生。我在二年级与五年级之间来回视察，同时一手拿手机，一手拿小灵通，反复拨叫老公与儿子的电话。大约十分钟后，儿子的电话终于接通了："我这儿没事。"

同事也告诉我，"田宇峰已下楼，他穿着短裤，可能没有带手机。他就在操场东北角和学校的家属们在一起。"

父子俩都安全无恙，我如释重负。

五（2）班的班主任老师来了，我不用操心五年级的同学了，一心一意去陪伴我本班的孩子们去了。

我们全校师生按班级分块坐在操场上休息。四点左右，学校再次组织学生按升旗队形集合在操场上，讲有关地震时的防护自救、逃难避险的方法。

四点二十分左右学校通知放学。四点四十五分，我送走最后一名因家长有事晚来学校接走的孩子，继续在操场上待了一会儿，冒着可能再地震的危险回到家里做晚饭。

做晚饭的时间里，我好像没有地震的感觉了，吃完晚饭后，我打开电脑，打开我的博客。

刚写了两句话，人又有了头晕的感觉，我赶紧关机下楼。这次下楼，我在操场上一直玩到十点半钟才回家。再次打开我的博客，接着先前的两句话继续写我想说的话。

这一天的这一篇博文，最后一句话是："此时是五月十二号十一点五十八分了，我还没有睡意！去睡觉吧，要不就是十三号凌晨了！"

五月十三号，在操场上闲逛，与老师们聊天。同事刘老师说："您好冷静啊，还晓得组织学生有序出教室。我快吓死，我说：'咦，怎么回事？我出去看看。'等我发现是地震时，走路都走不动了，哪里还敢回教室去喊学生啦。他们后来还是看别人班学生都出来了，他们才出来的。"

"我也不晓得当时怎么那么冷静，那么迅速地作出反应。我还在想，是不是我感觉失误啊，怎么都没动静啊？平常，我其实蛮胆小，听到狗叫都吓得要死、看到别人小孩头上的虱子都可以把我吓得尖叫。我也不知道为什么，每次一到学生跟前我就天不怕地不怕了。"

"您家田老师好像蛮胆小！"

"呃。上次，放晚学后，他在我教室里帮忙看电脑是不是有病毒，我就顺便擦抹窗户，有一节电线突然起火，我吓得惊叫一声跑出教室，他也跑出来了。他一边跑一边对我说：'快关闸刀，快关闸刀'，自己就跑到教室外面腿定在那里不动了。还是我又跑进去把电闸关了。人在危急关头是不会思索的，全凭本能。"

"电线起火？"

"嗯。是原来的电路报废了的，他们没有把线拆走。后来重新又牵了线，那截电线就在那窗户上被我碰到，一下子烧着把窗框都烧黑了二三十厘米长的一截。我又赶紧去找学校的电工师傅把教室里的线路检查了一遍，才把那截线给拆下来。田宇峰就站在那里半天没动弹。"

我与刘老师闲聊着，到很晚才回家。那些天，我们一般都是在操场上。如果是在家里，除了吃饭，就是看电视。

每天，睁开眼睛的第一件事是打开电视；每次，进门的第一件事是打开电视；每顿饭，进餐的时候，一反常态地没有关电视；每晚上，睡觉的时候，打破常规地没有关电视。

国务院发出公告，为表达全国各族人民对地震遇难同胞的深切哀悼，5月19日到21日为全国哀悼日，禁止公共场所娱乐活动，降半旗志哀；北京奥组委决定，奥运圣火在境内传递活动暂停三天。5 月 19 日 14 时 28 分起，全国人民为四川汶川大地震遇难者默哀 3 分钟。各地汽车、火车、舰船鸣笛，防空警报鸣响。

5 月 19 日 14 时 28 分，当全校师生为地震中的死难同胞默哀，当防空警报鸣响时，我止不住涌出的泪水！为民众的尊严，为生命的至高无上，为人类的友情与关爱，为民族的团结与力量。

那些天，

我没有去逛街，

中断了学跳舞，

整天守着电视机，

盼望着更多的生命奇迹。

7

5 月 22 日，我同样在电视机和电脑之间来回浏览，看到一个帖子记录了作者在地震时忘记了自己面前的学生，一个人冲下楼去的过程。下面有很多留言，对帖文作者评价各异。其中，大部分人的观点是：作为教师，在危急关头不管学生正处于危险境地独自逃离，这种行为是没有尽到教师职责。

我比较理解帖文作者的内心，也很赞同留言的观点。帖文作者就是我们口语中的"胆小鬼"，而留言的人是按照教师标准，对帖文作者的行为给予理性的分析。但，生活中的人不是理论上的人，就如溺水者在垂死的时候碰到救他的人，会不自主地把施救者往水下按一样，是一种求生的本能。就如我们家里的田宇峰，就如受到惊吓后已经迈不动腿脚的同事刘老师，甚至包括我自己。

我觉得我之所以冷静地组织学生在第一时间内撤出教室是因为我发现得早，内心深处把"让学生离开危险"放在首位。如果这个帖文的作者在发现课桌晃动时不是说"不要慌！地震，没事！"而是说："不要慌。地震，按顺序出教室。"那多好啊。从这方面看，这个帖文的作者其实就是把自己的生命看得太重，以至于在他的心里职责和道义已经忽略不计。而且，这位作者的处事能力差，应急能力差。

在我的心里，我能理解帖文作者因应急能力差而表现出来的"胆小"，但我不能理解作者为"胆小"而找到的说辞，不理解作者置学生于危险中而不顾却没有丝毫的负疚感。或许帖文的作者是太愧疚而强装镇定吧！

我想起我们家里的田宇峰，在"5·12"的第三天清早，他在感觉到有余震的那一刻，他只顾自己跑到安全地带，连呼喊我一声都没有。余震过后他才回屋告诉我。

事后，他还心惊肉跳地对人讲："今天早晨又有余震，我快吓死，赶忙跑出去了。"

"你家万老师呢？"

"她在睡觉。"

"你没喊她？"

"没有，我爬起来就跑了。我人都快吓死了，哪里还晓得喊她。"

周围的人都以为我会生气，甚至以为我会和田宇峰离婚的。我说："没必要。在危急状态，他能护卫我是情分，不照管我是本分；夫妻没有保护对方生命的义务。只能说，在他的心里，我的生命可有可无。他的行为告诉我，如果我与他的生命发生利害冲突，需要选择时，他绝不会选择舍身救我；在他的感情世界里，我绝不是那个能和他生死与共的人。或许，他是那种自己的生命高于一切，根本不可能有一个人的生命会排在他心头。所以，我不生气，只觉得我运气不好，与他这种人做了夫妻。也没必要离婚，自己选择的嘛，我从结婚那一刻起，就没打算与他离婚。对婚姻，我主张随遇而安。只要他不主动要求离婚，或者他没有触碰道德底线，没有突破我的忍耐限度，我都不会与他离婚。每个人都是生命的独立个体，都有自己的生存准则，他怎么对我是他的事，我怎么对他是我的事。无论他是否尽到一个丈夫的职责，我都不评说，我只尽我做妻子的本分。生活中，并不是每个丈夫都是真男人的。能遇上真男人是福分，不能遇上是缘分。缘分天注定！"

对田宇峰在关键时候弃我而逃的行为我不仅没生气，甚至对他的行为没有发表一个字的评语；对田宇峰这个人，他作为我的丈夫这一角色，我也从不作评判。因为，人是一个复杂的机器，很多的人不是只用"好""坏"可以评价的；社会是一个复杂的群体，很多的事不是只用"对""错"可以评论的。

8

儿子研究生毕业再次面临找工作。我对儿子说："无论什么工作，只要别人愿意接受你，哪怕不给工资你都干。不要想着自己有什么文凭应该拿多少工资，你能完成工作，帮人家解决问题，人家自然会给你回报；你不能做实际的工作，不能帮人解决任何问题，议定的工资待遇也可以撤销或降级。"

儿子第一次到工作单位，觉得人生地不熟，同事都不理睬自己，很不适应学校外的生活。我对儿子讲："任何单位都不可能像我们学校这样，你的座位前后左右都是人。你要学会独处，要学会主动与人交流。"

"别人都关在自己的办公间里，我怎么跟别人交流？"

"主动打招呼呀！即使别人不理你，你也不要不好意思，再换一个人打招呼。如果你主动友好地与人打招呼，别人不理你，是别人没教养；别人轻视你，是别人没见识；别人嫌弃你，是别人没品位。如果是你不主动与人交往，等着别人主动与你攀谈，那就是你没胆识、没品格、没修养。"

我去儿子那儿住了两天。儿子上班时我一个人在街上闲逛，遇到一个行乞者。十几岁的大小伙子，背着一个空书包，面前一张四十厘米见方的白纸，上面写着："因没找到工作，手上的钱用光了，请好心人给 2 元钱吃饭。"一看就感觉是假的。我忽略过去，继续往前走。

可是，当我走出六七十米后，我忽然动了恻隐之心。我想起了从北大退学的张进生，因为贫穷，失去了出国求学的机会，因为身体的原因不能从事自己所学专业内的工作。又因为表达能力差，不能与人有效交流，一直没找到合适的工作而困在老家，找姐姐蹭吃蹭喝。

我想，也许这孩子是真没找到工作的；我想，如果我的儿子没有找到工作会不会也像他一样，只剩下乞讨这一招呢？

我又折回去，准备与那个小伙子聊几句，给他一点儿钱让他再去找工作。但当我再次走近他时，看到一个五十几岁的男子在与他耳语。

在我离他们十来米时，男子看到了我，匆忙跑到马路对面去了。我这才确信，他们是包装出来的行乞者，并不是找工作期间的求职遇困者。

我把这件事说给儿子听，儿子说："我再找不到工作也不至于去当乞丐的！"

"如果你总找不到工作，你准备怎么办？"

"大不了去教书。"

"这是什么话，教书的工作那么不受你待见，教育战线是个收容所？"

"也不是。是现在的人都不喜欢教书，一般都是找不到其他工作了就去当老师。"

听到儿子的回答，我心里想，找不到工作的人可以去当老师？

我只在心里问自己，没有说出来。我在教育战线工作了一辈子，一直觉得教育战线上的人转行出去干什么工作都能胜任，没想过其他战线上不接受的人可以在教育战线上立脚。

仔细想一想，好像儿子说的也是事实。前些年，能读师范的都是智商高的应届初中生。那些年，能拿到中专指标参加中考的那些学生都是初三年级中的佼佼者，后来，中专生不包分配了，优秀学生就不愿考中专了。从国家公布不包分配的政策后，优秀学生都去读高中考大学了，好像这几年的师专生都是高考分数不够其他院校才被录取到师范类院校的。但，老师的工作是需要德才兼备的人才能真正胜任啊。

9

从儿子那儿回来，去桃媛姨家里坐了一会儿。

桃媛姨告诉我，李双庆拿到博士学位了，准备去北京闯荡。去北京之前，李双庆带着他的女朋友回了一趟仙桃。

李双庆的女朋友肖琴是清华大学的在读研究生，马上毕业。肖琴的父母亲是华师的教职工，肖琴的家就在华师校园内。肖琴准备就在北京与李双庆一起找工作。

李双庆带着女朋友和爸爸妈妈在仙桃街上闲逛时碰到李小昀的同学，郎菊香。郎菊香是李小昀高中的同学，比李小昀大一岁。郎菊香毕业于北京航空航天大学，在中关村已经创业多年，有了一定的经济基础，加上父母的支持，她在北京已经买房。郎菊香的父亲是从仙桃教育局的副局长岗位上退休的。郎菊香的父亲退休后，郎菊香的父母都去了北京，居住在郎菊香一百多个平方的房子里。

郎菊香的父母与桃媛姨一家是互相认识的，郎菊香和父母遇到李双庆他们一家，互相打招呼时，郎菊香的父亲看着李双庆问了桃媛姨一句："这是李小昀的弟弟？"桃媛姨随口"哦"了一声，大家都没往心里去。

半年后的春节，李双庆说准备和肖琴结婚，他要桃媛姨和家兴叔去肖琴家提亲。桃媛姨拿了十万元的见面礼和家兴叔一起去了华师肖琴的家，两家人在一起相处了两天。他们商定了李双庆与肖琴的结婚日期和具体事项，准备几个月后的"五一"结婚。

还没到"五一""三八"妇女节的时候，桃媛姨接到了肖琴打来的电话，内容并不是祝桃媛姨"妇女节快乐"，而是哭得伤心伤意，说："妈妈，李双庆不要和我结婚了。他要我把自己的东西全搬走。"

桃媛姨安抚了肖琴几句，立马买票去了北京，赶到儿子的租住处。房子里乱七八糟，像没人居住的一般。李双庆下班回来，看到了母亲，但并没有吃惊，也没有改变对肖琴的态度。

桃媛姨反复盘问，李双庆才说："和她在一起太累了。我每天上班回家，没吃没喝的还要伺候她吃喝，她从没有做过一顿饭；找工作也不诚心，每次找到一份工，去上班不到三天就辞职走人。哪里有毫不费力只挣钱的工作呢，她完全不能吃丁点儿苦，只想坐在家里等吃等喝，我没得那个能力养活她。"

肖琴听到李双庆数落自己的不是，跪在李双庆面前说："我改！我以后改掉这些毛病，改掉所有的缺点。我不能离开你，我不想离开你！"

李双庆态度坚决，桃媛姨的劝说也没有效果。

肖琴搬离了李双庆的住处。桃媛姨陪伴了肖琴两天，又陪肖琴回到武汉华师，把肖琴交给了肖琴的父母，又给了两千元钱肖琴后才回仙桃。

桃媛姨回家后，仍然通过电话劝说李双庆："她年轻不懂事，她愿意改掉自己的娇气，你就给她一次机会吧。"

李双庆说："江山易改本性难移。她父亲就是游手好闲的人，说起来是大学老师，一辈子什么成就都没有。她父亲除了应付几节课，剩下的时间就是喝酒、打牌、下象棋。她像她父亲一样，只图享受，比她父亲还懒，连工作都不想干，巴不得做全职太太。年纪轻轻不出去找工作，在家又不做家务，我和她结婚了我养得活她吗？"

桃媛姨无话可说了，只在心里可怜肖琴。桃媛姨想不通，这个肖琴和李双庆谈了那么久的朋友，婚期都定了却连个结婚证都没有拿到手；更让桃媛姨想不到的是，五月一日，李双庆按原定婚期结婚了，结婚对象不是肖琴，而是郎菊香。

他们的婚礼在仙桃桃园酒店举行时，郎菊香的父亲在致辞中说："我第一次看到李双庆，就觉得这就是我要找的女婿！这个小伙子肯定就是我家的人！"

桃媛姨又是欣喜，又是心酸。她不知道自己的儿子是何时与郎菊香心心相印的？同时，桃媛姨也希望肖琴能早日遇到属于她肖琴的有缘人。

桃媛姨希望肖琴也能像自己的儿子一样，遇到一桩由真爱组成的婚姻；她祈祷自己的儿子、媳妇，还有像肖琴一样暂时没有遇见爱情的人都能在充满爱的生活里永远幸福快乐！

李双庆和郎菊香已经是合法夫妻，桃媛姨在心里祝愿自己的儿子媳妇在往后的人生旅途中，自强自立又互帮互助、互敬互爱；希望自己的儿子媳妇在以后的生活中不仅有明辨是非的能力，又能勇担责任、深明大义。

第一十三章　非同寻常

1

时间过得飞快。我还没确定我此身的职业应该是什么时，我发现自己当老师已经有三十年时间了。我不得不确信自己这辈子的职业就是教书。

在已经过去的三十年的教书生涯里，我有二十六年的时间是在教数学。我喜欢数学，我喜欢讲数学，我喜欢在数学课堂上演示自创的动态小操作。

有了多媒体后，我觉得上课是件特别开心的事。我几乎是每节课都用到多媒体设备。

只要是我的课，每次上课，我都是在课前 5 到 10 分钟进教室。一进教室就推上闸刀，插上电源线，启动电脑，打开投影仪，以便讲课中随时启用。

一天早晨，我和以往一样，开着电脑和投影仪，正在投影仪上评奖作业，"咚咚，咚，咚咚，咚咚，咚咚咚……"

学生呵呵呵地说："又来了！"

我正准备去把喇叭调整为静音，它不唱了。

"停了，停了。"学生开心得不得了。

像这样课堂上无缘无故地响起震耳的音乐，在我们班这是见多不怪的"旧闻"了。这种突如其来的听闻节目，断断续续地播放已经有一两个星期了。我也没太在意，继续上课。

没过几分钟，"咚咚咚，咚咚，咚咚，咚咚咚……"音乐又想起来了。我估计和之前一样，几秒钟后它会自动停止的，就站在讲台上等着。过了一两分钟，它还没停止。我不耐烦了，去重起了电脑。

我继续上课。

正在讲课中，"咚咚咚咚，咚咚咚，咚咚，咚咚，咚咚咚……"它又响起来了。

"哈哈，哈哈，哈哈，哈"学生笑得前仰后合。我拿起电话，从信息技术中心到后勤总务处，咨询了一大圈人，除了"不可能吧？"没有一个可以用来操作的答案。

勉强上了一节课后，我走出教室又咨询了一圈人，还是没有得到正确的结论。我重新查看了电脑属性，把任务栏中不用的图标都删除。

下一次，我又去上课。和往常一样，我照样打开多媒体，它照样时不时地"即兴"唱首歌，这次居然唱出了学生熟悉的"企鹅舞"曲。

听到熟悉的音乐，学生情不自禁地走下座位跳起了企鹅舞。我莫名其妙地看着电脑屏幕，屏幕上仍然看不出任何异样。这节课，从上课开始，我也确实没动过电脑，没碰过鼠标，电脑桌面上也没有任何变化，就是平白无故地蹦出了声音。

我拿起鼠标，退出任务栏中的所有嫌疑程序，它照样自由自在地唱一唱，停一停，再唱一唱，停一停……

"老师，'静音'啊！"学生又帮我出主意。

"我不想'静音'，我想知道为什么。"

这次课上反复响起音乐，让我极想弄明白究竟是怎么回事，我就这样真实地回答了学生。

"我爸爸肯定知道""我哥肯定知道""我爸爸可能知道吧"，一堆学生毫无保守、毫无吝啬地向我推荐他们各自家中的电脑高手。

"你们帮我问问吧。我问过了我们学校好多老师，他们都不知道为什么！"我无可奈何地求助我班级的小朋友们，希望他们能帮到我。

第二天，一位同学的叔叔来到教室里，我喊来学校多媒体办公室的关老师，他们俩花了近一个小时，终于解决了这个非同寻常的问题。

2

暑假到了，我们开始了每年一次的暑假生活。到这个暑假，儿子在上海工作时间已经一年有余。

暑假长休，我和田宇峰来上海住了两个星期。其间，我们花了一整天的时间去世博园看了一圈。

那天，我们三点多钟起床，收拾好随身物品，从儿子的住处出发时已经四点钟了。叫上的士，到白莲泾入口时是四点二十。

我们这么一大早就起床出发，就是想拿到中国馆的预约券。没料到，当我们进到入口排队时，已有四列二十几米长的队伍了。天啦，比我们还早的人有这么多呀！我们还能拿到中国馆的预约券吗？

一边担心，一边坐在自带的小凳上干等。大约坐等了三个小时，在七八点钟的时候，第一道门打开了。

人们全是百米冲刺的速度冲向中国场馆预约券的发放处。这儿也是排队，但不是直直的队列，而是八卦阵似的回形针队形。

又等到了九点多，开始进场安检、发预约券。还好，我们一行三人都领到了中国馆的预约券，进馆时间显示是下午三点半到四点半。

虽然这并不是规定的严格限制的进场参观的时间，但大致意思是我们属于能在当日参观中国馆的人群里的末尾一部分了。预计等我们前面的一部分人参观了出来，我们再进去至少要等到下午三点以后，所以我们想把这等待的时间用来参观其他馆。

为了很好地利用排队时间，合理安排活动项目，我们选择首先参观离中国馆较近的沙特馆。当然，沙特馆也需要排队，而且根本就没有不需要排队的场馆，只不过排队时间长短不同而已。

沙特馆前也是大大的回形针队伍，我们在这里又足足地等待了一个半小时才进入。进门之前，我往我们身后望了一眼，花花绿绿一大片排队的人群。估计最后的人至少要排队等候三个小时才能进馆。我在心里说：那后面的人真傻，排得那么远，为什么不去人少的场馆去排队，为什么不把这大片排队等候的时间用来多看几个场馆呢？

也许有人是有目标，有特别的意向来定点参观的，我们不也是只想参观中国馆吗！

3

借世博会的机遇，李小昀他们大学同学组织了一个同学会。曾与李小昀交往过一段时间的那个男孩也在同学聚会之列。

那个男孩主动与李小昀叙旧，说自己已经结婚，老婆如何如何漂亮。说着说着就开始说老婆如何如何愚蠢，什么事情都做不好，光一个身材好，瘦得可怜，在一起睡觉像抱着一根树杈子。听得李小昀差点恶心到呕吐，赶紧去倒了一杯开水，挤到同学堆里和其他同学坐一起了。

同学会后，李小昀开始思考自己的婚姻问题。李小昀在北大当老师，她有一个学生徐劲松，东北人，高高大大的，很有男子汉气魄，对李小昀很好。

徐劲松几次向李小昀求婚，李小昀没答应，因为他比李小昀小九岁。现在，李小昀觉得，两个人是否合适在一起与年龄无关。肖琴比李双庆小两岁，两人在一起相处，仍然不和谐；郎菊香比李双庆大两岁，两人结婚后日子过得舒心愉快。

李小昀决定先了解一下徐劲松的家庭。

应徐劲松之约，李小昀与徐劲松去了一趟徐劲松的老家，东北的一个乡村。

徐劲松是独生子，家庭条件一般。徐劲松的父母对人很真诚。李小昀觉得徐劲松一家人除了东北人的豪爽、诚实、热心肠，还特别地宽厚、善良。他们特别尊重李小昀，对李小昀的年龄没有丝毫的介意。

李小昀从心里认可了这个婆家，桃媛姨没有发表任何意见。两年后，李小昀与徐劲松结为夫妻。他们分别在仙桃和东北徐劲松的老家都办了结婚宴席。

李小昀结婚的第二年，桃媛姨退休了。同年底，家兴叔辞掉了私立学校的工作，他们去了北京。

桃媛姨和家兴叔拿出了自己的积蓄，帮助李小昀小两口在北京买了一个一百多平方米的房子，和李小昀住一起。

他们在北京仅仅住了半年，家兴叔就要回来。

家兴叔和桃媛姨回到老家，在老家康家台包了几亩地种橘子。三年后有了收益，但收益并不大。桃媛姨和家兴叔又坚持了两年，觉得不挣钱，他们把果园转出去了，落了个保本。

家兴叔不甘心，又回到私立学校，桃媛姨又陪着家兴叔去仙桃住。

家兴叔这次回去，私立学校换了承包人。这个承包人聘用家兴叔为校长，桃媛姨为学校的会计。夫妻俩完完全全地以校为家啦！

我问桃媛姨："您和家兴叔有这么喜欢当老师？"

桃媛姨说："也不是喜欢。只是你家兴叔习惯了这种生活，离开了这种环境他觉得很无聊。我仅仅只是为了陪伴他。他这么大年纪了，还要担负那么重的工作量，我在那里多少可以分担一些。而且，万一他哪天身体不舒服，我在那里也有个照应。"

"桃媛姨，您太伟大了！作为女儿，对父母尽心尽孝；作为妻子，对丈夫尽心尽意；作为母亲，对子女更是尽心尽责。难怪人说'一个好女人幸福三代人'，像您这么贤惠，何止幸福三代人！"

"我就是不讨学生喜欢。"

"这个难说。学生喜欢的老师不一定是好老师；学生不喜欢的老师不一定是坏老师。而且，有的学生懂感恩，知道良药苦口利于病；有的学生不懂感恩，觉得忠言逆耳，把老师的苦心全当作仇恨。"

"确实。我这个嘴巴就是喜欢说，无论什么样的孩子，只要在我班上，我都喜欢说他几句。但一般有出息的孩子他才懂得感恩，无出息的孩子他会

一辈子只记仇。"

"嗯。有一些学生无论老师怎么批评他，他都不怪罪老师，觉得老师是为他好。有些学生相反，总认为老师就是瞧不起他，轻视他，故意打击他。不过，老师批评学生确实要讲究方式方法。但老师不是圣人，总有失误、总有连老师自己都觉得没有尽心尽意的地方，这就需要学生有悟性，能从老师平时的言行中判断老师的本意，理解老师的本心。"

"再好的教育，学生不能接受甚至反感，那就是失败的教育。我自认为我当老师是不成功的。"

"您也不能对自己要求太高。我觉得您的工作效果很好。一般情况下，老师的工作是无法定量的，教学效果是无法衡量的。负责任的老师总觉得自己做得不够好，因为人的潜能本来就是无上限的。只要不是把学生当赚钱的对象，把教学当作谋生的手段，能从学生的良好发展出发来教育学生就是好老师了。"

"好老师不一定有好的教学成绩。"

"所以，不要太看重教学成绩。教学成绩不能代表教学效果。教育学生成为一个积极向上的人更重要。我也不是一个好老师。冷静的时候还知道要体谅学生，要换位思考，要用学生乐于接受的态度、学生感觉舒心的情绪和学生能感受到关爱的言行去教育学生、去感化学生。而情绪上来的时候，把一切教育理念都抛到九霄云外，这一点我做得实在不好。有时候想一想，我真想提前退休，我觉得教师这个职业太需要教师有很强的综合能力了，我的能力还不能很好地胜任教师这个工作。"

"任何工作，要想做好都不容易。尽心尽力吧。"

4

2017 年春节，我高中的同学们在微信群相约，筹备于 2017 年的 8 月 8 日在仙桃办一个同学聚会，有意参加的同学每人出资两千元。通知一出来，我立马报名，并转账 2000 元。

2017 年 3 月，我到了退休年龄。3 月 8 日，学校召集本学年退休的老师开了个联欢会。学校工会送给刚退休的三位老师每人一束花和两百元购物券，感谢我们在教育工作中的付出，祝愿我们退休生活惬意舒心，天天快乐。

我被宣布退休的第二天就到上海，在照看孙娃的职位上岗了。我生日的那一天，田宇峰用微信给我发了一个红包。我心中窃喜，原来他一直没给过我生日礼物是因为在一起没必要用礼物"表达"，现在一分开，就想到红包"传情"了。我乐孜孜地点开，一看是 1.20 元，我瞪大眼睛看了两遍，确实是 1.20 元。"哈哈哈"，我刚一笑出声眼泪就出来了。

我不知他是不是在闹着玩，但看他给我发了短信说"一点爱意"祝我"生日快乐"。我哭笑不得——田宇峰一个月工资七八千，我过生日，他从来没给我半分钱的礼物；与他结婚三十几年了，好不容易潇洒一次，居然给我发个一元二角钱。一万二千元舍不得，一千二百元都不行啊？怎么想出一元二角来，是说要和我永远分居吗？

我没有给田宇峰回短信，因为我既不想说他侮辱人，也不想说他真浪漫；想起他一直以来对我的吝啬，既不想说他没格局，也不想说他真可怜。我就当没有出现过红包这件事一样，将"红包短信"直接选择"过"。

我也没跟任何人说田宇峰给我"微小红包"的事儿，因为没人会相信他小气到这种程度；如果有相信的，人家肯定以为是我把钱看得太紧，害得田宇峰手里钱包空荡荡的才只有这一点点儿钱。

其实，田宇峰的钱从来没有给过我。刚结婚时，工资低，他不仅没给我家用，还让我把结婚收的礼金钱送了二百元给他大姐，借了一百五十元给他二姐。我怀孕了，钱更紧张，他知道后不仅仍然不给我家用，还送了一瓶罐头给我说："这是学生家长送给我的，我舍不得吃，给你了。我身体也不好，我准备从今天起每天吃一瓶罐头，四个鸡蛋。我的工资也只刚刚够用，也没有多的。"

我当时说："行行行，可以。我又不是像人家怀相不好，吃不得东西要另外买吃的，你把你自己身体管好就行了。"

没想到他来一句："哎呀，那些怀相不好的女的，一会儿想吃这，一会儿想吃那，其实都是自己想吃，都是养了自己的身体。那些老想东西吃的哪个不是长得胖胖的，哪里吃到吖儿身上了？"

我一听，这才明白，他不是工资没有多余的，他是不愿滋养我。我在心里冷笑一声，没有与他辩论过他应该给我家用钱的事。那时候，我的生活非常清苦，而他的工资自己留着从没给过我一分钱。我记得我每买一次菜都是管几天。如，一个拳头大的萝卜就是我一天的生活，把萝卜皮削下来用盐腌了晚上炒着吃，削过皮的萝卜弄一碗汤中午吃。左邻右舍看我这样的日子没有不说我傻的，都说我应该让田宇峰把工资给我做家用。但我觉得他不想给我家用钱，就是他把我这儿没有当他的家，随他去吧，大不了我就当没有丈夫的。

田宇峰不仅不给我钱，还老查我的账。有一次，他周末回家来又查我的账，对我说："发工资了，你上个月的工资用完没有？"

我说："早用完了。差点接不到这个月。我爸上次住院，我交了30元钱，搞得这几天买菜都没钱。"

田宇峰听我说到给了我父亲三十元钱，一个字都没说，转身出去，自行车一蹬就走了。我知道他又去给他妈妈汇报去了，我也没有问他干吗去，什么时候回家。过了近一个小时，他回家了，笑嘻嘻地进门来。我看他想与我说话又不知如何开口的样子，就主动对他说："在哪里坐磨子了的？"

"什么意思？"

"我看你像是一旋就走了，以为你今天不回来的，怎么又想转了，又回来了？"

"我又不是说你给钱给拐哒。我是说你没有商量我的。"

"呃，真的呢，我怎么没有去商量你了再把我父亲弄到医院去呀？我父亲生病住院了，你去看望过没有？我怎么商量你呀？"

"我不晓得你父亲住院了，你怎么不对我讲呀？"

"真的！我父亲也是的，要生病了都不通知你一声？我也是蛮憨，和你过了这么久都不知道你是个吃软饭的？"

此话一出，田宇峰立马涨红了脸生气地反问："我像哪吃软饭啦？"

"你360元钱结婚。结婚酒席过后，你让我给200元钱你大姐，你说她遭业，我觉得她是蛮遭业，我亲自给她把200元送到她家里；没过一个月，你说你二姐跑手扶拖拉机没钱开张，要我借200元钱她，我又跑到银行取存折，把存折和我荷包里的钱都掏干了只有150元，你一分钱没掏出来，只对我说：'那就150吧'，我又亲手把钱放到了你二姐夫的手上。从谈朋友到结婚再到现在，你在我这里白吃白喝也就算了，你还老查我的账。我以为你查我的账是关心我，会在我没钱的时候给我钱，可是从结婚到今天，除了给我 360 元钱结婚用，你再没给过我一分钱吧？从结婚开始，你每次来都查我的账，目的是什么？你又没有给我一分钱家用，你查我的账不就是想我的钱吗？你是不是觉得那 360 元钱里还有 10 元钱没要回去？你是不是想我帮你养家糊口？你没有养老婆的意识，连养孩子和家用都用老婆的这还不叫吃软饭？"

他一声不吭，下一个星期，他把工资给了三分之一我，却说："你帮我存着吧。"然后，第二天不知是什么原因和我吵架，冲口就说："把老子的工资拿来。"我立马把他工资退还给他了。

几十年过去了，他的钱从来没有交给我一次，我都不知道他的钱干什么用了，居然只有 1.2 元钱用来给我发红包？

5

2017 年"五一"休假，我从上海回到荆州，田宇峰的同学，舒明义接我们吃饭。舒明义打电话给田宇峰说："明天是我老婆 50 岁生日，你和万一恋一起来玩吧，来陪她吃个饭。"

第二天，我们买了一大束花，去舒明义家玩了一天。晚上，我们回学校时，舒明义亲自开车把我们送回来，还执意要给田宇峰一条烟。舒明义对田宇峰说："女儿孝敬我两条烟。我今天心情好也有你的功劳，与你分享一条吧，谢谢你陪了我们一整天。"

田宇峰接过那条烟一看，是"1916"，特别感动地对舒明义说："这烟太好了，不能要的。你等一下，等一下，我去对面铺子里拿点东西，你就在这里等一下。"然后，田宇峰又对我说："你就在车上不下来，免得他（开车）走了。你等我拿点东西来了你再下来和我一起回去。"

我真的坐在车上与舒明义聊天，等待田宇峰从学校门口的小卖部拿东西出来。

过了大几分钟吧，田宇峰跑回到车上，把一包烟塞给舒明义。舒明义拿起那包烟一看，是几元钱一包的红金龙。张口就对田宇峰说："你要我到这里等到等到，就等到这包烟吵？你还要你老婆到这里守到我，我把车停在这里，生怕交警来贴我的罚单，搞了半天你就买了这包烟？老子这半天提心吊胆的，精神损失费都不止这包烟的！"

感觉田宇峰红了脸，笑着说："这烟十元钱一盒，我还跟他讲价了，九元钱买的。"

我一听，"扑哧"一声笑起来。我觉得这个田宇峰太搞笑了，人家给他一千多元钱的一条烟，他回给别人一包9元钱的烟。但我还是赶紧给他们解围说："门口的小卖部，肯定是只有这烟，冇得好烟了。"

舒明义又笑着转向我说："没的好烟，就这烟拿一条不行啊？还搞得作古正经要我等到，我说拿什么的，结果就拿一包这烟来。"

听到舒明义这么说田宇峰，我想起田宇峰给我的"一点"红包，笑得更厉害了。我呵呵呵地笑着对舒明义说："田宇峰对你是够大方了。你今天陪他一天，他就花了九元钱给你买礼物；我陪了他几十年，他只花了一块二角钱给我了一个红包。"

"什么包一块二角钱？那地摊上的钥匙包？"舒明义没听懂。我补充说："是用微信发的红包，送给我的生日惊喜。"

"你过生日，田宇峰用微信发给你一块二角钱的红包？"

"嗯。"

"那你还要啊？你把红包点开，花的流量钱都不止一块二（角钱）的！"

"呵呵呵，我开始以为是1.2万呢，我哪个晓得他给我的是1.2元呢！我们结婚有三十二年了，他从没给我任何生日礼物。今年，我退休了，在儿子那里带孙娃，生日那天，他发给我一个红包。我一惊，心想：几十年的工资没给我见面，原来是攒起来给我惊喜的。我点开，看到'对方开启了延期到账'，你说我怎么会怀疑只有块把钱呢？"

"哈哈哈，田宇峰啊，你给万一恋一块二角钱的红包？还设置了'延期到账'？"

田宇峰说："'延期到账'是最开始设置的，不是专为她设置的。她过散生么，又不是整生。她六十岁的时候，我给她六百六十六元的红包。"

舒明义仍然是带着笑脸反问田宇峰道："如果你给万一恋六千六百元，你拿不出来呀？你知道什么叫做人都不大吗？万一恋是你孩子的母亲，她给你生了那么聪明的儿子，她过六十岁生日，你给她六万六才正常，你给她六十六万六都不算多。你的工资不交给她，又舍不得给她买礼物，你把钱留着干什么？"

"她跟我生了个儿子？她跟我生的儿子也是她的儿子呀！我哪里有钱啊？我田宇峰把自己卖了都没得六十万。我的那点工资放在那里还不是存着，我死了还不是都给她用。"田宇峰振振有词地回驳舒明义。

舒明义一听，像喝过酒的，拉着田宇峰的胳膊并看着田宇峰的脸说："是她的儿子，当初你为什么不让她的儿子跟她姓？你活到，她都用不上你的钱，你死了她需要用你的钱吗？再说，她又不是你的晚辈，你怎么知道你会死在她前面？你怎么能断定，你把钱留着，她就肯定可以等到你先死了，她去用你的钱？你这几十年的工资，一年五万有没有？一年五万，十年就是五十万，你在荆州这二十几年了，六十万块钱都没得？田宇峰啊，你是不值钱，像你这样的人是卖不到六十万！"说到这里，舒明义又转向我说："这个田宇峰不是个东西。万一恋，你跟我到我家去，我就是你的娘家哥哥，我养你。这个田宇峰太轻视人了！"

舒明义的这一番话让我觉得田宇峰真是福气好，身边居然有这么明事理的一个同学，特别是那句"我就是你娘家哥哥"把我眼泪都说出来了。幸亏是晚上，要不，就被他们发现了我的窘态。

但是，我太了解田宇峰了，无论多么在情在理的话，只要不是从他母亲嘴里出来的，他都听不进去的，说再多都是白说。于是，我赶紧忽略脸上的泪水笑着对舒明义说："关键是我这个人争不起那个气啦，离开田宇峰了，我活不成啊！今天就不去你家了，哪天他再欺负我，我就去你家啊。"然后，拉起田宇峰，一边跟舒明义说"再见"一边往学校大门回家去了。

6

第二天上午，舒明义的老婆电话约我去逛街。我估计，舒明义给她讲了先一天晚上的事，她是有意要陪我聊天解闷的。

果真，我们俩走在街道上时，她对我说的第一句话就是："昨天晚上，舒明义和田宇峰吵架了？"

"没有啊。舒明义对你说他跟田宇峰吵架了？"

"他一回家就对我说：'咧个田宇峰太小气了，对老婆都不大方。'怎么回事儿呀？他说田宇峰给你一块二角钱的红包是不是真的？"

"呵呵呵，是真的。田宇峰之前连一块二角钱都没有给过我。有一年春节，我们一家三口逛街，他荷包里装了一大摞新票子，有十元的也有一百元的。他把钱拿出来对我炫耀，我以为他想给我压岁钱，看我没开口不好意思给我，我就对他说：'呀，这么多新钱，给我多少钱的红包？'他说：'没得这事。我的钱干吗给你？'我说'过年呀，压岁钱呀。'他脑壳只摆说：'不给。肯定不给。'我又说：'你这么多钱，不给我就给儿子呀，过年咧！'他说：'儿子还是可以给。'这句话说完了后才从一摞钱里面抽了一张十元的钱给儿子。你说他这人是不是很搞笑。"

"咧还是你惯的。他不给钱你，你为什么不生气呢？他的钱不给你干吗拿出来给你看啊？"

"呵呵呵，这就是他与众不同的地方，这是他的原生家庭教给他的处世哲学。他的父母就是这样的。我们结婚时，他父亲还能自己挣钱，但他父亲一分钱的结婚费用都没给我们；我们结婚后，他父亲每天从湖里收两箩筐鸭蛋到食品去卖，然后到我学校吃中饭。每天来都是学校食堂已经关门了，我用一个煤油炉子煮米炒菜他父亲吃，他父亲没有给我一分钱的柴米钱，连卖不出去的破鸭蛋都没有给一个我。我也没计较。有一天，他父亲一边吃饭一边跟我聊天说：'这卖不出去的鸭蛋用盐腌成咸蛋蛮好吃。上次，我拿了一坛子给老大了。'我一听，心想，他是不是说想送咸蛋我吃，怕我嫌弃是破损的蛋腌制的呀。我就说：'呃，咸蛋是蛮好吃，这损壳蛋腌咸蛋是一样的。宇峰每天早晨过早都是几个光馒头，菜都没得，您也可以给宇峰送咸蛋啊。'你猜，田宇峰的父亲怎么说？"

"怎么说？"

"他父亲说：'他没菜吃啊，家里有盐菜，炸胡椒也可以。'我说：'盐菜炸胡椒没营养的。'他父亲又说：'那就只有咸蛋了。一个星期七天，星期天不在学校，还有六天，不能送六个蛋啦，就五个蛋。'我说：'可以。'等到下一个星期一，他父亲特意送了五个咸蛋到田宇峰的学校。他父亲没有送到我学校让田宇峰从我这里拿，你说他是不是怕那五个咸蛋被我吃了？而且，他父亲给他送去了还给我汇报，他父亲可能是看我没有给五个咸蛋的钱他，他送了一次就不送了。你看，我厚起脸找他父亲讨要了一番，他父亲就给了五个蛋。当时，我怎么都想不明白，他父亲舍不得给咸蛋我为什么又要对我讲。我也不知道为什么他父亲老找我要吃要喝要钱又从不愿给我丁点儿东西？"

"啊！不至于吧？"

"哎，你不晓得。他父亲和我们住在一起的时候，有一次，我们在一起吃饭，田宇峰就玩味儿，要我给他盛饭，说要吃稀饭。我拿起田宇峰的碗给田宇峰去盛稀饭，他父亲以为我是为自己盛饭的，就对我说：'这是给宇峰的，我特意留着给他吃的。'一边说一边跟在我后面恨不得把我手上的碗夺去。他父亲看我是给田宇峰了还说一句'是给他的哟'。你说好不好笑？"

"你不生气啊？"

"我快气死。当时我什么都没说，就是从此，我每顿到餐馆吃饭。吃了两三天他父子俩才反应过来。到第四天中午，我回家时才看到他们把饭菜摆在桌上，还没有开始吃饭。我只当没看到的，放下书本就出门准备再去餐馆吃饭。田宇峰拦着我说：'就在家里吃饭。我们都还没有吃，我们在等你回来吃饭。'我才在家里吃饭。"

"平常，他们吃饭不等你？"

"还等？菜都不留。他父亲给我带过一年孩子，每天中午我炒四个菜。锯末子炉子做菜很慢，我一边炒，他父亲一边吃，等我菜炒好时，桌上的菜已经吃光了。后来，我把每样菜炒两碗，等到我把菜炒好，桌上的菜是还剩下一两碗，但已经到下午上班时间了，我没时间吃饭了。他父亲丝毫没感觉，从没说过'你先来吃'吧。我也问过田宇峰，他说：'我们家里等不好。我大哥当过赤脚医生，我二哥是会计，他们都不能按时吃饭。'我说：'为什么不留菜呢？'他说：'遭业的要死，哪里有菜啊？盐菜炸胡椒都只有一点点儿。'田宇峰说他父亲是只顾自己，他给我讲了我儿子十个月的时候，他父亲带我儿子到田宇峰的学校去隔奶时的一件事。有一次，厨房里做了鱼，田宇峰就买了一条鱼让他父亲先喂给儿子吃。结果，等田宇峰来吃饭时，只剩下一点儿鱼刺了。你说十个月的孩子能吃多少鱼？之前，他们姊妹饿得在地上躺着坐不起来，他父亲雷打不动每天早晨一个红糖鸡蛋花，中午一顿酒。田宇峰还说他妈妈蛮好，好吃的东西就先给他们吃，不好吃的东西就自己先吃，然后，过半个小时了就对他们说：'这东西没问题，可以吃。'再端出来给他们吃。"

"他父母是这样的？"

"就是呀，我蛮不习惯。我父母都是互相谦让，对子女更是自己吃不成都先管儿女，他父母完全相反。平时，他母亲嘴巴上还说要谦让，他父亲一丁点儿这意识都没有。他父亲除了保证田宇峰的大哥不饿死，还把他大哥送到学校读书，其他五个孩子完全是自生自灭。我开始不知道，和他母亲聊天，我不好说他父亲没给我留菜，就对婆母说田宇峰父亲没给田宇峰留鱼的事。我婆婆说：'过荒年的时候，有人还吃自己的儿子。不忍心下口就和别人换儿子吃。我们后头的张家的老头子，弄点粥吃，那吖儿要，他给吖儿吃了，自己又弄点糊糊吃，吖儿又要，他把一锅糊糊强迫那吖儿吃下去。吃得那吖儿翻白眼他还不依，还往那吖儿嘴里灌。我们在旁边都劝的劝拉的拉，才把那吖儿抱过来。他说那吖儿找他要了吃的，边骂边往那吖儿嘴里倒，差点把那吖儿灌死了。你说他拐不拐？我们屋的你公公，还特地把自己的粮食拿回家，吃不完的还让给我们一家人吃。当家人么，肯定是要自己先吃饱啦，自己不吃饱哪有力气管家管吖们呢？'你看，我婆婆是这种观点，你说田宇峰怎么会对我大方？田宇峰对儿子都不大方。我儿子读小学的时候，荆州最差的冰棒是五角钱一根，稍微好点的就是一元两元，田宇峰每天给我儿子四角钱的早餐费。我儿子说吃不饱，我就每次给五角钱，田宇峰知道了把我嗷了一老餐，说我不该给儿子的早餐费涨价，我儿子就不敢要五角了。田宇峰自己每天早晨在早餐店吃多好，他父亲每天早晨的蛋花加面条，中午晚上两顿酒，就是不给儿子吃饱。你说这种人他会大大方方地给我什么？他的父母这种育儿观怎么能教育出一个仁义宽厚的儿子来？我不理解的就是田宇峰读过书，也算是在社会上混了这些年，他怎么就那么没见地？"

"你恨不恨他？"

"不恨。我只可怜他。他其实没有享受过真正的父爱和母爱，所以，他不相信人除了谋求衣食住行，大脑里还会有道德情义存在。他时刻担心他没钱了，大家都会看着他饿死而不会给他半粒米的救济。他最大的优点就是把自己的生命看得重，很怕死，不敢做害人的事。他的一切行为都是为了更长久地保自己的命，比那些不养家还败家的人强一簸片。他主要是不相信世上会有无私的爱。他知道我对他很好，他却很担心地对我说：'别人说哪个对你很好就是做了亏心事。'我一听知道又是他母亲对他说的。我就问他：'你有没有问你妈妈，今天能不能跟我睡瞌睡？'他又不作声了。第二天中午，他对我说：'我又没有把我们的事讲给我妈听。'你看，你说一说你的看法，你说他有没有跟他妈妈讲。"

"没想到田宇峰还是个孝子，什么都听他妈妈的。就是有点儿'愚孝'，不能选择性地听从。"

"这不是孝。从古到今该有多少孝子，谁像他这样听他妈妈这些话了？他是弱智，无能，起码的思维能力都没有。他妈妈给我讲过，田宇峰是他们家老幺，他妈妈觉得孩子多了养不活，怀他的时候就老在柜子边、床沿上勒自己的肚子，想把他弄流产，但他生命力强，没弄下来。我估计他是被他妈妈把脑子挤坏了，所以我不跟他讲什么，也不争他的东西，就当我是没有老公的。"

"这不可能。是你修养好。如果舒明义是这样的人我绝对受不了，至少要吵架。"

"那就是你没有碰到田宇峰这样的人，如果你碰到了，你就会发现吵架不顶用。跟他说什么他都听不懂。有一次，我对田宇峰说：'我还是个处女'。我的意思是说从感情上讲，我是没有丈夫的人。他说：'孙娃都要结婚了，还处女！'"

"呵呵呵，不是他不理解，我都不理解。你讲话太含蓄了。"

"含蓄一点，就是明知自己不能改变他，但想安慰一下自己！我这样就可以自己骗自己说：'不是他对我无情，是我自己没有申明自己的立场'。"

"我理解你的心情。难怪舒明义那么伤感的。舒明义是蛮重情义的人，他觉得田宇峰对你太不讲情义了，他要我劝你想开一点。我没想到你过日子过得这明白，你能这样淡然处之就好。夫妻也是各自走自己的人生路，能挽手并行是一种享受，不能挽手相扶持，各自独立，自己找到自己的平衡点也能稳步往前行。"

7

2017 年 8 月 1 日，我从上海回到老家，准备在老家陪父亲住几天后去仙桃参加同学会。

回家后才知道父亲已病了很久，最近的两个月常去医院，这个星期医生都不愿意给父亲用药了。我去请医生，医生说："他郎（方言，意为：他老人家）已经不行了，所有器官都老化了，经不起用药。不是我们不肯用药，我们是怕他郎出意外，油尽灯枯了，我们不敢接手。"

"那就让他在家里用药吧。麻烦您到我家里去一趟，给他注射一些营养药吧。"医生都是熟识的人，他们派人来家里给父亲注射了葡萄糖。

8月3号晚上，93岁的父亲离开了我们。父亲是听说自己器官老化无药可救了就偷吃了呋喃丹提前与我们分别的。

8月7号下午，高中同学打电话来说："你怎么还没到？我们今天早晨就来了，他们几个昨天就来了，你到现在都还没来？"

我这才又想起我还有一个同学聚会。我不可能去参加同学聚会了，但我不想告诉他们实情，只说："啊！我忘记了，现在已经来不及了。算了，算了，这次我就不来了。下次聚会我再参加。"

"来得及。明天的正式聚会，你坐飞机来。你现在就去坐飞机。"他们以为我人在上海。

我说："不行的。我什么都没有准备，我儿子媳妇都不知道我要参加同学聚会，他们也没有准备，我来参加同学聚会，我孙女怎么办？"

同学生气了，连问我三句："你不来？同学聚会说了那么久你忘了？我喊你来，你都不来？"

我只好说："我真来不了。你去喊叶金枝吧，让叶金枝代替我参加聚会。"

叶金枝真的和她老公一起参加了由我们高二（1）班同学组织的聚会。事后，叶金枝给了我一张聚会时的合影，并告诉我聚会的细节。从叶金枝的讲述中我知道了当年带高中毕业年级的老师和同学们的近况。比较让人唏嘘的是教过物理课的邹老师和曾教过农机课的向老师，他们两位老师都没有去聚会现场。

除了邹老师和向老师，其他老师基本上都定居仙桃，也都去了现场。组委会给每位老师买了一套床上用品和一箱礼品糕点，没去现场的老师也准备了同样的礼物。

我也知道了这两位老师为什么没有去现场的缘由。

当年改革开放，邹老师、向老师和郭河中学后勤部的武主任三人承包了郭河中学的校办工厂，主要做无纺布生意。武主任主要搞管理，邹老师和向老师负责采购和销售。

开始几年都还可以，后来被人骗了一笔巨款，让工厂损失了近万元。校办工厂被迫关闭，邹老师和向老师各分了三千多元钱的债务，武主任分得几百元债务。

清算下来，向老师选择分期还款，每月从工资里扣除 20 元钱还给债主；武主任用自己的存款一次性还清了债务。

邹老师看着向老师一大家人每月用还款后剩下的三十几元工资，全家人每天吃咸菜，觉得这种日子太难熬了。邹老师觉得这种紧巴巴的日子自己一个月都受不了，要坚持十几年根本不可能。邹老师觉得自己读书时成绩那么好，做生意怎么会比不上他人呢？

邹老师坚信自己智商、情商在线，挣钱的事应该是难不倒自己的。邹老师找亲戚朋友借钱，也找他人贷款，不仅一次性还清了债务，还给自己的儿子买了一辆中巴车，让儿子经营郭河到仙桃的客车线路。

可是，儿子没跑几天就出了车祸，本钱都没赚回来，又倒赔了一把。儿子卖了车子勉强收回了个本钱，再不敢开车了，在家开了个小卖部。

小卖部的生意还可以糊口，就是没钱还债。亲戚朋友借的钱好说，贷款是有期限的，时间一到人家就上门来要钱。一次两次找理由推延，次数多了，人家就不耐烦了，要把邹老师送派出所。

邹老师怕影响儿子的生意就躲到外面。洪湖、监利、天门等地，就是在沔阳周围的县镇，租个房子平常做戳戳生意（方言，比较随机的小本生意），逢年过节就画画、写对联卖。

偶尔回家来，一回来就被债主逮住，被扭送到派出所去。后来，邹老师就不敢回来了。偶尔会夜晚回来一趟，第二天清早就离家走了。儿子结婚、姑娘出嫁，邹老师都没有回家，只有一封信寄回来。

邹老师好不容易慢慢还清了欠下的债务，回到家里接手儿子的小卖部，他又没那个耐心，把小卖部给转出去了。

也许是那些年在外闲荡惯了，在家憋不住。邹老师自把小卖部转出去后，经常往外面跑，也不知他在忙一些什么。听说做过一笔煤生意，把一个曾教过的学生快害死。

邹老师有一个曾经教过的学生在开大型工厂，邹老师弄了一批煤卖给这个学生。结果，这批高价煤根本烧不燃。学生亏大了，又不好说邹老师的不是，这个学生的老婆气得要离婚。

在我们同学聚会的一个月前，就是 2017 年的 6 月底，很少回家的邹老师中午回家了。邹师母问："恁那哪么回来了？"

"呃，我回来帮你办菜园子的。"

下午，邹老师还真的拿着一把锄头到自家门前的菜地里除草，干了一两个小时的庄稼活。

吃过晚饭，邹老师毫无异样地与邹师母聊天，就寝。

睡到下半夜，快天亮的时候，邹老师突然说自己人不行了。邹师母问："不舒服，要去医院吗？"

"嗯，嗯嗯。"

"钱在哪里？你的钱放哪里在？去医院要钱啊，我拿了钱，我们就去医院。"

"嗯嗯嗯，报报报……"邹老师努了努嘴，"嗯嗯嗯"地没说出来一句完整的话就出不来声了。

邹师母顺着邹老师眼睛望着的方向问："钱是不是放在柜子里？"

"嗯嗯嗯。"

邹师母打开柜子，没看到钱，上下翻看，没找到钱。放衣服的档板上、放杂物的抽屉都没看到钱或装钱的包包，只看到一摞报纸。

邹师母把报纸一张张抖开，终于找到了一千元钱。邹师母觉得邹老师的钱应该不止一千元，而且，一千元钱能不能够用也是问题。邹师母又把报纸扒拉了一遍，没找到另外的钱，只好作罢。然后，邹师母去喊隔壁左右的邻居帮忙。

等大家帮忙把邹老师送到医院时，医生说："来晚了，人已经走了。"邹老师的儿子带了钱赶来，要医生再看看，医生还是抢救了一阵，没有效果。邹老师不治身亡。

邹老师一生为钱，一生攒钱，一生攥在手里的钱从来不给邹师母保管。他应该没有想到，在自己急需用钱的时候，自己把自己给耽搁了！

8

向老师虽然没有出去挣钱，死守着工资还债、熬日子，但向老师的儿女都在学校安心读书，并且都考出去，谋得各自的饭碗。

其实，向老师一家人现在生活得很好，但向老师自己觉得，如果当初不是自己弃教从商，怎么会还圈在郭河？当年的老师一个接一个地调到仙桃，即使工作期间没调到仙桃，也在仙桃买了房，退休后搬到仙桃去住了。

向老师觉得，与自己身份地位差不多的同事，只有自己一个人守在郭河没有钱买仙桃城区的住房。向老师说自己不好意思见曾经的学生们，向老师觉得自己不是一个好老师应有的形象。

"袁承宏老师都参加了聚会，向老师还不好意思去？"我问叶金枝。

"是啊。个人的性格嘛！袁承宏老师又找了一个婆婆子咧。"

"嗯？不是说他老婆摘菱角时淹死了吗？"

"是啊，就是他老婆淹死了他才能又找一个呀。"

"这么一个不顾家的人还有人愿意和他一起生活？"

"他还有退休工资啦。再个，他不顾家出名了人家都不理他，他到外面玩不好了，就不出去玩了，安心在家过日子了。农村妇女嘛，只要有口饭吃就行，袁老师的工资管两个人的吃喝还是没问题的。"

"现在年纪也大了，可能没精力出去玩了。"

"嗯，这几年还蛮好，没听说袁老师出去输钱了。"

"袁老师也在仙桃住？"

"不在。在张沟。袁老师是在张沟二中退休的。张沟二中就在张沟医院旁边；如果要到仙桃去办事，坐一路车也蛮方便，他没有到仙桃买屋。好像他的两个儿子也没有买房子，说两个儿子都过得满艰难。"

"哦！这人，真是太难说了。好坏对错一言难尽啊！你看那个向老师克勤克俭，养家糊口，把儿女拉扯大，个个安顿好了还觉得自己做得不好；袁老师偷懒耍钱，败家败业，老婆儿子都不管不顾，还一天到晚活得自在得很。"

"那个平成武好像说生病了，他这次没来。你们那个班在国内的同学有几个没来，包括他一个。"

"就是原来登报受表扬的平成武？"

"对。当年，毕业分配时他们一些人主动申请到西部去，还在中国青年报上登报表彰。他老婆和他是同班同学，同时到西部去的。刚开始几年，他们两口子还过得蛮好。后来，他们地质勘探所的工资不是国家发放了，谁有勘探成果谁有工资，他几年没有出成果，所以工资都没保障，他老婆就和他离婚了。离婚后，他就很悲观，可能有点儿抑郁吧。"

"啊？我哪天回去了问问他哥哥，我们是一个村的。上次我碰到他大哥，他大哥说他过得蛮好么。可能只是短时间的情绪不佳吧。那个康志忠去了没有？"

"去了。我就是对康志忠比较熟，他是和我一届考出去的，但他没有与我打招呼。他去得晚，就和老师们招呼了一声，讲了个话，没吃饭就走了。总共没超过半个小时。他也没有和其他同学打招呼，估计他对你们那一届的同学也不熟。听说他比我们都大一些。他现在不在武汉大学了，他在省委。所以他只做了一个大会发言就走了。"

"他不在武汉大学了？"

"嗯。现在是行政官员。"

"他可以算是我亲戚。但我不知道他转行政了，我只跟他一个姐姐有些来往。也没听她姐姐说到他。"

"他像很忙的样子。我听同学们在对他说：'2019 年，我们再办一次同学会。要 1979 年的高二年级的所有同学都参加，国外的同学也把他们喊回来。'"

"嗯，再次聚会，我争取参加。"

9

叶金枝走后，我拨通了桃媛姨的电话。好久没有与桃媛姨联系了，终于听到了她的声音！

"桃媛姨，听说康志忠不在武汉大学了？"

"嗯。转行政了，忙得很，前些天他到仙桃来都没有到我家里吃顿饭。我也忙，也没时间做饭他吃，他说不来我家我就没管他。"

"您那么忙，身体吃得消吗？"

"还好。就是有时候像胃疼。"

"那您还是要去医院检查一下，有病早治无病早防啊。"

两个星期后，家富叔找到我，说桃媛姨得了癌症。现在还没有告诉她的孩子们，就只有家兴叔几弟兄和康志忠知道，桃媛姨的父母和余奶奶都不知道。

我特意回了一趟仙桃，在桃媛姨那里坐了半天。桃媛姨说："无所谓。我已经六十岁了，小昀他们家家都过得很好。原来，我还担心双昀，她读书读不进去。现在双昀最快活，她儿子读书蛮行，准备考少年大学。我这个病如果真像医生说的那样难治，我走了也无遗憾。能自己好，算是白捡了一条命。我不想住医院，就保守治疗，结果顺其自然。"

"也可以。双昀他们知道吗？"

"不知道。我不想告诉他们。我不想告诉任何人。家兴叔告诉了康志忠和他们家几弟兄，想劝我去住院。我不去。我不想一天到晚说自己是个病人。以前，医学不发达的时候，该有好多人有病没治疗。现在还可以保守治疗，我就先吃药试一下。正好是暑假，下学期我就不去家兴叔的学校了，我准备去学跳舞，练瑜伽。"

我赞同桃媛姨的观点。家兴叔也赞同桃媛姨的观点，并辞去了私立学校的一切职务，回家陪桃媛姨出入于公园、健身房和家里的厨房。他们不仅作息时间大变，家里的饮食习惯也有了一些改变。

他们家里基本上是碱性食物。最常吃的是绿藻、带壳菱角汤，苹果更是像大米一样长年不断供。

桃媛姨吃的药都是康志忠帮她弄来的，她很少去医院买药，一般去医院只是检查。

我还听家富叔说，康志忠把桃媛姨的病情告诉了李小昀他们三姊妹。只是按桃媛姨的意思，他们三姊妹就假装不知道桃媛姨生病了，从来不在桃媛姨面前说相关的话。但，康志忠给桃媛姨的药都是李小昀和李双庆弄来的。"

10

一年后的暑假，桃媛姨又去医院检查。医生说桃媛姨体内的肿瘤不但没有长大，反而呈萎缩状态。

听到这个消息，我知道桃媛姨在癌症面前平和淡定的表现让癌细胞自动往后退了。我也更加理解了桃媛姨与家人互相隐瞒病情的做法，对抗癌治病积极正面的影响。我在内心十分佩服桃媛姨一家人。

桃媛姨一如既往地从容面对生活的一切，善意地理解每个人的处境，尽心尽力地解答生活中的每一道考题。

桃媛姨把每一道考题都当作是提升自我的磨砺，认真对待，力求书写出一份非同寻常的完美答卷。

第一十四章　常备不懈

1

2019 年 4 月，姨妈八十岁生日，我去了仙桃，和桃媛姨在一起待了两天，感觉桃媛姨的身体好像完全康复了。

我不能确定桃媛姨是否真的病愈，但我不敢问她。我不想也不愿在她面前提及"癌""病"这样的字。我只说："您现在还在练瑜伽没有呢？"

"还在练瑜伽，也在跳舞。上次还参加了市里组织的太极剑比赛。"

"您生活丰富多彩呀！"

"有时间的时候我还练字。家兴叔写毛笔字，我写钢笔字。"

"好羡慕您。我也想练字，就是我好像总是写得不好看。"

"不要管你写出来的字好看不好看，就是关在家里自娱自乐，觉得好玩就可以坚持，如果你觉得很累那就不必要坚持了。我就是觉得写字很好玩，我写字的时候比跳舞还愉快。因为，跳舞有时候记不住动作，和大家跳得不一样觉得有点儿丑，现在，我跑到舞蹈教学班去跳舞了，那里有老师教，不会跳也不觉得丑。我每天都有一个活动项目，剩下的时间就写字玩。"

"蛮好。这样每天参加活动，不仅能锻炼身体，也能调整心态。我要向您学习，回去了办个健身卡。争取每天打发孙女上学了就出去活动两小时，剩下的空余时间就写一写生活记录。"

"你上次写的小说看得我快笑死。你还蛮有写作天分么，你可以坚持写小说，就当是聊天的。免得像他们有一些人，孙娃长大了没事干闲得慌。"

"是啊，我退休后还报了个绘画班，怕自己退休了空虚无聊。刚交了钱，儿子要我去帮他带娃，别人又把钱退给我了。我以后冇得孙娃要我照管了，我再去学画画。"

"你这是居安思危，常备不懈啊！"

"呵呵呵，那当然。常备不懈学文化，与时俱进镀夕阳！"

2

从仙桃回来，我着手写了一篇小说，题目是《小三》，完稿后发到朋友圈。一个星期后，一个老同学给我打来电话，把我大骂一顿。她还质问我说："你看见我当小三了？还小三，你说哪个是小三？"

"我写的是小说。"

"小说也不能写我。你说住你隔壁，除了我还有谁住你隔壁？"

我一听，想起莫言的父亲请乡亲们吃饭，给乡亲们赔礼道歉的事，觉得很搞笑。人家莫言是大作家，作品是全世界发行；我是无聊的老妈子，在朋友圈聊天闲侃而已。我写的东西，值得她这么当真吗？

被她骂得天晕地旋，我真是又好气又好笑。我不假思索，直言拜上地对她说："如果你觉得那是写的你，我立马就把它删掉，并对给你造成的烦恼道歉。但，我真不知道你有没有当小三，我是随意编造的情节。写这篇小说的时候我根本没有想起你来，你干吗说我写的是你呢？"

"你写哪个都不能写。你要写就写点儿正能量的东西呀，为什么要写'小三'这种社会阴暗面呢？"

我觉得她这句话说得在理。"小三"固然可恶，毕竟是极少数。一般人给皇帝当妾室都不乐意，谁愿意给普通人当"小三"？凡是"小三"必定是有心理问题：不是太自负就是太自卑、不是太霸道就是太懦弱，或者是双商不在线被对方欺骗。无论是主动当的"小三"还是被动当的"小三"都是人们不愿看到的，应该就地掩埋，随时看到随时处决才对。既然是从传播正能量的方向出发去写这个内容的，那就不能用这个题目，有标题党吸引低俗人眼球的嫌疑。

我果断地删除了那一篇《小三》，重新写了这一篇"备案"，并附上《前言》或者叫《后记》——

我的小说创作，原本只是我在退休后对不同行业所作的玩乐性尝试，因为我觉得自己既没有文学细胞，又不是文史、文艺类的爱好者，唯恐创作有煞作家圈风景；另顾及行业脸面，从教育战线走出来的文人很多，担心我的文字功力太浅而影响人们对教师形象的认知。碰巧的是，我初发出去的几段文字被人看到后，有朋友对我说："啊，是你写的？我以为是你转发别人的呢！"

这样的怀疑激发了我的兴趣，我想做更进一步的试探。我不断地尝试，不断地收到反馈，我只是为满足好奇心的行为能有回馈，是超乎我预料的。这让我更加兴致勃勃地抓紧一切可用的时间在家码文字。

我写的小说，也有人说"像散文"，我理解为我写的文字让读者有真实感。但，我写出来的小说，其中的情节都是虚构的，如有雷同，纯属巧合。

若我的文字能有助于读者更加热爱这个世界，更加积极乐观地生活，那就是我唯一的目的；也算是我对这个美好世界的略尽绵薄，那么，这些足以让浅尝创作的我聊以自慰。

3

稿件完成后，我把初稿发给桃媛姨看了一下。桃媛姨提了几条修改意见，但没有说这篇文章不行，没有说这篇文章不能让其他人看到。

我按桃媛姨的建议再次修改一遍后将其发到了朋友圈。一个星期了，目前暂时没有收到责难和责骂。

我时刻准备着，准备接受任一读者任意地意见或建议，无论什么观点，只要是关于我这篇文章的，我都会虚心听取，认真思索，及时处理；我也准备着，准备在任何时段任何场景接受来自任何人的任意提问，我将积极努力，尽量完美地解答我所接收到的任何问题。

我把这儿当我的考场，考官就是读者——看到这些文字的您；本人直面任何考题。考生姓名，万一恋；考号，1314；考卷封号：520！

老同学又给我拨通了电话。这次她没有骂我，还把我鼓励了一番。我终于有了小小的成就感，觉得写小说这件事可以在我的人生履历里备案了。